내가 사랑한

———

동양 고전

내가 사랑한

동양 고전

김욱동 지음

연암서가

지은이 김욱동

포스트모더니즘을 비롯한 서구문학 이론을 국내에 소개하고 그 이론을 토대로 우리 문학 작품과 문화 현상을 새롭게 읽어 내어 주목을 받아 왔다. 『번역과 한국의 근대』, 『은유와 환유』, 『문학 생태학을 위하여』, 『소설가 서재필』, 『「광장」을 읽는 일곱 가지 방법』, 『모더니즘과 포스트모더니즘』, 『눈솔 정인섭 평전』, 『세계문학이란 무엇인가』, 『이양하: 그의 삶과 문학』, 『비평의 변증법』, 『궁핍한 시대의 한국문학』, 『번역가의 길』, 『한국문학의 영문학 수용』 등의 저서가 있다. 역서로는 어니스트 헤밍웨이의 『노인과 바다』, 마크 트웨인의 『허클베리 핀의 모험』, 시어도어 드라이저의 『아메리카의 비극』, J. D. 샐린저의 『호밀밭의 파수꾼』, F. 스콧 피츠제럴드의 『위대한 개츠비』, 하퍼 리의 『앵무새 죽이기』 등이 있다. 현재 서강대학교 인문대학 명예교수로 있다.

내가 사랑한 동양 고전

2023년 5월 10일 초판 1쇄 인쇄
2023년 5월 15일 초판 1쇄 발행

지은이 김욱동
펴낸이 권오상
펴낸곳 연암서가

등록 2007년 10월 8일(제396-2007-00107호)
주소 경기도 고양시 일산서구 호수로 896, 402-1101
전화 031-907-3010
팩스 031-912-3012
이메일 yeonamseoga@naver.com
ISBN 979-11-6087-109-8 03800

값 18,000원

이 책은 『내가 사랑한 서양 고전』의 자매편이다. 동양 문학사에서 고전으로 일컬을 만한 작품 50편을 간추려 작품 집필 과정을 비롯하여 작품을 이해하는 데 필요한 역사적 배경이나 사회적 환경, 작품의 현대적 의미 등에 주목하였다. 이 책에서도 되도록 줄거리를 요약하는 대신 독자들이 작품을 직접 읽도록 유도하려고 애썼다. 말하자면 풍성한 '고전의 향연'에 독자들을 초대하는 데 초점을 두었다.

고전 작품의 줄거리를 읽는 것은 차라리 읽지 않는 것보다도 못하다. 작품을 읽었다는 착각에 빠져 독자들은 작품에 선뜻 손이 가지 않기 때문이다. 작품 줄거리를 미리 읽는 것은 마치 배가 고프다고 하여 인스턴트 식품으로 허기를 채우는 것과 같다. 당장 허기를 채울지는 몰라도 입맛만 버려 막상 푸짐한 진수성찬이 나올 때 좀처럼 구미가 당기지 않는다. 서양과 동양 고전을 다룬 이 두 책은 음식에 빗대어 말하자면 식욕을 돋우는 전채요리 구실을 할 따름이다.

실존주의 철학자 장 폴 사르트르는 인간의 삶을 한마디로 'B와 D

사이의 C'라고 말한 적이 있다. B란 출생(Birth)을 말하고, D란 죽음 (Death)을 말하며, 그 사이에 놓여 있는 C란 선택(Choice)을 말한다. 인 간은 자유와 선택을 통하여 자신의 모습을 끊임없이 만들어 간다는 뜻 이다. 사르트르의 말대로 인간의 삶이란 크고 작은 선택의 연속이다. 따 지고 보면 동서양의 고전 작품 중에서 각각 50편씩 고르는 것도 그러한 선택 중 하나다. 드넓은 고전의 바다에서 작품 100편을 고른다는 것은 어찌 보면 무모한 일이 아닐 수 없다. 바닷가 모래밭에 널려 있는 그 많 은 조가비 중에서 오직 100개를 줍는 것과 같다.

나는 이 두 책에서 어디까지나 개인적 기호와 취향에 따라 조가비 를 선택하였다. 다른 저자라면 줍지 않을 조가비도 있을 것이고, 막상 주워야 할 것을 줍지 않은 조가비도 있을 것이다. 선택한 100편 작품을 두고 벌써 이런저런 불만의 소리가 귓가에 쟁쟁하게 들리는 듯하다. 지 난 몇십 년 동안 동서양 고전 작품을 읽으면서 나는 가장 기억에 남고 독자들에게 권하고 싶은 작품을 골랐다. 이 두 책에서 다룬 고전 100편 은 그동안 나에게 삶의 나침반 구실을 해 온 작품들이다.

『내가 사랑한 서양 고전』 서문에서 나는 이탈리아 작가 이탈로 칼 비노의 『왜 고전을 읽는가』(1991)를 잠깐 언급하였다. 그에 따르면 고 전의 범주에 들어가는 특징 중 하나는 독자들에게 영향을 주는 책이다. 물론 모든 책은 독자들에게 크고 작은 영향을 주게 마련이다. 그러나 읽고 난 뒤 유난히 그 여운이 오랫동안 뇌리에 남아서 살아가는 동안 적잖이 영향을 끼치는 책들이 있다. 칼비노는 어떤 책을 읽기 전과 그 것을 읽고 나서 이렇게 독자의 생각과 태도에 변화가 일어난다면 그 작 품은 일단 고전으로 불러도 크게 무리가 없다고 지적한다.

우리는 지금 인터넷과 인공지능이 하루가 다르게 활자 매체를 밀어

내고 그 자리에 디지털 왕국을 세우는 시대에 살고 있다. 지금 이 순간에도 외국은 물론 국내 매스컴에서도 2022년 미국 오픈AI사가 개발한 대화형 인공지능 챗봇 '챗GPT' 이야기로 화제다. 챗GPT가 인터넷에 올라온 방대한 양의 정보를 학습하여 인간이 쓴 것과 같은 글을 만들어 낸다고 야단법석이다. 그러나 책을 읽는다는 것은 단순히 지식과 정보를 얻는 것 이상의 의미가 있다. 저자와 주고받는 무언의 대화요 자신의 삶을 돌아보는 내면 성찰이다. 깊이 있는 지식과 지혜와 내면 성찰은 활자 매체를 통하지 않고서는 불가능하다는 믿음에 나는 여전히 변함이 없다. 아이패드 같은 디지털 기기의 스크린을 꺼버리는 순간 그동안 애써 읽은 것들도 함께 사라져버린 것 같은 허탈감에 빠진다.

오늘날 같은 '무독(無讀)의 시대' 또는 '부독(不讀)의 시대'에 책을 낸다는 것은 여간 큰 용기가 아니고서는 좀처럼 할 수 없는 일이다. 그런데도 이 책의 출간을 선뜻 허락해 준 연암서가의 권오상 대표님과 이책이 햇빛을 보기까지 온갖 궂은일을 맡아 준 편집부 선생님에게 감사드린다.

2023년 봄
해운대에서
김욱동

1

우파니샤드

인류 문명이 처음 동이 틀 무렵 사람들은 하나같이 커다란 강 주변에 둥지를 틀었다. 인더스 문명도 예외가 아니어서 강은 생명의 젖줄 같은 구실을 하였다. 인더스 강가에 처음 터전을 잡은 사람들은 기원전 1500년에서 2300년까지, 줄잡아 800년 동안 하라파와 모헨조다로 같은 고대 도시를 건설하는 등 화려한 문명의 성을 쌓았다. 인더스 문명은 남쪽으로는 뭄바이, 북쪽으로는 히말라야 산맥, 동쪽으로는 델리에 이르는데 메소포타미아의 수메르 문명이나 고대 이집트 문명 같은 다른 고대 문명보다 훨씬 더 규모가 크고 가장 발달한 것으로 알려져 있다. 그런데 인더스 문명은 갑자기 몰락의 길로 들어섰다. 아직 그 원인은 물이 부족해서인지 아니면 자연 재앙 때문인지 정확히 밝혀지지 않았다. 바로 이 무렵 서쪽에서 아리안족 유목민이 북부 인더스 계곡으로 이주해 왔다.

아리안족은 유목민이면서도 철제 무기와 말이 끄는 전차를 사용하는 등 강력한 군사력을 자랑하였다. 또 최근 언어학자들은 아리안족이 사용한 언어가 인도유럽어족에 속한다는 사실을 밝혀내기도 하였다. 이 어족은 가족으로 치면 대가족으로 인도와 서남아시아, 그리고 유럽 여러 나라에 분포하는 언어의 대부분을 포함하기 때문이다. 물론 요즈음 국제어가 되다시피 한 영어도 이 어족의 한 갈래다. 이 어족의 분포를 보면 아리안족은 유럽을 건너 처음에는 이란과 아프가니스탄에서 살다가 다시 동쪽으로 이동하여 마침내 북부 인도에 삶의 터전을 마련했음을 알 수 있다. 아리안족은 처음에는 오늘날의 펀자브 지방에 해당하는 인더스강 상류 지역에 살았지만, 점점 더 동쪽으로 옮겨 마침내 갠지스강 쪽에까지 이르렀다.

아리안 문명은 인더스 문명과 비교해 보면 물질적인 면에서는 비록 뒤떨어졌지만, 문학 분야에서는 두각을 나타내었다. 특히 이 무렵에 브라만교나 초기 힌두교의 경전인 베다가 크게 성행하여 아리안 문명을 흔히 '베다 문명'이라고 부른다. 문명을 물질적인 것으로, 문화를 정신적인 것으로 보는 입장은 이제는 한물 지난 낡은 이론이다. 그러나 이것을 기준으로 삼는다면 아리안족의 업적은 '문명'보다는 차라리 '문화'에 가깝다. 아리안족은 베다 문화를 만드는 데 주도적인 역할을 했지만, 이 과정에서 토착 원주민의 종교적 요소를 받아들였다.

이러한 베다 문명 또는 문화가 낳은 자식이 바로 힌두교의 핵심적인 경전 『우파니샤드』다. 이 책은 인류 사상사에서 굵직한 획을 그었다. 지난 수천여 년 동안 인도와 동양에서 철학과 종교에 크나큰 영향을 끼쳤다. 특히 불교나 자이나교뿐 아니라 인도에서 생겨난 모든 사상은 『우파니샤드』의 자양분을 먹고 자랐다. 인도의 정통 철학파로 일컫는 상키야, 요가, 니야야, 베셰시카, 미망사, 베단타 등의 이른바 육파(六派) 철학도 『우파니샤드』와 철학적 맥을 이으려고 무척 고심하였다.

이러한 사정은 서양에서도 크게 다르지 않다. 독일의 염세주의 철학자 아르투르 쇼펜하우어, 19세기 스코틀랜드의 사상가이며 역사가인 토머스 칼라일, 19세기 미국의 철학자요 문인인 랠프 월도 에머슨, 분석철학에 활짝 길을 열어 놓은 독일 태생의 언어학자 루트비히 비트겐슈타인, 아일랜드의 시인 윌리엄 버틀러 예이츠 등이 직간접적으로 『우파니샤드』의 영향을 받았다. 특히 쇼펜하우어가 『우파니샤드』를 읽고 나서 "아, 어떻게 내 마음에 붙어 있던 유대인의 미신을 말끔히 씻어 줄 수 있단 말인가?"라고 감탄한 것은 이미 잘 알려진 사실이다.

『우파니샤드』를 좀 더 쉽게 이해하려면 먼저 베다에 대하여 알아보는 것이 좋다. 베다는 산스크리트어로 지식이나 지혜를 뜻하는데, 이것은 어떤 특정 책을 가리키는 이름이 아니라 기원전 13세기경부터 약 2천여 년에 걸쳐 기록된 문헌을 두루 일컫는 말이다. 힌두교도들은 이 베다 문헌을 인간이 손으로 기록한 것으로 보지 않는다. 이들은 이것을 '신이 성자들에게 직접 가르친 것' 또는 '신이 성자들에게 스스로를 드러낸 것'으로 보아 매우 신성하게 여긴다. 이러한 베다는 '슈루티(śruti: 천계문학)'라고 부르는데 이는 하늘로부터 받은 계시라는 뜻에서 비롯한 것이다. 기독교인이 『성경』을, 이슬람 교인이 『쿠란』을 하느님이나 알라신의 계시로 여기는 것과 같은 맥락이다.

이 베다 문헌은 그 목적이나 사용 용도에 따라 '리그 베다', '야주르 베다', '사마 베다', '아타르바 베다' 등 크게 네 개로 나뉜다. 또 각각의 베다는 다시 '삼히타(本集)', '브라흐마나(梵書)', '아란야카(森林書)', '우파니샤드(奧義書)' 등 네 개의 부분으로 나뉜다. 삼히타는 가장 기본적인 문헌으로 자연력을 신격화한 여러 신에 대한 찬가와 기도 주문인 '만트라'를 수집한 것이다. 브라흐마나란 제사 의식을 설명하는 문헌이다. 이러한 문헌을 근거해 보면 이 시기에 인도의 사회계급 제도인 카스트가 생겨난 것으로 보인다. 아란야카는 브라흐마나에서 우파니샤드로 넘어가는 과도기적인 단계라고 할 수 있다. 아란야카는 삼림 속에서 전수할 제사의 의미를 재해석한 문헌이다.

아란야카에는 사색적이고 명상적인 경향이 처음으로 보이기 시작한다. 이러한 경향은 기원전 8세기경부터 좀 더 극단적으로 발전한다. 이 무렵 성자들은 형식주의에 치우친 무의미한 희생 제의를 거부하면서 삶의 진리에 접근하려고 하였다. 성자들은 삼라만상의 진리를 말하기 시작한다. '우파니샤드'는 그러한 생각을 한데 모아 기록한 책이다. 이 문헌은 베다의 마지막 부분을 차지하면서 베다의 궁극적인 취지를 담고 있다. 그래서 이것을 베다의 말미 또는 극치라고 할 '베단타(Vedānta)'라고 부르기도 한다. 베다는 이렇게 처음에는 외적인 행위에서 시작하여 차츰 직관적이고 신비적 체험을 통한 내적인 지식으로 발전하였다.

'우파니샤드'의 뜻을 좀 더 쉽게 깨닫기 위해서는 이 말의 뿌리를 살펴볼 필요가 있다. 이 말의 뿌리를 캐어 들어가면 '우파(upa)', '니(ni)', '샤드(shad)'라는 세 낱말과 만난다. '우파'는 '아래로'라는 뜻이고, '니'는 '가까이'라는 뜻이며, '샤드'는 '앉다'라는 뜻이다. 따라서 이 말은 본래 제자가 신성하고 은밀한 가르침을 들으려고 스승에게 '좀 더 가까이 다가앉는다'는 뜻이다. 이 책은 제목만 보더라도 스승이 제자에게 대화를 통하여 비의적(秘義的) 지식을 전수하는 것임을 알 수 있다. 그리하여 중국 사람들은 이 책을 아예 '비밀스러운 회좌(會座)'라고 옮긴다.

어떤 제자가 스승에게 묻는다.

저 끝없는 깊이를 가진 물은 어떻게 생겨난 것입니까?

나는 어디로부터 왔습니까?

나는 어디로 가는 것입니까?

스승이 대답하기를

'우파니샤드', 내게 좀 더 가까이 오너라.

내 그대를 위해 설명하리라.

이 인용문에서 '나'란 성자와 다름없는 스승을 말하고 '그대'란 사회적 신분이 높은 사내 제자들을 가리킨다. 『우파니샤드』는 처음부터 남성 특권층에게만 알려 주는 신비하고 은밀한 가르침이었다. 이 경전의 사상은 오직 선택된 일부 사람에게만 전수되었다. 그래서 이 사상은 지나치게 엘리트 중심적이고 배타적이라는 비난을 면하기 어렵다. 일반 사람을 저버린 가르침은 그것이 아무리 소중하고 가치가 있다 하여도 한계가 있을 수밖에 없기 때문이다.

『우파니샤드』는 다른 고대 문헌처럼 문자로 기록되기 전에 오랜 세월 입에서 입으로 전해 왔다. 이러한 구전적인 특성은 이 경전에 같은 구절이나 비슷한 구절을 되풀이하여 말하는 어구가 유난히 많다는 사실에서도 드러난다. 『우파니샤드』는 이렇게 구전되다가 기원전 600년경에서 기원후 200년경 사이에 마침내 산스크리트어로 집대성되었다. 『우파니샤드』는 이렇게 구어에서 문헌으로 기록되는 과정에서 무려 2백여 권의 종류가 생겼고, 그 저자나 사상의 전개도 아주 다양하게 나타났다. 이렇게 많은 종류 가운데서 13개 정도가 '정통 우파니샤드'로 인정받는다.

『우파니샤드』의 철인들은 만물이 생겨나고 마침내는 그것으로 다시 돌아가는 존재의 근원을 '브라흐마'라고 부른다. 이 브라흐마는 마치 공기처럼 우주 안에 존재하지 않는 곳이 없다. 이는 "천지 사방에 존재하는 것이 브라흐마다. 브라흐마는 참으로 전체 우주다"라고 말하는 까닭이다. 브라흐마가 우주 곳곳에 존재한다는 것은 곧 범신론적인 입장이다. 베다 시대 초기에는 다신교적인 성격을 띠어 바람의 신, 태양의 신, 비의 신, 물의 신 등이 혼재해 있었다. 그러던 것이 차츰 신과 신 사이의 관계가 불분명해지고 신 가운데 누가 최고의 신인가 하는 의문이 생기기 시작하였다.

브라흐마는 중기에 이르면 유일신적인 종교 성향을 띠게 된다. 여기서 베다의 철인들은 다시 딜레마에 빠진다. 이 유일신을 창조한 신은 또 누구인가 하는 새로운 문제에 부딪쳤기 때문이다. 결국 철인들은 천지 창조의 근원을 어떤 유일신에서 찾으려다 실패한다. 그래서 이번에는 이전보다 좀 더 포용적인 범신론을 상정한다. 막스 뮐러가 지적하듯이 힌두교는 이처럼 다신교에서 교체신교(交替神敎)를 거쳐 유일신과 범신론의 단계에 이르는 과정을 겪는다.

브라흐마는 삶과 죽음의 윤회의 영향을 받지 않는 불변의 존재다. 인간은 브라흐만과 하나가 될 때 비로소 생사의 윤회에서 벗어날 수 있다. 그렇다면 인간은 어떻게 브라흐마와 하나가 될 수 있는가? 이에 대하여 『우파니샤드』는 "브라흐마를 아는 자는 곧 브라흐만이 된다"고 가르친다. 또 브라흐마를 깨닫고 브라흐마가 된 자는 이제 더 욕망이 없는 완전한 자족과 지고의 축복 상태인 해탈에 이른다는 것이다.

문제는 인간이 어떻게 브라흐마를 알 수 있는가 하는 데 있다. 브라흐마는 어떤 속성도 갖지 않고 모든 존재의 바탕이기 때문에 다른 사물이나 대상을 인식하듯이 지각이나 개념적 사고로써는 알 수 없다. 철인 야갸왈캬는 『브리하다란야카 우파니샤드』에서 "그것을 안다고 하는 자는 그것을 모르는 자고, 그것을 모른다고 하는 자는 아는 자다"라고 말한다. 이러한 역설적 진리는 공자(孔子)에게서도 엿볼 수 있어 매우 흥미롭다. 공자는 한 제자에게 "네게 안다는 것에 대하여 가르쳐 주마. 아는 것을 안다고 하고, 모르는 것을 모른다고 하는 것이 참으로 아는 것이다"라고 밝힌다.

브라흐마는 개념화할 수도, 기술할 수도 없는 초월적 실재다. 그러나 『우파니샤드』의 저자들은 인간의 내면 깊은 곳에 들어 있는 '참다운 나', 즉 아트만이 우주의 근본 원리며 질서로서의 브라흐마와 동일하다고 주장한다. 브라흐마는 곧 개인의 영혼인 아트만이므로 아트만을 아는 자는 브라흐마가 된다는 것이다. "그대가 곧 그것이다"니 "내가 곧 브라흐마다"니 또는 "아트만이 브라흐마다"니 하는 표현은 바로 이를 두고 일컫는 것이다. 이것이 바로 '범아일여(梵我一如)' 사상이다. 범아일여의 진리야말로 『우파니샤드』가 일깨우는 가장 중요한 가르침이다. 범아일여의 진리를 깨닫고 체험하는 것이 곧 해탈이며 윤회로부터 벗어나는 길이다. 루트비히 비트겐슈타인은 "뱀의 영혼은 너의 영혼이다. […] 네가 영혼을 알고 있다는 사실은 오직 너 자신에게서 나오기 때문이다"라고 말한 적이 있다. 이렇게 비트겐슈타인은 범아일여를 뱀을 빌려 표현하고 있다고 볼 수 있다.

라마야나

　서양에서 최초의 대서사시로 호메로스의 『오디세이아』와 『일리아스』를 꼽는다면, 동양에서 최초의 대서사시로는 고대 인도의 『마하바라타』와 『라마야나』가 꼽힌다. 동양에서 이 두 작품은 서사 문학의 쌍벽을 이룬다. 특히 『라마야나』에는 인도 정신이 담겨 있어 인도에서 아주 큰 인기를 누린다. 인도 사람들은 이 시를 암송하는 것을 큰 공덕을 쌓는 일이라고 생각할 정도다. 그들은 이 작품을 읽는 사람뿐 아니라 이 이야기를 듣는 사람조차 죄와 슬픔에서 벗어날 수 있다고 한다. 지성의 대가인 상카는 "만일 어떤 사람이 다사라타 왕의 아들 라마를 마음속에 간직하고 그에 대하여 명상을 하면 그 사람의 죄는 사라질 것이다"라고 말한다.

　『라마야나』는 인도 사람들의 의식에 깊이 아로새겨져 있다. 인도에서 인사를 할 때 흔히 "라마 라마" 또는 "람람"이라고 하는데 이것은 '라마'를 뜻하는 말이다. 심지어 인도에서는 앵무새에게 처음 말을 가르칠 때도 "라마 라마"라는 말부터 가르친다고 한다. 인도 태생의 소설가 R. K. 나라얀이 "인도에 살고 있는 사람치고 『라마야나』의 이야기를 모르는 사람은 거의 없다시피 하다. 이 작품은 인도의 문화적 삶 속에 깊이 스며들어 있다"고 지적한다.

호메로스와 그의 서사시에 여러 전설이 전해오듯이 『라마야나』를 둘러싼 전설도 많다. 우선 이 작품은 인도 최초의 시인으로 일컫는 위대한 시인 발미키가 썼다고 전한다. 이 무렵 공교롭게도 추방당한 라마와 시타가 산에 들어오고, 그들은 그동안의 경위를 발미키에게 이야기한다. 창조주 브라흐마 신의 아들인 고행자 나라다 선인은 발미키의 시적 재능을 잘 알고 있던 터라 그에게 라마에 관한 이야기를 서사시로 써서 사람들에게 널리 전파하라는 명을 내린다. 나라다 선인은 명을 내리면서 "대지에 산이 솟고 강이 흐르는 한, 라마의 시는 이 세상에 길이 길이 남을 것이다"라고 말한다. 발미키는 명령에 따라 라마에 관한 이야기를 노래로 짓기 시작하고, 이 노래가 오늘날의 『라마야나』가 되었다는 것이다.

일반적으로 발미키가 이 작품을 썼다고 전하지만 그 방대한 양을 생각할 때 혼자 썼다고 보기는 어렵다. 영웅 라마에 관한 이야기는 아주 오래전, 기원전 15세기경부터 뭇사람의 입에서 입으로 전해져 내려왔다. 발미키가 이렇게 구전되어 오던 이야기를 하나의 체계적인 형태로 편찬했다고 보는 쪽이 더 타당하다.

『라마야나』는 집필 연대를 아무리 일찍 잡아도 기원전 300년경을 넘어서지 못한다. 더구나 오늘날 전하는 『라마야나』 중에서 제1권과 제7권은 기원후 2세기경에 추가한 것으로 보인다. 이 서사시는 산스크리트어로 썼으며 약 2만 4천 개에 이르는 2행 연구(聯句)에 모두 7권이다. 이 작품은 여러 지방어로 번역되어 캄판의 타밀어 판, 크리티바스의 벵골어 판, 툴시다스의 힌디어 판 등이 있다. 이 밖에도 아삼어, 오리야어, 카시미르어로 번역한 텍스트 등 그 판본만도 수십여 종에 이른다.

『라마야나』의 영향력은 비단 인도에 그치지 않고 주변 여러 나라로 널리 퍼졌다. 남쪽으로는 스리랑카, 네팔, 방글라데시, 말레이시아, 라오스, 베트남, 타일랜드, 캄보디아, 인도네시아 같은 남아시아 및 동남아시아 전역에 전해졌고, 북쪽으로는 티베트와 중국 등지에 전해졌다. 특히 중국에서는 라마를 둘러싼 이 이야기를 『육도집경(六度集經)』과 『잡보장경(雜寶藏經)』 같은 불교 경전에 불교 설화 형태로 실었다. 이 서사시는 더 나아가 서양에서도 여러 번역본이 나와 있을 만큼 그 인기가 대단하다.

'라마야마'라는 제목은 '라마의 이야기', '라마가 걸어간 길' 또는 '라마의 행동을 기록한 행전(行傳)'이라는 뜻이다. 『라마야나』는 대서사시로 영웅적인 주인공이 겪는 파란만장한 모험을 다룬다. 주인공 라마는 갠지스강 북쪽 코살라 왕국의 왕자로 태어나 현인 비슈바미트라의 보호를 받고 자란다. 라마는 어려서부터 활을 잘 쏘았는데 한번은 힘이 세기로 유명한 시바의 활을 휘었다. 그 뒤 라마는 자나카 왕의 공주인 시타와 결혼하게 된다. 그러나 라마는 아버지의 둘째 왕비의 음모에 빠져 상속권을 잃고 아내와 이복형제 라크슈마나와 함께 숲속으로 추방당한다. 어느 날 라마와 라크슈마나가 그들을 유인하러 보낸 황금 사슴을 쫓아 숲속을 헤매고 있을 때 오늘날의 스리랑카 섬인 랑카의 마왕 라바나가 시타를 유괴한다. 그러자 라마와 라크슈마나는 시타를 구하러 떠난다. 수많은 모험 끝에 그들은 원숭이들의 왕 수그리바와 동맹을 맺는다. 그들은 원숭이 장군 하누만과 라바나의 친형제 비비샤나의 도움으로 마침내 랑카를 공격하여 라바나를 죽이고 시타를 구출한다.

후대에 만들어진 한 판본에는 라마가 시타를 구한 뒤의 이야기가 담겨 있다. 라마는 시타가 몸을 더럽혔을 것이라고 의심한다. 그러나 시타는 화신(火神)의 심판으로 순결하다는 것을 증명받는다. 그 뒤 라마와 시타가 왕국에 돌아온다. 이번에는 백성들이 아직도 여왕의 순결을 의심한다. 이를 보고 라마는 시타를 숲으로 추방한다. 시타는 추방당한 숲에서 이 서사시를 쓴 시인 발미키를 만나 그의 암자에서 라마의 두 아들을 낳는다. 두 아들이 장성하자 가족이 다시 만나지만 시타는 다시 자신의 결백을 주장하면서 대지의 신에게 자신을 받아줄 것을 요청한다. 결국 대지의 신은 그녀를 삼켜버린다.

『라마야나』는 여러 층의 의미를 담고 있어 읽는 관점에 따라 의미가 사뭇 달라진다. 인도 사람들은 처음에 이 작품에 종교적 의미를 부여하였다. 이 작품은 옛 인도 종교 문화의 뼈대를 이룬 베다의 가르침을 설화의 형태로 구현한 것으로 보기 때문이다. 뒷날 비슈누파는 이 작품의 주인공이며 영웅인 라마를 비슈누 신의 일곱 번째 화신으로 숭배한다. 이 신은 자비의 신으로 세계 질서를 유지하고 발전시키는 일을 맡는다.

좀 더 자세히 말하자면 『라마야나』는 『마하바라타』와 함께 '스므리티' 전통에 속한 종교 문헌이다. 『리그 베다』나 『우파니샤드』 같은 신의 계시서인 '슈루티' 문헌보다는 한 수 아래지만 '스므리티' 문헌도 『바가바드 기타』처럼 종교적 경전임에 틀림없다. 아리안족의 브라만교는 불교나 자이나교 등 새롭게 일어나기 시작한 종교 운동의 도전에 대응해야 하였다. 이러한 대응은 비(非)아리안족 계통의 민간신앙 요소를 두루 흡수함으로써 이루어졌다.

이렇듯 정통 브라만교는 자기 쇄신을 시도하였다. 그 결과 대중적인 성격을 띤 후기 힌두교가 등장하였다. 후기 힌두교 사상은 처음에는 『라마야나』와 『마하바라타』 같은 서사시에서 모습을 드러냈고, 그 뒤를 이어 『푸라나』와 『탄트라』 같은 문헌에서도 모습을 드러낸다. 베다 이후에 나타난 이러한 종교 문헌을 통틀어 '스므리티'라고 부른다. '스므리티' 전통은 한편으로는 '슈루티' 전통을 계승하고, 다른 한편으로는 시바나 비슈누 같은 계시서에서는 좀처럼 중요하게 생각하지 않았던 인격신이 주요 신으로 등장하고, 해탈에 이르는 길로 '바크티' 등 다양한 방법을 제시한다.

『라마야나』는 종교의 옷을 입고 있지만 종교의 옷을 한 꺼풀만 벗겨내고 나면 『라마야나』는 문학의 속살을 고스란히 드러낸다. 한국의 『춘향전』이나 영국의 윌리엄 셰익스피어의 『로미오와 줄리엣』처럼 이 작품은 젊은 남녀의 사랑 이야기로 읽힌다. 어떤 번역자는 이 작품을 아예 '라마의 로맨스'나 '라마의 사랑 이야기'로 옮기기도 한다. 이 서사시에서 라마와 시타의 이야기는 곧 러브스토리라는 것이다. 라마는 용모가 수려하고 학덕이 뛰어나며 궁술에도 능하다. 인도에서 가장 이상적인 남성상인 라마와 현모양처로서 가장 이상적인 여성상인 시타가 서로 사랑을 한다. 그러나 둘의 사랑은 안타깝게도 비극으로 끝나고 만다. 『라마야나』는 남녀가 우여곡절을 겪지만 끝내 사랑의 결실을 맺지 못한다는 점에서 『춘향전』보다는 『로미오와 줄리엣』에 더 가깝다.

『라마야나』는 좀 더 보편적인 관점에서 믿음과 사랑의 중요성을 일깨운다. 이 작품에서는 젊은 남녀 사이의 사랑과 믿음 못지않게 부모와 자식의 사랑, 형제와 형제의 사랑, 친구와 친구의 믿음을 목숨보다도 더욱 소중하게 여긴다. 이러한 성향은 유가(儒家)에서 말하는 삼강오륜의 덕목과 크게 다르지 않다. 이러한 보편적인 덕목 덕분에 이 작품은 이 세상에 나온 지 몇 천 년이 지났지만 아직도 세월의 때에 묻지 않고 여전히 찬란한 빛을 내뿜고 있다. 인도의 정치가들은 그동안 이 작품의 철학을 인도의 통치 철학으로 삼아 왔다. 이는 중국 정치가들이 유가 철학을 백성을 다스리는 방편으로 삼은 것과 같다.

한편 『라마야마』는 선과 악의 투쟁을 형상화한 작품으로 읽을 수도 있다. 이 작품에서 선은 주인공 라마, 그의 아내 시타, 원숭이의 왕 수그리바와 그 장군 하누만의 모습으로 나타나고, 악은 라마를 왕위에서 쫓아내는 둘째 왕비 카이케이, 랑카의 마왕 라바나의 모습으로 나타난다. 라마는 온갖 시련을 겪지만 마침내 악을 물리치고 선의 승리를 보여 준다. 이는 민간에 전해오는 설화나 전설이 일반적으로 권선징악의 교훈을 담고 있는 것과 같은 맥락이다.

더구나 『라마야나』는 고대 생물의 모습을 고스란히 담은 화석처럼 옛 인도의 생활상을 담고 있다는 점에서도 중요한 의미가 있다. 이 작품에는 이 무렵의 신화나 종교 사상뿐 아니라 의식주를 비롯한 생활상이 담겨 있다. 그래서 민속학자나 역사학자에게 이 작품은 귀중한 보물 창고와 같다. 또 옛 인도의 역사와 정치, 사회와 문화를 이해하는 데도 없어서는 안 될 귀중한 자료다. 힌두교 학자 스와미 비베카만다는 "『라마야나』와 『마하바라타』야말로 유사 이래 인류가 열망해 온 이상적인 문명을 다룬 고대 아리아인 민족의 생활과 지혜를 담고 있는 백과사전이다"라고 지적한다.

바가바드 기타

1845년 7월 4일 미국 매사추세츠주 콩코드 마을에서는 독립 기념일을 맞이하여 성조기를 흔들고 폭죽을 터뜨리며 성대한 축제를 벌이고 있었다. 바로 이날 헨리 데이비드 소로는 얼마 안 되는 짐 꾸러미를 수레에 싣고 월든 호숫가에 손수 지은 초라하기 그지없는 오두막집으로 이사를 간다. 그런데 그가 가지고 간 보따리 속에는 놀랍게도 성경 책 대신에 『바가바드 기타』 한 권이 들어 있었다. 소로의 대표작인 『월든』은 오늘날 생태주의의 복음서로 흔히 일컫는다. 그는 이 책에서 "아침이 되면 나는 『바가바드 기타』의 엄청난 우주 철학에서 내 지성을 목욕시킨다"라고 밝힌다. 소로는 다른 글에서 "동양 철학과 비교해 볼 때 현대 유럽은 아무것도 낳은 것이 없다고 할 수 있다. 『바가바드 기타』의 그 광활한 우주 철학과 비교해 보면 심지어 우리의 셰익스피어조차 애송이처럼 미숙하고 다만 실용적인 것으로 보일 때가 있다"고 말하기도 한다.

『바가바드 기타』에서 깊은 감명을 받은 것은 비단 소로 한 사람으로 그치지 않는다. 그에게 초월주의 사상을 가르쳐 준 스승 랠프 월도 에머슨도 이 책을 읽고 큰 감명을 받았다. 에머슨은 소로가 월든 호숫가로 거처를 옮긴 바로 그해에 쓴 저널에서 "멋진 하루 동안 나는ㅡ친구와 나는ㅡ『바가바드 기타』를 읽었다. 이 책은 최초의 책으로 한 제국이 우리에게 말하고 있는 것 같았다"고 적는다.

『바가바드 기타』는 힌두교에서 가장 널리 사랑받는 대중적인 경전이다. 권위는 『리그 베다』나 『우파니샤드』 같은 계시서보다는 아래에 속하지만, 인도의 일반 대중에게 끼친 영향력에서 보면 오히려 계시서를 앞지른다. 『리그 베다』는 하층 천민이 좀처럼 가까이 다가갈 수 없는 지고의 경전이고, 『우파니샤드』는 오직 전문 지식인만이 이해할 수 있는 비전(祕傳)이다. 한마디로 이 두 계시서는 일반 서민에게는 그림의 떡이요 병풍 속의 닭이라고 할 수 있다.

그러나 『바가바드 기타』는 처음부터 일반 대중의 삶 속에서 서민과 함께 호흡해 온 경전이다. 특히 이 책은 하층 천민도 해탈할 수 있다는 가능성의 문을 활짝 열어 놓았다는 점에서 비의적인 계시서와는 그 성격이 사뭇 다르다. 이전까지는 힌두교의 네 계급 가운데서 오직 브라만(승려), 크샤트리아(무사), 바이샤(농부) 계급만이 베다를 읽을 수 있고 구원을 받을 수 있었을 뿐 수드라(노예) 계급은 아예 베다를 읽거나 구원을 받을 수 없었다. 그러나 『바가바드 기타』의 크리슈나는 "나를 사랑하고 믿는 자는 모두 / 가장 낮은 자 중의 낮은 자라도 / 창녀들이나 거지들이나 노예들조차도 / 궁극적인 목표를 얻으리라"라고 말한다.

『바가바드 기타』는 흔히 '힌두교의 살아 있는 성서'로 일컫는다. 이 것을 과연 누가 썼는가는 아직도 정확히 알려져 있지 않다. 브야사라는 현자가 썼을 것이라고 보는 학자도 있지만 한 사람이 썼다기보다는 시간이 흐르는 동안 여러 사람이 기존의 노래에 다른 노래를 덧붙여 오늘날의 형태로 만들었을 가능성이 크다. 이 책이 언제 쓰였는지에 대해서도 학자들 사이에는 의견이 엇갈린다. 기원전 500년경으로 보는 학자가 있는가 하면, 가깝게는 기원후 1, 2세기로 보는 학자도 있다. 이 책이 기독교 경전인 신약성경의 영향을 받은 것으로 보아 5세기경에 쓰인 것으로 보기도 한다. 또 이 책에 불교에 대한 언급이 없다는 점을 들어 불교가 성행하기 이전에 쓰였을 것으로 추측하는 학자도 있다.

『바가바드 기타』는 처음에는 독립된 작품이었지만 뒷날 인도의 대서사시 『마하바라타』 제6권의 일부가 되었다. 이렇듯 이 작품은 '바라타 왕조의 대사서시'라는 뜻을 지닌 『마하바라타』와 깊은 연관이 있다. 『마하바라타』가 거대한 사찰이라면 『바가바드 기타』는 이 사찰에 딸린 작은 암자에 빗댈 수 있다. 무려 십만 대구(對句)로 되어 있는 『마하바라타』는 세계에서 가장 긴 서사시로 호메로스의 『오디세이아』와 『일리아스』를 합해 놓은 것보다도 여덟 배쯤 길고, 존 밀턴의 서사시 『실낙원』보다는 줄잡아 30배쯤 길다. 『바가바드 기타』는 『마하바라타』에 편입되어 있기는 하지만, 그 내용은 독립적이고 문학성도 뛰어나다. 그래서 오늘날 이 작품은 『마하바라타』에서 따로 떼어내어 독자적인 작품으로 널리 읽힌다. 어떤 의미에서 『바가바드 기타』는 『마하바라타』보다도 훨씬 더 유명한 세계적인 종교 문헌이요 작품이다.

『바가바드 기타』는 '신의 노래', '거룩한 이의 노래'라는 뜻으로 힌두교의 핵심 사상을 담고 있다. 말하자면 기독교의 핵심 사상을 담은 신약성경 「마태복음서」 5~7장에 이르는 산상수훈과 여러모로 비슷하다. 여기에서 '신'이나 '거룩한 이'란 다름 아닌 힌두교의 영웅이며 비슈누 신이 인간의 몸으로 태어난 크리슈나를 가리킨다. 『바가바드 기타』

는 크리슈나의 가르침을 기록한 책이라고 할 수 있다. 크리슈나는 비슈누 신의 여덟 번째 화신으로 인도에서 가장 사랑받는 신 가운데 하나며, 그의 아내 라다도 인도에서 이상적인 여인상으로 존경받는다.

『바가바드 기타』를 좀 더 쉽게 이해하기 위해서는 『마하바라타』를 살펴볼 필요가 있다. 『마하바라타』에 따르면 바라타 왕국의 판두 왕이 사망하자 그의 동생인 드리타라슈트라가 왕위를 이어받는다. 드리타라슈트라 왕은 백 명이 넘는 자신의 아들과 함께 형의 다섯 아들을 교육한다. 그런데 판두의 아들들이 경건성이나 영웅적인 행동에서 드리타라슈트라의 아들들보다 두각을 나타낸다. 그러자 드리타라슈트라의 아들들(카우라바 형제들)은 질투심에 불타 수단과 방법을 가리지 않고 판두의 아들들(판다바 형제들)을 궁지에 몰아넣고 마침내 그들의 왕국을 빼앗는다.

왕국의 정당한 후계자인 유디슈티라는 카우라바 형제의 맏형 두리요다나의 속임수 도박에 져서 왕국을 잃고 네 형제와 함께 13년 동안 숲속에서 유배 생활을 한다. 유디슈티라는 약속한 유배 기한이 끝나자 두리요다나에게 자신의 왕국을 돌려 달라고 요구하지만 거절당한다. 판두의 아들들은 왕국을 되찾기 위하여 드리타라슈트라의 아들들과 싸움을 벌일 수밖에 없었다.

이렇게 『바가바드 기타』는 사촌 사이에서 일어난 친족 싸움에서 시작한다. 전쟁이 벌어지는 무대는 인도에서 순례지로 유명한 쿠루크셰트라 들판이다. 판다바 쪽 군대에서는 판두의 넷째아들 아르주나가 앞장을 서고, 카우라바 쪽 군대에서는 드리타라슈트라의 큰아들 두리요다나가 앞장을 선다. 드리타라슈트라는 장님인 탓에 전쟁을 직접 지켜볼 수 없지만 초능력을 부여받은 재상 산자야가 궁정에 앉아 멀리 전쟁

터에서 벌어지는 사건을 드리타라슈트라에게 대신 전한다. 아르주나와 크리슈나가 서로 주고받는 대화가 곧 산자야가 전하는 내용이다.

그런데 아르주나는 이 전쟁에 직면하여 심각한 딜레마에 빠진다. 자신이 싸워서 무찔러야 하는 적은 다름 아닌 자신의 사촌과 친척, 스승과 친구들이기 때문이다. 부당하게 왕국을 빼앗기고도 싸우지 않는 것은 전사(戰士)의 의무에 어긋난다. 그러나 일단 싸움을 시작하면 자신의 친족을 죽일 수밖에 없다. 비록 왕국이 걸려 있는 전쟁이라지만 이런 무의미한 살육으로 지켜낸 왕국이 과연 무슨 의미가 있을까? 인간은 죄를 짓지 않고 살면서 사회적 존재로서의 의무와 역할을 충실히 수행할 수 있는가? 바로 여기에 아르주나가 느끼는 고뇌와 절망이 있다. 지금 아르주나에게는 "싸울 것이냐 싸우지 말 것이냐" 하는 것이 가장 큰 문제다.

아르주나는 결국 자신의 마부 노릇을 하는 스승 크리슈나에게 도움을 청하고 크리슈나는 그에게 노래로써 삶의 진리를 일깨워 준다. 크리슈나는 아르주나에게 전쟁에서는 용감하게 싸우는 것이 전사로서의 '다르마(의무)'라고 잘라 말한다. 전쟁에서 사람을 죽이는 것은 그렇게 두려워할 일이 아니라는 것이다. 모든 존재는 물질적 차원에서 필멸의 운명을 타고났다. 그래서 죽음은 "탄생처럼 피할 수 없는 일이고 북극성처럼 사라지지 않는" 당연한 귀결이다. 크리슈나는 한걸음 더 나아가서 죽음은 전혀 슬퍼하거나 피해야 할 대상이 아니며 오히려 자연스럽게 받아들여야 한다고 말한다.

크리슈나는 아르주나에게 인간의 육신은 비록 죽어서 사라져 버릴는지 모르지만 영혼은 죽지 않고 영원히 살아 있다고 말한다. 마치 사람이 다른 옷을 입기 위하여 입고 있던 옷을 벗어 버리듯이, 영혼도 새로운 몸을 위하여 낡은 몸을 벗어 버린다. 인간의 내면에 자리 잡고 있는 영혼은 영원한 것이어서 "불로 태울 수도 없고 물로 적실 수도 없으며" 결코 파괴되지 않는다. 그러므로 한 사람이 어떤 사람을 죽였다고 말하는 것은 논리에 들어맞지 않는다. 사람은 죽지도 않고 죽음을 당하지도 않는다. 영원한 영혼을 가진 자아는 결코 죽지 않고 그저 새로운 몸으로 옮겨가서 모든 과정을 새로 시작할 뿐이다. 자신이 우주적 자아요 영원한 원리인 '브라흐마'의 한 부분이라는 사실을 깨닫는 사람은 죽음을 조금도 슬퍼할 까닭이 없다.

더구나 크리슈나는 아르주나에게 만약 대의(大義)를 위하여 싸운다면 그는 집착에서 벗어난 것이며, 집착에서 벗어난다면 전투 중에 일어나는 죽음에 아무런 책임도 없다고 밝힌다. 전쟁은 말할 것도 없고 우주도 이 '다르마'의 법칙을 따르기 때문이다. 어떤 행위가 가치 있는 것이 되기 위해서는 무엇보다도 사사로운 욕망에 집착하지 말아야 한다. 그는 이기적인 욕망이 없이 그리고 궁극적인 영적인 실재를 잊지 않는다면 얼마든지 사회적 의무를 수행해도 괜찮다고 설득한다. 크리슈나는 아르주나에게 탄생과 죽음의 영원한 수레바퀴에서 벗어나는 방법은 올바르게 행동하는 길밖에는 없다고 가르친다.

처음에는 전쟁에 관한 충고로 시작한 것이 점차 철학적이고 형이상학적인 내용으로 발전하고, 철학적이고 형이상학적 내용은 다시 심오한 인도의 종교 사상에까지 이른다. 아르주나는 크리슈나에게 "당신의 생명을 주는 꿀같이 달콤한 말은 / 아무리 들어도 싫증이 나지 않는다"고 말한다. 삶과 죽음, 사랑, 의무, 자아, 지혜 등 크리슈나가 우리에게 일깨워 주는 것이 한두 가지가 아니다. 이 가운데서도 그는 무엇보다 우리에게 감각적인 대상에서 벗어날 것을 가르친다. 인간은 감각을 통제할 때 비로소 삶에 대한 새로운 통찰을 얻을 수 있기 때문이다.

감각적인 대상을 곰곰이 생각하다 보면
그것에 애착이 생기게 되고
애착이 생기면 욕망이 생겨나며
욕망으로부터 분노가 생기게 된다.

분노로부터 혼란이 일어나고
혼란이 일어나면 기억이 흐려지며
기억이 흐려지면 이해력을 잃게 되고
이해력을 잃게 되면 파멸에 이르게 된다.

언뜻 크리슈나는 아르주나에게 전쟁을 부추기고 폭력을 옹호하는
것처럼 보일는지도 모른다. 그러나 이 작품을 좀 더 꼼꼼히 살펴보면
크리슈나는 전쟁 자체를 옹호한다기보다는 아르주나가 싸우지 않겠다
는 것이 왜 옳지 않은지를 보여 준다. 『바가바드 기타』도 다른 경전이나
종교서처럼 자못 상징적이다. 이 작품에서 전쟁은 인간 내면에서 일어
나는 긴장과 갈등을 보여 주는 더할 나위 없이 좋은 은유다.
　『바가바드 기타』는 한마디로 영혼의 순례를 다룬 작품이다. 인간 영
혼과 세상의 유혹 사이에서 벌어지는 내적 갈등을 우화적으로 그린다.
그렇다면 쿠루크셰트라 싸움터는 인간의 마음이고, 카우라바 형제들은
영혼의 구원을 방해하는 악의 화신이며, 아르주나는 영혼의 구원을 얻
으려는 보편적 인간이다. 아르주나는 지상 왕국을 얻으려고 카우라바
형제들과 싸움을 벌이는 것이 아니라 어디까지나 영혼의 왕국을 얻기

위하여 싸움을 벌인다. 아르주나의 고민은 "친척과 전쟁을 벌여야만 하는가?"라는 데 있지 않고 오히려 "우리는 어떻게 살아야 하는가?"라는 데 있다.

논어

공자

동양 문화권에 누구보다도 가장 큰 영향을 끼친 사람을 든다면 단연 공자(孔子)가 첫손가락에 꼽힌다. 동양 문화권에서 삶의 방식이나 정신적 가치를 규정짓는 규범으로 가장 널리 읽어 온 책도 공자의 『논어(論語)』일 것이다. 동양에서 어떤 인물도 공자만큼 큰 영향을 끼치지 못하였고, 어떤 책도 『논어』만큼 중요한 자리를 차지하지 못하였다. 이렇듯 공자와 그의 사상은 동양 문화와는 떼려야 뗄 수 없을 만큼 서로 깊이 관련되어 있다. 서양 문화권을 대변하는 사람이 예수 그리스도라면 동양 문화권을 대변하는 사람은 공자며 『논어』는 가히 '동양의 성경'이라고 할 만하다.

공자가 태어난 해와 날은 정확하지 않다. 줄잡아 석가모니(釋迦牟尼)보다 7년, 소크라테스보다 82년, 예수 그리스도보다 551년 앞서 주(周)나라 영왕(靈王) 21년인 기원전 551년에 태어났다고 하기도 하고 그 이듬해에 태어났다고 하기도 한다. 태어난 날짜도 음력 8월 27일, 양력으로는 9월 28일에 태어난 것으로 추정하여 동양의 여러 나라에서는 양력 9월 28일에 경축 행사를 벌인다. 타이완에서는 이날을 '스승의 날'로 정하여 공휴일로 정하였다.

공자는 나이가 무려 일흔이 된 은(殷)나라의 퇴역한 하급 무사 아버지와 열다섯 살 난 첩 사이에서 태어났다. 아버지 숙량흘(叔梁紇)은 처음에는 시(施) 씨를 아내로 맞아 딸만 아홉을 낳았다. 아들을 갖고 싶은 마음에 다른 여자를 아내로 맞아 맹피(孟皮)를 낳았지만 불행히도 절름발이 장애인이었다. 그래서 또 다른 아내 안(顔) 씨를 맞아 마침내 공자를 낳았다. 나이로 보자면 공자에게 흘은 아버지보다는 할아버지에 가까웠고, 주나라 무당이었다고 전하는 안씨는 어머니보다는 오히려 누이에 가까웠다.

공자가 태어난 곳은 중국의 봉건 국가인 노(魯)나라 창평향(昌平鄉) 곡부(曲阜)로 오늘날의 산둥성(山東省) 북부 지방이다. 공자의 이름은 구(丘)고 자는 중니(仲尼)다. 그가 태어날 때 머리 모양이 마치 언덕처럼 생겼다고 하여 이름을 '구'로 불렀다고 한다. 자를 '니'라고 한 것은 그의 어머니가 니산(尼山)에 가서 참배를 하고 빌어서 낳았기 때문이라고 한다. 공자는 세 살 되던 해에 아버지를 여의고 열일곱 살 때는 어머니마저 잃어 고아가 되었다.

공자의 삶은 그렇게 순탄하지만은 않았다. 『논어』에서 그는 자신의 삶을 두고 "나는 열다섯 살 때 학문에 뜻을 두었고, 서른 살에 홀로 섰으며, 마흔 살에 미혹되지 않게 되었고, 쉰 살에 천명을 알게 되었으며, 예순 살에 남의 말을 편하게 들어 거슬리는 바가 없었고, 일흔 살에 마음 내키는 대로 좇아도 법도를 넘어서지 않게 되었다"고 밝혔다. 73년이라는 길다면 긴 삶을 살면서 공자는 한 번도 벼슬다운 벼슬을 얻지 못하였다. 창고지기에다 가축을 기르는 일을 맡았고 겨우 노나라에서

재판관인 대사구(大司寇)라는 벼슬을 얻었을 뿐이다. 공자는 자신이 품은 정치 이상을 현실 정치에 실천해 보려고 무척 애썼다. 그리하여 50대 중반부터 조국 노나라를 떠나 여러 나라를 돌며 자신의 이상을 펼쳐보려 하였으나 그를 받아주는 나라는 하나도 없었다. 오히려 '상갓집 개'라는 욕설을 들었으며 생명의 위협을 받기까지 하였다.

『논어』는 모두 501개에 이르는 짧은 어록으로 구성되어 있다. 어떤 것은 채 한 줄도 되지 않고, 아무리 길어도 열다섯 줄을 채 넘지 않는다. 이렇게 짧은 『논어』는 공자가 직접 쓴 책이 아니다. 마치 기독교의 신약성경을 예수 그리스도가 직접 쓰지 않은 것과 같다. 공자에게는 흔히 '공문십철(孔門十哲)'이라고 하는 제자 열 명이 있었는데 스승이 사망한 뒤 그 제자들이 여러 나라에 흩어져 스승의 가르침을 널리 전하였고, 공자의 제자인 증자의 제자 곧 재전제자(再傳弟子)들이 공자의 언행을 기록하였다. 후한대(後漢代)의 역사가 반고(班固)가 『한서(漢書)』 「예문지(藝文志)」에서 "『논어』는 공자께서 그의 제자들이나 당시의 여러 인사와 일반 사람에게 보여 준 언행, 제자들이 서로 주고받은 말을 제자들이 저마다 기록했다가 공자께서 돌아가시자 문인(門人)들이 그것을 추려 모아 논찬한 것이다. 그래서 '논어'라고 한다"라고 밝힌 것이 이를 뒷받침한다. 실제로 『논어』에는 자장(子張)이 스승의 말을 잊지 않으려고 자기가 매고 있는 띠에 적었다는 대목이 나온다.

공자의 제자들은 스승을 중심으로 서로를 존경하고 학문을 독려한 것으로 아주 유명하다. 현명한 자공(子貢)을 비롯하여 언제나 겸허한 태도를 보인 안연(顔淵), 직설적으로 감정을 표현하기 좋아하는 행동파 제자 자로(子路) 등 많은 제자가 저마다 개성에 따라 스승을 모시고 학문을 널리 전파하는 데 힘썼다. 가령 『논어』에 보면 누군가가 공자를 비방하자 자공은 "다른 사람은 현명하다 하여도 언덕 같은 것이라 누구나 넘어갈 수 있습니다. 그러나 선생님은 해나 달같이 높으신 분이라 누구도 넘지 못합니다"라고 스승을 두둔하고 나선다. 예수의 제자 베드로가 생명의 위협을 느끼자 예수 그리스도를 세 번 부정하고, 가룟 유다는 은전(銀錢) 세 닢을 받고 그를 로마 군대에게 팔아넘긴 것과는 사뭇 대조적이다.

종교의 경전이 흔히 그러하듯이 『논어』도 오늘날처럼 존중을 받기까지 온갖 수난을 겪었다. 『논어』는 저 악명 높은 진시황(秦始皇)의 분서갱유(焚書坑儒) 때 다른 책들과 함께 불에 타 한 줌의 재로 바뀌고 말았다. 1949년 중국에 공산주의 혁명이 광풍처럼 한바탕 휘몰아치면서 『논어』는 다시 한 번 수난을 겪었다. 제2의 분서갱유라고 할 1960년대의 문화 대혁명 시기에 공자와 그의 사상은 더욱 수모를 겪었다. 홍위병은 중국인의 의식에서 유가의 마지막 잔재를 송두리째 뽑아 버리려고 하였다. 린뱌오(林彪)의 사상이나 행위와 맞물려 공자도 함께 공격을 받았다. '비림비공(批林批孔)'이라는 운동은 바로 이를 두고 이르는 것이다.

공자는 춘추시대(春秋時代)가 막을 내리기 시작하고 전국시대(戰國時代)의 막이 오를 무렵에 살았다. 이 무렵은 주나라의 봉건 제도가 무너지고 제후들이 무력을 바탕으로 저마다 왕을 칭하던 정치적 변혁기요 사회적 혼란기였다. 진의 시황제가 통일하기까지 각 제후 국가 사이에는 전쟁이 끊이지 않았다. 사회 질서가 극도로 문란하고 도덕과 윤리도 땅에 떨어졌다. "세상이 어지럽기 때문에 바로잡으려는 것이다"라는 구절에서도 단적으로 드러나듯이 『논어』에는 춘추시대의 혼란을 바로잡으려는 한 사상가의 고뇌가 깊이 배어 있다.

송나라 때의 학자 정이천(程伊川)은 "『논어』를 열예닐곱 살에 읽어서 이미 그 뜻을 알게 되었다. 그러나 오래 두고 읽을수록 그 의미는 더욱 깊어진다"고 말하였다. 논어의 문장은 길이가 짧아서 언뜻 단순한 것처럼 보일는지 모르지만 실제로는 짧은 서정시처럼 응축되어 그 내용을 정확히 헤아리기란 어렵다. 더구나 『논어』는 일관성이나 통일성이 없어 자칫 산만해 보일 수도 있다.

그러나 『논어』 전편에는 인(仁)이라는 한 가지 주제가 면면히 흐른다. 인에 대하여 언급한 장이 무려 60곳이나 되어 전체의 10퍼센트 이상을 차지한다. 음악에 빗대어 말한다면 인은 『논어』라는 교향곡에 나타나는 주악상이라고 할 수 있다. 이 주악상은 이 책 전편에 걸쳐 어떤 때는 주악상 그대로, 어떤 때에는 그것을 조금씩 변주하여 되풀이한다.

군자(君子)가 갖추어야 할 최대 덕목이요 절대선이라고 할 인은 한마디로 말하여 인간애, 즉 인간을 사랑하고 이해하고 존중하는 마음이다. 공자는 한 제자한테서 인에 대하여 질문을 받자 "사람을 사랑하는 것이다"라고 잘라 말한다. 또 "남을 용서하는 것이 곧 인이다"니, "어려움은 남보다 먼저 받고 보답은 남보다 뒤에 얻는 것이다"니 하고 밝힌다. 그런가 하면 인을 예(禮)와 관련시키면서 "자기의 사욕을 이겨내고 예로 돌아가는 것이 인이다. 하루라도 자기를 누르고 예로 돌아가면 천하가 인으로 돌아갈 것이다"라고 말하기도 한다. 그러면서 "예가 아니면 보지도 말고, 예가 아니면 듣지도 말며, 예가 아니면 말하지도 말고, 예가 아니면 하지도 말라"라고 가르친다.

공자는 이러한 인을 갖추는 수단으로 무엇보다도 학문과 교육을 강조하였다. 『논어』에는 인과 예 못지않게 학문과 교육을 언급한 대목이 아주 많다. 『논어』 첫 편(「학이편」)의 첫 장은 "배우고 때때로 익히니 기

쓰지 아니한가"라는 구절로 시작한다.

세 사람이 함께 길을 가면 그 중에서는 반드시 나의 스승이 될 만한 사람이 있다. 그 중에서 나보다 나은 사람을 골라서 따르고 나보다 낫지 못한 사람을 골라서 고치도록 한다.

배우기만 하고 사색하지 않으면 이치에 어둡고, 사색만 하고 배우지 않으면 독단에 빠져 위태롭다.

유(由)야, 네게 '안다는 것'에 대하여 가르쳐 주마. 아는 것을 안다고 하고 모르는 것을 모른다고 하는 것이 참으로 '아는 것'이다.

구구절절 학문과 지식에 대하여 정곡을 찌르는 말이다. 오늘날 배우기만 하고 깊이 생각하지 않는 사람이 얼마나 많은가. 한두 가지 아는 것을 가지고 열 가지 아는 척하는 사람은 또 얼마나 많은가. 또한 공자는 많은 제자를 가르침으로써 교육의 보편화에 힘썼을 뿐만 아니라 역사에 대한 새로운 인식을 바탕으로 이전의 고전들을 정리하여 문화 전승자로서의 역할을 하였다. 이로써 그는 전통의 계승과 창조라는 유가적 학문 방법을 확립하였다.

그런데 『논어』에서는 형이상학적인 문제를 거의 찾아볼 수 없다. 자공도 공자에게서는 "인간의 성리와 천도에 관한 말씀은 얻어들을 수가 없다"고 말하였다. 공자는 특히 신을 비롯한 초월적 존재에 대해서는 이렇다 할 관심이 없어서 프랑스의 계몽주의 철학자 볼테르는 일찍이 "나는 공자를 존경한다. 그는 신의 영감을 받지 않은 최초의 인간이기 때문이다"라고 말하였다. 물론 어쩌다 초월적 하늘을 말할 때가 더러 있었지만 그에게 하늘은 주재신이거나 유일신, 인격신이 아니다. "내 삶이 바로 기도였다 하는 말에 속아 넘어가서도 안 된다. 공자가 말하는 기도는 기독교나 불교 같은 종교에서 말하는 기도와는 사뭇 다르기 때문이다. 자로가 귀신 섬기는 일을 묻자 공자는 "사람도 제대로 섬기지 못하는데 어찌 귀신을 섬길 수 있겠느냐?"라고 되물었다. 이번에는 죽음에 대하여 묻자 "삶도 아직 모르는데 어찌 죽음에 대하여 알겠느냐?"라고 반문하였다.

고전은 시대마다 다르게 읽힌다는 말이 있다. 동양 문화권에서 그동안 '책 중의 책'으로 일컬어 온 『논어』도 예외가 아니다. 19세기 말엽 일본 근대기에 탈아입구(脫亞入歐)를 부르짖은 후쿠자와 유키치(福澤諭吉)를 비롯한 몇몇 학자들은 유교의 가치를 비판하면서 '공자가 죽어야 나라가 산다'고 외쳤다. 얼마 전 한국에서도 이와 똑같은 구호를 외친 학자도 있었다. 절대적 가치보다는 상대적 가치, 하나의 진리보다는 다원적 진리가 융숭하게 대접받는 다문화 시대에 이르러 『논어』가 내세우는 가치는 적잖이 빛을 잃었다.

맹자

맹자

맹자(孟子, 기원전 372~289)는 잘 몰라도 그의 어머니에 대해서는 잘 알고 있는 사람이 적지 않다. 어렸을 때부터 귀가 따갑도록 들어 온 '맹모삼천(孟母三遷)'이니 '맹모단기(孟母斷機)'니 하는 고사성어에서 '맹모'는 다름 아닌 맹자의 어머니를 가리킨다. 동양과 서양, 옛날과 현재를 가리지 않고 맹자의 어머니만큼 현모로 존경받는 여성도 찾아보기 쉽지 않다. '맹모삼천'은 맹자의 어머니가 아들의 교육을 위하여 공동묘지, 시장, 서당 등으로 세 번이나 이사를 했다는 일화를 두고 이르는 말이다. '맹자단기'는 맹자가 중도에 학업을 그만두고 돌아왔을 때 그의 어머니가 짜던 베를 칼로 끊어 학업의 중단을 훈계했다는 말이다. 그 어느 때보다 입시 경쟁이 치열한 오늘날 맹자의 어머니는 자식의 교육에 온 힘을 기울인 가장 모범적인 어머니로 큰 존경을 받고 있다.

맹자에게는 언제나 공자가 그림자처럼 따라다닌다. 걸핏하면 자주 입에 올리는 "공자왈 맹자왈" 하는 표현에서도 그러하고, 두 사람의 사상을 한데 묶어 흔히 '공맹사상(孔孟思想)'이니 '공맹지교(孔孟之敎)'니

하고 일컫는 점에서도 그러하다. 성인의 반열에 올라 있는 공자보다는 한 급 아래로 아성(亞聖)이나 현인(賢人)으로 부르지만 맹자는 좀처럼 공자와 떼어서 말하기 어렵다. 이 두 사람은 유가 사상의 집을 떠받들고 있는 두 기둥이요 대들보이기 때문이다. 공자의 사상과 철학을 받아들여 좀 더 발전시킨 사람이 바로 맹자다. 이 두 사람의 관계는 서구 철학사에서 소크라테스와 플라톤의 관계에 견줄 수 있다.

맹자의 생애도 공자의 생애처럼 정확히 알려진 것이 별로 없다. 맹자는 기원전 372년경 공자의 고향인 곡부에서 그다지 멀지 않은 추(鄒)나라 추현(鄒縣), 즉 오늘날의 산둥성 지방에서 태어났다. 그의 아버지에 대해서는 맹 씨라는 것 말고는 아무런 기록이 남아 있지 않은 것으로 보아 노(魯)나라에서 옮겨 온 몰락한 사족인 듯하다. 맹자의 이름은 가(軻)이고, 자는 자여(子輿) 또는 자거(子車)다. 그는 공자처럼 어렸을 때 아버지를 여의고 홀어머니 손에서 자랐다. 평소 공자를 존경하던 그는 스무 살 때 노나라에 유학하여 공자의 손자인 자사(子思)의 제자가 되어 학문을 닦았다. 자사는 공자의 제자인 증자(曾子)에게서 학업을 배웠다. 그러므로 유가 전통은 공자에게서 증자로, 증자에게서 자사로, 그리고 자사에게서 맹자로 이어진 셈이다.

맹자는 마흔두세 살 때부터 15여 년 동안 여러 나라를 유세하면서 제후들에게 인의(仁義)를 바탕으로 한 왕도 정치를 역설하였다. 그러나 맹자의 사상은 이 무렵의 현실과는 너무 동떨어지고 이상적인 것이어서 가는 곳마다 별로 관심을 받지 못하였다. 그의 관직 생활은 고작 제(齊)나라 선왕(宣王)의 신임을 받아 국정 고문인 직하사(稷下士)로 활약한 것이 전부다. 예순세 살 때쯤 맹자는 20여 년에 이르는 유세를 끝내고 추나라로 돌아와 은둔 생활을 하며 제자들을 가르치다가 기원전

289년에 여든네 살의 나이로 세상을 떠났다.

공자가 춘추시대의 끝자락에 산 반면 맹자는 전국시대의 한중간에 살았다. 전국시대는 힘이 곧 정의로 통하던 시대로 춘추시대보다 훨씬 더 살벌하였다. 이 무렵에는 부국강병과 외교적 책모가 그 어느 때보다 기승을 부렸다. 한편 이 시대에는 여러 나라가 서로 대립하여 각축을 벌이면서도 사상가들을 우대하고 사상의 자유를 최대한 보장하였다. 그러므로 전국시대는 5천여 년에 이르는 중국 역사에서 온갖 사상이 활짝 꽃을 피운 개화기로 이른바 백가쟁명의 시대를 이루었다. 맹자는 공자와 마찬가지로 어지러운 시대를 바로잡는 데 온갖 노력을 아끼지 않았다. 비록 맹자의 이상이 실현되지는 않았지만 사상가, 정치가, 철인, 웅변가, 문학가로서 그의 업적은 뒷날 크나큰 영향을 끼쳤다.

『맹자』는 바로 맹자의 언행을 기록한 책으로 7편 260장으로 이루어져 있다. 『논어』보다는 한결 일관성이 있는 것으로 보아 맹자가 직접 썼다고 전해지기도 하나 만장(萬章)과 공손추(公孫丑) 같은 제자와 함께 썼다고 보는 쪽이 더 합리적일 것 같다. 또 맹자가 사망한 뒤에 제자들이 책으로 편찬했다는 주장도 만만하지 않다. 그것도 한꺼번에 편찬한 것이 아니라 꽤 오랜 세월을 두고 조금씩 추가하고 보충했다는 것이다.

『맹자』의 7편 가운데 앞의 3편은 주로 맹자가 여러 나라를 유세하면서 행한 언행을 기록한 것이며, 나머지 4편은 은둔 생활 이후에 행한 말을 기록한 것이다. 당(唐)나라 때 유종원(柳宗元)과 한유(韓愈)가 이 책을 높이 평가하였고, 송(宋)나라 때는 왕안석(王安石)이 과거시험 과목에 넣으면서 더욱 관심을 받았으며, 마침내 주희(朱熹)가 『대학』, 『중용』, 『논어』와 함께 '4서'의 하나로 간주하면서 『맹자』는 명실공히 유가 경전의 반열에 오르게 되었다. 그 이전까지만 하여도 이 책은 한낱 제자백가서의 하나에 지나지 않았다.

맹자의 중심 사상은 공자의 가르침과 크게 다르지 않다. 맹자는 "인류가 생겨난 이래 이 세상에서 공자만큼 위대한 사람은 없다"고 잘라 말할 만큼 누구보다도 공자를 존중하였다. 이 무렵 온갖 사상이 넘쳐났는데 그 가운데서도 가장 사람들의 관심을 끈 것은 묵자(墨子)와 양자(楊子)의 사상이었다. 묵자는 흔히 '겸애(兼愛)'로 일컫는 무차별적인 사랑을 강조하는 극도의 박애주의를 내세운 반면, 양자는 자신의 털 하나를 뽑아 천하를 이롭게 한다고 하여도 그렇게 하지 않겠다는 극도의 개인주의를 부르짖었다.

맹자는 묵자의 지나친 박애주의도, 양자의 극단적인 개인주의도 난세를 극복할 수 없다고 생각하였다. 묵자와 양자의 이론은 공자의 말을 빌린다면 과유불급(過猶不及), 즉 부족한 것은 지나친 것과 같기 때문이다. 맹자는 오직 공자의 사상만이 난세를 구할 수 있는 진리라고 굳게 믿었다. 물론 공자의 이론보다 묵자나 양자의 이론을 더 설득력 있는 것으로 생각한 사람도 많았다. 가령 19세기 러시아의 대문호 레프 톨스토이는 "중국 사회가 묵자의 가르침을 따르지 않고 공자와 맹자의 가르침을 따른 것은 매우 애석한 일이다"라고 말한 적이 있다. 톨스토이가 만년에 이르러 기독교적 휴머니즘을 부르짖은 것을 생각해 보면 그가 왜 공자나 맹자보다 묵자를 더 좋아했는지 이해가 가고도 남는다.

그렇다고 맹자가 공자의 사상을 그대로 따른 것은 아니다. 공자가 무엇보다도 인(仁)에 무게를 실었다면 맹자는 인 못지않게 의(義)에도 무게를 두었다. 한마디로 맹자의 사상은 다름 아닌 인의에 그 핵심이 있다. 『맹자』의 첫 편 첫 구절에서 그는 바로 인의를 말한다. 맹자가 양(梁)나라 혜왕(惠王)을 접견했을 때 왕이 먼저 "선생이 천 리 길을 멀다 않고 이렇게 찾아오셨으니, 역시 우리나라를 이롭게 해 주려는 것이 아니겠습니까?"라고 물었다. 그러자 맹자는 "왕께서는 하필 이익을 말씀하십니까? 오직 인과 의만이 나라를 통치하는 데 필요할 뿐입니다. [...] 모든 사람이 각기 이익만을 추구한다면 국가는 위기에 직면할 것입니다"라고 대답하였다. 맹자는 "인은 우리가 편히 살 수 있는 집이요, 의는 우리가 걸어가야 할 길이다"라고 밝혔다.

맹자가 말하는 의란 한마디로 질서를 뜻한다. 부모와 자식 사이의 질서, 남편과 아내 사이의 질서, 임금과 신하 사이의 질서가 그것이다. 춘추시대에서 전국시대로 넘어오면서 이러한 질서가 송두리째 무너지기 시작하였다. 맹자는 방금 앞에서 말한 묵자의 박애주의적인 겸애나 양자의 극도의 이기주의도 엄밀히 따져보면 질서를 무시한 결과로 보았다. 반면 맹자가 추종한 공자의 인은 '별애(別愛)', 즉 대상에 따라 차별을 두는 사랑으로 묵자와는 큰 차이가 난다.

맹자는 사람이 마땅히 갖추어야 할 덕목으로 인과 의 외에 예(禮)와 지(知)가 있는데 이것의 기초가 되는 특성으로 네 가지가 있음을 지적한다. '사단설(四端說)'로 일컫는 이론이 바로 그것이다. 맹자에 따르면 모든 사람에게는 측은(惻隱)·수오(羞惡)·사양(辭讓)·시비(是非)의 네 마음이 있다.

측은히 여기는 마음이 없으면 사람이 아니고, 자신의 잘못을 부끄러워하고 악함을 미워하는 마음이 없으면 사람이 아니며, 자신을 낮추고 남에게 양보하는 마음이 없는 것도 사람이 아니며, 도리의 옳고 그름을 가리는 마음이 없어도 사람이 아니다. [...] 측은히 여기는 마음은 인에 이르는 단서가 되고, 부정을 부끄럽게 여기는 마음은 의에 이르는 단서가 되며, 겸손하게 사양하는 마음은 예에 이르는 단서가 되고, 옳고 그름을 분별하는 마음은 지에 이르는 단서가 된다.

맹자에 따르면 인간에게는 누구나 팔과 다리가 있듯이 이 네 가지 마음이 있다. 이 네 가지 마음이 싹이라면 인의는 그 싹이 터서 피어난 한 떨기 꽃이다. 그리고 이러한 식물이 자라게 하는 토양은 다름 아닌 교육이다.

맹자의 사단설은 자연스럽게 성선설로 이어진다. 그는 인간에게는 악한 욕망도 있지만 근본적인 바탕은 선한 것이라고 주장한다. 그는 인간 본성의 선함을 물의 흐름에 빗댄다. 인위적으로 물길을 거스르지 않는 한 물은 언제나 높은 곳에서 낮은 데로 흐르게 마련이다. 그러므로 맹자는 될 수 있는 대로 욕심을 줄여 인간의 착한 마음을 기르게 하는 것을 자기 수양과 교육의 목표로 삼았다. 그의 사상은 이렇게 인간에 대한 강한 믿음에서 시작한다. 한편 순자(荀子)는 "인간의 본성은 악하다. 이를 선이라고 하는 것은 억지다"라고 말하며 맹자의 이론에 정면에 맞서 선악설을 내세운다.

정치사상에서도 맹자는 공자의 이론을 한 발 더 밀고 나간다. 공자는 주나라 주공(周公)을 가장 이상적인 정치가로 꼽으며 계급 질서에 충실한 봉건주의를 신봉하였다. 맹자는 봉건주의를 신봉하되 민본주의를 전제로 한 왕도 정치에 좀 더 무게를 실었다. 맹자는 인의에 따른 왕도 정치와 힘에 따른 패도 정치를 엄격히 구분하였다. 그는 군주는 마땅히 민중에 대한 사랑을 바탕으로 한 왕도 정치를 펼쳐야 한다고 밝혔다. "(나라의 구성으로 볼 때) 백성이 가장 소중하고, 사직(社稷)이 그 다음이며, 임금은 가장 가볍다. 그러므로 백성에게 사랑을 받으면 천자가 되고, 천자에게 사랑을 받으면 제후가 되며, 제후에게 사랑을 받으면 대부가 된다"고 잘라 말한다. 군주라고 하더라도 덕과 인이 없으면 무너뜨려야 한다고 말함으로써 맹자는 역성 혁명의 가능성마저도 내비친다. 이 말을 들은 선왕은 얼굴색이 달라졌다고 한다.

맹자가 내세운 왕도 정치나 민본주의는 권모술수와 힘의 논리가 판을 치는 전국시대의 현실과 지나치게 동떨어진 것이다. 제후들이 그의 이론을 받아들이지 않은 것은 그다지 무리가 아니다. 그러나 그의 정치 사상은 봉건주의 시대에 민주주의의 씨앗을 처음 뿌렸다는 점에서 무척 소중하다.

도덕경

노자

중국 사상의 물줄기를 따라 올라가다 보면 유가와 도가의 두 강을 만나게 된다. 유가의 강에는 공자와 맹자가 자리 잡고 있고, 도가의 강에는 노자(老子)와 장자(莊子)가 지키고 있다. 이 두 큰 줄기는 중국뿐 아니라 동양을 지탱해 온 정신적인 지주다. 겉으로 보기에 마치 양과 음처럼 서로 어긋나는 두 사상은 서양 문예 전통에 빗댄다면 고전주의와 낭만주의에 해당한다. 한쪽이 사회적 존재로서의 인간에 무게를 싣는다면, 다른 쪽은 인간이란 어디까지나 자연의 일부임을 강조한다. 한쪽이 이성·현세·계급 질서를 내세운다면, 다른 쪽은 감성·내세·무정부주의에 무게를 싣는다. 그러나 이 양극의 사상은 서로 배타적인 관계보다는 오히려 서로 보완적인 관계를 맺고 있다. 중국이나 동양이 어느 한 극단에 치우치지 않고 조화를 이루어 온 것도 바로 유가 사상과 도가 사상이 서로 견제와 균형을 취했기 때문이다.

도가 사상의 한 축인 노자는 자연에 파묻혀 은둔 생활을 한 탓에 그의 삶은 공자나 맹자보다도 훨씬 더 수수께끼다. 중국의 역사가 사마천

의 『사기(史記)』에 따르면 노자는 초(楚)나라 호현(苦縣) 사람으로 오늘
날 허난성(河南省) 루이(鹿邑) 동쪽 지방에서 태어났다. 성은 이(李) 씨로
이름은 이(耳), 자는 담(聃) 또는 백양(伯陽)이다. 노자는 공자, 맹자보다
도 훨씬 오래 살았으면서도 내세울 만한 관직이 없었다. 고작 춘추시대
말기 주(周)나라 왕실의 서고를 관리하는 말단 관리, 오늘날로 말하자면
국립도서관 사서 비슷한 일을 맡았다. 이 무렵 사관(史官)은 책뿐 아니
라 천문, 점성 성전(聖典) 등을 담당하였다.

　노자에 대한 이야기는 역사적 사실이라기보다는 차라리 전설에 가
깝다. 노자의 어머니는 그를 72년 동안 임신하고 있었고 옆구리를 통하
여 분만했다고 전한다. 또 노자가 자두나무 아래에서 태어나 이 씨 성
이 되었다는 이야기도 있다. 이이(李耳)라는 이름을 두고 굳이 그를 '노
자'라고 부르는 것은 태어날 때부터 노인처럼 머리카락이 희었기 때문
이라고 한다. 노자가 나중에 서쪽 지방으로 사라졌다는 사실을 들어 노
자를 석가모니로 보려는 견해도 있지만 3세기경 중국에 불교가 널리
퍼지자 포교 활동을 방해할 목적으로 만들어 낸 이야기에 지나지 않는
것 같다.

　노자의 삶이 수수께끼인 것처럼 그가 썼다는 『도덕경(道德經)』에 대
해서도 정확히 알려진 것이 없다. 그가 만년에 서방으로 가던 중 함곡
관의 감독관이던 윤희(尹喜)라는 사람의 부탁으로 이 책을 써주었다고
한다. 그러나 전국시대 초기에 노자의 후학들이 편찬했다는 주장도 만
만치 않다. 한 책 안에서 사상이나 문체, 용어가 서로 다르게 쓰인 점으
로 보아 한 사람이 썼거나 한 시대에 쓴 작품으로 보기 어려운 점이 있
기 때문이다. 기원전 4세기부터 전해 내려온 노자의 사상을 한 권의 책
으로 엮은 것은 한(漢)나라 초, 즉 기원전 2세기라는 것이 통설이다. 그

뒤 남북조시대에 상편 37장, 하편 44장으로 모두 81장이 정착되어 오늘 날에 이른다. 이 책을 '도덕경'이라고 일컫는 것은 상편을 '도경', 하편을 '덕경'이라고 한 것을 하나로 묶었기 때문이다. 또 책 전편에는 '도(道)'라는 글자가 무려 76번, '덕(德)'은 44번이 나와 이 두 글자는 이 책에서 허사(虛辭)가 아닌 실사(實辭)로서는 가장 많이 사용되고 있다.

도가 사상의 효시로 일컫는 『도덕경』은 내용은 짧지만 그 의미는 오대양처럼 아주 깊고 넓다. 그것은 지금까지 나온 주석서만 보아도 알 수 있다. 중국어로 쓰인 주석서가 무려 350여 권이 넘고, 일본어로 쓰인 것도 250여 권이 넘으며, 한국에서도 새로운 주석서가 계속 쏟아져 나오고 있다. 심지어 서양에서도 인기가 있어 영어로 번역한 책만도 40여 권이 넘는다. 특히 서양에서는 『도덕경』이 『논어』보다 훨씬 더 인기가 있다는 점이 흥미롭다.

『논어』와 『맹자』가 실천적이고 형이하학적인 성격이 강하다면 『도덕경』은 좀 더 추상적이고 형이상학적인 면이 강하다. 공자와 맹자의 사상은 비교적 쉽게 피부로 느끼지만 노자의 사상은 좀처럼 손에 잡히지 않는다. 중국 철학자 펑유란(馮友蘭)의 말대로 이 책은 신비주의적 색채가 아주 짙다. 도가 사상이 불교에 큰 영향을 끼친 것도 이러한 신비주의와 무관하지 않다. 유가 사상의 집은 실천성이라는 주춧돌 위에 세워져 있다. 공자와 맹자에게 구체적인 행동이 뒷받침되지 않는 이론이란 허공의 메아리처럼 공허할 따름이다. 서양 철학의 할아버지 플라톤처럼 유가에서는 인간을 어디까지나 사회적 존재로 파악한다. 공자는 혼탁한 난세를 버리고 은거하며 자연 속에 묻혀 살라는 권유에 대하여 "사람은 새와 짐승과는 무리지어 살 수 없다. 내가 천하의 사람과 더불어 살지 않고 누구와 살겠느냐? 천하에 도(道)가 있으면 내가 애써 변혁

하려고 하겠느냐?"라고 되묻는다. 그러나 노자는 '천하의 사람과 더불어' 사는 것을 비웃으며 오히려 세속과 등지고 '새와 짐승과 더불어 어울려' 살 것을 가르친다.

『도덕경』은 이렇게 유가의 일반적인 가치를 정면으로 부정한다는 점에서 가히 혁명적이라고 할 수 있다. 노자는 유가가 가르치는 가치를 거의 대부분 불필요한 욕망의 결과로 치부하며 온전히 자연 속에서 자유를 실천할 것을 부르짖는다.

말로 표현할 수 있는 도는 정상의 도가 아니다.
이름 붙일 수 있는 이름은 정상의 이름이 아니다.
이름 없는 것은 천지의 처음이고,
이름 있는 것은 만물의 어머니다.

『도덕경』의 유명한 첫 구절이다. 그런데 동양과 서양 고전을 통틀어 이 구절만큼 논란을 불러일으킨 구절도 찾아보기 드물 것 같다. "도가도비상도 명가명비상명(道可道非常道 名可名非常名)"은 겨우 열두 글자밖에 되지 않지만 수수께끼처럼 그 뜻을 헤아리기 어렵다. 어찌 되었건 첫 구절부터 노자는 유가 사상을 반박하고 나선다. 여기에서 말하는 '도'란 노자의 형이상학에서 궁극적인 존재, 즉 모든 일의 근원이나 본체를 뜻한다. 이것은 천지의 생성보다도 앞서고 만물을 생성하는 근원적 존재이며, 모든 현상의 배후에서 작용하는 이법이다.

그런데 노자는 이러한 근원이나 본체는 인간의 언어로써는 표현할 수 없다고 못 박는다. 그래서 공자나 맹자가 여러 나라를 돌며 제후들을 설득하려고 한 것은 한낱 부질없는 일에 지나지 않는다. 이와 관련하여 노자의 "말이 많으면 이수(理數)가 막히게 마련이다"니, "아는 자는 말하지 않고, 말하는 자는 알지 못한다"니, "성인은 억지로 하지 않고도 일을 처리하고, 말하지 않고도 가르침을 행한다"니 하는 구절도 예사롭지 않다. 또 노자의 말은 동일한 실체에는 오직 하나의 이름밖에는 없다는 명가(名家), 그리고 그들의 사상을 현실 정치에 적용한 법가(法家)에 쐐기를 박는 말이지만 유가에 대한 비판으로 읽어도 크게 무리가 없다.

노자에게는 유가의 최고의 덕목인 인(仁)과 예(禮)도 한낱 거추장스러운 족쇄에 지나지 않는다. 공자나 맹자에게 사람이 사람다운 것은 다름 아닌 인과 예가 있기 때문이다. 인간은 인과 예를 버리는 순간 짐승과 다름없어진다. 그러나 노자는 오히려 "인을 없애고 의를 버리면 백성들은 효도하고 자애하는 사람으로 돌아갈 것이다"라고 말한다. 노자는 "큰 도가 없어지자 인과 의가 있게 되었고, 지혜가 생겨서 큰 거짓이 있게 되었다. 육친이 화목하지 않게 되자 효도니 자애니 하는 것이 있게 되었고, 국가가 어둡고 어지러워지자 충신이 있게 되었다"고 지적한다.

학문이나 교육에 대한 태도도 크게 다르지 않다. 노자는 공자나 맹자와는 달리 학문이 인간의 삶에 오히려 걸림돌이 된다고 생각한다. "배우고 때때로 익히니 기쁘지 않으냐?"라는 공자의 말에 반기라도 들듯이 노자는 "학문을 없애 버리면 근심이 없어질 것이다"라고 잘라 말한다. 맹자는 군주가 백성에게 도덕을 가르쳐야 한다고 주장하지만, 노자는 "백성을 다스리기 어려운 것은 그들이 지혜가 많기 때문이다. 그러므로 지혜를 가지고 나라를 다스리는 것은 나라의 적(賊)이 된다"라고 말한다. 노자의 이러한 주장은 언뜻 보면 우민(愚民) 정치를 말하는 것처럼 들릴지도 모른다.

노자의 사상을 한마디로 말하자면 무위자연(無爲自然)이다. 유가 사상이 '작위의 철학' 또는 '인위의 철학'이라면 도가의 철학은 어디까지나 '무위의 철학'이다. 노자가 말하는 무위란 인위적인 것을 모두 배격하고 자연의 섭리에 따르는 것이다. 무위의 세계에서 인간은 비로소 자유의 극치를 맛볼 수 있다. 노자는 이러한 무위의 상태를 가장 잘 보여 주는 것으로 흐르는 물을 든다.

최상의 선은 물과 같다. 물은 모든 것에 이로움을 주지만 서로 다투지 않는다. 모든 사람이 싫어하는 낮은 곳에 즐겨 있다. 그러한 까닭에 물은 도에 가깝다.

『맹자』가 요설에 가까운 맥시멀리즘 전통에 서 있다면 『도덕경』은 되도록 말을 아끼는 미니멀리즘 전통에 서 있다. 『도덕경』은 "작은 것이 아름답다"는 축소지향의 미학을 유감없이 보여 준다. 적지 않은 학자가 이 책을 촌철살인의 묘를 살린 경구집이나 격언을 한데 모아 놓은 책으로도 보는 까닭이 바로 여기에 있다.

『도덕경』의 축소지향성은 내용에서도 쉽게 엿볼 수 있다. 노자는 거창한 것보다는 사소한 것, 복잡한 것보다는 단순하고 소박한 것에 진리가 있다고 가르친다. "나라가 작고 백성이 적으면 비록 많은 기물이 있어도 쓰지 않는다. [⋯] 이웃 나라가 바라다보이며 닭과 개의 소리가 서로 들려도 백성들은 늙어 죽을 때까지 서로 왕래하지 않으리라"라고 말한다. 노자가 내세운 이상 사회는 이렇게 적은 백성이 사는 규모가 작은 나라이다. 이곳에는 문명의 발달이나 역사의 진보도 없다.

노자가 『도덕경』에서 부르짖은 사상은 20세기 후반 들어 부쩍 뭇사람의 입에 오르내린 포스트모더니즘을 떠올리게 한다. 포스트모더니즘은 절대적 진리보다는 상대적 진리, 일원적 가치보다는 다원적 가치를 훨씬 더 중요하게 생각한다. 노자 사상의 핵심도 이와 별반 차이가 없다. 노자의 "천하 사람들이 모두 아름다운 것을 아름답다고 알고 있지만, 이것은 추악한 것이 있기 때문이다. 모두 착하다고 알고 있지만, 이것은 착하지 않은 것이 있기 때문이다"라는 구절에서 쉽게 엿볼 수 있듯이 노자는 언제나 상대적인 가치를 중요하게 생각한다. 포스트모더니즘 이론가들도 이 세상에는 절대적 가치나 진리란 없으며 만약 그런 가치나 진리가 있다면 오직 우연에 따른 것이거나 상대적인 것에 지나지 않는다고 말한다. 사람들이 진리라고 말하는 것은 기껏 공동 사회 구성원이 도달한 합의일 뿐이라는 것이다.

유가 사상이 흔히 '동일자(同一者)'로 일컫는 중심을 지향하는 철학이라면, 노자의 사상은 그동안 중심부에서 밀려나 주변부에서 맴돌고 있던 이른바 '타자(他者)'의 철학이다. 이런 점 역시 계급, 성, 인종에 따른 차별의 벽을 허물려는 포스트모더니즘에서 동일자보다는 타자에 무게를 싣는 것과 일맥상통한다. 가령 노자의 어린아이와 여성에 대한 태도만 하여도 그러하다. 노자는 어린아이야말로 도를 지키는 장본인이라고 본다. 그는 "덕이 두터운 사람은 어린아이와 같아서 벌이나 전갈도 쏘지 않고 맹수도 덤비지 않으며 발톱을 움키는 새도 치지 않는다"고 말한다. 노자는 여성과 여성성에도 깊은 관심을 쏟는다. 예컨대 "부드러운 것은 굳센 것을 이기고 약한 것은 강한 것을 이긴다"나, "암컷은 언제나 고요하게 있음으로써 수컷을 이기며 고요함으로써 아래가 된다" 하는 등의 구절은 여성이나 여성성의 우월성을 가리키는 말이다.

노자는 주변부에 대한 관심뿐 아니라 인간 중심주의의 옷을 훌훌 벗어버리고 인간이 아닌 다른 피조물과 하나가 되려고 한다는 점에서도 유가 철학과는 근본적으로 다르다. 이러한 사고는 "우주 안에 네 가지 큰 것이 있는데 사람은 그 가운데 하나일 뿐이다. 사람은 땅을 본받고, 땅은 하늘을 본받고, 하늘은 도를 본받고, 도는 자연을 본받는다"는 구절에서 잘 드러난다. 노자는 공자처럼 인간을 우주의 중심에 세우지 않는다. 인간도 궁극적으로 세상에 존재하는 수많은 생물 가운데 하나일 뿐이며, 생물이든 무생물이든 우주 구성성의 하나에 지나지 않기 때문이다.

장자

장주

무심코 그냥 지나쳐 버리기 쉽지만 옛 중국 사상가들을 보면 하나같이 '자(子)' 돌림자로 끝난다. 유가의 집을 처음 세운 공자와 맹자가 그러하고, 도가 전통을 처음 정립한 노자도 그러하다. '공자'니 '노자'니 할 때의 그 '자'를 붙이는 것은 성인이나 스승을 높여 부르는 일종의 경칭이다. 춘추전국 시대에 사상의 꽃을 활짝 피운 뭇 사상가를 흔히 '제자백가'라고 부르는 까닭도 바로 여기에 있다.

그러나 같은 사상가라도 낮추어 부를 때는 좀처럼 '자' 돌림자를 사용하지 않았다. 가령 유가 사상에 맞서 이른바 겸애설(兼愛說)을 부르짖어 묵가(墨家)의 시조가 되는 사상가를 당시 유학자들은 그냥 '묵적(墨翟)'이라고만 불렀을 뿐 '묵자(墨子)'라고는 부르지 않았다. 마찬가지로 도가의 대가들도 '노담(老聃)'이니 '장주(莊周)'니 하고 불렀을 뿐 좀처럼 '노자'나 '장자'라고 부르기를 꺼려하였다. '묵자'니 '노자'니 '장자'니 하는 이름은 뒷날에 와서야 비로소 후학들이 사용하기 시작하였다. 물론 이것은 역사적으로 유학이 정치나 학문에서 중심적 역할을 맡고 있었기 때문에 비롯된 현상이기도 하다.

맹자가 공자의 유가 사상을 이어받아 발전시켰다면 장주는 노자의 도가 사상을 계승하여 발전시켰다. 도가에서 장자와 노자의 관계는 유가의 맹자와 공자의 관계와 비슷하다. 흔히 맹자 하면 곧 공자를 떠올리고, 장자 하면 곧 노자를 떠올린다. '공맹(孔孟)'이니 '노장(老莊)'이니 하는 말은 마치 샴쌍둥이처럼 거의 언제나 함께 붙어다닌다. 이것은 그만큼 두 사상가의 생각이 서로 비슷하고 선배 사상가가 후배 사상가에게 끼친 영향이 크다는 것을 뜻한다.

장자는 기원전 4세기경 송(宋)나라의 몽(蒙), 즉 오늘날의 허난성(河南省) 상추현(商邱縣)에서 태어났다. 이름은 주(周)이고 자는 자휴(子休)다. 태어난 시기는 정확하지 않지만 줄잡아 기원전 370년으로 맹자와 비슷한 시기에 태어나 활동한 것으로 알려진다. 장주는 잠시 몽현에서 옻나무를 관리하는 하급리[漆園吏]를 지낸 적이 있을 뿐 평생 벼슬을 하지 않고 자유롭게 살았다. 한때 초나라 위왕(威王)이 그를 재상으로 맞아들이려고 하자 장주는 제사 지낼 때 쓰는 소의 예를 들며 "차라리 작은 돼지가 되겠다"고 말하며 사양했다는 일화는 유명하다.

『장자』는 장주의 사상을 담은 책으로 6만 5천여 자로 되어 있다. 지금도 방대한 책이지만 옛날에는 이보다 훨씬 방대했던 것으로 전한다. 반고(班固)의 『한서(漢書)』의 「예문지(藝文志)」에 따르면 이 책은 전한(前漢) 때는 무려 52편이었고, 사마천(司馬遷)이 살던 전한(前漢) 때는 이보다 2배쯤 되는 『장자』가 있었다고 한다. 지금 전하는 책은 4세기 서진(西晉) 시대에 곽상(郭象)이 정리하고 주석을 단 텍스트로 내편 7편, 외편 15편, 잡편 11편 등 모두 33편으로 구성되어 있다. 장주가 이 33편을 모두 썼는지에 대해서는 학자들 사이에 의견이 엇갈린다.

도연명(陶然明)은 일찍이 한 작품에서 "오랫동안 조롱 속에 갇혀 있다가 자연 속으로 돌아간다"라고 읊은 적이 있다. 그런데 이 구절은 장주와 그의 사상을 염두에 두고 읊은 것으로 보아도 크게 틀리지 않는다. 실제로 공자와 맹자의 책을 읽다가 장자의 책을 읽으면 통풍이 잘 안 되는 답답한 환자방에 들어앉아 있다가 오월 훈훈한 바람이 살랑거리는 들판에 나온 기분이 든다.

도대체 왜 우리는 『장자』를 읽으며 이렇게 신바람 나는 기분을 느끼는 것일까? 아마도 장주가 권력, 명예, 부귀영화 같은 세속의 일을 마치 옷에 묻은 먼지처럼 훌훌 털어 버리고 대자연 속에서 유유자적했기 때문일 것이다. 세속에 얽매여 하찮은 일로 다툼을 벌이고 소동을 일으키는 것은 "달팽이 뿔 위에서 전쟁을 벌이는 꼴"과 크게 다르지 않다. 장주야말로 참다운 자유인이며 무정부주의자요 개인주의자다. 장주는 속세의 굴레에서 벗어난 자유스러운 경지를 '소요유(逍遙遊)'라고 부른다. 글자 그대로 한가롭게 떠다니며 자유롭게 노니는 것을 일컫는 말이다. 장주에게 삶이란 고통스러운 노동이 아니라 아무런 구애를 받지 않고 벌이는 한바탕 놀이인 셈이다.

장주는 참다운 자유인이 되려면 무엇보다도 '좌망(坐忘)'과 '심재(心齋)'의 미덕을 기르라고 가르친다. 조용히 앉아서 우리를 구속하는 모든 것을 잊어버리고, 마음을 텅 비워 깨끗함을 유지하라는 것이다. 좌망이란 온몸에서 힘을 빼고 모든 감각을 없이 하여 몸과 마음을 비운 다음 도의 작용을 받아들이는 것이다. 이는 곧 현실 세계의 인위적인 가치관에서 벗어날 때 비로소 인간은 정신적으로 무한히 자유로운 존재가 될 수 있음을 말한다. 이름난 백정 포정(庖丁)의 일화는 이 점을 잘 보여 준다. 그는 소를 대하면 이미 감각은 작용하지 않고 마음만 활발하게 움직인다고 한다. 포정은 소를 잡을 때 오직 자연의 섭리에 따를 뿐이다.

장주에게 가난과 남루는 감추어야 할 치부가 아니라 오히려 훈장과 같은 것이었다. 베로 짠 투박한 옷을 걸쳤고, 천으로 만든 신발 한 켤레를 신었으며, 신발 끝이 떨어지면 끈으로 졸라매었다. 장주는 이렇게 초라한 모습으로 한번은 위왕(魏王)을 찾아간 적이 있다. 위왕이 그에게 "선생은 어째서 그다지도 피곤한가요?"라고 물었더니 장주는 "피곤이 아니고 가난입니다"라고 대답했다고 한다.

장주는 『장자』에서 노자가 부르짖은 상대주의를 한 발 더 밀고 나간다. 장주에게는 쓸모 있음과 쓸모 없음, 아름다움과 추함, 선과 악, 귀함과 천함, 의식 세계와 무의식 세계, 심지어는 삶과 죽음까지도 어디까지나 상대적인 개념에 지나지 않는다. 도의 관점에서 보면 이러한 것 사이에 어떤 본질적 차이란 존재하지 않는다. 그런데도 사람들은 만물이 본질에서 서로 같다는 사실을 인정하지 않고 사물의 개별성에 지나치게 집착한 나머지 이러저러한 상대적인 판단을 내리고는 기뻐하거나 슬퍼한다는 것이다. 지식이나 가치는 사람과 지역, 시대, 상황에 따라 달라질 수밖에 없고, 인간의 관점에서 보느냐 아니면 다른 피조물의 관점에서 보느냐에 따라서도 얼마든지 달라진다. 『장자』 내편 「제물론(齊物論)」에 나오는 '나비의 꿈'에 관한 구절은 이 점을 잘 보여 준다.

어느 날 장주가 자신이 나비가 된 꿈을 꾸었다. 훨훨 날아다니는 나비가 되어 유쾌하게 즐기면서도 자기가 장주라는 것을 깨닫지 못하였다. 갑자기 꿈에서 깨어 보니 놀랍게도 틀림없는 장주 자신이 아닌가. 도대체 장주가 꿈에 나비가 된 것일까? 나비가 꿈에 장주가 된 것일까?

언뜻 보기에는 장주와 나비 사이에 엄격한 구별이 있는 듯하지만 그 구별은 절대적인 것이 아니라 어디까지나 상대적이다. 장주가 곧 나비이고, 나비가 곧 장주다. 장주는 이러한 변화를 '물화(物化)'라고 부른다. 카를 마르크스가 후기 저작에서 사용한 물화의 개념도 장주의 용어에 뿌리를 둔다. 마르크스는 모든 것이 사고파는 대상이 되는 자본주의 사회에서 인간의 노동력이나 다른 능력도 상품화되어 물적인 상품으로서의 성격을 갖게 될 뿐 아니라 심지어 인간과 인간과의 관계조차 물건과 물건의 관계로 나타나는 경향을 물화라고 부른다.

더 나아가 장주는 물아일체(物我一體)를 주장하기도 하였다. 자연과 '나' 사이에 구분이 없이 하나가 되는 것이 바로 물아일체다. 자연의 순리에 거역하지 않고 그대로 따르는 것이야말로 삶다운 삶을 사는 길이다. 물오리의 다리가 짧다고 하여 그것을 이어 주거나 학의 다리가 길다고 하여 그것을 잘라 주면 오히려 그들을 해치게 되는 것과 똑같은 이치다. 인위적인 것은 자연적인 것을 훼손할 뿐이다. 장주는 물아일체의 경지에 오른 사람을 '지인(至人)' 또는 '천인(天人)'이라고 부른다.

공자와 맹자는 어디까지 합리적인 상식의 세계에 살고 있다. 그러나 노자와 장자는 이러한 합리적인 상식의 세계를 훨씬 뛰어넘는다. 유가 사상이 선형적인 세계관이라면 도가의 사상은 순환적인 세계관이다. 장주에게는 삶과 죽음마저도 종이의 양면처럼 큰 차이가 없다. 장주의 아내가 사망했을 때의 일화는 이 점을 잘 보여 준다. 전국시대의 정치가이자 사상가인 혜시(惠施)가 조문하러 장주를 찾아와 보니 그는 돗자리에 앉아 동이를 두드리며 노래를 부르고 있었다. 혜시가 장주에게 평생 같이 살면서 자식까지 낳은 아내가 죽었는데 어떻게 그럴 수가 있느냐고 따졌다. 그러자 장주는 그에게 "아내가 죽었는데 왜 나라고 슬프지 않겠는가? 그런데 다시 생각해 보니 아내에게는 처음부터 생명도 형체도 기(氣)도 없었네. 유(有)와 무(無) 사이에서 생겨났고, 기가 변형되어 형체가 되었으며 형체가 다시 생명으로 모양을 바꾸었지. 이제 삶이 변하여 죽음이 되었으니 이는 춘하추동의 네 계절이 순환하는 것과 다를 것이 없네. 아내는 지금 우주 안에 잠들어 있다네"라고 대꾸한다.

삶과 죽음이 하나라는 생각은 곧 삼라만상이 하나라는 생각과 맞닿아 있다. 이는 장주의 만물제동(萬物齊同) 사상이다. 법 앞에서 인간은 평등하다는 말도 있지만, 도 앞에서는 만물이 평등하다. 도의 관점에서 사물을 보면 만물은 하나같이 똑같다. 『장자』에는 화가, 악공, 목수, 농부, 어부, 백정, 신체장애자 등 사회에서 소외받는, 요즈음 말로 하면 '사회적 약자'가 유난히 많이 등장한다는 점을 찬찬히 눈여겨 보아야 한다.

비단 사람만이 아니다. 장주가 임종이 얼마 남지 않았을 때 제자들이 그에게 장례 절차에 대하여 물었다. 장주는 "나는 하늘과 땅을 널로 삼고, 해와 달을 한 쌍의 옥으로 삼으며, 별을 구슬로 삼고, 만물을 순장품으로 삼는다"고 말하였다. 제자들이 선생님 뜻대로 하면 까마귀나 솔개가 시신을 파먹을까 두렵다고 밝히자 "땅 위에 있으면 까마귀나 솔개의 밥이 되고, 땅 밑에 있으면 땅강아지나 개미의 밥이 될 것이다. 구태여 까마귀나 솔개의 밥을 빼앗아 땅강아지나 개미에게 준다는 것은 너무 편벽한 일이 아니겠느냐?"라고 대꾸한다. 장주의 이러한 세계관에서는 인간을 만물의 영장으로 보는 유가의 인간중심주의는 눈을 씻고 찾아도 찾아볼 수 없다.

만물이 이렇게 서로 동등하다면 천지 만물의 근원인 도는 어느 곳에서나 찾아볼 수 있다. 동곽자(東郭子)가 장주에게 "도라는 것이 어디에 있습니까?"라고 물은 적이 있다. 그러자 장주는 "없는 곳이 없소"라고 대답한다. 좀 더 자세히 가르쳐 달라고 부탁하자 "땅강아지와 개미에게 있소"라고 말한다. 동곽자가 도가 어떻게 그렇게 낮은 것에 있느냐고 반문하자 이번에는 "돌피[稊]나 피[稗]에 있소"라고 대꾸한다. 동곽자가 "어찌해서 그렇게 점점 낮아집니까?"라고 따져 묻자 장주는 "기와나 벽돌에도 있소"라고 대답한다. 동곽자가 다시 묻자 이번에는 "똥이나 오줌에도 있소"라고 대답한다. 이에 동곽자는 그만 말문이 막혀 아무 대꾸도 하지 못한다.

장자의 학문 세계에 대하여 사마천은 『사기』에서 "그의 학문은 살펴서 이르지 않은 것이 없지만 요점은 노자의 말에 귀착된다"고 밝힌다. 장자도 노자처럼 세속적인 생활을 초월하고 대자연과 하나가 되어 자연의 흐름에 자신을 내맡기고 살아가는 삶을 가장 이상적인 삶으로 본다. 그러나 같은 도가 전통에 속하면서도 장자와 노자는 몇 가지 면에서 차이가 난다. 노자는 무위자연을 주창하면서도 정치적 이상을 구현할 수 있는 성인을 말하는 등 여전히 현실 정치에 대한 미련을 완전히 떨구어 내지 못하였다. 반면 장자는 정치를 비롯한 모든 현실에 대한 애착을 훌훌 벗어 버리고 자연과 하나가 되려고 하였다. 도의 개념도 노자는 정적으로 파악한 반면, 장자는 변화무쌍하고 동적인 것으로 파악하였다. 장주는 노자에게서 가장 큰 영향을 받았지만, 한편으로는 극도의 자기중심주의인 양자(楊子)의 위아설(爲我說: 양자의 극단적인 개인주의 학설. 남을 위하거나 해침이 없이 오직 자기 자신의 욕망을 만족시키는 것이 옳다는 주장)과 만물이 서로 평등하다는 전병(田騈)의 귀제설(貴齊說: 만물 평등설)의 영향을 받기도 하였다.

산해경

신화 하면 마치 종소리만 듣고도 침을 줄줄 흘려대는 파블로프의 개처럼 곧 그리스와 로마 신화를 떠올리는 사람이 많다. 그리스 신화나 로마 신화가 유명한 것은 사실이지만 그에 못지않게 동양의 신화도 그 역사가 아주 깊고 유명하다. 동양의 신화는 시기적으로 보더라도 서양의 신화에 결코 뒤지지 않는다. 다만 지금까지 우리가 지나치게 서양쪽에만 관심을 기울여 온 탓에 동양 신화의 진면목을 잘 모르고 있었던 것일 뿐이다. 동양 신화의 먼 기원을 찾아가면 『산해경(山海經)』을 만난다. 이 책은 동양 최초의 인문 지리서이면서 신화서다.

『산해경』은 요임금과 순임금 시절, 즉 기원전 22~23세기경에 처음 나왔다고 일컬어진다. 그 무렵 중국은 홍수로 온통 물바다가 되어 백성들은 땅과 집을 잃고 산과 언덕을 헤매다가 나무 위에 집을 짓고 살았다. 하나라 우임금의 아버지 곤(鯀)이 치산치수(治山治水)를 하겠다고 자청하지만 아무런 공로가 없었다. 그러자 요임금은 곤의 아들인 우에게 책임을 지우고, 우는 결국 사슴마를 타고 이르는 산마다 나무를 베어 높은 산과 큰 강을 정리한다.

이때 우의 감독 아래 벼슬아치들은 새와 짐승들을 몰아내고 산천에 이름을 붙이고 초목을 분류한 뒤 물과 땅을 구분 짓기 시작한다. 제후들의 도움을 받아 사람의 발자취가 미치는 곳까지 정돈하고 배와 수레가 잘 갈 수 없는 곳까지도 모두 정돈한다. 육지 안으로는 다섯 방향으로 산을 구별하게 하고, 육지 밖으로는 여덟 방향의 바다를 구분하게 한다. 그리고 이곳에 있는 진귀한 보물이며 기이한 물건, 다른 지방의 강과 육지에서 나는 풀과 나무, 짐승, 곤충, 기린, 봉황 등을 낱낱이 기록한다. 그동안 사람들에게 알려지지 않았던 바다 멀리 외딴 나라들의 특이한 부족까지도 빼놓지 않고 적었다. 『산해경』은 바로 이때 우임금이나 그의 신하 백익(伯益)이 기록한 책이라고 하지만 아직까지 정설은 없다. 학자에 따라서는 이 책의 제작 연대를 무려 1,000년이나 차이가 나게 추정하기도 한다.

『산해경』이 오늘날의 모습을 갖춘 것은 훨씬 뒤의 일이다. 오래전부터 전해 내려오던 것을 동진(東晉) 시대에 곽박(郭璞)이 주석과 서문을 덧붙여 편찬하였다. 유수(劉秀)가 정리한 것을 곽박이 그대로 이어받아 주석을 단 18편이 오늘날까지 전해 내려온다. 유수는 이 책을 편찬하여 왕에게 올리면서 "이번에 교감한 『산해경』은 모두 32편이었는데 18편으로 정리하였습니다. […] 『역경(易經)』에서 말하기를 천하에 온갖 만물이 깊고 번잡하여도 어지러워지지 않는다고 하였습니다. 모든 이치와 사물에 박식한 군자는 미흡함이 없을 것입니다"라고 밝힌다.

『산해경』은 인문 지리서로서 말 그대로 산에 관한 '산경'과 바다에 관한 '해경'을 한데 모아 놓은 책이다. 산경에 해당하는 부분은 오늘날의 허난성(河南省) 뤼양(洛陽)을 중심으로 하는 「오악산경(五嶽山經)」으로 남산, 서산, 북산, 동산, 중산의 산을 차례로 기술한다. 18편 가운데 '오악산경' 또는 '오장산경'으로 일컫는 처음 5편이 이 책의 절반 이상을 차지하며 가장 먼저 기록된 것으로 전한다. 한편 해경에 해당하는 부분은 '해외경(海外經)' 남, 서, 북, 동에서 시작하여 '해내경(海內經)' 남, 서, 북, 동, '대황경(大荒經)' 동, 남, 서, 북 등 시곗바늘 방향으로 돌아가며 기술되어 있다.

『산해경』은 중국의 뭇 산과 바다를 설명하면서 그곳의 지리와 명물 등을 자세히 소개한다. 서술 방식은 어느 지방에서는 옥이 많이 나고, 어느 지방에서는 금이나 구리가 많이 난다는 식이다. 그곳에 자라는 풀이며 약초, 나무, 그곳에 사는 희귀한 짐승을 기록하기도 한다. 그런데 그러한 식물과 동물은 생김새나 쓰임새가 우리가 흔히 알고 있는 것과는 아주 다르다. 이러한 점을 들어 이 책을 전국시대에서 진(秦) 시대에 걸쳐 널리 성행한 방사(方士)의 연단술(鍊丹術)과 관련짓는 학자도 있다.

예를 들어 '남산경' 첫머리에는 작산(鵲山)이라는 곳을 소개한다. 이 산의 머리인 초요산(招搖山)은 서해 근처에 있는데 이곳에는 계수나무가 많고 금과 옥이 많다. 또 생김새가 부추 같은데 빨간 꽃이 피는 축여(祝餘)라는 풀도 자란다. 이 풀을 먹으면 배가 고프지 않다는 것이다. 이 산에는 생김새가 닥나무 같은데 검은 줄무늬가 있는 미곡(迷穀)이라는 나무가 자라기도 한다. 이 나무를 몸에 가지고 있으면 무엇에 홀리거나 하는 일이 없다고 한다. 그런가 하면 이 산에는 긴꼬리원숭이처럼 생긴데다 하얀 귀가 달린 성성이라는 짐승이 사는데 몸을 엎드려 사람처럼 달린다. 이 짐승을 잡아먹으면 잘 달릴 수 있게 된다는 것이다.

이렇게 괴상하고 기이하게 생긴 것은 비단 식물과 동물만이 아니다. 『산해경』에는 일상 세계에서는 볼 수 없는 사람들이 자주 등장한다. 이를테면 기굉국(奇肱國)의 사람들은 팔꿈치가 하나밖에 없고 눈이 세 개이며 무늬 있는 말을 타고 다닌다. 형천(形天)과 황제가 이곳까지 와서 싸웠는데 황제의 칼에 형천의 목이 달아났다. 그런데도 형천은 젖가슴을 눈으로, 배꼽을 입으로 삼아 도끼와 방패를 들고 다시 황제에 달려들었다.

또 흑치국(黑齒國)의 사람들은 하나같이 이가 검고 뱀을 먹고 산다. 이곳에 있는 오열이라는 짐승은 소처럼 생겼는데 몸이 희고 네 개의 뿔이 나 있으며 돼지 갈퀴와 같은 털이 달렸다. 이것은 삼위산에 살면서 사람을 잡아먹는다. 이 밖에도 사람들의 가슴이 툭 튀어나와 있는 결흉국(結匈國)이며, 가슴에 구멍이 뚫린 관흉국(貫匈國) 사람들, 키가 겨우 18센티미터밖에 되지 않는 사람들이 사는 나라가 있는가 하면, 이와는 반대로 키가 무려 2미터 40센티의 거인이 사는 거인국에 대한 이야기도 있다. 그런가 하면 몇백 년은 보통이고 천 년이나 2천 년, 심지어 1만 2천 년 넘게 사는 사람들도 있다. 남자는 단 한 사람도 없고 오직 여자들만 살고 있는 곳도 있다.

『산해경』은 인문 지리서로도 가치가 있지만, 신화와 전설을 기록한 책으로 더욱 큰 가치가 있다. 이 책은 중국의 고대 전설과 신화를 모아 놓은 보물 창고와도 같다. 예를 들어 「해외북경(海外北經)」에는 과보(夸父)라는 사람에 대한 흥미로운 이야기가 적혀 있다. 그는 해 그림자와 경주를 하며 지는 해를 쫓아가다가 목이 말라 물이 마시고 싶었다. 그래서 황하와 위수를 마셨는데 그것만으로는 모자라서 북쪽의 큰 늪에 가서 더 마시려고 하였다. 그러나 미처 그곳에 도착하기도 전에 목이 말라서 죽고 말았다. 이때 과보가 버린 지팡이가 변하여 등림(鄧林: 전설상의 아름답고 무성한 숲)이 되었다고 한다. 「북산경(北山經)」에는 발구산

64

(發鳩山)에 사는 정위조(精衛鳥)라는 새에 얽힌 전설이 나온다. 여와(女娃)라는 염제(炎帝)의 막내딸이 동해 바다에서 놀다가 그만 물에 빠져 죽어 이 새가 되었다. 그런데 이 새는 언제나 서산의 나무와 돌을 물어다가 동해를 메우고 있다.

이처럼 『산해경』을 인문 지리서나 신화집으로 보는 것 외에 최근 들어서는 이 책을 천문학과 관련지어 읽으려는 학자들도 적지 않다. 그들은 이 책에 하늘의 별자리 방위, 그 모양새와 좌표의 시간 값이 기록되어 있다고 지적한다. 치우·곤륜·서왕모·필방조·삼족오·사비시·이부·위·전욱·고양 따위의 커다란 별자리들이 서양의 헤라클레스·카시오페아·쌍둥이·백조·페가수스 따위의 별자리와 똑같다는 것이다. 이러한 주장의 근거로는 이 책에 처음 주석을 단 곽박이 쓴 서문을 든다. 곽박은 "뒷날 사람들은 『산해경』을 의심을 가지고 읽어 보라"고 권한다. 즉 단순히 인문 지리나 신화나 전설을 기록한 것 이상의 어떤 심오한 의미가 담겨져 있는 책으로 읽으라는 말이다.

그들은 또 사마천의 『사기』를 증거로 들기도 한다. 사마천은 이 책을 다루면서 "『산해경』의 괴물에 대해서는 감히 말할 수 없다"고 적었다. 여기서 그가 말하는 괴물은 바로 별자리를 가리키며, 그가 감히 이 책의 내용을 말하지 못한 까닭은 이 책이 천문을 담고 있기 때문이다. 옛날에 천문은 위정자들의 통치 도구로 악용되기 일쑤였다. 정복자는 모든 것을 뒤바꿀 수 있고 모든 책을 불사를 수 있어도 천문의 기록만은 어쩔 수 없었다는 사실이 이 점을 더욱 뒷받침한다.

『산해경』에서 또 한 가지 흥미로운 것은 중국의 지리나 풍물에 그치지 않고 이웃 나라의 그것까지 다룬다는 점이다. 이 책의 「해내북경(海內北經)」에는 한국과 일본에 관한 기록이 엿보인다.

개국(蓋國)은 큰 연(燕)나라 남쪽 왜(倭)의 북쪽에 있으며, 왜는 연에 속한다. 조선(朝鮮)은 열양(列陽)의 동쪽 바다, 북산의 남쪽에 있는데 열양은 연에 속한다. 열고야(列姑射)는 바다의 중주에 있다. 야고국(射姑國)은 바다 가운데 있으며 열고야에 속하며 서남쪽을 산이 둘러싸고 있다. […] 봉래산(蓬萊山)은 바다 가운데 있으며 대인(大人)의 도시는 바다 가운데 있다.

이보다 더욱 놀라운 것은 한국의 나라꽃인 무궁화를 기록하고 있다는 점이다. "군자의 나라가 북방에 있는데, 그들은 의관을 갖추어 입고 칼을 차며 짐승을 먹이고 호랑이를 곁에 두고 부리며, 사양하기를 좋아하고 다투기를 싫어하는 겸허의 덕성이 있다"고 적는다. 그러고 나서 "그 땅에는 훈화초(薰華草)가 많은데 아침에 피고 저녁에 진다"고 기록하고 있다. 여기에서 훈화초란 흔히 '근(菫)', '목근(木槿)'으로 일컫기도 하는 무궁화다.

진(晉)나라 때 시인 도연명은 「독산해경(讀山海經)」이라는 작품에서 "목천자전(穆天子傳)을 두루 보고, 산해의 그림을 따라가며 본다"고 읊은 적이 있다. 이러한 점을 볼 때 『산해경』은 처음에는 글과 그림이 함께 있는 책이었음에 틀림없다. 물론 지금 전하는 책에도 귀신·사람·짐승·새·물고기 등의 괴기한 그림이 실려 있다. 그러나 이 그림은 도연명이 보았던 것과는 다른 것으로 뒷날 덧붙여 놓은 그림일 것이다. 어찌 되었건 이 그림은 서양 회화나 조각에서 흔히 말하는 '그로테스크' 수법을 잘 보여 준다. 최근 창사(長沙)의 마왕퇴(馬王堆)에서 발견한 한나라 초기의 고화에서도 엿볼 수 있듯이 『산해경』의 괴기한 그림은 고대의 원시 종교와 깊이 관련되어 있다.

『산해경』을 좀 더 꼼꼼히 읽어 보면 이 책에 기록된 몇몇 신화는 서양 신화와도 맞닿아 있다. 예를 들어 석실 속에 두 손이 뒤로 묶이고 형틀에 매달린 사람은 무덤 속에 그려진 하늘의 별자리 모양을 가리키는 것으로 보아 틀리지 않을 듯하다. 그리스 신화에서 카시오페이아는 자신의 허영심으로 딸 안드로메다를 바다뱀의 제물로 만들어 버린다. 메두사를 퇴치하고 돌아가던 페르세우스가 해안의 바위 위에 쇠사슬에 묶여 있는 그녀를 발견하고 구해 준다. 또 황제에게 덤벼들다가 모가지가 달아난 뒤 젖가슴을 눈으로, 배꼽을 입으로 삼아 다시 황제에게 달려든 형천(刑天)의 머리는 바로 페르세우스가 손에 들고 있는 메두사의 머리와 비슷하다. 이렇듯 『산해경』을 읽다 보면 서양 신화의 주제나 인물, 모티프 등을 그다지 어렵지 않게 찾아볼 수 있다.

『산해경』의 풍부한 신화적 상상력은 뒷날 중국의 괴기문학이나 환상문학이 탄생하는 데 산파 역할을 맡았다. 이를테면 위진 남북조 시대에는 신선이나 귀신 이야기가 널리 유행하였다. 4세기 초엽의 서진(西晉)의 소설집 『이림(異林)』 같은 지괴소설(志怪小說)을 비롯하여 4세기 중엽의 『수신기(搜神記)』, 갈홍(葛洪)의 『포박자(抱朴子)』와 『신선전(神仙傳)』 등은 이런 장르를 보여 주는 대표작이다. 이 밖에도 왕가(王嘉)의 『습유기(拾遺記)』나 유의경(劉義慶)의 『유명록(幽明錄)』 등도 지괴소설 전통에 우뚝 서 있는 작품이다. 또 16세기에 『서유기(西遊記)』 같은 환상소설이 나올 수 있었던 것도 『산해경』의 신화적 상상력이 밑거름이 되었음은 두 말 할 나위가 없다.

법구경

석가모니(釋迦牟尼)를 흔히 '붓다'라고 부르지만 그의 성(姓)은 고타마이고 이름은 싯다르타다. 그는 기원전 5, 6세기 무렵 오늘날의 네팔 카필라바스투 성 룸비니에서 사캬족 국왕의 장남으로 태어났다. 그가 태어난 해는 정확하지 않아서 기원전 463년이라고 하기도 하고, 기원전 566년이라고도 한다. 그의 아버지가 국왕이었다고는 하나 거대하고 강력한 왕국의 왕이 아니라 코사라 국의 한 속국인 조그마한 부족 국가의 우두머리였다.

종교의 창시자가 흔히 그러하듯이 붓다의 출생과 관련해서도 믿기지 않는 여러 이야기가 전한다. 태어날 때 어머니 마야 부인의 오른쪽 옆구리를 헤치고 나왔다느니, 이 세상에 나오자마자 일곱 걸음을 걸으면서 "천상천하유아독존(天上天下唯我獨尊)"이라고 말했다고도 한다. 또 붓다의 어머니가 하얀 코끼리 한 마리가 자궁에 들어오는 꿈을 꾸고 난 뒤 붓다를 잉태했다고도 한다. 그런가 하면 어머니의 뱃속에 큰 궁전이 있어 붓다는 그를 찾아온 많은 사람들에게 에워싸여 설법을 하였다는 이야기도 전한다.

붓다는 어린 시절 성문 밖에 나가 산책을 즐기곤 하였다. 그때마다 그는 노인, 병자, 죽은 사람을 만났고, 그 때문에 일찍부터 인생의 괴로움에 대하여 깊이 생각하게 되었다. 붓다는 스물아홉 살 때 집을 나와 인도로 들어와 아라라 카라마와 웃다카 라마풋타 두 선인 밑에서 고행을 하지만 그것에 만족하지 못하고 홀로 명상을 거듭한 끝에 마침내 보리수나무 밑에서 깨달음을 얻는다. '붓다'란 말은 본디 고유명사가 아니라 '깨달은 사람'을 가리키는 보통명사였다. 석가모니를 '붓다'라고 부르는 것은 그가 진리를 깨달았기 때문이다.

그 뒤 붓다는 오늘날의 사르나트에 해당하는 녹야원(鹿野苑)에서 행한 설법을 시작으로 여러 곳을 누비고 다니며 설법을 퍼뜨린다. 그는 45년에 걸친 전도 여행을 한 뒤 지금의 카시아인 쿠시나가라에서 여든 살의 나이로 숨을 거둔다. 그의 유체는 화장하였고, 유골은 신자들이 손으로 부숴 여덟 개의 탑에 안치하였다. 그런데 그가 사망한 해도 태어난 해와 마찬가지로 정확하지 않다. 일반적으로는 기원전 383년이라는 설과 기원전 486년이라는 설이 있어 두 주장 사이에는 무려 100년의 차이가 난다.

붓다는 어떤 성인보다 인간적인 면모가 많이 엿보인다. 붓다는 병에 걸려 앓은 적도 있고, 때로는 자신의 몸을 낡은 수레에 빗대면서 늙음을 한탄하기도 하였다. 한번은 붓다가 고향을 찾아가 사아캬족을 위하여 밤늦도록 설법을 하는데 몹시 피곤하였다. 그는 제자 아난타(阿難陀)에게 "아난타여, 너는 나를 대신하여 설법해 주려무나. 나는 등이 아프다. 잠깐 누워야 하겠다"라고 말하였다. 예수 그리스도도 세 번 눈물을 흘리는 등 인간적인 면모를 보여 준 적이 있지만 붓다는 예수보다 훨씬 더 인간적이다. 그는 자신을 신이라고 일컫지도 않았다. 한때 서양에서는 그가 펼친 설법에 신이 없다는 점을 들어 불교를 종교의 테두리에서 제외시키려고 한 적도 있다. 유일신을 굳게 믿는 기독교의 관점에서 보면 불교는 조금 유별난 종교임에 틀림없다.

붓다가 보리수나무 밑에서 깨달은 정각의 내용 가운데는 연기론(緣起論)이 들어 있다. 붓다가 "연기를 보는 사람은 곧 나를 보는 사람이다"라고 말할 만큼 연기론이 불교에서 차지하는 몫이 무척 크다. 연기론에서는 "이것이 있으므로 저것이 있고[此有故彼有], 이것이 생기므로 저것이 생기고[此生故彼生], 이것이 없으므로 저것이 없고[此無故彼無], 이것이 없어지므로 저것이 없어진다[此滅故彼滅]"고 말한다. 이 세계의 모든 것은 저 혼자로 존재하는 것은 아무것도 없고 서로의 상관 관계 속에서만 의미를 갖는다는 것이다.

붓다는 보리수나무 밑에서 '사제(四諦)' 또는 '사성제(四聖諦)'라고 일컫는 네 가지 명제를 깨달았다. 이 명제는 ① 고제(苦諦), ② 집제(集諦), ③ 멸제(滅諦), ④ 도제(道諦)다. 그는 고제에 대하여 "비구들이여, 이것이 '괴로움'의 성제다. 마땅히 알라. 삶은 '괴로움'이다. 늙음은 괴로움이다. 병은 괴로움이다. 죽음은 괴로움이다. 미운 자와 만나는 것도 괴로움이요, 사랑하는 사람과 헤어지는 것도 괴로움이요, 욕심나는 것을 얻지 못하는 것도 괴로움이다. 통틀어 말한다면 이 인생이 바로 괴로움 그 자체다"라고 밝힌다. 이러한 괴로움이 생겨나는 원인은 바로 '갈애(渴愛)'이고, 이 갈애를 모두 없애고 더 이상 아무것에도 집착하지 말아야 한다고 가르친다.

불교의 경전이나 논저를 한데 모아 놓은 것을 흔히 '대장경(大藏經)'이라고 부른다. '대장경'에 수록되어 있는 경전은 크게 세 갈래로 나뉜다. 붓다가 가르친 교훈을 담고 있는 경장(經藏), 여러 계율을 적어 놓은 율장(律藏), 그리고 이러한 경장과 율장에 대하여 제자들이 연구한 성과를 담은 논장(論藏)이 바로 그것으로 이 세 가지를 흔히 '삼장(三藏)'이라고 부른다. 좀 더 자세히 살펴보면 경장에는 붓다가 그 제자들의 언행을 모아 놓은 경전이 그 길이에 따라 수록되어 있다. 율장에는 남자 수행승이 지켜야 할 계율, 여자 수행승이 지켜야 할 계율, 교단의 제도에 관한 규정 등이 적혀 있다.

불교 경전 가운데서 가장 널리 알려진 것은 『법구경(法句經)』이다. 이 경전은 '팔리어 삼장'의 경장 '소부(小部)'에 수록되어 있다. 이 경전은 『아함경(阿含經)』과 더불어 원시 불교나 소승불교를 대표하며, 출가 수행자나 재자 불자, 불교를 믿지 않는 일반 사람에 이르기까지 사랑을 받아 온 경전 중의 경전이다. 『법구경』의 특징은 산스크리트어가 아닌 팔리어로 기록되었다는 데 있다. 팔리어는 인도 갠지스강 부근 중류 지방에 있던 마가다 국의 언어로 주로 일반 평민이 사용한 구어체 언어다. 붓다는 주로 바로 이 지방에서 40여 년 동안 설법을 하였다.

『법구경』은 불교 경전, 자이나교 경전, 인도의 옛 문헌 등에서 명언인 시구만을 뽑아 한 권의 경전으로 묶은 책이다. 이 경전의 성립 시기는 기원전 4세기경, 그러니까 붓다가 사망하고 한 세기쯤 지난 뒤로 추정하지만 이 책의 내용을 살펴보면 그 이전에 이루어졌을 것으로 생각된다. 또 『법구경』을 오늘날의 형태로 처음 편집한 사람은 기원전 2세기경에 살았던 달마 트라타(法救)라고 전한다.

팔리어 원본의 『법구경』에는 초기 불교의 교단에서 전해지던 다양한 형태의 시 423수의 게송(偈頌)이 26장에 나뉘어 실려 있다. 이 팔리어 원본을 한문으로 번역하면서 13장 250수의 게송을 덧붙인 것이 한

역(漢譯)『법구경』이다. 이 한역은『법구집경(法句集經)』이나『담발게(曇鉢偈)』라고도 일컫는데 오(吳)나라 때의 학자 유기난(維祇難) 등이 번역하였다. 이 경전은 그동안 팔리어 원본과 중국어 번역본 외에 티베트어, 간다라어, 카로쉬티어 등의 언어로 번역되어 왔다.

'법구경'이라는 말은 본디 팔리어로 '담마파다'라고 한다. '담마'는 진리나 영원불멸한 법을 뜻하며, '파다'는 말씀이나 시 또는 길을 뜻한다. 그러므로 '법구경'은 '진리의 말씀' 또는 '영원불변의 법도(法道)'라고 옮길 수 있다. 팔리어 원본에는 '경'이라는 글자가 없지만 이 책을 한문으로 옮길 때 경전을 번역하는 관습에 따라 '경' 자를 덧붙여 오늘날 '법구경'이라고 부르게 되었다. 이 경전은『숫타니파타』와 함께 가장 오래된 불교 경전 가운데 하나로 꼽힌다. 이 경전의 내용은 기독교의 경전 구약성경의「잠언」이나「시편」에 가장 가깝다.

『법구경』의 내용은 인간의 행동 규범에 관한 것이 주류를 이룬다. 예를 들어 근면을 찬양하고 게으름을 비판한다든지, 절제된 생활과 무절제한 생활을 비교하면서 전자를 예찬한다든지, 들꽃의 비유를 들어 격조 높은 불멸의 세계를 노래한다든지 하는 것이다. 또 어리석음을 비판하고 지혜로움을 찬양하고, 권선징악의 도덕률을 노래하며, 폭력을 날카롭게 비판하기도 한다. 그런가 하면 덧없는 이 세속의 꿈에서 깨어나 저 불멸의 길을 향하여 가라고 가르치기도 하고, 참다운 행복이란 과연 무엇이며, 어디에서 그것을 찾아야 하는지를 가르친다.

『법구경』의 가장 큰 특징이라면 어떤 추상적인 교리 문제나 계율적인 쟁점에 얽매이지 않고 가장 근본적인 삶의 문제를 폭넓게 다룬다는 점이다. 결국 이 경전의 요지는 "어떻게 살아야 하는가?"라는 이 한 가지 문제다. 굳이 출가 수행자와 재가 신도를 가르지 않고 어떻게 하면 자신의 마음을 갈고 닦을 수 있는지, 모든 욕망과 집착으로부터 벗어나 해탈의 길에 이를 수 있는지 촌철살인의 묘를 살려 사람들을 일깨운다.

『법구경』에는 탐욕을 경계하는 구절이 유난히 많다. 예를 들어 "허술한 지붕이 비가 오면 새듯이 닦지 않은 마음에는 탐욕이 스며든다"고 가르친다.

> 탐욕에 비할 만큼 격렬한 불길은 없고, 분노에 비견할 만큼 거센 바람이 없으며, 어리석음에 견줄 만큼 촘촘한 그물은 없고, 애욕 보다 더 빠른 물결은 없다.

이 구절을 읽고 있노라면 온갖 비유법에 새삼 놀라게 된다. 이 인용문에서는 직유법이 그야말로 찬란한 빛을 내뿜는다. 탐욕을 활활 타오르는 불길에 빗대고, 분노를 거센 바람에 빗댄 것이 참으로 탁월하다. 또 어리석음을 촘촘한 그물에 빗댄 것이라든지, 애욕을 급살이 빠른 물에 빗댄 것도 마찬가지다. 이렇게 비유법을 구사하여 전달하는 의미는 더욱 구체성을 띠고 사람들에게 직접적으로 다가간다.

붓다는 『법화경(法華經)』과 마찬가지로 『법구경』에서도 중생이 살고 있는 이 세상을 '불난 집[火宅]'에 빗댄다. 그는 "무엇을 웃고 기뻐하랴! 세상은 쉴 새 없이 불타고 있는데. 너희들은 어둠 속에 덮여 있구나. 어찌하여 등불을 찾지 않느냐!"라고 가르친다. 이 세상을 집에 빗댄 것도 놀랍지만 불난 집에 빗댄 것은 더더욱 놀랍다. 탐욕이 거세게 타오르는 불길이고 인간이라면 누구나 쉽게 탐욕에서 벗어날 수 없다면 이 세상은 불길이 거세게 솟아오르는 집일 수밖에 없을 것이다.

『법구경』에서 힘주어 말하는 교훈 중에는 말을 함부로 하지 말라고 경계하는 것이 적지 않다. 『법구경』은 "무릇 사람은 이 세상에 날 때 입 안에 도끼를 간직하고 나와서는 스스로 제 몸을 찍게 되나니 이 모든 것이 자신이 뱉은 악한 말 때문이다"라고 말한다. 불교에서는 정구업 (淨口業)이라고 하여 특히 말을 삼갈 것을 가르친다. 한국에도 "세 치 혀 가 사람 잡는다"는 속담이 있고 서양에도 "혀는 뼈가 없어도 뼈를 부서 뜨릴 수 있다"는 속담이 있지만 『법구경』의 표현이 훨씬 더 피부에 와 닿는다.

또 「법구경」은 벗이나 이웃을 잘 사귀어야 한다고 가르친다. 누구를 사귀느냐에 따라 행복과 불행이 결정되기 때문이다. 옛날이나 지금이 나 친구를 잘 사귀어야 한다고 가르치는 것은 조금도 다르지 않다.

사람은 원래 깨끗하지만 모두 인연에 따라 죄와 복을 부른다. 저 종이는 향을 가까이하여 향기가 나고, 저 새끼줄은 생선을 꿰어 비린내가 나는 것과 같은 이치이다. 사람은 조금씩 물들어 그것을 익히지마는 스스로 그렇게 되는 줄을 모를 뿐이다.

때로는 심지어 어느 누구와도 사귀지 말라고 일깨우기도 한다. 이 를테면 "사랑하는 이와 가까이하지 마라. 사랑하지 않는 이와도 가까이 하지 마라. 사랑하는 이를 보지 못함이 괴로움이요, 사랑하지 않는 이를 보는 것 또한 괴로움이라"라는 구절이 좋은 예다. 사랑하는 사람도 가 까이하지 말고 사랑하지 않는 사람도 가까이 하지 말라는 것은 어느 누 구도 가까이하지 말라는 것과 같다. 결국은 이 세상의 짐을 홀로 지고 가라는 것이다.

만요슈

서양 문화권에서 그리스어나 라틴어가 절대적인 영향력을 행사한 것처럼 동양 문화권에서는 한자가 오랫동안 문자의 황제로 군림하였다. 동양을 '한자 문화권'이라고 부르는 것은 바로 그 때문이다. 중국 태생의 저명한 문화 비평가 린위탕(林語堂)이 일찍이 "중국에는 만리장성이 있고, 그 만리장성보다 더 크고 깊은 뜻을 지닌 한자가 있다"고 자랑한 까닭이 여기에 있다. 이처럼 중국 사람들은 한자에 대한 자부심이 무척 크다. 그도 그럴 것이 아직 문자가 없던 동양의 여러 나라에서는 중국의 한자를 빌려 기록하기 일쑤였기 때문이다. 한국에서도 최초로 향가를 한자의 소리와 뜻을 빌려 기록하였다. 물론 한국에서 사용한 한자는 글자만 빌려 왔을 뿐 중국의 한자와는 크게 달라서 중국말이 아닌 우리말이라고 하는 주장도 만만치 않다.

이러한 사정은 일본에서도 크게 다르지 않다. 일본 문학에서 가장 오래된 시가집으로 일컫는 『만요슈(萬葉集)』는 중국의 한자를 빌려 기록한 책이다. 7세기 초엽 일본 사람들은 중국과 한국에서 들어온 한자의 소리와 뜻을 빌려 그동안 전해 내려오던 노래나 시를 처음 문자로 기록하기 시작하였다. 한자가 들어오기 전만 하여도 노래나 시는 오직 사람의 입에서 입으로 전해질 뿐 문자로는 기록할 수가 없었다. 그러다가 759년경, 즉 나라(奈良) 시대 말기에 이르러서야 비로소 구전 시가가 독특한 방법으로 『만요슈』라는 책 속에 집대성되었다. 흔히 '만요가나(万葉假名)'로 일컫는 표기 방법은 뒷날 9세기 후반에 이르러 히라가나(平假名)로 다시 태어난다.

모두 20권에 이르는 『만요슈』는 글자 그대로 '만 가지 잎사귀'를 한데 모아 놓은 책이다. 여기에서 잎사귀란 노래나 시, 사연을 뜻한다. 또 이 제목에는 만 가지 노래나 시, 사연을 만세 뒤까지 전하며 축복을 기원하는 뜻도 담겨 있다. 이 시가집에는 무려 4,500여 수의 노래와 시가 실려 있다.

이 노래와 시를 지은 사람도 서민과 한량에서 관리와 승려, 천황에 이르기까지 폭넓은 계층에 걸쳐 모두 500여 명이나 된다. 시대도 4세기 닌토쿠(仁德) 천황 때부터 759년 오토모노 야카모치(大伴家持) 시대까지 450여 년에 걸쳐 있다. 특히 7세기 조메이(舒明) 천황이 즉위한 해부터 759년까지 130년 동안의 작품이 거의 대부분을 차지한다. 작품의 배경이 되는 지역도 야마토(大和) 지방을 중심으로 아즈마(東國)에서 규슈(九州)에 이르기까지 아주 폭넓다. 여러 사람의 손에 걸쳐 편집되어 오다가 마침내 오토모노 야카모치가 자신의 단가 360여 수를 포함하여 그동안 전해 내려오는 작품을 5년여에 걸쳐 집대성하였다.

『만요슈』에는 4,536편의 작품이 수록되어 있는데, 단가(短歌)가 4,207수, 장가(長歌)가 265수, 기타 시가가 64수다. 단가가 전체 작품의 93퍼센트 정도를 차지한다. 주제나 내용에 따라 이성을 연모하는 소몬카(相聞歌), 죽은 사람을 애도하는 반카(輓歌), 주로 궁정의 공식 행사나 연회 또는 여행과 관련한 조카(雜歌) 등 세 종류로 나눈다. 표현 방법에 따라 ① 비유를 사용하지 않고 심정을 직접 표현한 정술심서가(正述心緒歌), ② 어떤 사물에 위탁하여 심정을 읊은 기물진사가(寄物陳思歌), ③ 다른 사물에 빗대어 표현하는 비유가(比喩歌), ④ 질문을 던지고 대답하는 형식을 취하는 문답가(問答歌), ⑤ 여행을 다룬 기려가(羈旅歌) 등으로 나누기도 한다.

일본에서는 7세기경에 이르러 개인의식이 처음 싹트면서 집단적으로 읊었던 고대 가요가 점차 쇠퇴하고, 개인의 감정을 자유롭게 표현하는 개성적인 작품을 많이 읊게 되었다. 특히 『만요슈』에는 옛날 일본 사람의 순박하고 솔직한 정서를 표현한 작품이 많이 들어 있다. 일본 근세에 활약한 국학자 가모노 마부치(賀茂眞淵)는 이 시가집의 특징이라고 할 솔직하고 소박하며 남성적인 가풍을 두고 '마스라오부리(ますらをぶり)'라는 용어로 불렀다. 또 이 시가집에 이르러 비로소 음수율도 5·7로 굳어지기 시작하였다. 『만요슈』의 시적 특징은 헤이안(平安) 시대에 일본의 대표적 정형시의 하나인 와카(和歌)가 발전하는 데 크나큰 영향을 끼쳤다는 데 있다.

『만요슈』의 작품은 계층을 넘어서 옛날 일본 사람의 감정을 순박하고 솔직하게 표현하였다고는 하지만 그 의미를 정확히 헤아리는 것은 마치 암호를 해독하는 것만큼이나 어렵다. 오랜 세월에 걸쳐 이 시가집은 수많은 연구자에게 기쁨과 희열을 안겨 주기도 하였지만 때로는 괴로움과 고통을 주기도 하였다. 이 작품을 완벽하게 해독하기란 거의 불가능하기 때문이다. 오죽하면 893년 이 시가집의 새로운 판본을 만든 스가와라노 미치자네(菅原道眞)는 "『만요슈』는 옛날 노래여서 이제는 읽을 수 없게 되었다"고 두 손을 들고 말았을까.

더구나 이 시가집에는 조이스의 작품처럼 장난기 섞인 표기가 여기 저기 지뢰처럼 도사리고 있어 학자들을 바짝 긴장시킨다. 가령 '시시(獅子)'라고 쓰면 될 것을 일부러 '十六'라고 써서 읽는 사람이 '시시(四四)'라고 읽도록 하거나, '이즈(出)'를 흔히 김삿갓으로 알려진 김병연(金炳淵)의 익살처럼 '산 위에 또 산이 있다(山上復有山)'로 쓴 예도 있다. 더구나 어순도 어떤 때는 한자어 방식을 따르다가 어떤 때는 일본어 방식을 따르고 있어 해독에 걸림돌이 된다.

현재 남아 있는 『만요슈』의 텍스트는 만요가나로만 쓰인 원본이 아니라 여러 편찬자가 원본의 한자 옆에 가나로 읽는 법을 달아 둔 필사본이다. 10세기 이후 잇따라 만들어진 이 필사본은 해독하는 데 실마리가 되기도 하지만 동시에 걸림돌이 되기도 한다. 가나로 쓰인 풀이가 현재의 모습과는 꽤 거리가 먼 옛말과 옛글인 데다가 같은 노래를 필사본마다 다르게 풀이하고 있어 오히려 혼란을 가중시킨다. 만요가나만 하여도 나라 시대에 활짝 꽃을 피운 뒤 헤이안 시대에 접어들면서 가나에 밀려 시들었다가 9세기 중반에는 아예 그 뿌리마저 끊기고 말았다. 만요가나에 커다란 영향을 끼친 향찰이 고려 시대에 들어오면서 쇠퇴한 과정과 아주 비슷하다.

한국의 향가를 오구라 신페이(小倉進平) 같은 일본 학자들이 해독했듯이 『만요슈』의 해독도 그동안 한국 학자들이 해독하려고 시도해 왔다. 만요가나가 일본어 표기 수단이라는 기본 가정을 버리고 아예 한국어로 해석하려고 하였다. 『만요슈』를 처음 편찬한 무렵 가야나 백제 사람들이 일본에 건너가 일본의 지배층을 형성한 만큼 이 작품을 가야나 백제 말로 표기했을 가능성에 착안한 것이다. 심지어 이 시가집의 편찬자인 오토모노 야카모치를 백제 사람이었다고 주장하는 학자마저 있다. 경남 지역이 가야의 중심 무대였으며 사투리에는 비교적 옛말의 흔적이 남아 있다는 점에서도 흥미 있는 시도였다. 그러나 이러한 시도는 8세기 무렵의 한국어의 모습을 제대로 알 수 없어 한계에 부딪히고 말았다. 안타깝게도 오늘날의 경상도 사투리, 그것도 반쯤은 욕설로 해독하여 대중적 인기를 끈 것으로 그치고 말았다.

『만요슈』에 실린 작품에서는 옛날 일본 사람들의 즉흥적이고 의욕적인 힘을 엿볼 수 있다. 아직 원시의 젖을 떼기 이전 생기발랄한 생명의 숨소리가 느껴진다. 특히 주제나 내용 중에 이 시가집에는 지순하고 강렬한 사랑의 노래가 많아 눈길을 끈다. 그 중에서도 사랑하는 임을 기다리는 노래와 사랑하는 임이 다시 돌아가고 난 뒤 느끼는 허전한 마음을 읊은 작품이 가장 많다. 아마도 이 무렵의 부부는 오늘날의 결혼 생활과는 달라서 상당히 오랜 세월 따로 떨어져 살아야 하였기 때문에 애틋한 사랑을 표현한 작품이 많지 않나 싶다.

또 이 시가집에는 네 계절의 변화에서 온갖 나무와 풀에 이르기까지 자연을 노래한 작품이 아주 많다. 자연을 읊은 작품은 뒷날 하이쿠 (俳句)가 태어나는 데 큰 영향을 끼쳤다. 흥미로운 것은 이들 작품 중 매화를 읊은 것이 무려 120여 수나 되고 일본의 상징인 벚꽃은 겨우 40여 수밖에 되지 않는다는 점이다. 일본 꽃 하면 벚꽃을 떠올리는 사람이 많지만, 매화도 벚꽃 못지않게 일본 사람이 사랑하는 꽃이다.

예로부터 일본에서 매화는 문사(文士)의 꽃, 벚꽃은 무사(武士)의 꽃으로 대접받았다. 11세기경에 이르러 무사(사무라이)의 등장과 더불어 문사가 점차 힘을 잃기 시작하자 매화도 벚꽃에 영광의 자리를 내어 준다. 눈 속에서 외롭게 피어나는 매화가 선비의 절개를 상징한다면, 봄의 한가운데 활짝 피었다가 금방 지는 벚꽃은 무사의 향락적인 정신을 상징한다. 한꺼번에 화사하게 피었다가 미련 없이 흩어져 지는 벚꽃을 이념화한 것이 바로 사무라이 정신이요 죽음의 미학이다.

그런데 여기서 한 가지 눈여겨보아야 할 것은 『만요슈』가 처음부터 일본에서 고전 중의 고전으로 각광받은 것이 아니라는 점이다. 이 책이 제대로 빛을 보기까지는 오랜 세월을 기다려야 하였다. 이와 관련하여 최근 가라타니 고진(柄谷行人)을 비롯한 몇몇 학자는 『창조된 고전』이라는 책에서 흥미 있는 이론을 제기하여 관심을 끌었다. 『만요슈』를 비롯한 『고지키(古事記)』, 『니혼쇼키(日本書紀)』, 『겐지 이야기(源氏物語)』, 『고킨와카슈(古今和歌集)』 같은 내로라하는 일본의 고전은 하나같이 국민국가 일본이 '창조해 낸' 작품이었다고 지적한다. 1880년대 메이지(明治) 시대에 이르러 일본은 밖으로는 다른 나라와 구별 짓는 한편, 안으로는 국가와 국민의 통합을 이룩하려고 노력하였다. 이러한 목적을 달성하기 위한 구체적이고도 명시적인 방법의 하나가 바로 지금껏 별다른 관심을 받지 못하던 옛날 작품을 고전으로 떠받드는 작업이었다. 다시 말해서 이러한 '고전화' 작업은 국민국가 일본의 건설이라는 지상명제와 서로 맞닿아 있었다는 것이다.

특히 일본에서 교과서를 중심으로 한 대중적인 공교육의 도입은 이러한 고전화 작업을 효율적으로 실행하는 수단이었다. 이 무렵 정부는 학자들의 적극적인 협조를 얻어 특정 작품을 교과서에 수록하고 일반 사람들에게 널리 알렸다. 가령 『만요슈』는 나라 시대의 천황과 관련한 시가를 주로 담고 있다고 알려져 그동안 대다수 국민은 자신들과는 별로 관련이 없는 책이라고 외면해 왔었다. 그러나 고전화 작업을 거치면서 이 책은 천왕에서 서민에 이르기까지 일본 사람 전체의 정서를 담고 있는 책으로 새롭게 평가를 받기 시작하였고, 그동안 쌓였던 먼지를 툭 툭 털고 당당히 고전의 반열에 올랐다. 마침내 '국민 문학'이라는 꼬리 표를 단 채 이 책은 천황과 민중을 엮는 국민 정체성 확립이라는 목표 를 이룩하는 데 톡톡히 한몫하였다.

이러한 자국 문학의 고전화 작업은 따지고 보면 비단 일본에만 그 치지 않는다. 가령 영국에서도 제프리 초서나 윌리엄 셰익스피어, 존 밀 턴 등을 비롯한 작가들의 작품을 국민 문학의 반열에 올려놓은 작업은 제국주의나 식민주의 정책과 맞물려 있었다. 인도에 식민주의 정책을 펴기 전까지만 하여도 영국에서는 아직도 고대 그리스 문학이나 라틴 문학에 눌려 자국의 문학은 제대로 대접을 받지 못하였다. 그러다가 식 민지 통치 수단으로 자국의 문학을 고전의 반열에 올려놓기 시작하였 다. 일제강점기 최남선(崔南善)을 비롯한 문인과 학자들이 『삼국유사』 같은 고전을 발굴하여 한민족의 긍지를 드높이려고 하였다.

마쿠라노소시

세이 쇼나곤

요즈음 들어 부쩍 "작은 것이 아름답다"는 구호가 뭇사람의 입에 자주 오르내린다. 그동안 크고 거창한 것에 관심을 쏟더니 이제는 오히려 작고 사소한 것에 관심을 쏟는다. 포스트모더니즘에서 자주 쓰는 말을 빌린다면 '거대 담론'이나 '대서사(大敍事)'보다는 '축소 담론'이나 '소서사(小敍事)'가 각광을 받고 있다. 영국의 경제학자 에른스트 F. 슈마허는『작은 것이 아름답다』라는 책을 써서 세계적으로 큰 주목을 받았으며, 현대 언어학의 대부로 일컫는 노엄 촘스키는 최소주의 문법 이론을 펼쳐 관심을 끌고 있다. 최근 일본의 인기 소설가 무라카미 하루키(村上春樹)가 소소하지만 확실한 행복을 뜻하는 '쇼캇코(小確幸: 에세이집『랑게르한스섬의 오후』에서 처음 사용)'라는 신조어를 만들어 냈다. 한마디로 이제 맥시멀리즘보다는 미니멀리즘이 더 융숭한 대접을 받는 시대에 이르렀다.

그런데 이렇게 작은 것에서 아름다움을 찾으려는 미니멀리즘의 계보를 거슬러 올라가다 보면 일본 헤이안(平安) 시대 궁정 여성 작가 세이 쇼나곤(淸少納言, 966~1013)을 만나게 된다. 그녀는 이러한 축소지향의 미학의 맨 첫 장을 연 사람이다. 일본 수필 문학의 효시라고 일컫는 책 『마쿠라노소시(枕草子)』에서 세이 쇼나곤은 일찍이 "무엇이든 무엇이든 작은 것은 다 아름답다"라고 밝힌다. 그녀에 따르면 이 세상에서 작은 것치고 아름답지 않은 것이 하나도 없다는 것이다.

일본 문학은 남성적인 중국 문학과는 달리 여성적이라는 말을 자주 듣는다. 실제로 일본 문학사를 들여다보면 처음부터 여성 작가들의 활약이 눈에 띈다. 중국에서 여성은 어린아이와 함께 아예 군자(君子) 축에는 끼지도 못한 채 문학과는 거리가 멀어도 한참 멀었다. 중국처럼 유학이 큰 힘을 떨치던 조선 시대에서도 사정은 이와 크게 다르지 않아서 여성에게 문학이란 마치 활쏘기나 씨름처럼 아주 낯설었다. 그러나 일본에서는 일찍이 여성 작가들이 남성 작가들을 제치고 문학의 왕국에서 여왕으로 군림하였다.

『마쿠라노소시』를 써서 일본 수필 문학의 첫 장을 연 세이 쇼나곤도, 『겐지 이야기(源氏物語)』를 써서 일본 장편소설의 첫 장을 화려하게 장식한 무라사키 시키부(紫式部)도 여성이다. 이 밖에도 여성 작가들은 일본 문학사에서 하나하나 꼽을 수 없을 만큼 아주 많다. 특히 8세기에서 12세기에 이르는 헤이안 시대, 특히 헤이안 중기에는 후지와라(藤原)의 섭관(攝關) 정치와 더불어 여성 문학이 찬란한 꽃을 피웠다.

일본에서 이렇게 여성 작가들이 두각을 나타내게 된 데는 그럴 만한 까닭이 있었다. 무엇보다도 여성 작가들은 거의 대부분 궁중과 관련을 맺고 있거나 중류층의 귀족 출신이었다. 중류층 귀족들은 상류 귀족에 비하여 지방관으로 부임해 가는 경우가 많았다. 상류 귀족은 교토(京都)에서만 살아 좀처럼 산을 넘어 지방으로 나가 본 적이 없었지만, 지방 관리인 중류 귀족들은 도시와 지방 양쪽을 모두 알고 있었다. 또 중류 귀족의 가정에는 와카(和歌)나 한시를 짓는 등 문예 취미를 접하는 데 훨씬 자유로웠기 때문에 이러한 집안에서 자란 여성들은 어린 시절부터 문학과 친숙해질 기회가 많았다. 이렇게 경제적으로나 지적으로나 문화적으로 비교적 자유스러운 분위기는 여성이 글을 쓸 수 있는 밑거름이 되었다. 문학이란 여유나 여가의 산물이라는 사실을 새삼 깨닫는다.

세이 쇼나곤은 966년경 선비 집안에서 태어났다. 그녀가 태어난 기요하라(淸原) 가문은 몇 대에 걸쳐 학문과 가인(歌人)의 집안으로 이름을 떨쳤다. 그녀의 아버지 기요하라노 모토스케(淸原元輔)는 『고센슈(古選集)』라는 책을 편찬하고 『만요슈』에 훈(訓)을 다는 작업을 하였던 것으로 보아 문학적 자질과 소양이 뛰어났던 것 같다. 세이 쇼나곤은 981년경 다치바나 노리미쓰(橘則光)와 결혼하여 아들 노리나가(則長)를 낳지만 남편과 헤어지고, 스물일곱 살이 되던 993년경부터 약 10년 동안 이치조(一條) 천왕의 중궁(中宮) 데이시(定子)의 '뇨보(女房)'로 일하였다. 뇨보란 중궁에게 한문을 가르치거나 편지나 와카 등을 대신 써 주는 등의 일을 맡은 가정교사 겸 비서다. 뇨보는 가정교사나 비서라고는 하지만 자신의 방을 따로 갖고 있던 높은 지위의 궁녀로 조선 시대의 궁녀와는 그 격이 사뭇 달랐다.

이 무렵 세이 쇼나곤은 당대 최고의 가인이며 지식인인 후지와라노 사네카타(藤原實方)와 후지와라노 긴토(藤原公任) 같은 귀족들과 가까이 사귀며 마음껏 재능을 발휘하였다. 이러한 경험이 뒷날 중궁으로부터 하사받은 종이에 『마쿠라노소시』를 쓰는 계기가 되었다. 1000년 12월 중궁 데이시가 사망하자 궁중을 떠난 세이 쇼나곤의 만년은 그다지 행복하지 못했던 것으로 보인다. 그녀는 만년을 그동안 써 모은 『마쿠라노소시』를 정리하면서 비참하고 쓸쓸하게 보냈다고 전한다.

세이 쇼나곤과 같은 시대에 살았고 그녀와 마찬가지로 궁정에서 일하던 소설가 무라사키 시키부는 한 일기에서 "세이 쇼나곤은 거만한 얼굴로 잘난 척하는 사람이다. [⋯] 이처럼 다른 사람보다 뛰어나려고 하는 사람은 틀림없이 나중에 명망을 잃게 된다. 결국에는 좋지 않게 된다"고 적는다. 무라사키 시키부가 이렇게 혹평을 하는 배경에는 그들이 모시는 중궁의 정치적 이해 관계가 얽혀 있었다. 어찌 되었건 세이 쇼나곤은 번득이는 재치와 기지로 궁중에서 인정을 받았지만 그 못지않게 질투와 미움도 받았다.

『마쿠라노소시』는 세이 쇼나곤이 궁중에서 생활하던 시절 보고 느끼고 생각한 것을 기록한 수필집이다. 300개의 단(段)으로 이루어진 이 책은 그 내용과 형식에 따라 크게 세 갈래로 나뉜다. '유취 장단(類聚章段)'으로 일컫는 첫 번째 갈래는 어떤 주제를 제시하고 그와 비슷한 것들의 이름을 열거하다가 그로부터 연상되는 것으로 다시 옮겨가 작자 나름의 예리한 비평을 덧붙이는 글이다. '수상 장단(隨想章段)'이라고 부르는 두 번째 갈래는 "봄은 새벽녘이 좋다"처럼 자연이나 세상살이에 대하여 느끼는 감회를 자유롭게 적은 글이다. '일기회상 장단(日記回想章段)'으로 일컫는 세 번째 갈래는 뇨보로서 작가가 겪은 궁중 생활의 체험을 기록한 글이다. 여성 특유의 일기 문학적인 요소를 엿볼 수 있는 세 번째 갈래에서 세이 쇼나곤이 모신 중궁 데이시와 그 친정인 나카간바쿠(中關白) 집안의 번영을 찬미한다.

세이 쇼나곤은 『마쿠라노소시』를 처음 쓸 때만 하여도 이 책에 대하여 별로 크게 기대하지 않았다. 그러나 뜻밖에 좋은 반응을 얻자 자못 흐뭇해하였다. 이 책의 후기에서 그녀는 "그저 내 마음 한편으로 생각하던 것을 재미삼아 쓴 것이기 때문에 '훌륭한 책으로 간주되어 남들과 비슷한 정도의 평판이 나겠는가'라고 생각했는데 읽어 본 분들이 '야아 대단하다'고 말씀하시는 것 같아 참으로 묘한 느낌이 든다"고 밝힌다. 이렇게 기대 이상으로 좋은 반응을 얻은 것은 아마 작가가 기존의 문학 형식에 얽매이지 않고 그야말로 '붓 가는 대로' 자연스럽게 자신의 생각과 느낌을 써 내려갔기 때문일 것이다.

본디 '마쿠라노소시'란 잠을 잘 때 머리를 받치는 베개를 가리킨다. 그러니까 이 책은 베개 머리맡에서 적어 놓은 글이라는 뜻이다. 헤이안 시대에 사람들은 머리맡에 수첩 같은 것을 놓아두고 일상적인 일을 적는 습관이 있었다. 이 수필집은 '베개의 책(pillow book)'이라는 제목으로 그동안 두 차례에 걸쳐 영어로 번역되어 서양에서도 관심을 끌었다. 이 책을 읽고 있노라면 여성의 얼굴에 보일 듯 말 듯 피어오르는 잔잔한 미소를 보는 것 같다. 한 번도 목소리를 높이는 일 없이 나지막하고 잔잔한 목소리로 일상의 경험을 기록한다. 한 떨기 난초를 그린 수묵화를 보는 듯한 느낌을 주는 기록들이다.

시들어버린 접시꽃.

인형놀이 도구.

진보라와 연보랏빛이 조화로운 자투리 천이 납작하게 눌린 채 책갈피 사이에 있는 것을 찾아냈을 때 그 옷을 만들던 추억이 떠오른다.

비 오는 날, 오래전 사랑한 사람의 편지들을 발견하고 애수에 젖어든다.

지난해에 사용한 여름 부채.

달빛이 아름다운 밤.

「과거의 흐뭇한 추억을 되살아나게 하는 것들」이라는 글이다. 세이 쇼나곤은 언뜻 보면 이렇다 할 만한 논리적 연관도 없이 그저 과거의 흐뭇한 추억이 떠오르는 물건을 나열해 놓는 것 같다. 그러나 이질적으로 보이는 이미지 하나하나가 서로 결합될 때 기적이 일어나며 마술적 효과를 낳는다. 바로 이러한 논리적 비약 사이에 삶의 애환과 경이가 살아서 꿈틀거린다. "지난해에 사용했던 여름 부채"와 "달빛이 아름다운 밤" 사이에는 합리나 논리로써는 건널 수 없는 깊은 강이 가로 놓여 있다. 오직 직관의 나룻배로써만 이 강을 건널 수 있을 뿐이다. 지난해 여름에 사용한 부채든 달빛이 아름답게 비치던 밤이든 모두 지나가 버린 옛일이지만 세이 쇼나곤에게는 애틋한 추억이 깃들어 있기에 더욱 소중하다. 모르긴 몰라도 부채를 부치거나 달밤을 거닐 때 아마 그녀 옆에는 그녀가 흠모하는 어떤 남자가 있었을 것이다.

봄은 새벽녘. 차츰 동이 터 가는 산기슭이 조금 밝아지며 보랏빛을 띤 구름이 가느다랗게 옆으로 길게 뻗어 있다. 여름은 밤이 좋다. 달이 떠 있을 때는 말할 나위도 없다. 어둠도 반딧불이 이리저리 날아다니는 것이 좋다. 비가 내리는 것마저 운치가 있다. 가을은 해질녘이 멋있다. 석양빛이 화려하게 비치어 산기슭이 아주 가깝게 느껴질 때 까마귀가 세 마리, 네 마리, 두 마리씩 둥지로 날아가는 것도 운치가 있다. […] 겨울은 이른 아침이 좋다. 눈이 내리고 있으면 그 아름다움은 이루 말할 수가 없다.

이 글을 읽고 있노라면 네 계절이 차례로 바뀌는 모습을 눈앞에 선히 보는 듯하다. 네 계절은 둥그런 원을 그리며 계속 돌고 있어 과연 어디에서 시작하여 어디에서 끝나는지 헤아릴 수가 없다. 비단 계절만이 아니다. 이른 새벽녘에서 늦은 밤까지 하루 시간이 피부에 와 닿듯이 생생하다. 이 글의 참맛을 제대로 느끼기 위해서는 문장 구조를 찬찬히 눈여겨볼 필요가 있다. 네 계절을 각각 언급할 때마다 전보문처럼 압축해 놓은 문장을 즐겨 구사한다는 것이다. "봄은 새벽녘", "여름은 밤이 좋다", "가을은 해질녘이 멋있다", "겨울은 이른 아침이 좋다" 같은 문장이 바로 그러하다. 봄을 묘사하는 문장에서는 아예 '이다'라는 서술조사마저 생략해 버린다. 더구나 봄을 빼고는 모두 '좋다'니 '멋있다'니 하는 서술조사를 되풀이하여 사용함으로써 자칫 단조로울 수 있는 글에 리듬감을 주기도 한다. 읽으면 읽을수록 감칠맛이 나는 글이다.

겐지 이야기

무라사키 시키부

일본 문학은 흔히 헤이안 시대의 궁정에서 태어났다고 한다. 그곳에는 언제나 천황과 그의 왕비들 그리고 관료 사이에 오가는 화제와 음모를 지켜보는 궁녀들이 살았다. 이 무렵 남성들은 여전히 한문으로 글을 쓴 반면, 궁녀들은 살아 숨 쉬는 일상어로 생생하고 시적 이미지가 가득 찬 글을 쓰기 시작하였다. 무라사키 시키부(紫式部, 978?~1014?)는 『마쿠라노소시』를 쓴 세이 쇼나곤과 여러모로 닮은 점이 많다. 일본 문학사에 굵직한 획을 그었다는 점에서도 그러하고, 헤이안 시대에 활약했다는 점에서도 그러하다. 그런가 하면 이치조 천황의 중궁을 모셨다는 점에서도 그러하다. 중궁 쇼시와 중궁 데시는 같은 천황의 시중을 들면서도 라이벌 관계에 있었다. 그런데 중궁 데시가 자신의 궁녀인 세이 쇼나곤의 뛰어난 문학적 재능 덕분에 명성이 높아지자 중궁 쇼시도 이에 질세라 그녀에 맞설 만한 무라사키 시키부를 궁녀로 데려왔다. 두 사람이 모시는 상전이 경쟁 관계에 있는 탓에 두 궁녀 사이에서도 자연히 라이벌 의식이 생기지 않을 수 없었다.

세이 쇼나곤이 축소지향의 미학을 수필 문학에 적용했다면, 무라사키 시키부는 이와는 반대로 확대지향의 미학을 소설 문학에 적용하였다. 『마쿠라노소시』가 단상을 적어 두려고 베갯머리에 놓아둔 작은 수첩이라면, 시키부의 작품은 아주 두꺼운 공책이라고 할 수 있다. 아마도 시키부는 세이 쇼나곤의 "무엇이든 무엇이든 작은 것은 다 아름답다"고 한 말에 아마 "무엇이든 무엇이든 큰 것은 다 아름답다"라고 대꾸했을 것이다.

무라사키 시키부는 『겐지 이야기(源氏物語)』(1008)라는 작품으로 일본 소설사의 첫 페이지를 화려하게 장식하였다. 사실 이 작품은 일본 문학사뿐 아니라 세계 문학사를 통틀어서도 최초의 소설로 꼽힌다. 서양에서도 소설이 문학 장르로 처음 모습을 드러낸 것은 그 시기를 아무리 일찍 잡아도 17세기 중반을 넘어서지 못한다. 흔히 최초의 서구 소설로 꼽히는 것이 존 번연의 종교 우의소설(寓意小說) 『천로역정』이나 조너선 스위프트의 풍자소설 『걸리버 여행기』다. 동양에서도 중국의 원나라 때에 소설의 싹을 보이다가 명청 시대에 이르러서야 비로소 소설이 제 모습을 갖추기 시작하였다. 그런데 무라사키 시키부가 『겐지 이야기』를 쓴 것은 11세기 초엽으로 서양이나 중국보다 무려 7세기나 앞선다.

무라사키 시키부의 삶에 대해서는 정확히 알려진 내용이 그다지 많지 않다. 그녀가 태어난 해도 970년이라고 하기도 하고, 그보다 8년 뒤인 978년이라고도 한다. 사망한 해도 마찬가지여서 빠르게는 1012년, 늦게는 1016년이라는 설도 있고, 1014년이라는 설도 만만치 않다. 헤이안 시대에 여성은 이름을 가지지 않는 것이 상례였다. '무라사키'라는 이름은 『겐지 이야기』에 등장하는 여주인공의 이름에서 땄거나 그녀의 아버지 후지와라노 다메토키(藤原爲時)의 성의 첫 글자 '후지'와 관련이 있는 듯하다. 자주색을 가리키는 '무라(藤)'란 자주색 꽃을 피우는 등나무를 가리키기 때문이다. 한편 '시키부'란 그녀의 아버지가 맡고 있던 관직을 가리키는 말이었다. 그녀는 그 당시로서는 비교적 뒤늦은 998년 또는 999년에 결혼한 것으로 알려진다.

무라사키 시키부는 교토에서 일본의 중류 계층의 귀족 집안에서 둘째딸로 태어났다. 어머니를 일찍 여의고 홀아버지 밑에서 자랐다. 지방 장관이던 그녀의 아버지는 한시를 잘 쓰는 문장가로 이름을 날렸고, 아버지의 이러한 문학적 교양은 뒷날 딸에게 큰 영향을 끼쳤다. 무라사키 시키부는 이 무렵의 많은 여성 작가와 달리 한시에 조예가 깊었다. 그녀가 남긴 일기에는 그 시절의 상황을 보여 주는 흥미로운 일화 한 토막이 적혀 있다. 어느 날 궁중에서 그녀가 한문책을 읽고 있으려니까 옆에 있던 궁녀들이 그녀의 등 뒤에서 "저런 것을 읽으니까 팔자가 사납지. 여자인 주제에 무엇 때문에 한문책을 읽는 거람?"이라고 쑥덕거리더라는 것이다. 무라사키 시키부는 『겐지 이야기』 말고도 궁중의 생활을 기록한 일기를 남기기도 하였다. 이 일기에 따르면 그녀의 아버지는 딸에게서 문학적 재능이 번쩍이는 것을 보고 아들로 태어나지 않고 딸로 태어난 것을 한탄했다고 한다.

무라사키 시키부는 『겐지 이야기』를 1001년 남편 후지와라노 노부타카(藤原宣孝)와 사별하고 난 뒤 1005년 궁중에서 궁녀로 일하기 시작한 지 네다섯 해에 걸쳐 썼다고 전해진다. 그러나 모두 54장에 이르는 길고 복잡한 작품의 양으로 미루어보아 이렇게 짧은 기간에 모든 작품을 쓰기란 무척 어려웠을 것이다. 물론 이 작품의 마지막 14장은 뒷날 다른 작가가 썼다고 주장하는 학자도 있다. 어쩌면 사망할 때까지 이 작품을 썼을 가능성이 훨씬 높다. 그녀가 화려한 궁정 생활의 뒤안길에서 느꼈던 쓸쓸한 마음을 달래려고 이 작품을 계속 썼을 것이라고 짐작해 볼 수 있다. 그녀는 궁중에 사는 궁녀들과 귀족 여성들을 염두에 두고 이 작품을 썼다.

『겐지 이야기』를 좀 더 쉽게 이해하기 위해서는 무엇보다도 먼저 '모노가타리'라는 문학 양식을 살펴보는 것이 좋다. 한국어로 '겐지 이야기'라고 옮겼지만 본디 제목은 '겐지모노가타리'다. 모노가타리란 헤이안 시대에서 가마쿠라(鎌倉) 시대에 걸쳐 크게 유행한 소설 양식을 가리킨다. 물론 소설이라고 하여도 오늘날의 소설과는 그 성격이 조금 다르다. 모노가타리에는 '가타리테(語り手)'라는 이야기꾼이 등장하여 이야기를 전해 주는 방식을 사용할뿐더러 시에서처럼 운율에도 무게를 싣는다. 더구나 모노가타리에서는 실제 현실 세계에서는 좀처럼 일어날 수 없는 다분히 환상적인 이야기를 다룬다는 점에서도 보통 소설과는 다르다. 다시 말해서 허구적인 색채가 좀 더 짙게 나타난다. 10세기 초엽에 가구야 히메(輝夜姫)라는 사람이 쓴 『다케토리 모노가타리(竹取物語)』가 최초의 모노가타리로 알려져 있다. 그런데 모노가타리를 쓴 사람들은 주로 한문과 한시를 자유롭게 읽고 쓸 수 있는 남성 문인이었던 반면, 그 독자는 거의 대부분이 여성이었다.

『겐지 이야기』에 이르러 모노가타리는 획기적인 변화를 겪는다. 남성 작가들은 이제 여성 작가에게 그 바통을 넘겨준다. 여성은 이제 모노가타리의 단순한 수용자에서 생산자로 탈바꿈하기 시작하였다. 무라사키 시키부는 이전의 모노가타리의 전통을 이어받은 한편, 전통적인 형식을 과감하게 깨뜨려 모노가타리 문학의 새로운 지평을 열었다. 그녀는 상상력이 빚어내는 허구에 바탕을 두되 어디까지나 역사적 사실을 근거로 이야기를 전개하였다. 더 나아가 인간의 미묘한 성격과 내면 세계를 깊이 들여다보는 심리적인 성찰의 문학으로 끌어 올렸다. 몇몇 비평가가 이 소설을 서구 모더니즘 소설의 대표적인 작가 마르셀 프루스트에 견주는 것은 바로 그 때문이다. 흔히 모노가타리 문학의 최고봉을 일컫는 『겐지 이야기』는 뒷날 장르와 시대를 뛰어넘어 본격적인 근대소설, 연극, 미술을 비롯한 예술 분야에 걸쳐 크나큰 영향을 끼쳤다.

『겐지 이야기』는 네 명의 천황을 비롯한 황족이 70여 년에 걸쳐 겪는 파란만장한 삶을 허구화한 작품이다. 주인공 히카루 겐지의 생애를 중심으로 한 전편과 그의 아들 가오루의 반평생을 다룬 후편으로 구성되어 있다. 좀 더 자세히 구분하면 겐지의 부귀영화를 다룬 제1부(1권~33권), 영화의 절정에 오른 겐지의 내면적 조락을 다룬 제2부(34권~41권), 그리고 아들 가오루의 반평생을 다룬 제3부(42권~54권)로 나뉜다.

이 작품은 왕의 옷시중을 드는 신분이 낮은 직책을 맡은 궁녀가 천황의 총애를 받아 히카루 겐지를 낳고 곧 주위의 질시와 냉대로 죽음을 맞는 것으로 시작한다. 어른이 된 주인공 겐지는 황후이자 계모인 후지쓰보 노미야와 불륜 관계를 맺으며, 그 사이에 난 아들이 나중에 레이제이 천황이 된다. 높은 지위에 올라 부귀영화를 누리는 겐지는 로쿠조인이라는 저택을 짓고 여덟 명의 여자를 거느리는 등 호화로운 생활에 빠진다. 그는 '히카루'라는 이름처럼 찬란한 빛을 내뿜는 인물이다.

그러나 빛이 있는 곳에 그림자가 있게 마련이고 빛이 밝으면 밝을수록 그 그림자는 더욱 짙어지는 법이다. 히카루의 삶이 언제나 찬란하지만은 않아서 여러 시련과 우여곡절을 겪기도 한다. 마침내 그는 인생무상을 깨닫고 출가(出家)를 결심하지만 끝내 기회를 얻지 못하고 죽는다. 겐지와 불륜 관계를 맺었던 후지쓰보 노미야는 출가한 뒤 곧 세상을 떠나고, 또한 겐지의 아내인 온나산 노미야와 불륜 관계를 맺은 가

시와기는 시름시름 앓다 죽는다. 이 작품의 후반부는 겐지의 아내이며 겐지의 이복형 스자쿠 천황의 둘째 황녀인 온나산 노미야가 겐지의 아들 친구인 가시와기와 불의의 관계로 낳은 아들 가오루, 겐지의 딸이 중궁이 되어 낳은 왕자 니오우 노미야, 그리고 우키후네라는 여성과 맺는 삼각관계가 그 중심축을 이룬다.

『겐지 이야기』를 흔한 연애소설로만 읽는 것은 좁은 생각이다. 물론 연애소설로서도 뛰어난 작품이지만 그 이상의 깊은 의미를 지닌다. 다시 말해서 이 작품에서 연애는 플롯을 설정하기 위한 뼈대일 뿐 작가가 관심을 기울이는 부분은 인간 실존을 둘러싼 문제다. 실존주의자들의 말을 빌린다면 이 황량한 우주 속에 '던져진 존재'로서 인간이 느끼는 고독과 절망이 이 작품의 중요한 주제 가운데 하나다. 인간이 느끼는 근원적인 우수와 비애 그리고 죽음이 이 소설 전편에 밤안개처럼 짙게 깔려 있다. 작가에게 주인공의 삶은 한바탕 어지러운 꿈에 지나지 않는다. 이러한 실존주의적인 색채는 불교에서 비롯한 것임은 새삼 말할 나위가 없을 것이다.

무라사키 시키부는 『겐지 이야기』에서 예술의 영역에 속하는 소설이란 도덕이나 윤리를 가르치는 수신 교과서와는 다르다는 사실을 일깨우기도 한다. 문학은 문학만의 독특한 존재 이유가 있다는 것이다. 에도(江戸) 시대에 활약한 국학자 모토오리 노리나가(本居宣長)는 『겐지 이야기』의 본질적 특성을 '모노노아와레(物の哀れ)', 즉 대상에 대한 그윽한 정취라는 말로 요약하였다. 그에 따르면 겐지의 여성 편력은 "유교와 불교의 도리에서 보면 그 이상 더 죄악이 없을 정도로 아주 나쁜 악행으로, 어떤 다른 선행이 있다고 하여도 좋은 사람이라 하기는 어려운데도 (작가는) 그 도에 어긋난 악행을 특별히 지적하여 언급하지 않고

다만 '모노노아와레'가 깊은 것만을 반복하여 쓰고 있고, 겐지가 마치 선인의 규범같이 좋은 것은 다 모아 놓고 있다"고 평한다.

비극적 영웅이나 주인공이 흔히 그러하듯이 히카루 겐지는 과감하게 인습의 울타리를 뛰어넘은 인물이다. 주인공이 천황의 중궁과 밀통한다는 것은 보통 사람으로서는 상상하기도 어렵다. 이렇게 터부를 깨뜨리면서까지 중궁과 관계를 맺는 겐지의 열정은 비록 비도덕적이고 비윤리적이라는 낙인이 찍힐지라도 뭇사람들의 마음을 사로잡았다. 하느님에 맞서 천사들을 규합하여 반란을 꾀하는 존 밀턴의 『실낙원』에 등장하는 사탄이나, 지식과 젊음을 얻기 위하여 영혼을 판 요한 볼프강 폰 괴테의 『파우스트』의 주인공에 견줄 수 있는 인물이다.

물론 주인공 히카루 겐지의 이러한 태도가 언제나 사랑을 받은 것은 아니다. 가령 천황의 극단적인 신격화가 이루어지던 2차 세계대전 때 『겐지 이야기』는 '불경스러운 책'으로 따가운 시선을 받았다. 이 소설의 주인공이 천황의 중궁과 밀통하여 태어난 사생아가 뒷날 천황에 즉위한다는 것은 이 무렵 천황을 신처럼 떠받들던 분위기에 그야말로 찬물을 끼얹은 것과 다름없다. 이 소설에 따른다면 천황은 신이 아니라 불륜이 잉태한 씨앗이기 때문이다.

『겐지 이야기』는 서구 세계에도 널리 알려진 동양의 고전이다. 일본 왕조시대의 풍류와 관능적인 아름다움을 엿볼 수 있어 서양 독자들에게는 스시나 사시미 같은 일본 요리만큼이나 독특한 맛을 자아낸다. 소설의 퇴폐적인 분위기도 이 작품이 서구 독자들에게 다가가는 데 한몫톡톡히 하였다. 미국 컬럼비아대학교의 도널드 킨 교수는 이 작품에 대하여 "세계 최초의 소설일뿐더러 가장 위대한 작품 가운데 하나이다"라고 칭찬을 아끼지 않는다.

바쇼 하이쿠 선집

마쓰오 바쇼

저 옛날 중국 시인들은 열두 행(行) 안에 무엇인가를 말할 수 없다면 차라리 침묵하는 쪽이 더 낫다고 말하였다. 그래서 그런지는 몰라도 일본 사람들은 이 열두 행보다도 훨씬 짧은 하이쿠(俳句)라는 시 형식을 만들어 내었다. 하이쿠는 행으로 치면 단 한 줄이요 음절 수도 겨우 17음절밖에 되지 않는다. 세계 문학사를 아무리 샅샅이 뒤져보아도 하이쿠보다 더 짧은 시를 찾기란 여간 어렵지 않다. 서구의 대표적인 정형시라고 할 소네트보다도 훨씬 더 짧고, 중국의 오언절구(五言絶句)나 한국의 정형 시조보다도 짧다. 하이쿠를 중국어로 번역하면 열 자 안팎이고, 3행 정형시로 길이가 짧다는 시조도 글자 수로 치면 하이쿠의 두 배 반이나 된다. 그러므로 하이쿠는 정형시 가운데서 세계에서 가장 짧은 시다.

장기판은 바둑판보다 작지만 그 수는 바둑보다 많고, 일본의 전통 악기 샤미센의 줄은 거문고보다 적지만 그 소리는 거문고보다 크다. '하이쿠'라는 용어를 처음 사용한 메이지(明治) 시대의 시인 마사오카

시키(正岡子規)가 이 시의 특징을 설명하려고 끌어들인 비유다. 하이쿠는 비록 그 길이는 짧지만 그 안에 깊은 삶의 뜻을 담고 있다. 한국 속담으로 말하자면 큰 고추보다는 오히려 작은 고추가 더 매운 셈이다. 이렇게 일본 시인들은 그동안 하이쿠라는 작은 그릇 안에 우주의 심오한 의미를 담아내려고 하였다.

흔히 '하이쿠의 성인'으로 일컫는 마쓰오 바쇼(松尾芭蕉, 1644~1694)는 오늘날의 나라(奈良) 근처 이가노쿠니(伊賀國) 우에노(上野)에서 하급 사무라이 겸 농민의 아들로 태어났다. 본명은 무네후사(宗房)이고, 아명은 긴사쿠(金作)이며, 호는 처음에는 도세이(桃靑)라고 하였다가 뒷날에 이르러 바쇼로 고쳤다. 바쇼는 도도 요시타다(藤堂良忠)라는 사무라이의 문하에 들어갔다가 주군이 사망하는 바람에 삶에서 새로운 전환점을 맞이한다. 교토에 가서 고전을 배우고, 1672년에 에도로 가서 다시 하이카이(俳諧)를 배웠다. 1680년에는 에도의 후카가와(深川)의 암자에서 은둔 생활을 하면서 그 특유의 하이카이를 갈고닦았다. 그는 지나치게 유희적인 종래의 하이카이에 염증을 느끼고 중국의 한문 서적을 공부하기 시작하였다. 특히 두보(杜甫)의 영향을 많이 받아 한시풍의 하이카이를 시도하였다.

한편 바쇼는 중세 일본의 방랑 시인인 사이교(西行)에 심취하여 선배 시인의 행적을 찾아가는 긴 방랑을 시작하였다. 1684년 에도에서 고향인 이가노쿠니를 오가며 기행문과 하이카이집을 편찬하였고, 1687년에는 가시·마스마·아카시, 1688년에는 사라시나, 1689년에는 호쿠리쿠를 여행하며 바쇼 풍의 하이카이를 완성하였다. 1694년 나가사키(長崎)로 가던 도중 "방랑에 병들어 / 꿈은 마른 들판을 / 헤매고 돈다"는 마지막 시를 남기고 쉰둘의 나이로 오사카에서 객사하였다.

하이쿠의 역사는 중세 무렵부터 크게 유행한 조렌가(長連歌)라는 장시로 거슬러 올라간다. 조렌가란 글자 그대로 여러 사람이 모여 함께 시를 이어가며 읊는 공동 창작의 성격을 띤 연작시다. 그런데 조렌가는 15세기 말엽부터 고상한 품격의 정통 렌가(連歌)와 서민 생활을 주제로 한 비속한 하이카이 렌가(俳諧連歌)의 두 갈래로 갈라졌다. 두 번째 하이카이 렌가는 제1구가 5·7·5의 17음, 제2구가 7·7의 14음, 제3구가 다시 5·7·5의 17음으로 이루어졌다. 그런데 마쓰오 바쇼는 하이카이 렌가에서 흔히 '홋쿠(發句)'라고 일컫는 첫 번째 구를 따로 떼어내어 하나의 독립적인 시로 만들었고, 이것이 다름 아닌 하이쿠가 된 것이다. 응축된 어휘로 민중의 삶의 애환을 노래한 이 하이쿠는 메이지 시대에 이르러 와카(和歌)와 함께 일본 시가 문학의 대표적인 장르로 자리를 잡았다.

미국의 현대 시인 로버트 프로스트는 일정한 형식에 따르지 않고 시를 쓰는 것은 마치 네트를 치지 않고 테니스를 하는 것과 같다고 말한 적이 있다. 시란 자유시보다는 모름지기 정형시가 제격이라는 말이다. 모든 정형시가 으레 그러하듯이 하이쿠도 형식에서 반드시 일정한 규칙과 인습을 따라야 한다. 특히 하이쿠에서는 그러한 인습이 훨씬 더 엄격하다. 첫째는 5·7·5의 17음절의 음률을 지켜야 하고, 둘째는 계절을 나타내는 시어인 '기고(季語)'를 사용하여야 하며, 셋째로는 17음절 중에 시의 흐름을 끊는 역할을 하는 '기레지(切字)'를 구사해야 한다.

해묵은 연못이여
개구리 뛰어드는
물소리

마쓰오 바쇼의 하이쿠 가운데서도 가장 대표적인 작품이다. 하이쿠와 관련된 책마다 그 표지에 개구리 그림을 그려 넣을 만큼 이 작품은 좁게는 바쇼, 넓게는 하이쿠의 기호로 잘 알려져 있다. 흔히 '비광'으로 일컫는 12월 화투장을 보면 어떤 노인 한 사람이 비 오는 날 우산을 받쳐 들고 나막신을 신고 걸어가고 그의 발밑에 개구리 한 마리가 뛰어오르는 그림이 그려져 있다. 이 화투장은 바로 마쓰오 바쇼와 위의 하이쿠를 염두에 두고 그린 것이다.

하이쿠는 5·7·5의 17음절을 갖추고 있다. 그런데 5·7이나 7·5의 음률은 일본에서 가장 오래된 시가집 『만요슈』에서도 이미 엿볼 수 있는 일본 전통 시가의 공통된 음률이다. 또한 이 작품에는 개구리라는 '기고'가 들어가 있다. '봄바람'이라든가 '여름 산' 같은 구절은 몰라도 어떻게 개구리가 계절을 나타내는지 이상하게 생각할는지 모른다. 그러나 개구리는 새봄이 되면 마침내 겨울잠에서 깨어나 활동을 시작하기 때문에 네 계절 가운데 봄과 가장 깊이 관련되어 있다. 하이쿠에 '달'이나 '벌레'가 들어 있으면 그 달이나 벌레는 가을밤의 달이나 가을 풀벌레를 말하고, '꽃'이라는 말은 봄의 '벚꽃'을 가리키는 것과 같은 이치다. 그런가 하면 이 작품에서 바쇼는 "해묵은 연못이여"에서 '여'에 해당하는 일본어 '야(や)'를 '기레지'로 사용하여 시적 흐름을 끊는다. 가령 "해묵은 연못에"라고 노래하였다면 아마 시적 긴장이 마치 탄력을 잃어버린 고무줄처럼 풀려 버려 싱거웠을 것이다.

더구나 바쇼는 오래된 연못에 뛰어드는 개구리의 모습이나 동작 못지않게 개구리가 연못에 뛰어들면서 내는 소리에 무게를 싣기도 한다. 어떤 번역가는 '물소리'라는 말과 더불어 아예 '첨벙'이나 '풍덩'이라는 의성어를 덧붙여 놓아 청각 이미지를 극대화하기도 한다. 이 하이쿠를 다 읽고 난 뒤 연못에 조용하게 퍼져나가는 파문을 머릿속에 그리는 독자가 적지 않을 것이다. 시인이 궁극적으로 이 작품에서 노리고 있는 것은 이른 봄에 연못 속으로 뛰어드는 개구리의 모습도 아니요, 개구리가 풍덩 뛰어드는 오래된 연못의 모습도 아니며, 개구리가 내는 물소리도 아니다. 시인이 노리고 있는 것은 연못과 개구리와 물소리 사이의 중간 지대에 있는 그 어떤 것이다.

마쓰오 바쇼가 하이쿠에서 가장 중요하게 생각한 것이 바로 이미지다. 이미지 하면 눈앞에 그리는 시각적 형상만 생각하기 쉽다. 그러나 직접 감각 기관의 자극을 받지 않고 마음속에 느끼는 것은 하나같이 이미지에 속한다. 그러니까 마음속에 그리는 그림은 물론이고 귀로 듣는 청각 이미지, 코로 맡는 후각 이미지, 손끝이나 피부에 닿는 촉각 이미지, 혀끝에 닿는 미각 이미지, 동적 이미지 등도 아주 소중한 이미지다. 그러고 보니 이미지를 '심상(心象)'이라고 옮기는 것은 이 개념을 너무 좁게 한정 짓는 것이다. 바쇼의 하이쿠에서는 이끼나 수초가 자란 오래된 연못이 가져다주는 시각 이미지, 겨울잠에서 갓 깨어난 연못 속으로 뛰어드는 동적 이미지, 물속에 뛰어들며 내는 첨벙 소리의 청각 이미지가 한데 어울려 독특한 효과를 자아낸다.

조용함이여
바위에 스며드는
매미 울음소리

1689년 바쇼가 제자 가와이 소라(河合曾良)와 함께 여행하는 도중에 잠깐 산사에 들렀을 때 지은 작품이다. 도호쿠 지방인 야마데라(山寺)

의 릿샤쿠지(立石寺)에 도착한 바쇼는 귀청이 떨어질 듯이 시끄럽게 우는 매미 소리를 듣고 이 작품을 지었다. 흥미롭게도 이 하이쿠의 배경이 된 산사에는 바쇼가 읊은 이 하이쿠의 정취에 감동하여 해마다 200만 명의 관광객이 찾아온다고 한다.

한여름 나무 위에서 매미가 요란하게 울고 있는데 그 주위가 조용하다고 말하는 것은 모순어법이다. 산속의 절에서는 인기척이라고는 하나도 없이 오직 매미의 울음소리밖에 들리지 않기 때문에 오히려 더 정적을 느낄 수 있을지도 모른다. 더구나 매미 울음소리가 얼마나 큰지 절 주변의 바위에 스며든다고 생각하는 시적 상상력이 아주 놀랍다. 바쇼가 매미 소리가 암벽에 부딪혀 반향하는 대신 바위 속에 스며든다고 노래한 것은 이 지방의 암석이 작은 구멍이 많이 뚫려 있는 응회암이기 때문이라고 해석하는 것은 시를 지나치게 과학적으로 풀이하는 것이다. 바쇼가 이 작품에서 노래하는 것은 산사 밖에서 일어나는 인간 관계의 번거로움과 비교하면 매미가 우는 소리는 차라리 침묵처럼 들릴지도 모른다는 점이다.

이 작품을 읽고 있노라면 때로는 선문답을 하는 느낌이 든다. 실제로 바쇼는 선불교의 가르침을 담은 간결한 문구인 공안(公案)에서 크고 작은 영향을 받았다. 공안에서처럼 그의 하이쿠에서도 논리적 사고 체계가 아닌 직관의 힘을 빌려 깨달음의 경지에 이를 수 있다. 말하자면 선승이면서 시인이었던 바쇼는 하이쿠에 불교 선종(禪宗)의 영혼을 불어넣었다.

마쓰오 바쇼는 자연에 대한 관심과 애정이 남달랐다. 자연에 얼마나 순응하고 자연과 얼마나 깊은 교감을 갖느냐에 따라 예술가의 자질을 가늠하려고 하였다. 이 점과 관련하여 그는 "어떤 예술에서도 참으로 두각을 나타낸 사람은 하나같이 한 가지 공통점을 지니고 있다. 즉 사시사철 자연에 순종하고 자연과 하나가 되려는 마음이 바로 그것이다"라고 밝힌다.

참나무는
벚꽃에는
흥미가 없다

참나무란 상수리나무와 떡갈나무 그리고 굴참나무 따위를 통틀어 일컫는 말이다. 온갖 나무 가운데서도 참나무는 박달나무와 함께 가장 질기고 강인하기로 유명하다. 참나무는 이렇게 힘이 세기는 하지만 소나무나 잣나무 같은 상록수와는 달리 멋이 없는 나무이기도 하다. 가을이 되어 나뭇잎이 칙칙하게 물이 들고 낙엽이 떨어지고 나면 앙상한 가지를 드러낸 채 한겨울을 보낸다. 꽃다운 꽃도 피지 않는 참나무는 그야말로 볼품없는 나무다. 한편 장미과의 교목인 벚나무는 새 봄이 되면 아름다운 분홍 꽃을 피운다. 일본 국민들이 가장 많이 애호하는 벚꽃은 그 화려함이 그야말로 눈이 부실 정도다.

그러나 바쇼는 이 작품에서 참나무가 화려한 벚꽃에 이렇다 할 관심이 없다고 노래한다. 참나무는 참나무대로 벚꽃은 벚꽃대로 저 나름의 존재 이유가 있기 때문이다. 나무의 세계에서 높고 낮음을 따지는 것처럼 아마 어리석은 일도 없을 것이다. 벚나무는 그 화려한 꽃으로 사람의 눈을 즐겁게 해 주지만 참나무는 죽어서 숯을 만들어 준다. 참나무와 벚나무가 서로 높낮이를 다투지 않고 함께 조화와 균형을 꾀할 때 자연 생태계는 그만큼 건강하다.

도연명집

도연명

　　중국에서 가장 대표적인 목가시인이나 전원시인을 꼽는다면 도연명(陶然明, 365~427)을 빼놓을 수 없다. '전원시인' 하면 도연명이, '도연명' 하면 곧 전원시인이 떠오른다. 그러나 도연명에게 '목가시인'이니 '전원시인'이니 하는 꼬리표를 붙이는 것은 그렇게 바람직하지 않다. 한 시인에게 이런저런 꼬리표를 붙이는 것은 자유로운 상상력에 굴레를 씌우는 것과 다르지 않다. 굳이 이런 꼬리표를 붙이지 않아도 도연명은 중국 시인 가운데 가장 빼어난 시인 중 한 사람이다.

　　도연명은 강주(江州) 심양군(潯陽郡) 시상현(柴桑縣), 즉 지금의 장시성(江西省) 주장현(九江縣)의 남서 지방인 차이상(柴桑)에서 태어났다. 양쯔강의 중류에 자리 잡은 차이상은 북으로 여산(廬山)을 등에 업고 남으로는 파양호를 바라보고 있는 명승지다. 도연명의 이름은 잠(潛)이고, 자는 원량(元亮) 또는 연명(然明)이다. 그는 벼슬을 버리고 고향에 돌아와 집 앞에 버드나무 다섯 그루를 심고 은둔 생활에 들어갔다고 하여 '오류선생(五柳先生)'이라는 별명이 붙었다. 그는 동진(東晉) 말기부터 남조(南朝)의 송(宋) 초기에 걸쳐 살았다. 그의 가문은 대대로 남방의 토착 사족(土族)이었다. 그러나 당시는 북조에서 내려온 귀족이 실권을 장악하고 있었고, 차츰 신흥 군벌이 대두하여 각축을 벌이던 때로 도연명의 가문은 영달의 길에서 소외되었다. 증조할아버지와 할아버지가 벼슬을 하였을 뿐 그의 아버지는 은둔 생활을 한 탓에 그 이름조차 알려져 있지 않다.

도연명은 스물아홉 살 때 처음 벼슬길에 올랐지만 얼마 지나지 않아 그만두었다. 군벌 항쟁의 세파에 밀려 서른다섯 살 되던 해는 진(晉)나라 최대 북부군단(北府軍團)의 진군장군(鎭軍將軍) 유뢰지(劉牢之)의 참모가 되었다. 이 직책도 그만둔 도연명은 강주자사(江州刺史) 환현(桓玄)의 막료가 되지만 며칠 뒤 모친상을 당하는 바람에 다시 이 자리도 그만둔다. 그 뒤로는 진군장군 유유(劉裕)의 참군(參軍), 팽택 현령 등의 관료를 지내며 주로 고향에서 가까운 심양군에서 지냈다.

도연명이 10여 년에 걸친 관료 생활을 청산하고 은둔 생활에 들어간 시기는 의희(義熙) 원년, 즉 405년 11월로 그의 나이 마흔한 살 때다. 팽택 현령이 된 지 겨우 80여 일만의 일이다. 그가 현령의 자리를 박차고 나온 동기에 관하여 다음과 같은 일화가 전한다. 밑의 관리가 도연명에게 심양군 장관의 직속 관리가 순찰을 온다고 하니 반드시 의관을 정제하고 맞이하라고 일러 주었다. 도연명은 "내 오두미(五斗米) 때문에 일개 고을의 소인배에게 허리를 굽혀 절을 할 수 있겠는가?"라고 말한 뒤 그날로 현령직을 사임하고 집에 돌아갔다는 것이다. 쌀 닷 말을 뜻하는 '오두미'는 도연명이 현령으로서 받은 적은 월급을 가리킨다.

한편 도연명은 현령을 그만둔 동기에 관해 이와는 다르게 설명한다. 「귀거래사(歸去來辭)」의 서문에서 "이 자리에 부임해서 어느 정도 시간이 지나자 집에 돌아가고 싶은 기분이 들었지만, 그럭저럭 벼가 익거든 빠져나가려고 생각하던 터에 누이가 사망했다는 소식을 듣고 이제는 더는 참을 수 없게 되어 스스로 사임하고 집에 돌아왔다"고 밝힌다. 늘 관료 생활에 싫증을 느끼고 전원 생활을 꿈꾸던 도연명은 어떻게 하면 벼슬을 그만둘 수 있을까 하고 기회를 엿보고 있었던 같다. 따지고 보면 오두미 사건이나 누이의 죽음이나 한낱 관직을 그만둘 구실에 지나지 않는다.

도연명은 벼슬을 그만둔 뒤 죽을 때까지 20여 년 동안 은둔 생활을 하며 작품 창작에 전념하였다. 그가 고향에 은거한 지 3년째 되던 해 갑작스러운 불로 집이 타 버리자 그는 가족을 거느리고 고향을 떠나 심양 남쪽에 있는 남촌(南村)에 옮겨와 그곳에서 만년을 보냈다. 살림이 쪼들려 해진 옷을 걸치고 끼니가 없어 굶을 때도 있었다. 좋아하는 술마저도 가난하여 자주 마실 수 없었고, 어쩌다 친구가 술대접을 하면 사양 않고 마시며 취하였다. 송나라의 성리학자 주희(朱熹)가 도연명이 술 마시던 취석(醉石)이라는 큰 바위에 찾아가 시를 읊었다는 일화는 유명하다. 도연명은 굶어 죽을 지경에 이르러 가까운 친구에게 구걸을 한 일까지 있었지만 직접 괭이를 들고 농사를 지어 견뎌냈다.

이렇게 가난과 병마와 싸우다 도연명은 마침내 예순두 살의 나이로 삶을 마감하였다. 직접 쓴 자신의 제문에 "한평생 살기가 참으로 힘들었거늘 죽은 뒤 저승 세계는 과연 어떠할까?"라고 적었다. 그가 죽은 뒤 시호를 '정절선생(靖節先生)'이라고 하였다. 안연지(顔延之)는 도연명에 대하여 "은둔자, 고고한 정신의 소유자, 학문이나 생활을 자유롭게 한 사람. 가난하여 손수 밭을 갈아 먹은 선비. 부모에게 효도하고 가족에게 인자했으며, 타고 날 때부터 술을 좋아했다"고 적었다. 이보다 더 도연명의 삶을 압축하여 표현한 말도 없을 것이다.

도연명은 4언시 9편, 5언시 115편을 남겼다. 이 가운데서 저작 연대가 명확한 것이나 대충 알 수 있는 것은 80편이다. 도연명은 기교를 부리지 않고 평담(平淡)하게 시를 쓴 것으로 유명하다. 그래서 당시에는 사람들에게 별로 환영을 받지 못하였다. 그가 6조(六朝) 시대의 최고 시인으로 각광을 받은 것은 당대(唐代) 이후부터다. 그는 산문에도 관심을 기울여 「오류선생전(五柳先生傳)」, 「도화원기(桃花源記)」 같은 작품을 남겼고, 지괴 소설집이라고 할 『수신후기(搜神後記)』를 쓴 작자로도 알려진다.

「귀거래사」는 도연명의 작품 중 가장 대표적일 뿐 아니라 뛰어난 목가시 또는 전원문학으로 꼽힌다. 구양수(歐陽脩)는 "진나라에는 글이 없고 오직 도연명의 「귀거래사」만이 있을 뿐이다"라고 칭찬을 아끼지 않았다. 이 작품은 모두 네 부분으로 구성되어 있으며, 각 부분마다 서로 다른 운자를 쓰고 있는 것이 흥미롭다.

「귀거래사」는 "돌아가자 / 전원이 황폐해지려 하거늘 어찌 돌아가지 않으리. 이제껏 내 정신을 육신의 노예로 삼아 살아왔네"로 시작한다. 첫 부분에서 시적 화자는 벼슬을 그만두고 고향의 전원으로 돌아가는 심경을 정신 해방의 관점에서 읊는다. "마침내 대문과 지붕을 쳐다보고 기쁨에 겨워 뛰쳐나갔네"로 시작하는 두 번째 부분은 그리운 고향 집에 도착하여 자녀들과 하인들의 영접을 받는 기쁨을 그린다. "돌아가리라, 사귐을 그만두고 왕래를 끊어야지. 세상이 나와 서로 맞지 않으니 다시금 수레를 타고 무엇을 구하리오…"로 시작하는 세 번째 부분에서는 세속과의 절연을 선언하며 전원 생활의 즐거움을 한껏 노래한다. 그리고 네 번째 부분에 이르러서는 전원 속에 파묻혀 목숨이 다할 때까지

자연의 섭리에 따라 살아가겠다는 굳은 뜻을 드러낸다.

지팡이에 늙은 몸 의지하며 발길 멎는 대로 쉬다가
이따금 머리 들어 먼 하늘을 바라보네.
구름은 무심히 산골짜기 돌아 나오고
날다 지친 새들은 둥지로 돌아올 줄 아네.
저녁 빛 어두워지며 서산에 해지려는데
외로이 선 소나무를 어루만지며 서성이고 있네.

이 짧은 여섯 행만 보더라도 도연명이 얼마나 자연 속에서 유유자
적하며 살아갔는지 잘 알 수 있다. 늙은 몸을 지탱하는 지팡이는 굳건
한 땅을 딛고 있고, 화자의 눈은 이따금 멀리 하늘을 향한다. 서산에 막
해가 떨어지며 저물자 하늘을 날던 새들은 지친 날개로 둥지로 돌아온
다. 화자는 외롭게 서 있는 소나무를 어루만지며 서성거린다. 하늘과
땅, 그 사이에 살고 있는 날짐승과 식물, 인간, 심지어 구름까지도 서로
하나가 되어 구분 지을 수가 없다. "지팡이에 늙은 몸 의지하며"라는 구
절도 찬찬히 살펴보면 볼수록 그 뜻이 더욱 새롭다. 찬란한 태양이 하
루 일정을 끝내고 서쪽으로 뉘엿뉘엿 지는 것처럼 이 시의 화자도 지금
인생의 황금기를 지나 노년기를 맞았다. 화자는 이러한 시 구절을 빌려
몸이 늙는 것도 태양의 운행이나 계절의 변화처럼 자연의 순리에 따른
것이라는 사실을 넌지시 내비친다.

이 점에서 도연명의 전원시는 서양의 목가시와는 사뭇 다르다. 서양
의 목가시는 현실 도피적인 성격이 아주 강하다. 서양에서는 기원전 3
세기경 옛 그리스의 시인 테오크리토스가 시칠리아 지방의 양치기들을

작품에서 다루면서 목가시 전통을 처음 세웠다. 그런데 이 목가시에서는 꽃과 나무, 푸른 시골 목장을 배경으로 목동들이 등장하지만 좀처럼 양떼를 돌보거나 땀을 흘려 농사를 짓지 않는다. 계절의 변화 없이 언제나 녹음방초가 우거진 여름에 목동들은 궁정의 사교장에나 어울리는 옷을 입고 도회의 세련된 말투로 사랑을 즐기거나 시를 짓고 노래를 부르며 시간을 보낸다. 한마디로 서양의 목가 시인이 그리는 자연은 한낱 현실 세계에 염증을 느낀 사람들이 찾는 이상향이요 낙원에 지나지 않을 뿐 구체적인 시골과는 거리가 멀다. 그러나 「귀거래사」에서 "농부가 내게 찾아와 봄이 왔다고 일러주니 / 앞으로는 서쪽 밭에 나가 밭을 갈련다"라는 구절은 액면 그대로 받아들여도 그다지 틀리지 않는다. 실제로 도연명은 서양의 목가 시인들과는 달리 손수 밭에서 농사를 지으며 살아갔다.

물론 도연명의 작품에서도 현실 도피적인 냄새가 풍기지 않은 것은 아니다. 이를테면 "세상과 나는 서로 등졌으니 / 다시 벼슬길에 올라 무엇을 구할 것인가?"라는 구절을 보면 화자가 자의보다는 타의로 어쩔 수 없이 전원으로 내려왔다는 사실을 짐작할 수 있다. 그러나 도연명의 「귀거래사」는 서양의 목가시와 비교해 볼 때는 훨씬 자연 친화적이라고 할 수 있다. 그에게 자연은 쓰라린 현실에서 벗어나 잠시 위안을 찾기 위한 도피처가 아니기 때문이다.

서양이나 동양이나 예나 지금이나 관직에 있으면서 작품을 쓰거나 귀족의 재정적 뒷받침을 받으며 작품을 쓰는 것은 그다지 바람직하지 않다. 도연명은 거의 평생 벼슬자리에 있지 않고 농부로서 보냈으므로 시대의 흐름에 따르거나 특정한 개인이나 집단을 의식할 필요가 없었다. 그의 작품은 이 무렵 유행한 귀족 생활에서 풍겨 나온 유희 문학이 아니라 구체적인 삶에서 우러나온 마음의 부르짖음이며 민간 생활 그 자체를 노래한 문학이다. 그의 시는 먹물 냄새 대신에 흙 내음이 물씬 풍긴다. 바로 이 점에서 도연명은 같은 시대에 활약했으면서도 귀족주의적 냄새를 물씬 풍기는 사영운(謝靈運)과는 뚜렷한 대조를 이룬다. 황정견(黃庭堅)이 "자[尺]로 재지 않고도 저절로 맞는 경지의 시. 도연명은 시를 지은 것이 아니라 자기 가슴속의 일상을 그대로 그렸다"고 말한 것도 이러한 맥락에서 이해할 수 있다.

도연명의 작품에서는 유가보다는 도가의 냄새가 짙게 풍긴다. 그의 작품 세계는 노자와 장주의 사상과 맞닿아 있다. 도연명은 현실의 이익과 추악함에 엉킨 타락한 세계에서 발버둥 치지 않고 자연을 벗 삼아 무위(無爲)에 몸을 맡기고 유유자적하였다. 세속의 티끌을 넘어서서 맑고 깊은 운치를 노래한다. 하늘 높이 자유롭게 나는 새나 깊은 물 밑에서 자유로이 헤엄치는 물고기에 가까운 경지는 「귀거래사」의 마지막 부분 "어찌 마음을 대자연의 섭리에 맡기지 않으며 / 이제 새삼 초조하고 황망스러운 마음으로 무엇을 욕심낼 것인가?"니 "돈도 지위도 바라지 않고 / 죽어 신선이 사는 나라에 태어날 것도 기대하지 않는다"니 하는 구절에서 엿볼 수 있다.

이태백 시집

이백

"달아달아 밝은 달아 이태백이 놀던 달아." 어릴 적부터 들어와 귀에 낯익은 노래 구절의 주인공 이백(李白, 701~762), 흔히 '시선(詩仙)'으로 일컫는 그는 두보(杜甫)와 더불어 당나라 시단을 대표하는 가장 유명한 시인이다. 이 두 시인을 흔히 '이두(李杜)'라고 한데 묶어 일컬으며, 그들은 당대(唐代) 문단에서 쌍벽을 이루었다.

당나라 때의 문학과 예술은 초당(初唐), 성당(盛唐), 중당(中唐), 만당(晚唐) 등 크게 네 시기로 구분 짓는다. 이 가운데서 특히 50여 년의 성당기에 중국의 시 문학은 최고조에 이르렀다. 중국 근대 문학에 기틀을 마련한 루쉰(魯迅)이 "좋은 시는 당대에 모두 쓰였다"고 말한 것도 그렇게 무리가 아니다.

이백은 701년경 오늘날의 구소련 키르키즈 공화국 토크마크 시에 해당하는 중아쇄엽(中亞碎葉)에서 태어났다. 그의 집안은 간쑤성(甘肅省) 시현(西縣)에 살았고, 아버지는 서역(西域)의 상인이었으며 이태백은 다섯 살 때 아버지와 함께 진저우(錦州)로 이주해 왔다. 자는 태백(太白)이고, 호는 청련거사(靑蓮居士)다. 그의 어머니가 태백성(샛별)이 품 안에 들어오는 꿈을 꾸고 아들을 얻었다고 하여 자를 '태백'이라고 했다고 한다. 평소 모험을 좋아한 이백은 스물다섯 살 때 촉나라를 떠나 양쯔 강을 따라서 강남(江南)·산동(山東)·산서(山西) 지방을 두루 돌아다니며 한평생을 보냈다. 젊어서는 산속에 숨어 도교와 선술(仙術)에 깊이 빠져 지내기도 하였다. 그의 시에 나타나는 속세를 벗어난 환상성은 대부분 도교적 발상에서 비롯한 것으로 산중은 그의 시 세계에서 중요한 무대가 되었다.

이백은 과거 시험을 보지 않았지만 마흔세 살쯤 현종(玄宗)의 부름을 받아 장안에 들어가 한림공봉(翰林供奉)이라는 벼슬을 받았다. 그러나 그의 자유분방한 성격은 궁정 분위기와는 맞지 않았다. 거침없는 태도 때문에 현종의 환관 고력사(高力士)의 미움을 받아 결국 궁정에서 쫓겨났다. 장안(지금의 시안)을 떠나 방랑길에 오른 그는 낙양에서 열한 살 아래인 두보를 만나 교류를 맺기도 하였다.

그 뒤 이백은 안녹산(安祿山)의 난에 관여했다가 사형 선고까지 받았지만 나중에 사면되어 가까스로 목숨을 건졌다. 다시 유랑 길에 올라 강남 지방을 돌아다니다가 마침내 병에 걸려 762년 그는 외롭고 쓸쓸한 죽음을 맞았다. 아름다운 사물과 아름다운 말에 일생을 바친 시인 이백은 이렇게 방랑에서 시작하여 방랑으로 삶을 마쳤다. 중국 각지에 그의 발자취가 닿지 않은 곳이 거의 없다시피 하다. 「춘야연도리원서 (春夜宴桃李園序)」에서 이백은 "무릇 천지란 만물의 여인숙이요, 세월은 영원히 지나가는 나그네라"라고 읊는다. 그의 말대로 중국의 온 땅이 그가 잠깐 머물던 여인숙이고, 영원한 시간의 흐름 속에 살던 그는 이 여인숙에 머무는 나그네에 지나지 않았던 것이다.

이백은 무엇보다도 달과 산, 술을 좋아하여, 시에서 즐겨 노래하였다. 그는 특히 여느 시인보다 술을 좋아하고, 또 많이 마신 것으로도 유명하다. 그를 아낀 현종은 이백이 궁중에 있을 때 술을 마셔서는 안 되는 규정을 따르지 않고 그에게만은 술을 마실 수 있는 특권을 부여했을 정도로 그는 술을 좋아하였다. 그는 궁궐에 있을 때도 언제나 술에 취하여 살다시피 하였다. '취선옹(醉仙翁)'이니 '주중팔선(酒中八仙)'이니 심지어 '주태백(酒太白)'이니 하는 별명을 얻게 된 것은 바로 그 때문이다. 술은 그에게 예술적 영감을 불어넣는 촉매였다. 두보가 "이백은 술 한 말 마시면 시 백 편이 나오고 / 취하면 장안의 저잣거리 술집에서 잠이 든다"라고 노래한 것을 보아도 그가 얼마나 술을 즐겼는지 알 수 있다. 이백 자신도 "석 잔을 마시면 크게 깨우치고 / 다섯 말을 마시면 자연과 합하네"라고 노래하기도 하였다.

술 마시다 날 저무는 줄 몰랐더니
떨어진 꽃잎 옷 위에 수북하네.
취한 걸음, 시내에 어린 달빛 밟고 가니
새는 둥지에 들고 사람 또한 드물구나.

「자견(自遣)」이라는 작품이다. 제목 그대로 이 시의 화자는 호젓이 술을 마시면서 스스로 자신을 위로한다. 화자는 음주에 심취한 나머지 날이 어두워지는 것도, 꽃잎이 떨어져 옷자락에 수북이 쌓이는 것도 미처 깨닫지 못한다. 뛰어난 풍류가가 아니고서는 좀처럼 있을 수 없는 일이다. 마침내 자리를 털고 일어난 화자는 새소리도 끊기고 인기척도 없는 시냇가를 따라 달빛을 밟으며 비틀거리는 걸음으로 홀로 어디론가 걸어간다. 조지훈(趙芝薰)이 「완화삼(玩花衫)」에서 "나그네 긴 소매 꽃잎에 젖어 / 술 익는 강 마을의 저녁 노을이여"니, "다정하고 한 많음 도 병인 양하여 / 달빛 아래 고요히 흔들거리며 가노니"니 하고 노래하 는 것은 이백의 작품에서 영감을 받은 듯하다.

「자견」은 내용 못지않게 그 형식도 찬찬히 살펴볼 필요가 있다. 이 백은 어떤 시 형식보다도 오언절구에 탁월한 재능을 보였다. 겨우 다섯 자 네 행밖에 되지 않는 짧은 그릇 안에 함축적인 의미를 담아내기란 생각처럼 쉽지 않다. 그러다 보니 시인은 시의 생명이라고 할 이미지를 최대한 효과적으로 살리려고 한다. 어둠·낙화·달빛 등의 시각적 이미 지가 술을 따르고 마시는 소리, 비틀거리는 걸음걸이, 시냇물 소리의 청 각적 이미지와 한데 어울려 독특한 효과를 자아낸다. 서양 시단에서 이 미지즘 운동을 일으킨 에즈라 파운드 같은 시인들이 이백의 시에 남달 리 깊은 관심을 기울인 것은 어찌 보면 당연하다. 딱딱하고 정확한 이 미지뿐 아니라 시어가 아닌 일상어를 즐겨 사용하는 것도 이미지즘 시 인들이 이백한테서 배운 교훈이다.

침상머리 비친 달빛
땅 위에 내린 서리인가 하였네.
고개 들어 밝은 달 바라보다
고개 떨궈 고향을 그리워하네.

역시 오언절구로 쓴 「정야사(靜夜思)」라는 작품이다. 이 시의 화자는 고향 생각에 잠을 못 이루다 문득 고개 들어 창밖을 바라본다. 그런데 땅 위에 서리가 하얗게 내려 있는 것이 아닌가. 고개를 쳐들고 산에 걸린 밝은 달을 보고서야 비로소 서리가 아니고 달빛임을 깨닫는다. 그러자 화자는 다시 머리를 떨어뜨리고 고향 생각에 젖어든다. 평생 가족도 버리고 떠돌이로 살다시피 한 이백에게 고향이 무슨 의미가 있겠냐고 반문할지도 모른다. 그러나 오히려 그러기 때문에 고향에 대한 그리움이 더더욱 클 것이다.

다섯 자 네 줄 짧은 시에 온통 시각적 이미지와 동적 이미지가 가득 차 있다. 땅 위에 비친 밝은 달빛을 하얀 서리로 생각한 상상력이 여간 놀랍지 않다. 화자의 시선도 예사롭지 않다. 침상에 누워 창밖을 바라보는 것이 수평적 시각이라면 고개를 쳐들고 떨어뜨리는 것은 수직적 시각이다. 같은 수직적 시각이라도 방향성에 주목할 필요가 있다. 셋째 행에서 산에 걸린 달을 쳐다보는 것은 상향적 시각이지만, 마지막 행에 이르러 쳐들었던 머리를 다시 아래로 떨어뜨리는 것은 하향적 시각이다. 언뜻 보면 고개를 쳐들고 떨어뜨리는 단순한 몸짓에 지나지 않는 것 같지만 화자가 가족에 대하여 느끼는 온갖 감회를 함축적으로 보여 준다. 몇십 마디, 아니 몇백 마디 말로 감정을 헤프게 늘어놓는 것보다도 훨씬 더 효과적이다.

> 푸른 산 북쪽 성곽 빗겨 있고
> 흰 강물 동편 성 감아 흐르네.
> 여기서 한번 헤어지면
> 나그네는 만리 길 떠돌겠지.
> 떠 가는 저 구름 그대의 마음이요
> 지는 이 해는 보내는 옛 벗의 정이라네.
> 손 흔들며 이제 떠나가니

쓸쓸타, 말 울음마저도.

「송우인(送友人)」이라는 작품이다. 친구를 떠나보내며 읊은 이 시는 한 편의 수채화 같다. 이백은 이 작품에서 이미지도 이미지이지만 온갖 대조법을 효과적으로 구사한다. 이를테면 푸른 산과 흰 물에서 볼 수 있는 색깔, 우뚝 서 있는 산과 끊임없이 흐르는 물, 떠나보내야 하는 '나'와 떠나야 하는 '그대'가 마치 빛과 그림자처럼 뚜렷한 대조를 이룬다. 또 "여기서 한번 헤어지면"에서의 '한번'과 "나그네는 만리 길"에서의 '만'이며, '저 구름'과 '이 해'며, 그저 손만 흔들 뿐 말없이 이별하는 장면과 마지막 행에서 쓸쓸히 우는 말 울음소리도 대조를 이루기는 마찬가지다.

그런데 이 시를 읽고 있노라면 문득 박목월(朴木月)의 「나그네」가 떠오른다. 물론 두 작품의 시적 상황은 조금 다르다. 이백의 작품이 친구와 이별하는 장면을 다룬다면, 목월은 이별한 뒤 길을 걸어가는 장면을 다룬다. 그러나 저녁을 시간적 배경으로 삼는 것이라든지, 시냇물이나 강을 지리적 배경으로 삼는 것 등이 비슷하다. 특히 "나그네의 만리 길 지향도 없으렷다. / 떠가는 저 구름은 그대의 마음인가"라는 구절은 박목월의 "구름에 달 가듯이 가는 나그네"의 구절과 매우 비슷한 데가 있다.

> 왜 푸른 산에 사냐고 묻기에
> 대답 않고 빙그레 웃으니 마음 절로 한가롭네
> 복사꽃 흐르는 강물따라 아득히 떠나가니
> 인간 세상이 아닌 별천지에 있다네.

칠언절구로 된 「산중문답(山中問答)」이다. 산속에 살고 있는 시의 화자에게 누군가가 하필이면 왜 깊은 산속에 사느냐고 물어본다. 그러나 그 이유를 산 밖에 사는 사람에게 아무리 설명하여도 이해하지 못할 것은 불을 보듯 뻔하다. 그러니 화자는 그저 빙긋 웃을 수밖에 없다. 이미 푸른 산과 하나가 되어 살고 있는 화자에게 인간의 언어는 거추장스러운 장식에 지나지 않다. 그 때문에 그는 번거로운 로고스의 세계를 뛰어넘어 그윽한 미소로 대답한다. 흔히 신선의 세계를 상징하는 복사꽃은 도연명의 「도화원기(桃花源記)」에 나오는 무릉도원을 뜻한다. 이것은 어쩌면 이백이 일생 동안 찾아 헤매던 진정한 자유와 평화의 세계일지도 모른다.

두보가 마치 보석을 갈고닦듯이 퇴고에 퇴고를 거듭한 반면, 이백은 샘물이 저절로 흘러넘치듯이 자연스럽게 시를 읊었다. 당시의 정형화된 시 형식에 구애받지 않고 자유롭게 자신의 생각과 감정을 구사하는 능력이야말로 이백의 천재적인 재능이라고 할 수 있다. 두보가 인간의 고뇌에 깊이 침잠하여 시대적 아픔을 깊은 울림으로 노래한 반면, 이백은 타고난 자유분방함과 아름다움에 대한 뛰어난 감각으로 인간의 기쁨을 드높이 노래한다. 두보는 천재적인 이백을 두고 "붓을 들면 비바람이 일어나고 / 시가 완성되면 귀신마저 울게 한다"라고 읊었다. 하지장(賀知章)이 이백을 '천상적선(天上謫仙)', 곧 하늘에서 인간이 사는 누추한 지상으로 귀양 온 신선이라고 말한 것도 이러한 까닭에서일 것이다. 위로는 임금에게 비굴할 줄 모르고, 아래로는 처자식도 돌볼 줄 몰랐던 이백은 그야말로 세속을 초월한 천재 시인이었다.

두보 시집
두보

두보(杜甫)는 이백과 더불어 당시(唐詩)의 거목으로 우뚝 서 있는 시인이다. 이백은 흔히 '시선(詩仙)'으로, 두보는 '시성(詩聖)'으로 일컫는다. 신선과 성인 가운데서 누가 더 위대한지 따지는 것은 부질없는 짓이다. 새벽녘에 동쪽 하늘에서 반짝이는 별을 두고 '샛별', '금성', '태백성', '명성', '신성', '효성'이라고 부르듯 어찌 보면 같은 것을 두고 다른 이름으로 부르는 것에 지나지 않기 때문이다. 물론 이 무렵 '시불(詩佛)'로 불린 왕유(王維)를 비롯하여 백거이(白居易), 두목(杜牧), 이상은(李商隱) 같은 대가도 있었지만 이백과 두보에는 미치지 못하였다. 두보는 당대 시인으로서는 백거이 다음으로 가장 많은 시를 남겼다.

두보는 712년 중국 허난성(河南省) 궁현(鞏縣)에서 시인 두심언(杜審言)의 손자이자, 펑텐 현령을 지낸 두한(杜閑)의 아들로 태어났다. 그의 자(字)는 자미(子美)이고, 호는 소릉(少陵)이다. 두보의 집안은 두심언이 유배되면서 기울었고, 또 그는 어머니를 일찍 여의어 숙모 밑에서 자랐다. 두보는 어릴 때부터 시를 잘 지어 낙양의 명사들에게 인정을 받았다. 스무 살을 전후하여 십여 년 가까운 세월 동안 여러 지방을 유람한 뒤 낙양에 돌아와 과거를 보지만 진사 시험에 낙제하였다. 다시 여행길에 나서 산둥성(山東省) 등 여러 지역을 유랑하였다.

744년 두보는 낙양에서 마침 장안의 궁정에서 추방되어 산둥성으로 향하던 이백을 만난다. 두보는 평소 이백의 천재적인 풍격을 사모해 왔던 터라 그와 함께 지금의 허난성 지방으로 유람을 떠났다. 그 유람길에서 고적(高適), 잠삼(岑參) 등과도 알게 되어 함께 술을 마시며 시를 짓기도 하였다. 두보와 이백과의 만남은 서양 문학사에서 프리드리히 실러와 요한 볼프강 폰 괴테의 만남처럼 큰 의미가 있다. 두 사람은 단순히 친교를 맺은 것 이상으로 문학 세계에서도 적지 않은 영향을 끼쳤다.

뒷날 두보는 장안으로 돌아왔지만 그의 삶은 여전히 불우하였다. 그가 마흔네 살 때 안녹산의 난이 일어나는데, 이때 그는 적군에게 포로가 되어 장안에 연금된다. 그는 1년 만에 탈출하여 새로 즉위한 황제 숙종(肅宗)을 찾아가고, 그 공으로 좌습유(左拾遺)라는 관직에 오른다. 두보는 관군이 장안을 회복하자 돌아와 조정에서 벼슬자리를 얻었지만 1년 만에 화주(華州)의 지방관으로 좌천된다.

759년 나라에 큰 기근이 들었다. 두보는 관직을 버리고 먹을 것을 찾아 식구와 함께 간쑤성(甘肅省)의 타이저우(泰州)와 퉁구(同谷)를 거쳐 쓰촨성(四川省)의 청두(成都)에 정착하여 환화(浣花) 계곡에 초당을 세우고 살았다. 이것이 곧 '환화초당(浣花草堂)'이다. 두보는 한때 지방 군벌의 내란 때문에 다른 곳으로 피난을 떠난 적도 있지만, 초당에서 비교적 평화롭고 안정적인 생활을 몇 년 동안 지속한다. 이 시절 성도 절도사 엄무(嚴武)의 막료로서 공부원외랑(工部員外郎)을 지냈기 때문에 '두공부(杜工部)'라는 호칭을 얻었다. 두보는 쉰두 살 때 고향에 돌아갈 뜻

을 품고 청두를 떠나 양쯔강을 따라 쓰촨성 동쪽 끝 협곡에 이르러 이
곳에서 2년 동안 머물다가 협곡에서 나와 다시 2년 동안 수상(水上)에서
방랑을 계속하였다. 그러던 중 배에서 병을 얻어 마침내 770년 겨울 퉁
딩호(洞庭湖)에서 쉰아홉 살로 세상을 떴다.

두보는 이백처럼 거의 벼슬을 지내지 않고 일생 가난과 굶주림, 병
마와 싸우며 불행한 삶을 보냈다. 그는 기근이 들었을 때 먹을 것이 없
어 막내아들이 굶어 죽는 모습마저 지켜보아야 할 정도로 그의 생활은
비참하기 이를 데 없었다. 이러한 와중에도 그는 무려 1,400여 수에 이
르는 작품을 썼다. 파란만장한 삶을 살았지만 끊임없이 전쟁과 굶주림
속에서 현실을 외면하지 않고 조국의 흥망과 백성의 한을 주옥같은 시
어로 담아내었다.

> 맑은 강의 한 굽이 마을을 안아 흐르니
> 긴 여름 강촌의 일마다 그윽하도다.
> 절로 가며 오는 것은 집 위의 제비요
> 서로 친하며 서로 가까운 것은 물 가운데의 갈매기로다.
> 늙은 아내는 종이에다 바둑판을 그리고
> 어린 아들놈은 바늘을 두드려 고기 낚을 낚시를 만든다.
> 많은 병에 얻고자 하는 것은 오직 약물이니
> 이 천한 몸이 이것 밖에 다시 무엇을 구하리오.

「강촌(江村)」이라는 작품이다. 수묵화 한 폭을 바라보는 듯 한가롭
기 그지없는 강촌의 여름 풍경이 눈앞에 선하다. 이 작품의 연대는 명
확하지 않지만 아마 환화초당에서 잠깐 동안 평화를 누리고 있을 무렵

에 쓴 작품일 것이다. 첫 행에서 맑은 강이 마을을 안고 흐른다는 은유가 먼저 눈길을 끈다. 시골 마을이 자연이라는 어머니의 품안에 포근히 안겨 있는 모습이다. 자애로운 자연의 품안에 안겨 있는 것은 제멋대로 집 위 처마를 나드는 제비도, 가까이 다가가도 날아갈 줄 모르는 갈매기도 마찬가지다. 늙은 아내는 종이에다 바둑판을 그리고 어린 아들은 바늘을 두들겨서 낚싯바늘을 만드는 모습이 무척 한가롭다 못하여 졸음이 올 정도다.

이 작품에서 두보가 늙은 아내와 어린 아들을 언급하는 것을 눈여겨보아야 한다. 떠돌이 생활 중에도 그는 양(楊) 씨를 만나 혼인하여 평생의 반려자로 살았다. 그는 지극히 궁핍한 떠돌이 생활 속에서도 늘 아내와 함께 다녔고, 잠시라도 떨어져 있게 되면 언제나 처자를 염려하는 애정이 흘러넘치는 시를 짓곤 하였다. 아내 넷을 두고 어느 누구에게도 정을 주지 않았던 이백과는 크게 다르다.

이 시의 화자는 마지막 행에서 엿볼 수 있듯이 지금 온갖 질병에 시달리고 있다. 퉁딩호에서 병을 얻었다고 하지만 두보는 이미 환화초당에 살 때도 건강한 몸이 아니었다. 이전부터 폐병을 앓았는데 엎친 데 덮친 격으로 이즈음에는 중풍 기운까지 나타나기 시작한다. 뒷날 두보의 몸은 더욱 쇠약해져 폐결핵, 중풍, 학질에다 당뇨까지 겹치고 왼쪽 귀까지 멀었다. 이 시에서 지금 자신에게 무엇보다도 필요한 것이 몸을 다스릴 약이라고 밝힌 것도 무리가 아니다. 그러나 따지고 보면 이렇게 평화스러운 자연의 모습보다 아마 더 좋은 약도 없을 것이다.

두보가 이렇게 폐결핵과 당뇨 등 온갖 질병에 시달린 것은 그가 즐겨 마신 술과 무관하지 않다. 흔히 이백이 술을 즐겨 마신 것으로 유명하지만 이백보다는 두보가 훨씬 더 술꾼이었다고 한다. 한 호사가가 집계한 통계에 따르면 1,050여 수에 이르는 이백의 시 가운데서 술을 언급한 작품이 16퍼센트인 반면, 두보는 1,400여 수의 시 가운데서 무려 21퍼센트의 작품에서 술을 언급한다. 두 사람은 술을 마시는 방법도 달라서 이백은 술을 즐기면서 마셨지만, 두보는 술에 원수라도 진 사람처럼 마셨다고 한다. 두보는 일단 술을 마시면 완전히 취할 때까지 여러 차례에 걸쳐 술을 마셨고, 심지어 말에서 떨어져 다쳤을 때도 병문안하러 찾아온 친구와 같이 술을 마셨다. 말년에 당뇨와 폐결핵으로 고생할 때도 "흰머리 몇 개 났다고 술을 버릴 수야 없지 않는가"라고 노래할 정도였다.

두보는 언제나 한가롭게 자연의 아름다움을 즐기거나 삶의 덧없음을 탓할 수만은 없었다. 남달리 사회 의식이 강한 그에게는 또 다른 사명이 있었기 때문이다.

나라는 망하여도 산하는 그대 남아 있구나.
성안은 봄이 되어 초목이 무성하여라.
시대를 슬퍼하며 꽃들도 눈물을 짓고
이별이 한스러워 나는 새도 놀라는구나.
봉홧불은 석 달째 계속 타오르고
집에서 부쳐오는 편지 만금처럼 소중하여라.
흰 머리를 긁자니 더욱 성글어진 머리
이제는 비녀조차 붙잡아 매지 못할레라.

역시 두보의 대표작 「춘망(春望)」이다. 안녹산의 난이 일어나자 두보는 아내와 함께 피난을 가다가 반란군에 잡혀 장안에 연금된다. 이

16. 두보 시집

시는 지덕(至德) 2년 안녹산이 이끄는 반란군에 점령당한 장안에 있으면서 지은 작품이다. 이 작품에 대하여 사마광(司馬光)은 『속시화(續詩話)』에서 "나라는 망했어도 산하는 그대로라 하였으니 남아 있는 것이 아무것도 없음을 밝힌 것이요, 성에 봄이 오매 초목이 깊었다고 하였으니 인적이 끊어졌음을 명백히 한 것이다. 화조(花鳥)는 평소에 우리가 즐기는 대상이건만 이를 보고 울고 이를 듣고 슬퍼한다 하였으니 가히 시세(時勢)를 알 만하다"고 평하였다.

사마광의 지적대로 두보는 이 시에서 전쟁과 반란에 통렬한 비판을 가한다. 이러한 비판은 "시대를 슬퍼하며 꽃들도 눈물을 짓고 / 이별이 한스러워 나는 새도 놀라는구나"라는 구절에서 단적으로 드러난다. 이 무렵에는 젊은이는 말할 것도 없고 노인과 아녀자까지 전쟁터에 끌려갈 정도였다고 그 당시의 상황을 쉽게 미루어볼 수 있다. 두보는 강한 사회성을 띤 이 작품에서 한편으로는 부패한 사회와 그 때문에 생긴 비참한 현실을 날카롭게 지적하고, 다른 한편으로는 국가와 민중에 대한 뜨거운 애정을 노래한다. 또 다른 작품에서 두보는 "부잣집에서는 술과 고기 냄새가 진동하는데 / 길바닥에는 얼어 죽은 사람의 뼈가 있네"라고 읊은 적이 있다.

제국주의 시대 일본의 한 시인은 이 작품의 첫 구절 "나라는 망하여도 산하는 그대로 남아 있구나"를 패러디하여 "산하는 없어져도 나라는 그대로 남아 있구나"라고 읊은 적이 있다. 태평양전쟁에 패하여 일본의 산천은 초토화되었지만 일본 제국주의는 영원히 남아 있다는 것이다. 이 무렵 일본 사람 사이에서 널리 퍼져 있던 맹목적 국수주의를 그대로 드러낸 대목이다.

두보는 그야말로 동양적 휴머니스트다. 그의 시에는 인간에 대한 깊은 관심과 애정이 일관되게 나타난다. 이백이 다분히 도가 전통에 서 있다면 두보는 유가 전통에 서 있다. 그는 경세제민(經世濟民)의 이상으로 중국 고대의 순수한 정신을 되찾으려고 하였다. 이백이 호방하고 자유로운 분위기로 자연과 인생을 노래한다면, 두보는 신중한 태도로 나라에 대한 충성과 인간으로서의 도리와 가족에 대한 애정을 노래한다. 이백의 시는 흔히 '호방표일(豪放飄逸)'이라는 넉 자로 요약한다. 감정의 폭이 드넓고 천마가 하늘을 나는 듯 정신이 자유롭다는 말이다. 두보의 시 세계는 흔히 '침울돈좌(沈鬱頓挫)'라는 넉 자로 요약한다. 의미가 깊고 구성이 치밀하다는 뜻이다.

이백이 연꽃처럼 청순한 자연의 아름다움을 환상적으로 그려내어 우리를 높고 우아한 정신 세계로 이끈다면, 두보는 뼈를 깎는 노력으로 인생과 사회를 반영하면서 우리를 역사적인 현실 사회로 이끈다. 이백이 낭만적이라면 두보는 사실적이다. 이백이 개인주의적이요 귀족적이며 유미주의적이라면, 두보는 사회적이요 평민적이며 현실주의적이다. 한마디로 이백이 천상의 세계에서 누추한 지상으로 귀양 온 신선이라면, 두보는 인간 세상의 온갖 고통을 짊어지고 가시밭길을 걸었던 성인이다.

수호지

시내암

서양에서 자주 사용하는 '판도라 상자'와 비슷한 표현으로 동양 사람들은 '복마전(伏魔殿)'이라는 말을 즐겨 쓴다. 복마전이란 글자 그대로 마귀가 숨어 있는 전각을 뜻한다. 나쁜 일이나 음모가 끊이지 않고 일어나는 악의 본거지라는 말이다. 그런데 이 말의 뿌리를 캐어 들어가다 보면 중국 명(明)나라 때 나온 소설 『수호지(水滸志)』를 만나게 된다. 이 작품의 첫머리에서 작가는 양산박(梁山泊)의 소굴에 모여 있는 도둑들을 설명하면서 이 말을 처음 사용하였다.

북송(北宋) 인종(仁宗) 때 온 나라에 전염병이 돌자 조정에서는 전염병을 물리쳐 달라는 기도를 부탁하러 신주(信州)의 용호산(龍虎山)에 은거하던 장진인(張眞人)에게 태위(太尉) 홍신(洪信)을 칙사로 보낸다. 용호산에 도착한 홍신은 도사의 안내를 받으며 경내 이곳저곳을 구경한다. 그러다가 우연히 '복마지전(伏魔之殿)'이라는 간판이 걸려 있는 전각을 발견한다. 그는 호기심이 일어 주위의 만류를 뿌리치고 문을 열고 돌판을 들춘다. 그러자 검은 연기가 하늘 높이 치솟아 오르며 그 안에 갇혀 있던 마왕 108명이 뛰쳐나오는 바람에 그야말로 복마전이 되고 만다.

『수호지』는『삼국지연의(三國志演義)』,『금병매(金甁梅)』,『서유기(西遊記)』와 더불어 '중국의 4대 기서' 가운데 하나로 꼽히는 작품이다.『삼국지연의』가 황건적(黃巾賊)의 난을 시작으로 삼국이 통일되기까지 실제 역사를 바탕으로 쓴 장편 역사소설이라면,『수호지』는 의협심이 강한 사람들이 부패한 탐관오리를 징벌하는 장편 무협소설이나 의적소설이다.

『수호지』를 쓴 저자에 대하여 그동안 학자들 사이에서 의견이 서로 엇갈려 왔다. 시내암(施耐庵, 1296?~1370?)이 썼다고도 하고, 나관중(羅貫中)이 썼다고 하기도 한다. 71회까지는 시내암이 쓰고 그 나머지는 나관중이 덧붙였다는 학자도 있다. 최근에는 시내암이 민간에 전승되어 온 내용을 토대로 쓴 것으로 본다. 다만 뒷날 나관중을 비롯하여 곽훈(郭勳), 양정견(楊定見), 김성탄(金聖嘆) 같은 사람이 원작의 내용을 추가하거나 삭제하는 등 손을 보았다는 것이다. 그래서『수호지』는 짧게는 70회본에서 많게는 100회본, 더 많게는 120회본까지 여러 텍스트가 있다.

시내암은 다른 고전의 작가들에 비하면 비교적 최근에 활동한 작가인데도 그에 대해서 지금까지 별로 알려진 것이 없다. 그는 장쑤성(江蘇省) 싱화현(興化縣) 화이안(淮安)에서 태어났다. 이름은 자안(子安)이고 내암은 그의 자다. 서른다섯 살 때 진사가 되어 2년 동안 관직에 있었지만, 상급 관리와 사이가 좋지 않아 관직을 그만두고 쑤저우(蘇州)에 칩거하여 창작에 전념했다고 전한다. 그의 행적과 관련해서는 원(元)나라 말기에 군웅의 한 사람인 장사성(張士誠)의 난에 가담했다는 기록이 남아 있을 뿐이다. 시내암은 나관중과 함께『삼수평요전(三遂平妖傳)』과『지여(志餘)』같은 책을 지었다고도 한다.

시내암은『수호지』를 쓸 때『송사(宋史)』의「선화유사(宣和遺事)」에 기록된 한두 구절에서 힌트를 얻었다. 거기에 보면 "휘종(徽宗) 때 송강이 휘하 장수 36명과 합세하여 양산박에 모여 그 군세가 10만에 이르매 천자가 군사를 보냈지만 보내는 족족 격파되니 결국 칙서를 내려 항복하게 했다"고 적혀 있다. 『송사』의 기록대로 송강은 실제 인물이다. 그는 회남(淮南)에서 농민 반란을 일으켜 35명의 부하를 이끌고 한때 상당한 기세를 올렸다. 시내암은 이렇게 짧은 역사 기록을 씨앗으로 삼아『수호지』라는 방대한 나무를 키워 냈으니 그의 문학적 상상력이 과연 어떠한지 짐작이 가고도 남는다. 나관중만 하여도『삼국지연의』를 쓸 때 진수(陳壽)의『삼국지(三國志)』를 비롯하여 여러 자료의 뒷받침을 받았다. 그러나 시내암은 오직『송사』에 기록된 두세 군데 한두 구절만을 자료로 삼았을 뿐이다.

『수호지』는『삼국지연의』와 마찬가지로 플롯이 크게 두 부분으로 나뉜다. 전반부는 의적들의 영웅적인 모험담을 다루고, 후반부는 그들이 맞는 비극적 종말을 그린다. 시내암은 위정자의 실정과 탐관오리의 부패한 정치 그리고 민생고에 허덕이는 민중의 삶에서 이 소설의 실마리를 풀어나간다. 당시 휘종은 문학을 좋아했지만 정치에는 별로 관심이 없어 나라 일을 대신들에게 맡기다시피 하였다. 정치를 맡은 대신들은 거의 모두가 간신이거나 탐관오리로서 나라는 어려워질 대로 어려워졌다. 질곡 같은 생활을 하며 온갖 이유로 죄를 범하기도 하고 억울한 누명을 쓰기도 하고 몸을 의지할 데 없는 불평분자들이 산둥성(山東省) 서우장현(壽張縣) 양산 호숫가에 모여 든다.

시내암이 이 소설 제목을 '수호지'로 삼은 까닭은 양산박을 이 작품에서 가장 중요한 지리적 배경으로 삼기 때문이다. '수호지'란 바로 물가에서 일어난 이야기라는 뜻이다. 서구에서는 이 소설을 '도적들의 이야기'라고 부른다. 어찌 되었건 양산박에 모인 의적들은 송강과 노준의를 총수로 삼고 오용과 공손승을 사령관으로 뽑아 하늘을 대신하여 도를 실천한다는 '체천행도(替天行道)'의 깃발을 높이 쳐들고 부패한 조정 관료에 맞서 싸운다. 의적들은 부패 관료들이 이끄는 관군과 싸울 때마다 승리를 거둔다.

그러나 작품의 후반부에 이르러 의적들은 천자의 초안(招安)을 받고 양산박을 버린 뒤 칙명에 따라 북방의 요나라에 원정하여 항복을 받아낸다. 잠시 쉴 사이도 없이 또다시 여러 반란을 잇달아 평정한다. 그들이 악전고투하는 사이에 108명 중 절반이 전사하거나 병사하여 차츰 그 수가 줄어간다. 마지막으로 방랍(方臘)을 토벌한 뒤 막상 도읍에 개선한 사람은 겨우 27명밖에 남지 않는다. 그들 중 일부는 그 공에 따라 관직과 작위를 받지만 나머지는 관직을 반납하고 뿔뿔이 흩어진다. 송강과 노준의는 간신들의 모략으로 마침내 비극적인 최후를 맞는다.

송강과 노준의를 비롯한 의적들은 봉건 사회에서 민중이 만들어 내는 이상적이고 전형적인 영웅상이다. 민초의 입장에 서서 부패한 관리를 벌하는 의적 이야기는 중국뿐 아니라 서양에서도 쉽게 찾아볼 수 있다. 이를테면 영국의 『로빈 후드』 이야기가 그러하고, 독일에서 프리드리히 실러의 『군도(群盜)』가 그러하다. 폭군이나 무능한 군주 밑에서 고통받는 민중은 의적들의 용감한 행동에 박수갈채를 보내고, 그들의 비극적 종말에 동정과 슬픔을 느낀다. 의적소설은 민중의 울분이나 한을 달래 준다는 점에서 카타르시스의 효과가 무척 크다. 더구나 카타르시스의 차원을 뛰어넘어 「수호지」를 비롯한 의적소설은 이 무렵 점차 눈을 뜨기 시작하던 시민 계층의 저항 의식을 다룬다는 점에서도 자못 큰 의미가 있다.

한편 『수호지』는 의적의 총수 송강의 이야기를 빌려 '충(忠)'과 '의(義)'의 대립을 보여 주기도 한다. 송강은 유가 전통에 얽매여 충과 의 사이에서 적잖이 갈등을 일으킨다. 여기에서 '충'이란 기존 사회에 대한 맹목적인 헌신을 나타내며, '의'란 기존 사회에 어울리지 못하고 양산박에 모여든 인물들이 추구하는 동류의식 또는 집단의식을 나타낸다. 이 소설의 전반부까지는 주로 '의'를 중심으로 양산박이 결속되는 과정을 보여 주고 있는 반면, 후반 이후부터는 '충'을 중심으로 양산박이 해체되는 과정을 보여 준다. 또 '의'를 선택한 인물과 '충'을 선택한 인물의 서로 다른 최후를 보여 주기도 한다. 처음에는 '의'에 무게를 싣다가 점차 '충'을 중시하는 것은 아마 민간에서 시작한 이야기가 사대부의 손을 거치면서 변형되었기 때문일 것이다.

『수호지』에서 가장 눈길을 끄는 것은 온갖 작중인물과 그들의 다채로운 직업 그리고 탁월한 성격 묘사다. 『서유기』가 초인간적인 인물을 다루고 『홍루몽(紅樓夢)』이 명문 집안의 자녀를 묘사하는 것과는 달리 이 작품에는 온갖 신분의 인물이 골고루 등장한다. 그들의 직업을 대충 헤아려 보더라도 무관이 24명, 산채의 두목에서 좀도둑에 이르는 도둑이 19명, 크고 작은 장사꾼이 12명, 하급 관리가 10명이다. 또 농민이 6명, 배를 만드는 목수·대장장이·석공·은세공업자 등 기술자가 6명, 건달과 깡패가 5명, 지식인·부자·어부가 각각 3명, 도사·사냥꾼·나무꾼·하인이 각각 2명, 왕족·거간꾼·의사·수의사·도박꾼·마부·병사·소작인 농부가 각각 1명씩이다. 108명 의적은 이 무렵의 중국 사회를 축소해 놓은 것이라고 하여도 크게 틀리지 않는다.

시내암이 작중인물 한 사람 한 사람을 묘사하는 솜씨도 아주 뛰어나다. 예를 들어 송강을 묘사하는 장면을 읽다 보면 의적의 두목으로서 그의 모습을 눈앞에 직접 보는 듯한 느낌이 든다.

두 눈은 마치 붉은 봉황새의 눈이요, 두 눈썹은 마치 두 마리의 누에가 누운 듯하였다. 두 귀는 둥글넓적하고 입술은 단정하게 각이 져 있었다. 수염은 턱을 뒤덮고 있었는데, 이마는 훤칠하게 넓었다. 나이는 서른 정도 되어 보였고, 키는 여섯 자 정도로 작아 보였다.

송강은 윈청현 현청에서 압사로 일하고 있었는데 그가 맡은 일은 막힘이 없어 다른 공인들의 부러움을 샀다. 또 창과 봉을 다루는 솜씨도 뛰어났다. 평생 동안 호걸들과 사귀기를 좋아해서 자기를 찾아오는 사람은 신분의 높고 낮음을 가리지 않고 모두 받아들였다. 그리고 다른 사람이 어려움을 겪는 것을 보면 마치 자신의 일처럼 발 벗고 나서서 힘껏 거들었다. 그뿐만 아니라 가난한 초상집을 보면 관을 사 주고, 가난한 병자에게 약재를 베풀었다. 그러한 까닭에 그의 이름이 이미 산둥과 허베이 지방에 널리 퍼져 있었다. 어떤 사람들은 하늘이 때에 맞추어 비를 내려 만물을 구한다는 뜻으로 그를 '급시우(及時雨)'라고 불렀다.

『수호지』가 중국을 비롯한 동양 문학에 끼친 영향은 아주 크다. 가령 명나라와 청나라 때 나온 희곡 중에는 『수호지』에서 인물이나 내용을 빌려 온 작품이 많다. 명나라 후기에 '난릉소소생(蘭陵笑笑生)'으로 일컫는 작가는 이 소설의 23회부터 27회까지의 내용을 확대하여 『금병매』를 썼다. 『설악전전(說岳全傳)』에 등장하는 몇몇 인물은 『수호지』

의 인물들의 후계자에 해당한다. 그리고 진침(陳忱)은 『수호후전(水滸後傳)』을 썼으며, 유만춘(兪萬春)은 '결수호지(結水滸志)'로 흔히 일컫는 『탕구지(蕩寇志)』를 지었다. 『수호지』는 한국문학에도 큰 영향을 끼쳐 『홍길동전』을 비롯하여 『일지매』, 비교적 최근에는 홍명희(洪命熹)의 『임꺽정』이나 황석영(黃晳暎)의 『장길산』 같은 의적소설이 탄생하는 데도 산파 역할을 맡았다.

『수호지』는 지배 계급에 맞서 민중 의식을 드높였을 뿐 아니라 문학에서도 혁명적인 역할을 맡았다. 문체에서 이 작품은 『삼국지연의』보다 한발 앞선다. 시내암이 이 소설에서 구사하는 언어는 당대의 구어를 바탕으로 갈고닦은 통속적이면서도 유창한 민중의 언어다. 이 작품 이후 중국에서 장편소설은 대부분 백화문을 사용하게 된다. 프랑스의 박물학자 조르주 뷔퐁은 "문체가 곧 인간이다"라고 말했지만 이 소설처럼 문체와 내용이 잘 맞아떨어지는 작품도 찾아보기 쉽지 않다.

『수호지』는 저물어가는 송조(宋朝)의 마지막 하늘을 화려하게 수놓았다가 사라져 간 108호걸의 삶과 죽음을 다룬 이야기다. 이렇게 목숨을 지푸라기처럼 버리면서도 민초를 위하여 관군과 맞서 싸운 이야기는 지금까지 수많은 독자의 가슴을 뭉클하게 한다. 그동안 지배 계층에게 억눌려 기를 펴지 못하고 주눅이 들어 살아온 피지배 계층은 이 작품을 읽으면서 통쾌한 기분을 맛보는 것이다.

삼국지연의

나관중

세계 문학사에서 소설만큼 따가운 눈총을 받아 온 장르도 없다. 이는 동양이나 서양이나 마찬가지다. 까마득히 멀리 샤머니즘의 고대 원시 종교 의식에 뿌리를 두고 있는 시만 하여도 문학 장르의 왕자로 그동안 융숭한 대접을 받았다. 중국에서는 아주 일찍부터 '시언지(詩言志)'니 '사무사(思無邪)'니 하여 시를 문학의 높은 반열에 올려놓았다. 공자도 제자들에게 왜 시 공부를 하지 않느냐고 나무랄 정도였다. 그러나 소설 장르에 이르면 사정은 전혀 달라진다. 공자는 소설을 귀신이나 신선 이야기를 담은 비현실적인 작품이라고 하여 배척하였고, 장주는 '대수롭지 않은 사소한 이야기'라고 탐탁지 않게 여겼다. 정도의 차이는 있을망정 사정은 서양에서도 크게 다르지 않다. 이러한 편견 때문에 소설은 문학 장르 가운데서도 아주 뒤늦게 조명을 받았다.

소설은 이렇게 어렵게 태어난 뒤에도 마치 서자처럼 갖은 수모를 겪으며 자라났다. 동양에서는 전통적으로 '문이재도(文以載道)'니 '문이명도(文以明道)'니 하여 문학을 그 자체로 즐기기보다는 도를 담는 그릇이나 도를 밝히는 수단으로 보았다. 그래서 유학자들은 소설을 처음부터 달갑게 여기지 않았다. 그들은 소설을 읽지 못하도록 소설을 쓴 작가의 자손이 지옥에서 벌을 받고 있다느니, 소설을 읽으면 전염병에 걸린다느니 하는 소문을 퍼뜨렸다.

그런데 앞의 소문은 몰라도 적어도 뒤의 내용은 그렇게 터무니없는 말은 아니었다. 옛날 소설책은 한지로 만들었고, 한지는 책장이 잘 넘어가지 않아 손가락에 침을 발라서 넘기게 마련이다. 책이 귀한 탓에 여러 사람이 돌려가면서 읽다 보니 책에는 온갖 세균이 많이 묻어 있을 것이 뻔하다. 그래서 전염병 운운한 것은 그리 터무니없는 말은 아니라고 할 수도 있다. 사정이야 어찌 되었건 이 모든 것은 소설을 읽지 못하게 하려는 궁여지책이었다. 그러나 어른들이 소설을 읽지 못하게 하면 할수록 아이들은 어른들 몰래 밤을 새워가면서라도 더 읽었다.

동양 사람들의 상상력에 그렇게 깊이 영향을 끼쳐 온 『삼국지연의 (三國志演義)』도 예외는 아니다. 중국에서는 『삼국지연의』를 비롯하여 『수호지』이나 『홍루몽』 같은 소설이 여간 푸대접을 받지 않았다. 한국에서도 사정은 마찬가지였다. 한 예로 조선 시대에 선조가 하루는 경연에서 신하들과 토론하는 가운데 무심코 "장비의 고함소리에 만군이 놀란다"는 말을 내뱉은 적이 있다. 그러자 경연관이 선조에게 "듣자온즉 『삼국지연의』라는 책이 근간에 중국에서 나와 항간에 돌아다닌다는데, 지금 전하께서 인용하신 말씀은 그 책에 있는 구절인가 합니다"라고 아뢰었다. 그 경연관은 선조의 유식함이나 폭넓은 독서를 칭찬하려고 한 것이 아니라 오히려 임금으로서 그러한 소설을 읽는 것을 은근히 못마땅하게 생각하고 있었기 때문이다.

『삼국지』와 『삼국지연의』는 흔히 뒤섞어 쓰고 있지만, 이 두 책은 엄밀히 구별하여 사용해야 한다. 『삼국지』는 중국의 위·촉·오 세 나라의 역사를 기록한 책으로, 그것도 야사(野史)가 아닌 정사(正史)다. 한편 『삼국지연의』는 어디까지나 허구의 소설 작품이다. 방금 앞에서 밝힌 선조와 관련한 이야기에서 경연관이 군이 『삼국지』라고 하지 않고 『삼국지연의』라고 말한 까닭이다. 선조가 『삼국지』를 읽었다면 굳이 탓할 일이 아니지만 『삼국지연의』를 읽었기 때문에 문제를 삼은 것이다.

『삼국지』는 진(晉)나라의 학자 진수(陳壽)가 편찬한 역사서다. 이 책은 『사기(史記)』·『한서(漢書)』·『후한서(後漢書)』와 더불어 '중국 전사사(前四史)'로 부를 만큼 정통 역사서 가운데 하나로 평가받는다. 이 책은 위서(魏書) 30권, 촉서(蜀書) 15권, 오서(吳書) 20권 등 무려 65권으로 되어 있다. 진수는 이 책에서 위나라를 정통 왕조로 보아 위서에만 '제기(帝紀)'를 세우고 촉서와 오서는 '열전(列傳)'의 체제를 취했기 때문에 뒷날 역사가로부터 적잖이 비판을 받기도 하였다. 그러나 이 책을 쓴 역사가가 촉한에서 벼슬을 하다가 촉한이 멸망한 뒤 위나라의 조(祚)를 이은 진나라로 가서 저작랑(著作郞)의 관직을 맡았다는 사실을 염두에 둔다면 위나라의 역사에 무게를 실은 것은 그다지 이상할 것이 없다. 그 때문에 뒷날 역사가들은 촉한을 정통으로 한 역사서를 쓰기도 하였다.

한편 『삼국지연의』는 중국 원나라 때의 소설가 나관중(羅貫中, 1328~1398)이 지은 장편 역사소설이다. 중국 '4대 기서'의 하나로 일컫는 이 책의 원래 제목은 '삼국지통속연의'다. 삼국의 역사를 알기 쉽게 풀이한 책이라는 뜻에서 '삼국지평화(三國志平話)'라고도 부른다. 그러니까 『삼국지』가 역사적 사실을 바탕으로 객관적으로 기록한 역사서라면, 『삼국지연의』는 역사에 바탕을 두되 어디까지나 작가의 상상력이 빚어낸 허구적 문학 작품이다. 청나라의 사학자요 작가, 철학자인 장학성(張學誠)은 이 두 책을 비교하여 『삼국지연의』의 내용이 "사실이 7할이요 허구적인 것이 3할이어서 읽는 사람을 혹란(惑亂)시킨다"고 말한 적이 있다.

나관중은 태어난 해도 정확하지 않고, 어디에서 태어났는지도 알려져 있지 않다. 1328년경 중국 저장성(浙江省)에서 태어났다고 하기도 하고 월(越)나라 사람이라고 하기도 하며 타이위안(太原) 사람이라고도 한다. 이름은 본(本)이고, 자는 관중(貫中) 또는 본중(本中)이며, 호는 호해산인(湖海散人)이다. 그가 원나라 말기에 태어나 명나라 초기에 사망했다는 사실밖에는 그에게 대하여 알려진 것이 별로 없다. 다만 그는 『삼국지연의』 말고도 『수당지전(隨唐之傳)』, 『잔당오대사연의(殘唐五代史演義)』, 『삼수평요전(三邃平妖傳)』 같은 책을 지었다고 전한다. 흥미로운 것은 그가 시내암이 『수호지』를 짓는 데 도와준 사람 가운데 하나라는 점이다.

진수의 『삼국지』는 『삼국지연의』가 나오기 훨씬 전부터 뭇사람의 사랑을 받았다. 옛날부터 중국인들 사이에서 세 나라가 마치 정(鼎)의 세 솥발처럼 버티어 맞싸우는 이야기는 그 전투 규모가 웅장한 데다가 인간의 온갖 지혜와 책략을 총동원하여 치열한 공방전을 벌이는 만큼 흥미 있는 이야깃거리로 인기를 끌었다. 9세기 당나라 말기에는 이미 강담(講談)의 자료로 사용되었다. 당나라 때 활약한 시인 이상은(李商隱)의 작품에 『삼국지』의 역사적 사실을 테마로 한 강석(講釋)을 언급한 것을 보면 이미 이 무렵에 이 이야기가 널리 퍼져 있었음을 알 수 있다.

나관중은 진수의 『삼국지』와 『전상삼국지평화』를 뼈대로 삼아 그것에 살을 붙이고 피를 통하게 하여 『삼국지연의』라는 장편소설을 만들었다. 또 이 소설을 쓰면서 나관중은 이 두 권 말고도 배송지의 주석본을 비롯하여 이 무렵에 유행한 '삼국극(三國劇)'과 민가에서 수백 년 동안 전해 내려온 설화를 끌어들이고 역사적 사실을 곁들였음은 두 말할 나위가 없다. 그러다 보니 분량도 『삼국지』의 10배 정도로 늘어날 수밖에 없었다. 그러나 나관중이 쓴 원본은 지금 전하지 않고 현존하는 가장 오래된 판본은 1494년의 서문이 붙어 있는 '홍치본(弘治本)'으로 이 책은 실제로는 1522년에 간행되었다. 청나라 초기에 모성산(毛聲山)·모종강(毛宗崗) 부자가 이 소설을 개정하여 만든 '모종강본(毛宗崗本)'이 오늘날의 정본으로 자리 잡았다.

『삼국지』에서 진수가 위나라를 정통 왕조로 삼은 것과는 달리 나관중은 『삼국지연의』에서 촉나라 유비를 한나라의 정통 후계자로 삼는다. 나관중은 촉한 정통론의 입장에 서서 유비와 조조의 선악을 분명히 구분 짓고 조조 중심에서 유비 중심으로 다시 고쳐 쓰는 한편, 독자들의 호기심을 불러일으키도록 극적인 장면을 많이 삽입한다. 다시 말해서 역사적 사실을 기록한 책을 허구적인 문학 작품으로 이끌어냈다.

그러나 『삼국지』의 내용은 모두 사실이고 『삼국지연의』의 내용이 완전히 허구라고 보는 것은 좁은 생각이다. 역사와 소설, 사실과 허구는 흔히 생각하듯이 불과 물처럼 그렇게 뚜렷이 구분되지 않는다. 진수가 위나라의 정통성을 내세워 조조를 중심으로 서술한 것은 어찌 보면 당연하다. 한편 나관중이 한나라의 정통성을 내세워 조조나 여포 같은 인물을 부정적으로 그린 것도 어디까지나 그의 이데올로기적인 판단에 따른 것이다. '역사적 상상력'이라는 말도 있듯이 나관중은 상상력에 기대어 삼국의 역사를 새롭게 재구성했을 따름이다. 그러므로 공식적인 역사라고 하여 역사적 사실만을 다루지 않듯이 소설이라고 하여 한낱 꾸며낸 거짓말만은 아니다.

『삼국지연의』에서 나관중은 169년부터 280년까지 백여 년에 걸쳐 일어나는 이야기를 크게 두 부분으로 나눈다. 앞부분에서는 유비, 관우, 장비 세 사람이 의형제를 맺고 나중에 제갈공명이 가담하는 줄거리를 플롯의 중심 뼈대로 삼는다. 이 부분에서는 유비와 손권의 연합군이 조조의 대군을 화공(火攻)으로 무찌르는 적벽(赤壁) 대전에 이르러 절정에 이른다. 바로 이 대전의 결과로 조조가 이끄는 위나라와 손권이 이끄는 오나라, 그리고 유비가 이끄는 촉나라의 삼국이 나뉜다. 뒷부분은 활시위처럼 팽팽히 맞서던 삼국정립(三國鼎立) 시대가 바야흐로 막을 내리기까지의 사건을 다룬다. 유비의 아들 유선 대에 이르러 촉나라는 날로 그 세력이 약화되어 가다가 사마소가 대군을 이끌고 침공하자 쉽게 무너진다. 그 뒤 사마소의 아들 사마염이 조조의 손자인 위나라 황제 조환에게 퇴위할 것을 강요하여 진나라를 세워 마침내 천하를 통일하기에 이른다.

『삼국지연의』를 읽은 사람치고 아마 도원결의(桃園結義) 장면을 기억하지 못하는 사람은 거의 없을 것이다. 이 장면은 비록 실제로 있었던 역사적 사건은 아니지만 작가의 상상력이 빚어낸 찬란한 우주다. 동양과 서양의 소설을 통틀어 이 장면처럼 독자의 뇌리에 깊이 되새겨진 장면도 찾아보기 쉽지 않다. 연분홍 꽃이 만발한 복숭아밭에서 세 사람이 검은 말과 흰 말 그리고 온갖 제물을 차려놓고 제사를 지내며 의형제를 맹세하는 장면은 마치 한 폭의 그림과 같다.

비옵건대 유비·관우·장비 세 사람은 각기 성(姓)은 다르지만 형제가 되어 마음과 힘을 합쳐 곤궁에 빠진 사람을 돕되 위로는 나라에 보답하고 아래로는 백성을 편안하게 하고자 합니다. 태어난 날은 저마다 다르지만 죽는 날은 동년동월동일(同年同月同日)이 되게 해 주소서. 천지신명이시여, 저희 마음을 살피시되 의(義)를 배반하고 은(恩)을 망각하는 자가 있거든 천인(天人)이 공히 그를 주멸시키오소서.

맹세가 끝나자 유비가 맏형, 관우가 둘째, 장비가 막내가 된다. 이어서 이 세 사람은 인근의 장정 3백 명을 모아 의용군을 조직하여 여러 싸움에서 이겨 큰 공을 세운다. 이러한 과정에서 그들의 우정은 참으로 대단하였다. 한 예로, 뒷날 장비가 유비의 아내를 지키지 못한 책임을 느끼고 스스로 목숨을 끊으려고 하자 유비는 그에게 "아내와 자식은 의복과 같고, 부모와 형제는 수족(手足)과 같다. 의복은 찢어지면 꿰맬 수 있지만 수족은 끊어지면 다시 이을 수 없다"고 말하면서 자결을 말리는 장면이 나온다.

이 작품은 소설은 말할 것도 없고 연극, 영화, 만화, 최근에는 컴퓨터와 휴대전화 게임으로도 만들어져 그 관심이 줄어들기는커녕 오히려 점점 더 커지고 있다. 최근에는 '삼국지 경영학'이라고 하여 이 책에 등장하는 인물한테서 현대 경영 방법과 기술을 찾으려는 학자들도 있다. 특히 이 작품의 등장인물 가운데 조조야말로 가장 성공한 CEO(최고 경영책임자)이며, 오늘날의 기업에 견주면 위나라는 창업도 빠르고 외형도 크고 성장성·수익성·안정성에서 모두 뛰어난 우량 대기업이라고 한다. 더구나 기업 조직이 강하고 유연하며, 무엇보다도 인적 자원이 풍부하고 질도 높다는 것이다.

서유기

오승은

요즈음 J. R. R. 톨킨의 『반지의 제왕』이나 조앤 K. 롤링이 쓴 『해리 포터』가 전 세계에서 큰 인기를 끌고 있다. 그러나 환상적 경험을 다루는 판타지 소설은 이미 오래전 동양에서 큰 인기를 끌었다. 동양에서 판타지 소설의 역사를 더듬어 올라가다 보면 까마득히 먼 4세기경 중국의 위진 남북조 시대에 이른다. 이 무렵 중국에서는 신선이나 귀신 이야기가 크게 유행하였다. 그러다가 16세기 중엽 명나라의 오승은(吳承恩, 1500~1582)이 쓴 『서유기(西遊記)』에 이르러 판타지 소설은 그야말로 찬란한 꽃을 피운다. 흔히 '신마소설(神魔小說)'이라는 꼬리표가 붙어 다니는 이 작품은 뛰어난 판타지 소설로 그동안 동양 사람들의 상상력에 크나큰 영향을 끼쳤다.

동양 사람치고 『서유기』는 몰라도 손오공이나 사오정 또는 저팔계를 모르는 사람은 거의 없을 것이다. 소설은 아니더라도 만화나 영화 같은 매체를 통하여 어렸을 적부터 듣고 보아 온 신출귀몰하는 그들의 행적은 아직도 많은 사람의 뇌리에 깊이 되새겨 있다. 이 소설만큼 '황당무계'니 '기상천외'니 하는 표현이 잘 맞아떨어지는 작품도 찾아보기 어렵다. 얼마 전에는 〈드래곤 볼〉이니 〈날아라 슈퍼보드〉니 〈최유기〉니 하는 만화나 만화 영화 또는 게임으로 만들어져 어린이들과 청소년들의 환상을 더욱 자극하고 있다.

이 소설을 쓴 오승은은 장쑤성(江蘇省) 싱화현(興化縣) 화이안(淮安)에서 태어났다. 흥미롭게도 이곳은 바로 『수호지』의 저자 시내암(施耐庵)이 태어난 곳이기도 하다. 비슷한 시기에 걸쳐 같은 장소에서 '중국의 4대 기서' 가운데 두 편이 써졌다는 것은 우연치고는 여간 큰 우연이 아니다. 오승은의 자는 여충(汝忠)이고, 호는 사양산인(射陽山人)이다. 시를 잘 썼지만 과거 시험에는 재주가 없는 듯 향시에도 합격하지 못하였다. 마흔다섯 살 때 겨우 공생(貢生)이라는 벼슬자리를 얻었고, 예순 살이 다 되어서야 저장성(浙江省) 창싱현(長興縣)에서 현승(縣丞)이라는 낮은 벼슬을 한 것이 그의 관직 생활의 전부다. 게다가 그는 일흔 살쯤에 『서유기』를 썼다고 하니 그야말로 작가로서는 늦깎이인 셈이다.

『서유기』는 제목 그대로 서쪽 지방으로 여행을 떠나는 이야기다. 중국을 기준으로 삼아 서쪽이라면 두 말 할 나위 없이 인도나 티베트를 가리킨다. 좀 더 구체적으로 말해서 당나라 초기의 고승 현장선사(玄奘禪師) 또는 삼장법사(三藏法師)가 타클라마칸 사막을 지나 오늘날의 북인도에 해당하는 천축국에서 대승불교 경전을 구하여 오는 과정을 다루는 작품이다. 그런데 이 여행에는 방금 앞에서 언급한 손오공, 사오정, 저팔계 같은 허구적 인물이 삼장법사를 따라가며, 그들은 여정에서 온갖 고난을 겪는다. 그런데 그들은 온갖 고난을 상상을 초월하는 갖은 묘기로 이겨내고 마침내 목적을 이루어 부처가 된다. 그러니까 이 작품에는 현실과 환상이 뒤섞여 있다. 삼장법사와 관련한 내용은 실제로 있었던 역사적 사실이지만, 그 수행원이 벌이는 온갖 이야기는 작가의 상상력이 빚어낸 허구다.

뛰어난 문학 작품이 으레 그러하듯이 『서유기』도 이렇게 예술적 상상력에 기대되 구체적인 현실에 뿌리를 둔다. 이 작품에서 오승은은 역사와 소설, 사실과 허구 사이에 절묘한 균형을 꾀한다. 작가가 이 소설을 쓰면서 뼈대로 삼은 것은 7세기에 살았던 현장선사가 인도를 방문하고 쓴 『대당서역기(大唐西域記)』라는 견문록과 그의 제자 혜립(慧立)이 스승의 일대기를 쓴 『대자은사삼장법사전(大慈恩寺三藏法師傳)』이라는 전기다.

『서유기』는 동승신주(東勝神州) 오래국(傲來國) 화과산(花果山) 정상의 한 신선한 돌에서 생겨난 원숭이가 스스로 미후왕(彌猴王)이라고 부르는 이야기에서 시작한다. 이 원숭이는 영생불멸의 도를 얻으려고 수보리조사(須菩提祖師)를 만나 손오공이란 이름을 얻는다. 수보리조사한테서 72반(般)의 변화술을 비롯하여 한 번 재주를 넘으면 10만 리 넘게 나는 근두운법(觔斗雲法)과 자신의 털을 뽑아 작은 원숭이로 둔갑하는 신외신법(身外身法) 등을 배우고 동해 용왕으로부터 무슨 일이든지 뜻대로 할 수 있는 여의금고봉(如意金箍棒)을 빼앗는다. 그 뒤 천상에서 반도원(蟠桃園)을 관리하다가 선도(仙桃)와 선주(仙酒) 등을 훔쳐 먹고 소란을 피우는 바람에 석가여래에게 붙잡혀 오행산(五行山)에 갇히고 만다.

그로부터 5백 년 뒤 당 태종으로부터 '삼장법사'라는 법명을 받은 현장선사가 서역으로 불경을 가지러 가다가 오행산에서 손오공을 만나 그를 제자로 삼는다. 여행 도중에 돼지의 괴물이며 머리가 단순한 낙천가 저팔계와 하천의 괴물이며 충직한 비관주의자 사오정이 각각 삼장법사의 둘째, 셋째 제자가 된다. 손오공은 삼장법사를 모시고 가다 삼장법사에게 쫓겨나기도 하고 도적이나 요괴 등을 만나 싸우는 등 모두 80번의 재난을 겪고 10만 리 길을 걸어 서천에 도착하여 설법을 듣고 경전 5,048권을 얻는다. 그런데 이 숫자는 경전을 얻는 데 걸린 날짜와 일치하는데 14년을 날짜로 계산하면 정확히 5,048일이 된다.

삼장 일행이 경전을 얻어 당나라로 돌아오던 중 통천하에서 자라가 석가여래에게서 자기 수명을 알아 오지 않았다고 그들을 물에 처넣어 끝내 81난을 채우게 된다. 마침내 삼장 일행은 당 태종에게 불경을 바치고 삼장은 '전단공덕불(旃檀功德佛)', 손오공은 '투전승불(鬪戰勝佛)', 저팔계는 '정단사자(淨壇使者)', 사오정은 '금신나한(金身羅漢)', 그리고 백마는 '팔부천룡(八部天龍)'의 직을 받고 마침내 부처가 된다.

『서유기』는 비교적 사회 분위기가 자유로운 명나라 때에 쓰였다. 이러한 시대적 분위기를 반영이라도 하듯이 이 작품에는 유교·불교·도교 세 종교의 사상이 두루 나타난다. 예를 들어 윤회설이나 인과응보 또는 생명을 중시하는 사상은 불교에서 빌려 온 반면, 여러 도술이나 불로장생은 도가의 신선 사상에서 따온다. 그리고 비록 간접적이나마 인의예지를 중시하는 태도는 두말할 나위 없이 유교에게서 물려받은 유산이다. 저팔계는 비록 그 이름은 불교에서 왔지만 그 나름대로 유교적 가치를 보여 주는 인물이다. 그는 원래 하늘나라의 천봉장군이었는데 한 연회에서 술에 취해 선녀를 희롱했다가 하계로 쫓겨난다. 그런데 돼지 뱃속으로 잘못 떨어져 흉측한 돼지 얼굴이 되었다. 그는 재물을 탐하고, 음식에 욕심을 부리며, 여자를 좋아하는 등 인간의 탐욕을 두루 갖추고 있어 삼장법사가 여덟 가지를 경계하라는 뜻으로 '팔계'라는 별명을 지어준 것이다.

명나라나 청나라 시대에 쏟아져 나온 장편소설은 거의 대부분 많은 장(章)으로 구분되어 있어 흔히 '장회소설'이라고 부른다. 『서유기』는 100회로 구성되어 있는데 크게 네 부분으로 나뉜다. 첫 번째(1회~7회)는 손오공이 태어난 내력, 두 번째(8회~12회)가 현장선사가 불전을 구하러 가는 일, 세 번째(13회~100회)는 현장선사와 그 일행이 '81난'을 겪어가며 경전을 얻는 과정 등이 바로 그것이다. 10회와 11회에서는 당 태종이 지옥을 순례하는 장면이 삽입되어 있어 이 부분을 따로 떼어 생각한다면 모두 네 부분이 되는 셈이다.

소설가로서 오승은의 솜씨는 상식과 합리의 세계를 뛰어넘어 환상적 세계를 다루면서 스토리를 재미있게 엮어 나가는 데 있다. 이 작품에서 작가는 이야기를 종횡무진 펼침으로써 독자를 완전히 사로잡는다. 동양과 서양을 통틀어 오승은처럼 시간과 공간을 초월하여 예술적 상상력을 극단까지 밀고 나간 소설가도 없을 것이다. 이 소설처럼 귀신이나 신선 또는 요괴를 다룬 작품이 그 이전에도 있었지만 그는 소재의 신기함이나 미신적 요소를 내세우기보다는 기상천외한 상상력을 동원하여 환상적이며 낭만적인 세계를 새롭게 창조해 내는 데 힘을 쏟았다. 더구나 전통적인 지괴소설이나 괴기소설과는 달리 다양한 성격을 지닌 개성 있는 등장인물을 등장시켜 현실을 날카롭게 꼬집기도 한다.

작중인물들의 황당무계하고 기상천외한 행동에 가려 자칫 놓쳐 버리기 쉽지만 『서유기』는 풍자소설로 읽어도 크게 무리가 없다. 천계의 일을 말하고 있지만 실제로는 이 무렵 현실 세계의 부조리와 추악함 그리고 통치 계급의 타락상 따위를 날카롭게 꼬집는다. 손오공은 상상을 뛰어넘는 온갖 방법으로 특히 약한 사람들을 돕고 강한 사람들을 무찌르며 악을 몰아내고 선이 이기도록 부추긴다. 그런가 하면 천제(天帝)의 자리를 윤번제로 하여야 한다고 주장하는 것은 봉건 사회의 집을 주춧돌부터 흔드는 행위와 다르지 않다. 작가는 비록 겉에 드러내 놓고 말하지는 않지만, 손오공의 입을 빌려 새로운 질서의 도래를 넌지시 내비친다.

손오공도 독자들에게 귀중한 교훈을 전해 준다. 처음에는 오만하고 무책임하지만, 석가여래를 만나면서부터 조금씩 바뀌어 간다. 손바닥 안에서 벗어나면 모든 것을 용서해 주겠다는 석가여래좌의 말에 따라 근두운법을 사용하여 세상 끝까지 갔다 오지만 그것은 결국 부처님의 손바닥 안에 지나지 않았음을 깨닫는다. 그리하여 교만하고 경솔한 자기의 과오를 뉘우치고 손오공은 좀 더 성숙한 인물로 변모한다.

『서유기』는 또 세계의 민담이나 전설에서 흔히 볼 수 있는 보편적인 주제를 다룬다. 삼장법사가 구하는 불교 경전은 서양에서는 그리스 신화에서 이아손이 온갖 모험을 무릅쓰고 찾아 헤매는 황금 양털의 모습이고, 중세 때 유행한 아서 왕의 전설에서는 녹색 기사단이 찾는 성배의 모습이다. 구체적인 대상이 조금씩 다를 뿐 주인공이 온갖 모험을 겪으며 무엇인가 얻고자 하는 야망은 한결같다. 황금 양털이든 예수 그리스도가 최후의 만찬 때 사용한 잔이든, 아니면 대승불교의 불전이든, 그것은 한 인간이 목숨을 바쳐서라도 얻어야 할 삶의 궁극적 이상이요 희망을 상징한다.

삼장법사가 손오공과 함께 얻는 경전의 의미는 시대에 따라 그 의미가 얼마든지 달라질 수 있다. 이를테면 황금만능 사회의 부(富)나 권력을 상징할 수도 있고, 여성의 아름다움을 상징할 수도 있으며, 입만 열면 '웰빙 웰빙' 하고 외치는 요즈음 건강이나 장수를 상징할 수도 있다. 그런가 하면 이승의 삶에서 반드시 이룩해야 할 어떤 고귀한 목표일 수도 있을 것이다.

홍루몽

조설근

원나라에서 명나라를 거쳐 청나라에서 나온 중국 소설의 제목을 보면 더러 예외가 있기는 하지만 거의 하나같이 '지(志)'니 '기(記)'니 하는 글자로 끝난다. 이를테면 시내암이 지은 『수호지』가 그러하고, 오승은이 지은 『서유기』가 그러하다. 이러한 작품은 역사적 사실에 뿌리를 두고 있거나 현실적인 이야기를 다루는 경우가 많다. 한편 이 무렵에는 제목이 '몽(夢)' 자로 끝나는 작품이 등장한다. 그 가운데서 가장 대표적인 작품이 바로 조설근(曹雪芹, 1724?~1763)이 쓴 『홍루몽(紅樓夢)』이다. 이 소설은 비록 '중국 4대 기서'에는 끼지 못하지만 '중국 5대 기서'에는 꼽힌다. 더욱이 좁게는 중국 소설사, 넓게는 동양 소설사, 더 넓게는 세계 소설사에서 새로운 지평을 연 작품으로 높이 평가받는다. 중국의 가장 인기 있는 소설로는 『삼국지연의』를 치지만 가장 뛰어난 소설로는 단연 『홍루몽』을 꼽는다. 한마디로 중국 소설의 기념비요 금자탑이라고 할 만하다.

청나라는 중앙 집권적 통치를 통하여 사회적으로나 경제적으로 크게 융성하였다. 그러나 한편으로는 통치 집단 내부의 갈등과 계층 사이의 갈등, 여러 사상 사이의 갈등의 골이 그 어느 때보다 깊었다. 그러자 이 무렵 통치자들은 온갖 수단을 동원하여 지식인 집단을 통제함으로써 정권을 더욱 공고히 하려고 하였다. 특히 옹정(雍正) 황제 이후에는 '문자옥(文字獄)'이라고 하여 지식인을 대대적으로 탄압하였다. 이러한 상황에서 한쪽에서는 작가적 양심이 있는 작가들이 당시의 사회 현실을 비판하는 작품을 썼고, 다른 한쪽에서는 현실 도피적인 작가들이 남녀의 애정을 다룬 소설을 써서 스스로 마음을 달랬다. 『홍루몽』은 따지자면 애정소설에 속하지만, 단순히 기존의 전통을 따르는 데 그치지 않고 비판적으로 받아들여 그 수준을 한 단계 높였다.

『홍루몽』의 작가는 조설근으로 알려져 있지만, 본디 이름은 조점(曹霑)이다. 자는 몽완(夢阮) 또는 근포(芹圃)이고, 설근은 그의 호다. 중국 장쑤성(江蘇省) 난징(南京)에서 1715년에 태어났다고 하기도 하고, 1719년에 태어났다고 하기도 한다. 그러나 최근에는 1724년경이라는 설이 가장 유력하다. 그는 어린 시절에는 유복하고 호화롭게 지냈지만, 점차 집안이 몰락하는 바람에 소년기 이후에는 가난하게 살았다. 조설근이 시와 그림을 팔아 술에 빠져 살면서 어렸을 때의 추억을 바탕으로 10여 년에 걸쳐 심혈을 쏟아 쓴 작품이 다름 아닌 『홍루몽』이다.

『홍루몽』은 '석두기(石頭記)'를 비롯하여 '금옥연(金玉緣)', '금릉십이채(金陵十二釵)', '정승록(情僧錄)', '풍월보감(風月寶鑑)' 등 다양한 이름으로 일컫기도 한다. 조설근은 본디 이 소설을 80회 본으로 썼는데, 뒷날 고악(高鶚)이 40회 본을 덧붙여서 120회 본으로 만들었다. 1791년경 정위원(程偉元)이 간행한 판본을 '정갑본(程甲本)'이라고 하고, 이 판본을 개정하여 1792년 간행한 것을 '정을본(程乙本)'이라고 한다.

조설근은 『홍루몽』을 쓰면서 명나라 때 나온 『금병매(金甁梅)』의 애정소설의 전통을 이어받았다. 이 두 소설은 적어도 남녀의 사랑을 중심적인 소재로 삼는다는 점에서 서로 비슷하다. 그러나 『금병매』는 한 가정의 남녀 문제에 초점을 맞추어 기혼 성인 남녀의 가정사를 다룬 반면, 『홍루몽』은 20대 전후의 청춘 남녀의 청순하고 진솔한 사랑에 초점을 맞춘다. 또 이 작품에는 다른 작품과 달리 꿈과 환상에서 볼 수 있는 신비스러운 색채가 짙게 나타난다.

『홍루몽』의 첫머리만 하여도 그러하다. 이 작품은 『산해경(山海經)』의 여와 신화(女媧神話)를 인용한 석두기로부터 이야기를 풀어나간다. 이것은 하늘에서 버림받은 돌이 적막함과 무료함을 견디지 못하고 인간 세상으로 내려가 가보옥이라는 인간으로 환생했다가 다시 하늘로 돌아가 자신이 인간 세상에서 겪은 일을 적어 두는 형식을 취한다. 또 진사은과 가우촌의 만남과 이별을 다룬 첫 장면에서도 꿈과 현실, 진짜와 가짜가 서로 맞물려 있어 이 둘을 서로 구분 짓기가 매우 어렵다.

이 작품의 중심 무대는 오늘날의 난징인 금릉(金陵)에 있는 가 씨(賈氏) 집안의 저택이다. 이 무렵의 장회소설이 흔히 그러하듯이 이 작품도 스케일이 커서 등장인물이 무려 500명이 넘는다. 대략 작품의 중심 플롯을 이루는 인물로는 입에 옥을 물고 태어났다고 하여 '가보옥'이라고 부르는 미모의 귀공자 주인공, 전통적인 봉건주의 가치관을 잘 따르고 현숙한 그의 사촌 누이동생 설보채, 순수한 애정을 중시하고 감수성이 풍부한 임대옥 등을 들 수 있다. 이 작품은 이른바 '금릉십이채'의 열두 여성이 벌이는 온갖 사건을 중심으로 펼쳐진다.

가보옥은 집안사람들의 사치와 저택의 건축 등으로 점차 기울기 시작하는 집안에서 설보차에게 호감을 가지고 있으면서도 결혼은 임대옥과 하기를 더 원한다. 그러나 집안의 실권을 쥔 할머니 사태군은 임대옥의 몸이 허약하다는 이유를 들어 두 사람의 결혼을 허락하지 않는다. 그리고 가보옥이 할머니의 계략에 속아 설보차와 결혼하던 날 밤 임대옥은 쓸쓸히 숨을 거둔다. 이 일로 가보옥은 사랑의 속절없음과 삶의 허무를 뼈저리게 느끼고 과거를 보는 도중 자취를 감춘다. 뒷날 그는 아버지를 한 나루터에서 만나지만 목례만 보낼 뿐 승려와 도사 사이에 끼여 눈길 속으로 사라진다. 이 작품은 가보옥이 19년 동안의 인간 생활을 마치고 자신이 처음 떠나온 대황산 무계애로 돌아가는 것으로 대단원의 막을 내린다.

작품의 줄거리에서도 잘 드러나듯이『홍루몽』은 작가 조설근의 삶과 그 주변에서 소재를 빌려 온 자전적 소설이다. 지금까지 중국 소설은 역사적 사실이나 다른 사람의 삶에서 작품의 소재를 빌려올 뿐 작가 자신의 삶에 대해서는 비교적 무관심하였다. 조설근에 이르러 작가는 처음으로 자신의 삶 쪽에 눈을 돌리기 시작한다. 개국 공신 집안으로 100년 가까이 대를 이어오며 엄청난 재산을 축적하고 부귀영화를 누리다가 사치와 낭비로 몰락해가는 가 씨 집안의 이야기는 곧 작가 자신의 집안 이야기라고 하여도 크게 틀리지 않는다. 이런 이유로 근대 이후 후스(胡適)나 위핑보(兪平伯) 같은 학자는 이 작품을 조설근의 자전적 소설이라고 결론을 내린다.

그러나 좀 더 꼼꼼히 살펴보면 이 작품은 가보옥 가문을 비롯한 사대부 계층의 이야기를 훨씬 뛰어넘어 한 나라의 운명과도 맞닿아 있음이 밝혀진다. 이 소설에서 한 가문의 몰락은 곧 상징적으로 한 왕조의 몰락을 뜻하기도 한다. 조설근이『홍루몽』을 쓴 18세기 중엽은 청나라 역사에서 가장 안정된 시기였지만 청 왕조를 반대하는 움직임이 전혀 없었던 것은 아니다. 남쪽 지방 사람들의 강력한 지지를 받아 남명 (南明)이 몇십 년 동안 존속할 정도였고, 이러한 정치적 여파에 휩쓸려 화를 당한 사람도 적지 않았다. 조설근은 화를 당하지 않을 정도로 교묘하게 명나라를 그리는 마음을 이 소설에 담았다. 그렇다면 이 작품은 비록 간접적이나마 명나라 왕조의 복원을 꿈꾼 정치소설로 읽힐 수도 있다.

중국 근대 문학에 처음 불을 지핀 루쉰(魯迅)은 비극에 대하여 "역사에서 가치 있는 어떤 것이 소멸되는 것을 보여 주는" 문학이라고 말한 적이 있다. 이러한 관점에서 본다면 이 작품은 분명히 비극의 범주에 든다. 조설근이 이 작품에서 힘주어 말하는 가치란 다름 아닌 가보옥과 금릉십이채가 상징하는 봉건 제도다. 자칫 시대착오적으로 보일는지 모르지만 그는 봉건제의 회복을 꿈꾸고 있었다. 서유럽과 마찬가지로 중국에서도 18세기부터 그동안 중국 사회를 지탱해 온 봉건주의가 점차 흔들리기 시작하였다. 이렇게 봉건주의가 흔들리면서 정치와 경제는 물론이고 사회 전반에 걸쳐 그야말로 엄청난 변화가 일어났다. 이러한 변화가 조설근의 눈에는 그렇게 바람직하게 보이지 않았던 것이다.

『홍루몽』은 소재, 주제, 구성, 인물 묘사, 언어 구사 등 거의 모든 면에서 기존 소설의 벽을 뛰어넘는다. 더구나 이 작품이 다루는 내용도 아주 넓어 백과사전적이라고 할 만하다. 등장인물만 하더라도 왕비와 왕가의 친척을 비롯하여 고위 관리나 각료로부터 일반 백성, 승려, 도인, 장사꾼, 농부를 거쳐 몸종이나 시녀에 이르기까지 이 무렵 사회의 각계각층을 두루 망라한다. 한 통계에 따르면 이 소설에는 무려 700여 명의 작중인물이 등장한다. 그 내용도 상류사회의 연회, 향응, 시회, 주연 같은 사대부 생활에서 대장간 일, 화초 재배, 목축, 양어 등의 평민

생활에 이르기까지 삶의 현장을 폭넓게 다룬다. 이 밖에도 의술, 점성술, 재봉, 요리 같은 것들을 자세히 묘사하고 있어 이 작품의 세계는 18세기 중국 사회의 축소판이라고 할 수 있다. 적어도 이 점에서 이 작품은 흔히 19세기 프랑스의 소설의 최고봉으로 일컫는 오노레 드 발자크의 '인간 희극' 연작 소설과 비슷하다.

『홍루몽』은 중국 소설사에 낭만주의와 사실주의를 창조적으로 결합한 작품이다. 이 무렵에 나온 작품으로서는 보기 드물게 당대 현실을 '있는 그대로' 재현하였다. 삶의 모습이 아름다우면 아름다운 대로, 추악하면 추악한 대로 객관적으로 묘사하려고 하였다. 또 이 소설은 개성적이고 구체적인 작중인물을 창조했다는 점에서 사실주의 전통에서 크게 벗어나지 않는다. 특히 상류 계층의 삶보다는 하층 계층의 삶을 실감나게 묘사한 것이 돋보인다. 그런가 하면 이러한 사실주의 밑바닥에는 몽상적이고 낭만적인 저류가 면면히 흐르고 있다.

『홍루몽』이 이렇게 소설의 대표적인 두 전통을 하나로 만들 수 있었던 것은 역시 그 이전의 작품을 받아들여 창조적으로 발전시켰기 때문이다. 이 소설을 읽노라면 『산해경』을 비롯하여 『초사』, 『장자』, 『서상기』, 『수호지』, 『서유기』, 『금병매』 등 중국의 대표적인 고전 작품이 자주 눈앞에 어른거린다. 조설근은 이 소설 안에 중국의 고전을 총망라하다시피 하였다. 중국 여러 철학과 사상은 말할 것도 없고 다양하고 풍부한 문체를 빌려 오기도 한다. 요즈음 문학 이론에서 즐겨 사용하는 용어를 빌린다면 이 소설만큼 중국 고전과 상호텍스트적인 관계를 맺은 작품도 찾아보기 드물다.

기탄잘리

라빈드라나트 타고르

인도 사람에게 가장 존경하는 위인 두 사람을 꼽으라면 아마 주저하지 않고 '위대한 영혼'으로 일컫는 모한다스 간디와 '인도의 시성'으로 일컫는 라빈드라나트 타고르(1861~1941)를 꼽을 것이다. 간디가 물레의 상징을 빌려 비폭력적 저항의 몸짓으로 인도를 식민주의의 굴레로부터 해방시켰다면, 타고르는 붓의 힘을 빌려 인도를 해방시키는 데 이바지하였다. 타고르는 영국 유학을 마치고 돌아온 뒤 한때 '스와라지' 비밀결사에 가담하는 등 독립 투쟁에 나서기도 하였다. 그러나 이 운동이 폭력적으로 발전하고 아내와 세 아이의 죽음을 겪은 뒤 그는 점차 정치 활동을 접기 시작한다. 그러고는 1908년 이후부터는 아예 정치 일선에는 직접 나서지 않고 줄곧 문학과 강연, 교육 사업을 통하여 묵묵히 인도의 독립을 도왔다.

제국주의나 식민주의를 보는 시각에서도 타고르와 간디는 서로 달랐다. 인도의 정치적 해방을 위하여 일생을 바친 간디와는 달리 타고르는 식민지 종주국인 영국과 타협을 모색하기도 하였다. 타고르는 20세기 초엽 도도한 역사의 흐름에서 좀처럼 비켜설 수 없는 나약한 식민지 지식인이었다. 그는 1915년 영국 왕 조지 5세로부터 기사 작위도 수여받았다. 비록 그는 그 작위를 1919년 암리차르에서의 대학살 사건에 대한 항의 표시로 반납했지만, 식민지 종주국 왕이 주는 작위를 받았다는 것은 간디로서는 상상도 하지 못할 일이다.

간디와 타고르는 조국을 사랑하는 방법은 이렇게 서로 달랐지만, 그들은 인도를 영국 식민주의의 굴레에서 해방시키는 데 온갖 노력을 아끼지 않았을뿐더러 더 나아가 인도를 전 세계에 널리 알리는 데 크게 이바지하였다. 타고르가 간디를 '위대한 영혼'이라고 부른 것처럼 간디는 타고르를 인도를 지키는 '위대한 파수꾼'이라고 불렀다. 그리하여 오늘날 간디와 타고르는 다 같이 인도의 국부(國父)로 우러름을 받는다.

타고르는 그동안 세계 문단에 거의 알려지지 않았던 인도 문학을 세계적인 반열에 올려놓은 시인이다. 시와 소설, 희곡과 평론 등 다양한 장르를 넘나들며 손을 대지 않은 문학 장르가 거의 없는 문학가요 인도 문학 작품을 영어로 번역하여 소개하고 외국 문학 작품을 인도에 소개한 번역 문학가이기도 하다. 알베르트 슈바이처는 타고르를 '인도의 괴테'라고 불렀다. 이것은 요한 볼프강 폰 괴테가 독일 국민 문학을 대표하는 작가이듯이 타고르도 인도 국민 문학을 대표하는 작가라는 뜻일 것이다.

타고르는 인도가 영국의 식민주의 지배를 받던 1861년 5월 캘커타에서 종교 개혁가 데벤드라나트 타고르의 15명의 아들 중 열넷째 아들로 태어났다. 벵갈어로는 '타쿠르'라고 부르는 그는 열네 살 때 어머니를 여의고 외롭게 자라난다. 이 무렵 인도 명문 집안의 아이들은 흔히 영국으로 유학을 떠났다. 타고르도 열여섯 살 때 법률을 공부하려고 유학을 떠났지만 1년도 채우지 못하고 인도로 돌아와 동부 벵갈에서 자연과 더불어 일생을 보냈다. 비록 짧은 유학이었지만 그는 퍼시 비시 셸리 같은 영국 낭만주의 시인한테서 깊은 영향을 받았다. 1890년부터 실라이다와 사이야드푸르에 있는 아버지 소유의 부동산을 관리하기 시작했는데, 그곳에서 마을 사람들과 친하게 지내면서 농민의 빈곤한 삶을 직접 목격한다. 뒷날 이 전원 생활의 경험은 갠지스 강에서의 경험과 함께 타고르의 문학에 큰 영향을 끼친다.

타고르는 어릴 적부터 시를 짓기 시작하여 시집 『아침의 노래』와 『저녁의 노래』를 출간하면서 시인으로서의 재능을 유감없이 발휘한다. 실험적인 형식으로 관심을 끈 그의 시집 『마나시』는 처음으로 사회적이고 정치적인 문제에 눈을 돌렸다는 점에서 주목을 받는다. 대표적인 작품으로 『황금 조각배』, 『초승달』, 『기탄잘리』, 『정원사』 같은 시집을 비롯하여 『고라』와 『카불에서 온 과일장수』 같은 장편소설, 『우체국』과 『희생』 같은 희곡 작품, 그리고 『인간의 종교』와 『민족주의』 같은 평론집을 남겼다. 타고르는 이러한 공로를 인정받아 1913년 동양 사람으로서는 처음으로 노벨 문학상을 받은 영예를 안았다.

타고르는 일찍부터 동양과 서양의 사상과 문화 교류와 융합에 깊은 관심을 기울였다. 그러다 1901년 아버지로부터 볼푸르 근처 산티니케탄(평화의 집)을 물려받아 이곳에 학교를 세우고 인도와 서양의 전통에서 최상의 가치를 선별하여 아이들을 조화롭게 가르치려고 하였다. 이 학교가 바로 오늘날 '타고르 국제대학'으로 일컫는 비슈바바라티대학교의 전신이다. 타고르는 유럽의 여러 나라를 비롯하여 미국, 중국, 일본, 말레이반도, 인도네시아 등 여러 지역을 여행하며 강연하기도 하였다. 1941년 8월 그는 여든 살의 나이로 콜카타에서 사망하였다.

타고르는 무려 6,000여 편에 이르는 많은 작품을 남겼다. 평생 겨우 몇 편밖에 작품을 쓰지 않은 몇몇 시인과 비교해 보면 참으로 엄청난 양이다. 그는 임종을 앞두고 "내 시는 실패작이다. 최선을 다하였지만 늘 무엇인가가 빠져 있었다"고 불만을 털어놓기도 하였다. 그러나 이 말은 그의 시가 보잘것없다기보다는 시인으로서의 야심이 너무 컸다는 사실을 보여 주는 말이다. 어쨌든 그는 많은 작품을 써서 벵갈 문예 부흥을 일으키는 데 크게 이바지했다는 평가를 받는다.

타고르는 모두 60권의 시집을 남겼는데 그 가운데서 1910년에 출간된 『기탄잘리』는 가장 대표적인 시집으로 꼽힌다. '신에게 바치는 송가'라는 뜻을 지닌 이 시집은 인도는 말할 것도 없고 외국에서도 가장 널리 읽힌다. 타고르가 벵골어로 이 시집에 실린 작품을 처음 쓰기 시작한 것은 1906년부터였지만 대부분의 작품은 1910년 3개월에 걸쳐 집중적으로 쓴 것이다. 그는 1910년 이렇게 쓴 157편의 서정시를 한데 묶어 출간한다. 그 뒤 이 시집에서 57편을 간추려 뽑고 여기에 다른 시를 덧붙여 모두 103편을 직접 영어로 옮긴 뒤 1912년 영국에서 다시 출간한다. 이 영역본 시집은 그를 세계 문단에 널리 알리고 더 나아가 노벨 문학상을 받는 데 징검다리 역할을 한다. 타고르는 자신이 사망한 해에 이 시집에 실린 작품을 다시 고쳐 쓰기도 하였다.

영국의 맥밀런 출판사가 출간한 영역본 『기탄잘리』에는 아일랜드의 시인 윌리엄 버틀러 예이츠가 서문을 썼다. 서구 시인이나 작가 가운데는 타고르의 작품에 관심을 기울인 사람이 적지 않다. 현대시에 혁명을 일으킨 에즈라 파운드는 타고르의 작품을 "새로운 그리스"에 빗댄다. 장편소설 『인도로 가는 길』로 주목을 받은 E. M. 포스터도 타고르의 문학에 깊은 애정을 보였다.

그러나 예이츠만큼 타고르의 작품에 깊은 관심을 가진 사람은 찾아보기 드물다. 예이츠는 인도에서도 가장 가난한 지역 가운데 한 곳을 여행하다 차(茶)밭에서 일하는 여인들이 타고르의 시를 노래로 부르는 것을 본 뒤 타고르의 문학에 매혹되기 시작하였다. 그 뒤 기차나 버스를 타고 가며 타고르의 작품 원고를 읽던 예이츠는 너무 황홀한 얼굴 표정을 감추려고 원고를 덮곤 할 정도였다. 예이츠는 타고르의 시에 대하여 "몇 년 만에 처음으로 나의 피를 온통 휘저어 놓았다"고 고백한 적이 있다.

『기탄잘리』에 실린 시는 주제에 따라 크게 네 가지로 나뉜다. 먼저 종교나 철학적 명상을 다룬 계열의 작품이다. 이들 작품에서는 『우파니샤드』에 나오는 범아일여 사상을 엿볼 수 있다. 까마득히 멀리 고대 인도의 바라문교와 힌두교에서 그 뿌리를 찾을 수 있는 이 사상은 우주의 근본 원리인 브라흐마와 개인의 자아가 하나로 일치한다고 본다. 타고르의 시 작품은 이러한 사상을 그 바탕에 깔고 있다. 둘째로는 영국 식민주의 굴레에서 신음하는 인도의 비참한 상황을 노래하는 민족적 또는 사회적 저항시다. 이러한 계열의 작품에서 그는 조국이 해방을 맞이할 날을 애타게 기다리는 한편 제국주의의 침탈과 횡포에 과감하게 맞선다. 셋째로는 인간의 영혼에 깃들어 있는 가장 아름다운 정서를 노래하는 서정시다. 이러한 작품에는 인도 고유의 풍속과 향토색이 짙게 배어 있다. 마지막으로 속세와 현실에 오염되지 않은 순박한 동심의 세계를 노래한 시들이 있다.

> 만약 님께서 아무 말씀도 하지 않으시면
> 나는 님의 그 침묵으로

내 가슴을 채워 이를 견디며 살아갈 것입니다.

나는 별이 온통 빛나는 밤처럼

참을성 있게 깊이 머리 숙여

조용히 기다릴 것입니다.

이 작품을 읽고 있노라면 저 벵골의 우거진 숲과 온갖 것을 감싸 안고 말없이 흐르는 갠지스강의 평화로운 모습이 눈앞에 선하다. 동양의 심원한 사상과 인도의 종교적 체험이 마치 새벽이슬처럼 영롱하게 반짝인다. 그의 언어는 시냇물에서 갓 건져낸 조약돌처럼 더할 나위 없이 산뜻하고 소박하다.

'신에게 바치는 송가'라는 이 시집의 제목에서도 잘 드러나듯이 이 작품은 종교적 색채가 짙다. 여기서 '님'은 다의적(多義的)이어서 여러 의미로 받아들일 수 있지만 그중 하나는 어떤 초월적인 절대자인 신을 가리킨다고 볼 수 있다. 『우파니샤드』에서 말하는 만유의 빛이요 생명이요 궁극적 질서이며 원리인 '브라흐마'다. 타고르의 작품에서 이 브라흐마가 '님'으로 나타난다고 흔히 말한다. 그러나 이렇게 신을 브라흐마로만 한정하려는 것은 좁은 생각이다. 타고르는 기독교나 불교 또는 힌두교 가운데 어느 한쪽에 얽매이지 않는 보편적인 종교를 부르짖었다는 사실을 알아야 한다. 그에게 신은 기독교의 교회뿐 아니라 불교의 사찰 그리고 힌두교의 사원에서도 마찬가지로 모습을 드러낸다. 심지어는 황금물결을 나부끼며 흘러가는 강물과 나뭇가지마다 꽃으로 피어나기도 한다.

'님'은 영국 식민주의의 군화에 짓밟힌 채 신음하는 조국 인도를 가리킬 수도 있다. "나는 별이 온통 빛나는 밤처럼 / 참을성 있게 깊이 머리 숙여 / 조용히 기다릴 것입니다"라는 구절에서는 '스와라지' 운동을 벌이는 사람들처럼 조국 해방을 그렇게 조급하게 서두르지 않으리라는 다짐을 읽을 수 있다. 화자는 "어둠이 사라지고 분명 아침이 밝아" 오듯이 식민주의에서 해방될 날도 마땅히 찾아올 것이라고 굳게 믿는다. 그런가 하면 초월적 절대자나 서구 열강에게 빼앗긴 조국이 아니라면 '님'은 화자가 그토록 사모하는 사랑하는 연인을 가리킬 수도 있다. 이 작품은 마음속에 품은 연정을 이렇게 은근히 표현하기 때문에 더욱더 감칠맛 나는 한 편의 연애시이기도 하다.

간디 자서전

모한다스 간디

19세기가 뉘엿뉘엿 서쪽으로 기울던 1893년의 어느 추운 겨울 밤, 남아프리카 프리토리아행 열차가 막 마리츠버그 역에 도착한다. 일등 객차에 들어선 백인 한 사람이 그곳에 앉아 있는 젊은 인도 사람을 힐 끗 쳐다보고는 한 마디 말도 없이 객차 밖으로 그냥 나가 버린다. 얼마 뒤 그 백인은 역무원 두 사람을 데리고 다시 나타난다. 역무원은 젊은 인도 사람을 한참 노려보더니 "자네는 일등 객차에서 나가야 하네. 여 행하려면 화물차를 이용하던지"라고 쏘아붙인다. 무슨 영문인지도 모 른 채 인도 사람은 조용히 "나는 일등 객차 표를 갖고 있는데요"라고 말 한다. 그러자 역무원은 "차표를 가지고 따지는 것이 아니야. 자네는 화 물차로 가야 한다는 거지"라고 대꾸한다. 젊은 인도 사람이 계속 버티 자 역무원은 마침내 경관을 불렀고, 경관은 인도 사람을 객차 밖으로 내동댕이쳐 버린다. 인도 사람은 플랫폼에 떨어지면서 거꾸러지고, 야 간열차는 천천히 프리토리아를 향하여 다시 움직이기 시작한다.

차가운 겨울밤 낯선 땅의 플랫폼에 혼자 남아 치욕의 눈물을 흘리고 있는 이 젊은이가 바로 인도 건국의 아버지로 '위대한 영혼'으로 일컫는 모한다스 간디(1869~1948)다. 스무네 살의 젊은 변호사 간디는 남아프리카에 있는 인도인 상사의 소송 사건을 맡기 위하여 프리토리아로 가고 있는 중이었다. 그는 그 여정에서 선택의 갈림길에 놓인다. 그냥 인도로 돌아갈 것인가, 아니면 이곳에 남아 짓밟힌 인권을 위하여 싸울 것인가? 청년 간디는 곧 눈물을 거두고 "나는 피압박 유색 인종을 위하여 여기에 남아 있어야 한다. 그리고 그들과 싸워 인종 차별을 철폐해야 한다"고 굳게 마음을 다진다. 그의 마음속에 인권 운동의 씨앗이 처음 싹트기 시작한 순간이다.

흔히 '20세기의 성자'요 '거룩한 전사'라 일컫는 모한다스 카람찬드 간디는 1869년 10월 인도 서부 카티아바르의 포르반다르에서 카람찬드 간디와 파트리바이 사이에서 막내아들로 태어났다. 바이샤(농부) 계급에 속하는 그의 집안은 신분에서 그렇게 높은 편은 아니었다. 간디는 힌두교의 바이슈나바 파에 속한 그의 부모한테서 어렸을 적부터 깊은 영향을 받았다. 간디는 1886년 영국에 건너가 런던의 법학원에서 법률을 공부한 뒤 1891년 변호사 자격증을 받자마자 귀국하여 뭄바이에서 변호사 개업을 한다.

간디는 1893년부터 1차 세계대전이 일어난 1914년까지 남아프리카 연방에 머물면서 변호사로서 인권 운동에 온 힘을 쏟는다. 그러나 변호사란 다른 사람의 불행으로 돈벌이를 하는 직업이라는 생각이 그의 뇌리에서 좀처럼 떠나지 않았다. 1915년 인도에 돌아온 간디는 조국의 독립을 위하여 비폭력주의와 시민 불복종 운동으로 영국에 맞선다. '아시람'이라는 수도장을 만들어 인도 사람의 정신을 개조하는 데 온 힘을 기울인다. 이러한 과정에서 그는 단식 투쟁을 밥 먹듯이 하고 감옥을 자기 집 드나들 듯이 하였다. 그러던 중 1948년 1월 30일 뉴델리에서 열린 한 기도회에서 힌두교 과격파 무장 단체에 속한 한 청년의 총탄을 맞고 쓰러진다.

인도의 독립 투쟁과 혁명의 와중에서도 간디는 수많은 글을 남겼다. 그가 남긴 저서 가운데서 『자서전』은 가장 대표적인 책으로 인도뿐 아니라 전 세계에 걸쳐 널리 읽힌다. 지금까지 수많은 사람이 수많은 자서전을 써 왔지만 간디의 『자서전』만큼 뭇사람의 뇌리에 깊은 인상을 남긴 자서전도 찾아보기 힘들다. 서양에서는 벤저민 프랭클린이 쓴 『자서전』이 유명하지만 간디의 책에 비하면 너무 출세 지향적이어서 세속적인 냄새가 물씬 풍긴다.

간디의 『자서전』은 흔히 20세기 고전으로 평가받는다. 간디 자신이 몸소 진리를 실험한 과정을 기록한 순수 영혼의 투쟁사이기 때문이다. 1923년 간디는 감옥에 갇힌 상태에서 구자라트어로 이 책을 처음 집필하기 시작하여 1925년부터 《인도 청년》이라는 잡지에 연재한 뒤 1925년에 1권을, 1929년에 2권을 출간하였다. 이 책은 그의 어린 시절부터 시작하여 1차 시민 불복종 운동이 한창 전개되던 1923년의 삶에서 끝난다. 온갖 시련을 겪으며 인도의 자치와 독립을 주도한 간디의 나머지 생애는 적어도 인도 사람들에게는 너무나 잘 알려져 있었다.

간디의 『자서전』을 좀 더 쉽게 이해하려면 '나의 진리 실험 이야기'라는 이 책의 부제를 좀 더 찬찬히 눈여겨보아야 한다. 그냥 '진리'라고 하여도 될 텐데도 굳이 '진리 실험'이라고 말하는 까닭이 어디 있을까. 그는 자신의 삶이 곧 진리를 실험하는 과정에 지나지 않았다고 털어놓는다.

나는 세상 사람들에게 새롭게 가르칠 것이 아무것도 없다. 진리와 비폭력은 언덕배기처럼 오래된 것이다. 내가 지금까지 해 온 일은 내가 할 수 있는 한 대규모로 이 두 가지에 대하여 실험을 한 것뿐이다. 이 과정에서 나는 때로 실수를 저질렀고 이러한 실수를 통하여 많은 것을 배웠다. 그리하여 나에게 인생과 그 문제는 진리와 비폭력을 실행하려는 그렇게 많은 실험이 되었던 것이다.

간디가 세상 사람들에게 새롭게 가르칠 것이 없다고 말하는 데는 그 나름대로 까닭이 있다. 그가 부르짖은 진리와 비폭력의 복음은 기나긴 인류 역사에서 그동안 많은 사람이 입에 올렸기 때문이다. 간디는 기독교 전반에 대해서는 그다지 감명을 받지 않았지만, 신약성경에 기록된 산상수훈에서는 깊은 감명을 받았다. 특히 "악한 사람에게 맞서지 마라. 누가 네 오른쪽 뺨을 치거든 왼쪽 뺨마저 돌려 대어라. […] 네 속옷을 가지려는 사람에게는 겉옷까지 내주어라"(「마태복음서」 5장 39~40절) 라는 구절을 무척 좋아하였다. 간디는 이 구절을 『바가바드 기타』에 나오는 "물 한 사발을 주면 좋은 음식으로 갚아라"라는 구절과 비교하기도 하였다.

간디가 '행동하는 양심'으로 활약하기 시작할 무렵 인도는 영국 제국주의의 굴레를 쓴 채 수탈과 착취로 민중의 빈곤은 날로 더해갔고 민중의 활력은 갈수록 메말라들었다. 몇 세대에 걸쳐 '피와 눈물과 땀'을 모두 바친 탓에 인도의 몸과 마음은 병들 대로 병들어 있었다. 농민과 노동자는 가난과 기아 속에서 허덕이는 한편, 유산 계급이나 지식인은 절망감과 허탈감 그리고 패배주의 속에 뒹굴고 있었다. 이 무렵의 상황에 대하여 자와할랄 네루는 『인도의 발견』에서 "우리는 전능한 괴물한테 사로잡혀 어떻게도 할 수 없는 것처럼 보였다. 수족은 마비되고 정신은 무감동했다"라고 회고한다.

간디가 절망에 빠진 인도 사람들에게 전한 것은 허위가 아닌 진실의 복음이요, 폭력이 아닌 비폭력의 복음이다. 언뜻 보면 무모한 모험이나 기만적인 만행이 오히려 식민지 인도를 구할 수 있는 길처럼 보일는지도 모른다. 그러나 간디는 허위는 더욱더 진실을 감추고 폭력은 또 다른 폭력을 불러올 뿐 참다운 해결책이 될 수 없다고 생각하였다. 비폭력 평화주의에 관련하여 간디는 함무라비 법전에 따라 '눈에는 눈'으로 복수한다면 결국 온 세상 사람이 눈멀게 될 것이라고 말한다.

간디의 위대한 실험은 한마디로 '아힘사(ahimsā)'에 입각한 '사티아그라하' 운동이라고 할 수 있다. '아힘사'는 비폭력 또는 무저항이라는 말로 번역하지만, 그보다 훨씬 더 적극적인 의미가 있다. '아힘사'란 생명이 있는 피조물을 함부로 죽이지 않는 불살생(不殺生)을 뜻한다. 그러므로 차라리 '사랑'이라는 말로 옮기는 것이 더 옳을는지 모른다. 인간에게는 폭력보다 더 강한 힘이 있는데 간디는 그것을 사랑이라고 부른다. 어찌 되었건 간디는 "비폭력이야말로 이 세계에서 가장 위대하고 가장 역동적인 힘이다. 삶에서 '아힘사'를 표현할 수 있는 사람은 모든 야만적인 힘보다 더 우월한 힘을 행사하는 것이다"라고 잘라 말한다.

한편 '사티아그라하'란 글자 그대로 풀이하면 진리를 움켜잡는 것을 뜻하지만 좀 더 넓은 의미에서는 비폭력 수단에 따른 저항을 가리킨다. '사티아그라하'는 수동적 저항이나 소극적 행동을 뜻하지 않고 좀 더 적극적인 행동을 가리킨다. 그것은 바로 '영혼의 힘'과 '자기희생의 힘'으로 폭력에 맞서는 것을 뜻한다. 『자서전』에서 간디는 "무저항이란 자기 고뇌로써 정의를 확보하는 수단이다. 그것은 내가 양심을 배반하지 않으려고 할 때 무력을 가지고 저항하는 대신에 영혼의 힘을 사용하는 것을 말한다"고 밝힌다. 그렇다면 '사티아그라하'는 목적이고 '아힘사'는 어디까지나 그 목적을 달성하기 위한 수단이다. 간디는 『자서전』끝부분에 "역사의 과정에서는 힘 있는 독재가 정의고 승리자였다. 그러나 역사의 끝에는 사랑과 진실이 승리했다는 사실을 기억하라"라고 적는다.

마하트마 간디는 몸소 검소하게 생활한 것으로도 유명하다. 젊었을 때는 영국 신사를 흉내 내어 고급 옷만 입고 기차도 일등석만 타고 다녔지만, 영적으로 다시 태어난 뒤부터는 그야말로 소박하기 이를 데 없는 의식주에 기대어 삶을 살았다. 그의 사진을 본 사람이라면 아마 웃통을 훤히 드러내고 벌거벗다시피 하고 있는 모습을 기억할 것이다. 그는 '도티'라고 하는 천 조각 하나를 허리에 걸치고 있고, 길을 걸을 때는 지팡이 하나에 몸을 기대고 있을 뿐이다.

간디는 앉아 있을 때는 거의 언제나 옆에 물레를 두고 실을 자았다. '차르카'라는 이 물레는 이제 간디를 가리키는 기호가 되어 버리다시피 하였다. 그는 인도가 가난하게 된 큰 원인 중 하나가 면을 짜는 물레와 수직(手織)이 사라지고 영국에서 수입한 비싼 옷을 입기 때문이라고 생각하였다. "아무리 풍족한 생활을 하고 있는 사람이라도 하루 한 시간씩은 가난한 사람을 위하여 차르카를 돌리십시오. 인도인이여, 자기 손으로 자기 옷을 만드십시오"라고 외쳤다. 물론 이 운동에는 영국 직물을 사지 않으려는 반식민주의의 정치적 의도가 깔려 있었지만 그는 동포에게 손수 물레로 실을 뽑아 직접 옷을 만들어 입을 것을 권하였다.

또 정치적 의미가 담긴 단식은 접어두고라도 간디는 걸핏하면 끼니를 거르거나 음식을 먹더라도 아주 적은 양을 먹었다. 여행을 다닐 때면 으레 양 한 마리를 데리고 다니며 그 젖으로 끼니를 때우기도 하였다. 간디는 "자연은 언제나 모든 피조물을 양육하는 데 흡족한 만큼의 음식물을 공급하기 때문에 자기 몫 이상의 음식물을 먹는 사람은 남의 몫을 빼앗는 것이다"라고 말한다.

간디가 남긴 가장 위대한 유산이라면 역시 인간에 대한 굳은 믿음과 사랑 그리고 헌신이다. 그는 "인간은 신에 도달할 수 있고, 신을 실감하고 실현하려고 노력해야 한다"고 부르짖는다. 다시 말해서 인간에게 신성이 깃들어 있음을 찾아내려고 하였다. 카스트 제도가 엄격한 인도 사회이건만 간디는 계급과 신분의 벽을 뛰어넘어 모든 인간에게 똑같이 깊은 관심을 기울였다. 그리하여 인도 인구의 10퍼센트나 되는 불가촉천민의 지위를 향상시키는 데 온 힘을 기울였다. 간디는 "모든 사람의 눈에서 온갖 눈물을 닦아내는 것이 나의 소망이다"라고 말한 적이 있다.

간디가 현대사에 끼친 영향은 참으로 크다. 미국에서 흑인 인권 운동을 일으킨 마틴 루서 킹 목사를 비롯하여 폴란드에서 '솔리대리티' 운동을 펼친 레흐 바웬사, 필리핀에서 마르코스 정부를 무너뜨린 코라손 아키노, 그리고 남아프리카공화국의 넬슨 만델라에 이르기까지 현대사에 굵직한 획을 그은 사람 가운데는 직간접적으로 간디의 영향을 받지 않은 사람이 거의 없다시피 하다. 알베르트 아인슈타인은 "앞으로 올 미래 세대는 이러한 인물이 피와 살을 갖고 이 지구상에 걸어 다녔다는 사실을 거의 믿지 못하게 될 것이다"라고 말하였다.

삼민주의

쑨원

색깔은 때로 어떤 웅변보다도 우리의 가슴을 친다. 한 나라의 국기 색깔은 이러한 경우를 보여 주는 더할 나위 없이 좋은 예다. 한국 국기 를 '태극기'라고 하듯이 타이완이라고 일컫는 중화민국의 국기는 '청천 백일기(靑天白日旗)'라고 부른다. 쑨원(孫文, 1866~1925)이 고안한 이 국기 는 말 그대로 푸른 하늘에 흰 태양이 솟아 있는 모습을 담았다. 붉은색 을 바탕으로 삼고 있지만 아무래도 푸른 하늘과 흰 태양에 무게가 실려 있는 듯하다. 그런데 이 세 가지 색깔은 쑨원이 부르짖은 민족, 민권, 민 생의 삼민주의(三民主義)를 상징하기도 한다. 일본의 '일장기'도 태양을 본떠 만들었지만, 청천백일기와는 상징하는 바가 사뭇 다르다.

청천백일기를 만든 데서도 엿볼 수 있듯이 중국 근대사에서 쑨원 이 끼친 영향은 참으로 크다. 중국에서 국부(國父)로 우러름을 받는 그 는 서구 사상과 중국 사상을 접목시킨 보기 드문 정치 사상가로 평가받 는다. 자신의 이상과 꿈을 몸소 행동으로 옮긴 개혁가이기도 하다. 그런 가 하면 몇천 년 동안 내려온 봉건 제도의 고목을 무너뜨리고 그 자리에 근대 민주주의의 새 나무를 심은 중국 근대 민주혁명의 선구자이기도 하다.

쑨원은 1866년 11월 중국 광둥성(廣東省) 샹산현(香山縣) 추이헝촌(翠亨村), 그러니까 오늘날의 중산시(中山市)에서 3남 1녀의 셋째 아들로 태어났다. 광둥과 마카오 그리고 홍콩에서 그다지 떨어져 있지 않은 추이헝촌은 서양 제국과 가장 먼저 접촉한 지역으로 서양 문화가 제일 먼저 침투한 곳이다. 쑨원이 태어났을 때 그의 아버지는 쉰다섯 살, 그의 어머니는 서른아홉 살이었다. 쑨원의 자는 덕명(德明)이며, 호는 일신(日新) 또는 일선(逸仙)이다.

1879년 열네 살 때 쑨원은 어머니를 따라 형이 살고 있는 미국 호놀룰루로 갔다. 그는 하와이의 화교 자본가이던 큰형 쑨메이(孫眉)의 도움으로 호놀룰루에서 5년 동안 서양 교육을 받은 뒤 광저우(廣州), 홍콩 등지를 오가며 서양식 근대 교육을 체계적으로 받았다. 이때 그는 미국의 합리적 사고와 생활 양식에 영향을 받았고, 그 후 중국의 구습과 빈곤을 뼈저리게 느끼고 하루 빨리 중국을 개혁하려는 생각을 품기 시작하였다.

처음에 쑨원은 의사가 되기로 마음먹었다. 그래서 1886년 미국인 선교사가 광저우에 세운 의과대학에서 입학했다가 그 이듬해에는 홍콩에 새로 세운 의과대학으로 옮겼다. 그는 1892년 의과대학을 졸업하고 포르투갈 영토인 마카오와 광저우에서 개업을 한다. 그러나 그는 청나라 정부의 부패와 무능함을 보고 중국인의 육체적 질병을 치료하는 것보다 정신의 병을 치료하는 것이 훨씬 더 시급하다는 사실을 깨닫는다. 그리하여 개량주의자 허치(何啓), 정관잉(鄭觀應) 등 뜻을 같이하는 사람들과 함께 손을 잡고 정치 개혁에 뛰어든다. 1894년 쑨원은 리훙장(李鴻

章)에게 보낸 편지에서 "사람은 그 재능을 다할 수 있어야 하고, 토지는 그 이익을 다할 수 있어야 하며, 물건은 그 쓰임을 다할 수 있어야 하고, 재화는 그 흐름이 통할 수 있어야 한다"고 말하면서 개혁을 주장하지만 받아들여지지 않았다.

리홍장의 태도에 실망한 쑨원은 개혁과 혁명에 좀 더 적극적으로 나선다. 1894년 11월 상하이에서 호놀룰루로 건너가서 만주족 축출, 중국 회복, 연합정부 건설을 강령으로 삼아 '흥중회(興中會)'라는 비밀결사 단체를 조직하는 등 혁명 운동에 박차를 가한다. 1911년 미국에 머물던 그는 신해혁명이 일어났다는 소식을 듣고 귀국하여 난징에서 임시 대총통에 취임한다. 1912년 마침내 청나라가 무너지고 중화민국이 탄생하지만 혁명의 열매는 북양(北洋) 군벌 위안스카이(袁世凱)에게 빼앗기고 말았다. 1913년 쑨원은 위안스카이 토벌 전쟁에서 실패한 뒤 해외에 망명하여 중화혁명당을 조직하지만 주도권을 잡지는 못하였다. 위안스카이가 사망한 뒤 쑨원은 두 차례에 걸쳐 군사정부를 세우고 법통을 옹호한다는 호법 운동을 개시한다.

5·4운동 당시 상하이에서 대중 운동의 역량을 목격한 쑨원은 1919년 중화혁명당을 중국국민당으로 개편하고, 1923년 1월 다시 국민당의 새로운 강령과 선언을 채택한다. 여기에서 그는 반제국주의와 노동자, 농민 보호, 지주와 소작인의 지위의 점진적 평등을 주장한다. 국민당은 이미 공산당원들의 개인 자격 입당을 허용하고 있었고 소련과 코민테른의 지원을 약속받았다. 쑨원은 광둥에서 천중밍(陳炯明)을 몰아내고 다시 근거지를 마련한다. 1924년 1월 국민당을 개편하여 공산당과의 합작을 시도한 그는 반제국주의, 반군벌의 국민 혁명 운동을 전개한다. 쑨원은 1925년 3월 12일 베이징에서 예순 살의 나이에 간암으로 갑자기

세상을 떠났다.

쑨원은 현실 정치에 참여하는 틈틈이 많은 저술을 집필하였다. 그의 주요 저작으로는 『사회건설』, 『심리건설』, 『물질건설』의 3부작으로 구성되어 있는 『건국방략(建國方略)』을 비롯하여 『건국대강(建國大綱)』과 『삼민주의(三民主義)』 등이 있다. 그의 저술은 그가 세상을 떠난 뒤 여러 차례 전집으로 출판되었다. 그 가운데 대표적인 것으로 1986년 중화서국에서 출간한 『쑨중산 전집』, 타이베이에서 출간한 『국부 전집』 등이다. 그의 저서 가운데서도 『삼민주의』는 그의 정치사상이 가장 잘 드러나 있는 대표적인 저서로 꼽힌다.

쑨원이 『삼민주의』를 집필하기까지는 그가 서구에서 몸소 겪은 경험과 평소 지니고 있던 정치사상이 그 밑바탕이 되었다. 다시 말해서 그는 중국의 전통적인 사상에 서구의 자유주의 사상을 접목시켜 삼민주의라는 제3의 나무를 만들어 내었다. 삼민주의는 단순히 그의 머릿속에서 나온 것이 아니라 그가 미국과 유럽 여러 나라의 정치와 경제 상황을 경험하고 여러 유파의 이론과 학설을 연구하며 선진 각국의 진보적 인사들과도 접촉하여 얻어낸 결과다. 이 점과 관련하여 쑨원은 "내가 주장하는 '주의' 중에는 우리나라의 고유 사상을 계승하는 부분도 있고, 유럽의 학설에서 취해 온 부분도 있으며, 내가 독창적으로 만든 부분도 있다"고 말한 적이 있다.

쑨원이 평생 정치 이념으로 삼은 삼민주의란 두말할 나위 없이 민족주의, 민권주의, 민생주의의 세 원칙을 말한다. 이 세 원칙은 마치 세 발 달린 정(鼎)과 같아서 따로 떼어서 생각할 수 없고 서로 합하여 하나의 대원칙을 이룬다. 말하자면 상호배타적 관계가 아니라 상호보완적 관계를 맺고 있다. 그는 한마디로 "삼민주의란 곧 구국주의이다"라고 잘라 말한다.

그러면 어째서 삼민주의를 구국주의라고 말하는가? 그 까닭은 삼
민주의는 중국의 국제적 지위의 평등, 정치적 지위의 평등, 경제
적 지위의 평등을 촉진시켜 중국을 영구히 세계에 적존(適存)시키
려고 하는 것이기 때문에 삼민주의를 또한 구국주의라고 말하는
것이다. [⋯] 삼민주의를 믿으면 바로 극히 큰 힘이 생기게 되는
데, 이렇게 극히 큰 힘이라야 중국을 구할 수 있는 것이다.

쑨원은 1924년 1월부터 8월에 걸쳐 이 무렵 혁명의 기지였던 광저
우에서 일요일마다 이 세 원칙을 주제로 강연을 하였다. 이 강연을 책
으로 묶은 것이 바로 그 유명한 『삼민주의』다.

그러나 그는 갑자기 사망하는 바람에 이 책을 처음 의도대로 완성
하지 못하였다. 처음 이 책을 구상할 무렵에는 민족주의와 민권주의 그
리고 민생주의에 각각 6장을 할애할 생각이었다. 민족주의와 민권주의
에는 구상대로 6장을 집필했지만, 민생주의는 4장밖에는 미처 마치지
못하였다. 그리하여 뒷날 장제스(蔣介石)가 육(育)과 낙(樂)에 관한 두 장
을 보충하여 이 책을 완결 지었다.

쑨원은 1924년 삼민주의에 대하여 강의하기에 앞서 체계적으로 이
책을 집필하고 있었다. 이 책 집필과 관련하여 그는 『삼민주의』의 서문
에서 본디 '국가건설'이라는 방대한 책의 일부로 썼다고 밝힌다. '국가
건설'에는 삼민주의 말고도 오권헌법(五權憲法), 외교정책, 중앙 정부,
지방정부, 국방계획 등이 더 들어 있다. 그러나 이 책을 집필하던 1922
년 천중밍이 반란을 일으키는 바람에 쑨원이 몇 년 동안 심혈을 기울여

집필해 놓은 원고와 참고 자료가 모두 불에 타 버리고 말았다.

삼민주의는 처음에는 신해혁명을 통하여 청나라 정부를 무너뜨리는 혁명 사상으로 각광을 받았지만, 중화민국 건국 뒤에는 국가의 지도 이념으로서 힘을 떨쳤다. 쑨원은 민족주의, 민권주의, 민생주의의 세 원칙을 천명하는 데 프랑스 대혁명이 내세운 자유, 평등, 박애의 이념에서 영향을 받았다. 학자에 따라서는 미국의 16대 대통령 에이브러햄 링컨이 민주주의의 모토로 내세운 그 유명한 "국민의, 국민에 의한, 국민을 위한 정치"에서 힌트를 얻었다고 지적하기도 한다.

그러나 삼민주의의 내용은 어디까지나 중국적인 특성에 바탕을 두고 있다. 민족주의는 처음에는 만주족을 무찌르고 한족의 명예를 되찾자는 멸만흥한(滅滿興漢) 정신에서 출발했지만, 나중에는 일본을 비롯한 제국주의 열강의 침략에 대한 중화 민족의 자유로 그 개념을 점차 넓혀 나갔다. 국내 소수 민족에 지나지 않는 만주족이 세운 청조(淸朝)를 타도할 것을 표방하는 종족주의가 식민지 민족 해방 투쟁으로 발전한다. 쑨원은 민권주의에서 미국의 정치 체제를 모델로 삼아 공화주의와 민주주의로서 입법·사법·행정의 3권 분립에 중국의 전통적인 고시와 감찰을 덧붙여 5권 분립을 구상하였다. 민생주의는 지권(地權) 균등과 자본의 제한을 축으로 경제적 평등을 이룩하는 것을 목표로 삼았다. 이것은 쑨원이 처음에 이상으로 삼았던 미국이나 유럽 사회에도 빈곤이 있음을 알아차리고 그것을 미리 막기 위한 경제 정책이었다.

이 민생주의에서는 자본주의의 병폐와 한계를 극복한다는 점에서 다분히 사회주의 냄새를 풍긴다. 그러나 민생주의는 집단보다는 개인, 프롤레타리아 계급만이 아닌 모든 민중의 삶에 무게를 싣는다는 점에서 사회주의와는 그 성격이 조금 다르다. 삼민주의 사상은 자유 민주주의를 내세우는 중화민국의 정치 이념뿐 아니라, 계급 없는 이상주의 사회를 꿈꾸는 중화인민공화국의 정치 이념으로도 크게 손색이 없다. 그런 점에서 쑨원처럼 극단적인 두 정치 체제에서 모두 환영받는 사상가도 드물다. 빗대어 말하자면 중화민국을 세운 장제스는 쑨원의 몸에서 갈라져 나온 오른쪽 팔이요, 중화인민공화국을 세운 마오쩌둥은 그의 몸에서 갈라져 나온 왼쪽 팔이라고 할 수 있다.

쑨원이 부르짖은 삼민주의는 시간이 흐르면서 조금씩 그 성격이 달라지기도 하였다. 그는 청조의 붕괴에 따라 민족주의가, 공화제 실현에 따라서는 민권주의가 실현되었으므로 이제 남은 것은 민생주의뿐이라고 생각하였다. 그러나 1919년 5·4운동이 일어나면서 제국주의 반대와 봉건 군벌 반대를 결합시킨 새로운 대중 운동의 시기를 맞아 쑨원은 삼민주의의 방향을 바꿀 수밖에 없었다. 즉 자신이 통솔하는 중국 국민당을 개편하여 중국 공산당과 손잡을 것을 결심한 것이다.

아Q정전

루쉰

세계 문학사를 들여다보면 언뜻 대수롭지 않아 보이는 작은 사건이 계기가 되어 작가의 길로 들어선 사람이 참으로 많다. 중국에서 근대기에 처음으로 현대 소설을 써서 '중국 근대 문학의 아버지'로 일컫고 중국 신문학의 선구자요 문예 운동가로 평가받는 루쉰(魯迅, 1881~1936)도 그러한 사람 가운데 하나다. 1902년 3월 스물두 살의 청년 루쉰은 의사가 되려는 청운의 꿈을 품고 동아시아에서 개화 문명의 전초지인 일본으로 유학길에 오른다. 의사가 되어 고국으로 돌아가 자신의 아버지처럼 고통받고 있는 환자를 도와주고 전쟁이 일어났을 때는 군의관으로 지원하여 병사를 돌보는 것이 그가 평소에 품고 있던 꿈이다. 그리하여 그는 먼저 도쿄의 고분학원(弘文學院)에 들어가 일본어를 익힌 뒤 센다이(仙臺)의학전문학교에 입학한다.

이 무렵은 러일전쟁이 한창이던 때라 센다이의학전문학교에서는 남은 수업 시간에 슬라이드로 미생물을 보여 주는 대신에 전쟁에 관한 슬라이드를 보여 주었다. 어느 날 루쉰은 뜻밖에도 슬라이드 화면 속에서 일본 군인이 러시아 첩자 노릇을 한 중국인을 군도로 베어 죽이는 장면을 본다. 뒷날 루쉰은 "한 사람이 중간에 묶여 있고, 수많은 사람이 주위에 서 있었는데, 하나같이 건장한 체격이고 무감각한 표정을 짓고 있었다"고 회고한다. 동포가 처참하게 죽어가는데도 팔짱을 낀 채 무감각한 표정으로 바라보고 있는 중국인들의 모습, 이 장면은 루쉰의 가슴속에 그야말로 엄청난 충격을 안겨 주었다.

그 일이 있은 뒤 루쉰은 곧 의학 공부에 적잖이 회의를 품게 된다. 어리석은 국민은 아무리 체격이 건장하고 튼튼하더라도 한낱 무기력한 구경꾼에 지나지 않을 뿐이라는 생각이 들었다. 그는 육체의 병을 고치는 일보다 훨씬 더 중요한 것이 바로 정신을 개조하는 일이라고 판단을 내렸다. 그는 "앞으로 가장 중요한 일은 국민성 개조다. 그렇지 않으면 전제 정치든 공화 정치든 무엇이 오든 모두 안 된다"고 말하였다.

루쉰은 이렇게 중국 국민의 정신을 개조하는 데는 문학보다 더 좋은 지름길이 없다고 생각하였다. 1906년 3월 그는 마침내 의학전문학교를 그만두고 도쿄로 돌아와 독일어를 배우며 세계 여러 나라의 문학 작품을 읽기 시작한다. 물론 루쉰이 이렇게 국민 개조를 생각하게 된 데는 미국의 전도사 아서 스미스가 쓴 『중국인의 기질』이라는 책이 아주 큰 역할을 하였다.

루쉰은 작가의 필명으로 본명은 저우수런(周樹人)이고, 자는 위차이(豫才)다. 1881년 중국 저장성(浙江省) 사오싱(紹興)에서 지주 집안의 맏아들로 태어났다. 그러나 집안에는 할아버지가 과거 시험 부정 사건으로 감옥에 갇히고 아버지가 병으로 사망하는 등 잇단 불행이 겹쳐 그는 어려서부터 고생스럽게 살았다. 1898년 국가에서 운영하는 군대 학교인 난징의 장난수사학당(江南水師學堂)에 다니다가 장난육사학당(江南陸

師學堂) 부설 광산철도 학교에 입학하여 이 무렵의 계몽적 신학문의 영향을 크게 받는다. 특히 토머스 헉슬리의 진화론은 그의 문학관은 말할 것도 없고 정치 사상에까지 큰 영향을 끼쳤다.

1909년 8월 일본에서 돌아온 루쉰은 중국의 여러 대학에서 강의하는 한편 문학을 통하여 중국 국민의 의식을 개조하려고 애쓴다. 그는 1910년대의 중국을 '무덤'에, 1920년대를 '사막'에 빗대면서 깊은 잠에 빠져 있는 중국을 깨우는 데 온갖 노력을 기울인다. 그가 활약하기 시작한 때는 청나라가 서구 열강에 무너지고 중국에 서구 민주주의, 공산주의, 아나키즘 등 수많은 사상이 물밀듯이 밀려들어오는 한편, 일본도 서서히 제국주의의 마각을 드러내기 시작한 시점이다. 이러한 상황에서 루쉰은 사상적으로 방황하여 처음에는 '유라시아의 방랑 시인' 바실리 야코블레비치 예로센코한테서 아나키즘의 세례를 한 차례 받고 나서 마르크스주의를 받아들였고, 다시 프리드리히 니체의 니힐리즘에서 자양분을 받기도 하였다.

루쉰은 처녀작 「광인일기(狂人日記)」를 발표한 뒤 잇달아 단편소설과 중편소설 같은 소설을 비롯하여 산문 시집, 중국 문학사, 문학 비평집 등을 출간하였다. 그런가 하면 문학 논쟁이나 문단 정치에도 깊숙이 관여하여 1930년 좌익작가연맹이 결성되자 그 중심인물이 되어 창조사와 태양사 등의 극좌파적 경향과 맞서면서 프롤레타리아 문학 이론을 내세웠다. 이때 루쉰이 우익 진영의 량스추(梁實秋), 제3종인(第三種人)의 문학을 주장한 두헝(杜衡) 등의 예술지상주의, 그리고 개성주의를 내세우는 린위탕 등과 치열한 논쟁을 벌인 것은 매우 유명하다.

1911년의 신해혁명에서 봉건 제도를 무너뜨린 민중은 근본적인 제도 개혁을 통한 사회의 재생을 기대하였다. 이 혁명은 300여 년에 걸친 봉건 왕조 청나라에 대한 부르주아 민주주의의 혁명이고, 변방 오랑캐 만주족에 대한 중국 한민족의 반감이 집약된 중화혁명이었다. 니콜라이 레닌이 "사상은 구호로 완성된다"고 말했듯이 신해혁명의 핵심은 바로 '반봉건, 반청국'에 있다. 그러나 통치 제도의 껍질만 달라졌을 뿐 제도 그 자체는 크게 달라지지 않았고, 더구나 체제의 와해를 틈탄 군벌들의 발호와 일본 등 외세의 침략으로 중국 사회는 오히려 더 혼란에 빠져들었다.

루쉰의 대표작 『아Q정전(阿Q正傳)』은 이러한 사회 분위기를 배경으로 탄생한 작품이다. 이 중편소설은 1만여 자의 한자로 되어 있고, 루쉰의 많은 작품 가운데서도 세계적으로 명성을 떨쳤다. 루쉰은 '바런(巴人)'이라는 필명으로 1921년 12월부터 그 이듬해 2월까지 베이징에서 발행한 주간 신문 《천바오(晨報)》에 매주 또는 격주로 이 작품을 연재하다가 1923년 첫 번째 창작집 『외침』에 수록하였다. 중국 지식인들 중에는 이 작품이 처음 연재될 무렵 마치 날카로운 비수가 자신의 몸을 향하여 날아오는 듯한 전율을 느꼈다고 고백한 이가 적지 않았다.

『아Q정전』은 신해혁명을 전후하여 농촌을 배경으로 자신의 이름도 태어난 곳도 모르는 최하층의 날품팔이 '아Q'라는 인물이 주인공이다. 그런데 무엇보다도 주인공의 이름이 눈길을 끈다. 세계 문학사를 아무리 샅샅이 뒤져보아도 '아Q'처럼 이상야릇한 이름을 가진 인물은 찾아보기 어렵다. 체코의 프라하에서 태어난 독일 작가 프란츠 카프카의 『심판』에 등장하는 인물 'K'와는 또 다른 이름이다. '아(阿)'란 친근감을 주기 위하여 사람의 성이나 이름 앞에 붙이는 접두어다. 한편 영어 알파벳 'Q'는 청나라 말엽 중국인 사람들의 변발한 머리 모양을 상징적으로 표현한 기호다. 그러나 달리 보면 이 'Q'는 질문이나 의문을 뜻하는 영어 '퀘스천'의 머리글자이기도 하다.

주인공 '아Q'는 그 이름 못지않게 참으로 이상하게 행동하는 인물이다. 이를테면 사람들한테 뭇매를 맞고 스스로 자신을 '버러지'라고 말하면서도 "나는 스스로를 천하게 여길 수 있는 제일인자다"라고 생각하며 위로를 삼는다.

'아Q'가 자신이 벌레라고 말해도 건달들은 그를 놓아주지 않았다. 전과 똑같이 가까운 아무 데나 그의 머리를 대여섯 번 소리 나게 짓찧고 난 뒤에야 만족해하며 의기양양하게 돌아갔다. 그들은 이번에는 '아Q'도 꼼짝하지 못할 것이라고 생각하였다. 그러나 불과 십 초도 지나지 않아 '아Q'도 역시 만족해하며 의기양양하게 돌아갔다. 그는 자기가 스스로를 천하게 여길 수 있는 제일인자라고 생각하였다. '스스로를 천하게 여길 수 있는'이라는 말을 빼고 나면 남는 것은 '제일인자'라는 말뿐이다. 장원(壯元)도 '제일인자'가 아니던가.

이것이 바로 루쉰이 말하는 '정신 승리법'이라는 사고방식이다. 즉 육체적으로는 남에게 수치와 모욕을 당하고 고통을 겪으면서도 정신적으로는 마치 자신이 승리를 거둔 것처럼 생각하며 위로를 삼는다. 아Q는 자신의 자존심에 상처를 입을 때마다 자신이 당한 수모, 굴욕, 패배 등을 인정하는 대신에 오히려 스스로 합리화함으로써 자신이 승리를 거두었다고 자위한다.

그러나 이러한 자기 합리화는 엄밀히 따지고 보면 노예근성과 크게 다르지 않다. 노예이면서 자신이 노예임을 깨닫지 못하는 비극적 인물인 주인공에게는 아예 처음부터 상대방과 맞서 싸워서 이길 생각이라고는 조금도 없다. 이렇게 '아Q'는 한 번도 현실을 있는 그대로 똑바로 바라보는 법이 없이 언제나 자신의 행동을 합리화하려고만 든다. 주인공의 정신 승리법은 아서 스미스가 『중국인의 기질』에서 말하는 체면 중시를 좀 더 발전시킨 것으로 볼 수 있다.

예를 들어 '아Q'는 다른 사람과 말다툼을 할 때나 마을 사람들이 비웃을 때도 "우리도 옛날에는 […] 너보다 훨씬 더 잘살았어! 네가 뭐가 대단하다고!"라고 생각하면서 오히려 의기양양해한다. 그는 이렇게 지난날의 영광을 자랑하면서 오로지 환상에 의지하여 살아가는 인물이다. 머리에 난 부스럼은 고상하고 영광스러운 부스럼 자국이라고 생각한다. 그런가 하면 마을의 실력자인 짜오 영감과 치엔 노인에게는 아무말도 못하고 굽실거리면서도 날품팔이꾼 샤오디나 왕털보 또는 젊은 여승을 괴롭히는 등 강한 자에게는 약하고 약한 자에게는 강한 모습을 보이기도 한다.

루쉰은 주인공 '아Q'라는 인물을 통하여 이 무렵 중국인의 의식에 깊숙이 자리 잡은 공허한 영웅주의, 자기비하와 합리화, 무력한 패배주의, 과거에 대한 근거 없는 향수, 그리고 맹목적인 망상을 날카롭게 비판한다. 주인공의 모습은 곧 서구 열강의 갖은 모욕과 유린 속에서도 각성할 줄 모르고 오직 황제의 후손이라는 자기기만 속에서 살고 있는 중국인의 모습이다. 루쉰은 주인공을 둘러싼 사람들이 보여 주는 무관심과 비인간적인 태도, 자신의 이익만을 좇는 모습을 보여 줌으로써 현재의 중국인의 모습을 꼬집는다. 그런가 하면 혁명 당원을 자처하지만 강도로 몰려서 영문도 모른 채 억울하게 총살당하는 '아Q'의 운명과 혁명 앞에서도 끄떡없는 지주 계급을 대조적으로 보여 줌으로써 신해혁명의 허상을 드러내기도 한다.

루쉰은 이처럼 중국 사회의 부정적인 여러 모습을 가차 없이 폭로한다. 그는 문학을 통한 철저한 자기반성으로 개혁을 이루려고 하였다. 그는 언젠가 "미인에게 부스럼이 났을 때 그것을 감추고 단지 그녀의 아름다움을 찬미하기보다는, 그것을 지적하면서 그녀로 하여금 수치를 느끼게 하여 의사를 찾아가도록 해 주는 것이 그녀를 사랑하는 것이다"라고 말한 적이 있다. 루쉰은 중국 사람들에게 수치심을 느끼게 하여 새롭게 거듭 태어나게 하려는 데 작품의 목적을 두었다.

이렇게 루쉰은 문학을 통하여 병든 사회를 치유하고 민족을 개조하려고 했지만 때로는 그러한 일에 회의를 느끼기도 한다. 1927년 「혁명시대의 문학」이라는 강연에서 그는 이렇게 말한다. "문학이란 가장 쓸모가 없는 것이다. 힘이 없는 사람들이 이야기하는 것이며, 실력이 있는 사람은 결코 입을 열지 않고, 바로 사람을 죽인다. 압박당하는 사람은 몇 마디의 말을 하고 몇 글자를 쓰지만, 곧 죽임을 당한다. […] 실력이 있는 사람은 여전히 압박하고 학대하며 살육하니 그들을 대응할 방법이 없다. 이 문학이라는 것이 사람들에게 또 무슨 도움이 되겠는가?" 그러나 이것은 어디까지나 문학 자체에 대한 절망이라기보다는 문학이 뚫어야 할 현실의 벽이 너무 두터운 것에 대한 절망이라고 보는 쪽이 더 옳다. 루쉰은 때로는 문학뿐 아니라 삶 자체에 절망을 느끼기도 하였다. 『외침』의 서문에서 "적막감이 하루하루 자라나서 마치 커다란 독사가 내 영혼에 달라붙어 있는 것 같았다"고 고백한다. 여기서 적막감이란 다름 아닌 삶의 무의미나 허무감을 뜻한다.

생활의 발견

린위탕

20세기 전반 중국 문예계의 양대 산맥이라고 하면 루쉰과 린위탕 (林語堂, 1895~1976)이 꼽힌다. 이 두 사람은 거의 비슷한 시대에 살았으면서도 여러모로 큰 차이를 보인다. 루쉰이 주로 소설을 통하여 중국의 병든 사회를 치료하려고 하였다면, 린위탕은 주로 비평과 에세이를 통하여 중국의 속물근성을 꼬집으면서 중국 문화의 우월성을 서구 세계에 널리 알리려고 하였다. 루쉰이 7여 년에 걸친 일본 유학 시절을 빼고는 오직 중국에 살면서 활약한 반면, 린위탕은 그의 말대로 "동양과 서양의 사생아"라고 할 만큼 서양을 이웃집 드나들 듯하며 살았다.

또 루쉰이 문학을 혁명과 투쟁의 수단으로 보았다면, 린위탕은 개인적 느낌과 정서를 중시하는 '소품 문학'을 강조하였다. 루쉰이 좌익작가연맹을 이끌며 공산당에 투신한 반면, 린위탕은 장제스의 국민당 정권 손을 들어 주었다. 중국에 공산주의 정권이 들어선 뒤 루쉰은 신중국 건설의 성인으로 추앙받았지만, 린위탕은 반동작가로 몰려 죽을 때까지 고향땅을 밟지 못하였다. 루쉰의 작품은 타이완에서 금서가 되었고, 린위탕의 책은 대륙에서 제대로 평가를 받지 못하였다.

그러나 루쉰이나 린위탕이나 모국 중국에 남다른 관심과 따뜻한 애정이 있었다는 점에서는 크게 다르지 않다. 나중에는 갈라서고 말았지만, 한때 두 사람은 같은 문학 노선을 걷기도 하였다. 린위탕은 이십대 후반에 루쉰과 함께 '위쓰서(語絲社)'라는 문학 단체에 가담하여 반봉건주의 투쟁에 나선 적이 있다. 그런가 하면 루쉰의 동생 저우쭤런(周作人)과 함께 이른바 '소품문(小品文)' 운동을 일으키기도 하였다.

린위탕은 중국 푸젠성(福建省) 룽시현(龍溪縣)에서 가난한 목사의 아들로 태어났다. '語堂'은 그의 자이고, '玉堂'은 그의 본명이지만 발음은 위탕으로 같다. 상하이의 세인트존스대학(성요한대학)을 졸업한 그는 베이징 칭화학교(淸華學校)의 영어교사가 된다. 1919년 미국 하버드대학교에 유학하여 언어학을 공부하고 독일로 건너가 예나대학교와 라이프치히대학교에서 역시 언어학을 연구한다. 스물여덟의 젊은 나이로 라이프치히대학교에서 언어학 박사학위를 받고 1923년 귀국하여 국립 베이징대학교 영문학 교수가 된다. 군벌 정부가 진보 지식인을 탄압하기 시작하자 1926년에는 아모이(廈門)대학교로 자리를 옮겨 문과 주임을 맡는다.

린위탕은 이듬해 광둥(廣東) 국민 정부에 가담하여 그 외교부 비서가 되지만 이 정부가 무너지자 다시 상하이로 옮겨 중앙연구원에 참여한다. 1936년 미국에 건너가 살면서 유네스코 사무국, 유엔 중국 대표단 고문, 외교부 고문 등으로 활동한다. 1954년에는 싱가포르의 난양(南洋)대학교 총장에 취임한다. 1968년에는 한국을 방문하여 시민회관에서 「전진, 전진, 전진」이라는 제목으로 강연을 하기도 하고, 1970년 6월 37차 국제 펜클럽 대회 때도 한국을 다시 방문한다. 1975년에는 여든 살의 나이로 『경화연운(京華煙雲)』이라는 작품으로 노벨 문학상 후보에 오르는 영예를 안기도 한다.

린위탕은 음운론을 연구하는 언어학자로 만족하지 않고 그야말로 팔방미인으로 여러 방면에 걸쳐 필봉을 휘둘렀다. 어떤 때는 모국어인 중국어로, 또 어떤 때는 영어로 글을 썼다. 미국에서 처음 영어로 출간한 『생활의 발견(The Importance of Living)』은 린위탕이 쓴 책 가운데서 가장 널리 알려져 있다. 출간되자마자 10여 나라 말로 번역되어 세계적인 베스트셀러가 되었고, 미국에서는 특별 추천도서로 선정되면서 전국 베스트셀러 1위 자리를 무려 52주 동안이나 지켰다. 린위탕은 이책의 서문에서 처음에 '서정 철학'이라는 제목을 붙이려고 생각했다가 너무 거창한 것 같아 지금의 제목으로 정했다고 밝힌다. 지금의 제목도 서로 달라서 영문으로 출간할 때는 '삶의 중요성'이라고 하였다. 그러나 중국에서는 '생활적 예술'이라는 제목으로 출간하였으며, 한국에서는 '생활의 발견' 또는 '생활의 지혜' 등으로 번역되었다.

『생활의 발견』은 동양 사람이 쓴 최초의 서구 문명 비판서라는 점에서 눈길을 끌었다. 서양에서는 영국의 역사학자 아널드 토인비나 독일의 철학자요 역사학자인 오스발트 슈펭글러 등이 서구를 비판하기 시작했지만, 그것은 어디까지나 자기비판에 지나지 않았다. 그러나 『생활의 발견』은 서양 사람이 아닌 동양 사람이 동양의 관점으로 서양 문명과 문화를 비판한 책이다. 서양 사람들에게 이 책이 큰 관심을 불러일으킨 것도 동양 문화권에 속한 사람이 쓴 비판서이기 때문이다.

린위탕은 처음부터 이 책이 심오한 철학서가 아님을 분명히 못 박는다. 여기서 그가 "내가 카를 마르크스나 이마누엘 칸트를 읽지 않은 이유는 아주 간단하다. 세 페이지 이상 읽을 수가 없기 때문이다"라고 한 말을 떠올릴 필요가 있다. 또한 영국의 경험주의 철학자 존 로크나 데이비드 흄이나 조지 버클리를 아직껏 읽지 못했다고 솔직히 털어놓는다. "나는 철학을 읽지 않고 직접 인생을 읽었을 뿐이다"라고 밝힌다. 그러면서 자신이 철학적 지식을 얻은 출처로 가정부, 입심이 좋은 쑤저우(蘇州) 출신의 여자 뱃사공, 상하이의 전차 차장, 요리사의 아내, 어느 기선의 갑판 보이 따위를 든다. 심지어 동물원의 사자 새끼나 뉴욕 센트럴파크의 다람쥐한테서도 철학적 지식을 얻었다고 말한다. 만약 린위탕이 이 책에서 말하는 내용이 철학이라면 그것은 현학적이고 학구적인 철학이 아니라 어디까지나 구체적인 삶의 경험에서 우러나온 생활 철학이다.

『생활의 발견』에서 린위탕은 모두 14개에 이르는 주제를 다루지만 가장 중심적인 주제는 그가 '삶의 향락'이라고 부르는 행복이다. 한마디로 이 책은 행복에 관한 책이라고 하여도 크게 틀리지 않는다. 그는 행복이란 지극히 일상적이고 지극히 작은 일에서 얻을 수 있다고 밝힌다. 그리하여 그는 "행복에 대하여 말할 때 추상적인 것에 말려들지 않도록 주의하자"라고 권유한다.

좀 더 구체적으로 린위탕은 푹 잠을 자고 나서 아침에 일어나 맑은 새벽 공기를 들이마실 때, 손에 파이프를 쥐고 길게 발을 뻗고 의자에 앉아 있을 때, 여름철에 여행하다가 솟아오르는 샘물에 구두와 양말을 벗고 찬물에 발을 담글 때 행복을 느낀다고 말한다. 또 맛있는 음식을 배불리 먹고 나서 안락의자에 기대앉아 마음 맞는 친구들과 정담을 나눌 때, 아이들이 떠들고 지껄이는 소리를 들을 때, 여름날 오후 들판에서 한바탕 소나기를 맞고 빗물에 흠뻑 젖은 채 집에 돌아올 때도 행복을 느낀다. 린위탕에게 행복이란 이처럼 외부에서 오는 것이 아니라 어디까지나 마음속에서 우러나는 것이다. 어떠한 행복이든 그것을 느낄 준비가 되어 있는 사람만이 향유할 수 있다.

린위탕은 서양 사람들이 동양 사람들보다 행복하지 않은 것은 지나치게 내세나 저승에 희망을 걸기 때문이라고 비판한다. 요단강 건너쪽에서 행복을 찾을 것이 아니라 오히려 요단강 이쪽에서 행복을 찾아야 한다고 말한다. 내세나 저승 같은 초월적 세계에서 행복을 찾을 것이 아니라 '지금 이곳', 즉 구체적인 현세나 이승에서 얻으라고 가르친다. 이것이 린위탕이 '추상적인 것'에 말려들지 말라고 충고하는 까닭이다. 그의 행복론은 궁극적으로 서구 기독교에 대한 비판으로 이어진다.

천국이 좀 더 확실하고 확신할 수 있는 것이 아닌 이상 이 지상의 삶의 일까지 잊고 천국에 들어가려고 애쓰는 까닭이 어디 있을까. 누군가의 말대로 "내일의 암탉보다는 오늘의 달걀이 더 소중하다. 여름 휴가 계획을 세울 때 적어도 우리는 여행하려는 지방에 대하여 좀 더 자세한 사실을 알려고 애쓴다.

린위탕은 사람들이 지상에서 여행할 곳에 대해서는 자세히 알아보려고 하면서 막상 천국에 대해서는 별로 알아보지도 않고 기독교 교회의 말을 너무 쉽게 믿어 버린다고 한탄한다. 성가가 들리고 흰옷 입은 천사가 날아다닌다는 등 기독교에서 말하는 천국은 너무 막연하여 손에 잡히지 않는다고 불평을 털어놓는다. 예컨대 마호메트만 하여도 술과 과일이 가득 차고 검은 머리에 눈이 큰 정열적인 처녀들이 놀고 있는 천국을 그려내고 있다는 것이다. 목사 아들의 입에서 나온 말이라고는 좀처럼 믿어지지 않을 만큼 어떤 면에서는 무척 세속적이다.

이처럼 린위탕은 '내일의 암탉'보다는 차라리 '오늘의 달걀'을 훨씬 더 소중하게 생각하는 사람이다. "보석상의 진열장 속에 들어 있는 커다란 진주를 우러러보기보다는 차라리 쓰레기통에서 조그마한 진주를 줍겠다"는 그의 말에서도 그의 세계관이 잘 드러난다. 내일의 암탉보다는 오늘의 달걀에, 진열장 속의 큼직한 진주보다는 쓰레기통의 작은 진주에 더욱 관심을 두는 린위탕에게 현세의 삶이란 기독교에서 가르치듯이 "눈물의 골짜기요 고통의 길"이 아니다. 그에게 현세는 순간순간마다 행복을 느낄 수 있는 곳이요, 아름다움이 깃들어 있는 곳이다.

린위탕은 옛 중국의 시인들의 삶의 방식에서 그러한 예를 찾는다. "강 위에 부는 맑은 바람과 산 위에 떠 있는 밝은 달"을 노래한 소동파와, "옷자락을 적시는 밤이슬"과 "뽕나무 위에서 우는 닭"을 노래한 도연명은 하나같이 자연 속에서 행복과 아름다움을 찾았다. 이러한 점에서 린위탕의 세계관은 알베르 카뮈의 세계관과도 통하는 데가 있다. 알제리 태생의 프랑스의 실존주의 소설가 카뮈도 내세의 삶에 희망을 걸고 현세의 삶을 회피하는 것이야말로 가장 큰 죄악이라고 말한다.

린위탕은 아름다움과 관련하여 "살아 있는 모든 생물은 모두 곡선을 이루지만 죽은 것은 모두 뻣뻣한 직선이다"라고 말한 적이 있다. 여기에서 직선이란 기독교의 선형적 세계관을 가리키는 것으로 보아도 크게 틀리지 않는다. 기독교에서는 내세의 구원이라는 목표를 정해 놓고 앞을 향하여 일직선으로 달려가기 때문이다. 공산주의나 사회주의도 계급 없는 이상주의 사회라는 목표를 정해 놓고 앞으로 나아간다. 적어도 이렇게 일직선적 세계관을 받아들인다는 점에서 기독교와 공산주의는 서로 비슷하다.

린위탕이 『생활의 발견』에서 강조하는 두 번째 주제는 유머와 해학,

풍자, 위트다. 앞에서도 밝혔듯이 그는 1920년대 말엽 '소품문' 운동에 앞장섰다. 소품문 운동이란 일종의 유머와 풍자를 부르짖는 운동이다. 이 무렵 중국 사회는 일본의 만주 침략에 뒤이어 불안과 혼란과 퇴폐의 분위기에 휩싸여 있었다. 이러한 암울한 시대에 울분에 쌓인 사람들에게 유머나 해학의 힘을 빌려 잠시나마 탈출구를 마련해 주려고 하였다. 린위탕은 아리스토텔레스와 마찬가지로 살아 있는 모든 피조물 가운데서 오직 인간만이 웃을 수 있는 유일한 동물이라고 생각하였다.

인간과는 달리 동물은 꿈이 없고 현실에 만족하여 살아간다. 현실과 함께 꿈을 가진 사람은 이상주의자다. 현실과 함께 유머를 가진 사람은 현실주의자다. 꿈만 있고 유머가 없으면 광신주의가 되기 쉽지만, 현실이 없이 오직 꿈과 유머를 가지고 있으면 환상주의자가 되기 쉽다. 그렇다면 가장 이상적인 사람은 현실과 꿈과 유머 세 가지를 모두 갖춘 사람이다. 린위탕은 이러한 사람을 지혜롭고 슬기로운 사람이라고 부른다.

세계적인 지성인이라고 할 린위탕은 "중국에서는 열여덟 살이 되도록 사회주의자가 되지 않는 사내는 바보다. 열여덟 살이 된 뒤에도 여전히 사회주의자로 남아 있는 사내도 바보다"라고 말하였다. 그는 자유민주주의를 굳게 믿었지만 사회주의도 누구나 한 번쯤은 반드시 넘어가야 할 언덕이라고 생각한다. 린위탕은 이렇게 우뭇가사리처럼 유연한 사고를 지녔다. 타고난 자유주의자요 세계주의자인 그는 중국 문화를 옹호하면서도 편협한 국수주의의 벽에 갇히지 않았고, 세계주의를 부르짖으면서도 좀처럼 보편성의 덫에 걸리지 않았다. 린위탕처럼 특수성과 보편성, 구체성과 일반성 사이에서 절묘하게 균형을 꾀한 사람도 아마 찾아보기 어려울 것이다.

학문을 권함

후쿠자와 유키치

서양 속담에 "한 사람에게 약이 되는 것이 다른 사람에게는 독이 된다"는 말이 있다. 이를테면 한 나라의 애국자가 다른 나라에서는 침략자로 낙인찍히는 경우를 쉽게 볼 수 있다. 메이지 시대 일본의 문명 개화의 횃불을 들고 자유 민권 사상에 처음 불을 지핀 계몽 사상가요 '일본의 볼테르'로 일컫는 후쿠자와 유키치(福擇諭吉, 1835~1901)가 바로 그러하다. 그는 1868년 260여 년 동안 계속된 도쿠가와(德川) 막부 체제를 종식시킨 메이지 유신 정부에 이론적 동력을 마련해 준 주인공이다. 그러나 그는 일본에서는 근대 일본의 국부로서 조국 근대화를 이끈 위대한 사상가로 존중받고 있지만 한국과 중국에서는 제국주의자요 군국주의 침략의 원흉으로 따가운 시선을 받는다.

1885년 3월 후쿠자와가 자신이 직접 펴낸 신문 《지지신포(時事新報》에 「탈아론(脫亞論)」이라는 글을 발표하여 조선과 중국을 매도했다는 것은 이미 잘 알려진 사실이다. 이른바 '탈아입구(脫亞入歐)'라고 하여 그는 일본이 살아남기 위해서는 아시아를 버리고 유럽 국가와 손을 잡을 것을 부르짖었다. 한마디로 그는 "우리는 아시아 국가들에서 벗어나 우리 자신의 운명을 서구의 문명 국가와 함께하는 게 낫다"고 못 박는다. 특히 후쿠자와는 조선의 친일 정책을 비호하고 사주하여 조선의 내정을 조종한 것으로도 유명하다. 임오군란에 강경한 조선 정책을 주장했는가 하면, 갑신정변에 깊숙이 개입하기도 하였다.

청일전쟁을 앞두고 개전론과 부전론으로 팽팽히 맞서 있을 때도 후쿠자와는 앞장서서 정부의 침략 정책을 지지하는 등 대륙 침략을 강력히 주장하였다. 청일전쟁을 '문명의 의전(義戰)'으로 여기며 이 전쟁이야말로 중국 국민을 "도탄에서 건져내어 문명의 혜택을 입게 하고 세계 만국과 함께 하늘이 준 행복을 함께하게 하려는 의거로, 하늘을 우러르고 땅을 굽어보아 부끄럽지 않다"고 합리화하였다. 후쿠자와는 이 전쟁에서 일본이 승리를 거두었다는 소식을 듣고 지금 죽어도 여한이 없다고 말하면서 크게 기뻐하였다.

후쿠자와 유키치는 1835년 1월 일본 오이타현(大分縣) 오사카(大阪) 근교 나카쓰(中津)에서 후쿠자와 하쿠스케(福澤百助)의 2남 3녀의 막내 아들로 태어났다. 그의 어버지는 가난한 하급 사무라이로 나카쓰 번(藩)의 창고 겸 거래처인 구라야시키(藏屋敷)를 관리하는 일을 하였다. 그러나 유키치가 두 살이 되던 해 아버지는 죽었고, 그는 더욱더 불우한 환경에서 자랄 수밖에 없었다. 그가 비판적 사고에 눈을 뜬 것도 어렸을 때부터 고생을 많이 하였기 때문이다. 뒷날 그가 "나에게 문벌 제도는 부모의 적이다"라고 말한 것을 보면 엄격한 신분 제도에서 오는 차별이 그에게는 씻을 수 없는 상처였음에 틀림없다.

후쿠자와는 열아홉 살 때 나가사키로 유학하여 처음으로 네덜란드어를 배운다. 1855년에는 수많은 메이지 혁명가를 배출한 오사카의 오가타 고안(諸方洪庵)의 데키주쿠(適塾)에 입학하여 본격적으로 난학(蘭學), 즉 서양 학문을 배우기 시작한다. 후쿠자와는 이곳에서 네덜란드어를 비롯하여 서양의 물리학과 의학 등 서양의 학문을 열정적으로 공부한다. 1858년 에도로 진출한 그는 이곳에 네덜란드어 학교인 '난학숙(蘭學塾)'을 열었고, 1868년 이 학교를 다른 곳으로 옮기면서 그 이름을 게이오기주쿠(慶應義塾)로 바꾸었다.

이렇게 독학으로 영어를 공부하다시피 한 후쿠자와는 1860년 막부의 미국 방문 사절단의 수행원으로 선발되었다. 이때 그는 서양 사회의 제도와 발달한 문명을 접하고 큰 충격을 받았다. 2년 뒤에는 다시 막부 사절단에 끼어 프랑스·영국·네덜란드·독일·러시아·포르투갈 등 유럽을 다녀왔다. 1867년에는 다시 미국 파견 사절단을 수행하기도 하였다.

일본 안에서 후쿠자와의 영향력은 점차 커졌고 메이지 정부는 여러 차례에 걸쳐 그에게 관직을 맡기려고 하였고, 작위를 수여하려고도 하였다. 그러나 그는 이 모든 제안을 거절한 채 오직 교육과 저술, 언론 활동에 온 힘을 쏟다가 20세기의 문이 막 열린 1901년 예순여섯의 나이로 삶을 마감하였다. 그가 사망하자 일본 중의원은 국회를 열어 그의 죽음을 애도하였으며, 2월 8일의 장례식 때에는 장지인 아자부(麻布)의 젠부쿠지(善福寺)에 이르는 2킬로미터의 도로에 그의 죽음을 애도하는 인파가 구름처럼 모여들었다. 그는 아직도 1만 엔 권의 일본 화폐 속에 살아남아 일본 사람들의 정신적 지주 노릇을 하고 있다.

후쿠자와 유키치는 일본에 문명개화의 복음을 전한 사도이자 저술가로도 크게 이름을 떨쳤다. 그가 간결하면서 평이한 문체로 쓴 작품들은 커다란 반향을 불러 일으켰다. 그의 『서양 사정(西洋事情)』은 미국과 유럽을 여행한 경험과 윌리엄 챔버스와 로버트 챔버스, 그리고 프랜시스 웨일랜드의 경제서 등 여러 가지 서적을 번안하다시피 하여 쓴 것으로 서양에 대한 지식과 정보를 제공해 준다. 개화기 지식인 유길준(兪吉濬)의 유명한 『서유견문(西遊見聞)』은 바로 후쿠자와의 이 책을 모방하여 저술한 책이다.

일본 근대화 주역 후쿠자와의 업적 중에 찬찬히 눈여겨보아야 할 또 한 가지는 한국이나 중국에서 사용하는 외래어 번역 용어 가운데 그가 번역한 것이 꽤 많다는 점이다. 그는 여러 책을 쓰면서 '자유', '민권', '권리', '사회' 같은 추상적인 용어에서 '경제', '연설', '토론', '개인' 같은 일상어에 이르기까지 서양 용어를 처음으로 한자로 번역해 놓았다. 근대 이후 서양어를 대량 번역하는 과정에서 한자의 음과 뜻을 이용하여 일본에서 독자적으로 만들어 낸 한자 신조어를 흔히 '와세이칸고(和製漢語)' 또는 '신칸고(新漢語)'라고 부른다.

후쿠자와 유키치는 많은 저서를 남겼다. 그 가운데서도 『학문을 권함』은 가장 대표적인 책으로 그의 진보적 계몽 사상가로서의 모습을 잘 읽을 수 있는 책이다. 그는 1872년부터 이 책을 소책자로 출간하기 시작하여 1876년에 모두 17편으로 완성하였다. 1872년에 출판한 1편은 무려 20여만 부가 팔려 나갔다. 이 무렵의 일본 인구가 줄잡아 3,500만 명 정도였으니 160명 당 한 명 꼴로 이 책을 산 셈이다. 1876년 이 책이 완간되었을 때 무려 370여만 부가 팔려 나가 그야말로 낙양의 지가를 올렸다. 그리하여 "문부성은 다케바시(竹橋)에 있고, 문부경은 미타(三田)에 있다"는 말이 나돌 정도였다. 문부경이란 오늘날의 문교부 장관을 가리키고, 미타는 후쿠자와가 살던 동네 이름이다.

후쿠자와는 『학문을 권함』에서 제목 그대로 일본 사람들에게 학문을 배울 것을 간곡히 권한다. 그는 여기서 "한평생 내가 행한 대로 돌려

받을 수 있는 것은 오직 학문뿐이다"라고 잘라 말한다. 또 학문을 하는 참뜻은 "누구에게나 거리낌 없이 서로에게 폐를 끼치지 않으며, 각자가 안락하게 이 세상을 살아나갈 수 있어야 한다"고 밝힌다. 후쿠자와에게 문명이란 바로 "사람의 몸을 안락하게 하고 마음을 고상하게 하는 것"이다. 그는 물질문명과 정신문명의 균형 잡힌 발달에 따른 인간의 완전 가능성을 겨냥한 19세기 서양의 진보 사관을 거의 그대로 따르고 있었던 셈이다.

그런데 여기서 후쿠자와가 말하는 학문이란 좁게는 서양 학문, 넓게는 서양 문명을 가리킨다. 그가 그토록 추구한 서양 문명은 무엇보다도 먼저 개인의 독립성과 중요성에서 출발한다. 그는 "한 개인이 독립하고 나서야 비로소 한 나라가 독립할 수 있다"고 부르짖는다. 이 유명한 말은 국가나 공동체를 강조하는 전통적인 사고방식에 정면으로 맞서는 것이다. 그는 한 개인의 자율성과 능동성이 전제되지 않고서는 근대 사회를 건설하는 일은 불가능하다고 지적한다. 둘째로 그는 근대 사회를 건설하려면 관존민비 사상을 없애고 관과 민 사이에 평등을 이룩해야 한다고 말한다. 그에 따르면 정부와 국민의 관계는 어디까지나 계약으로 성립된 것이기 때문에 정부는 국민 위에 군림할 수 없다는 것이다. 셋째로 후쿠자와는 국민과 국민 사이에 관계가 올바로 성립된 사회가 문명 개화된 사회라고 할 수 있다고 주장하였다.

후쿠자와의 서양 학문과 서양 문명에 대한 태도는 "하늘은 사람 위에 사람을 만들지 않고, 사람 밑에 사람을 만들지 않는다"고 한 『학문을 권함』의 첫머리 구절에서 단적으로 드러난다. 더 나아가 후쿠자와는 실학의 중요성을 부르짖고, 국가의 독립과 국법의 준수 등을 외쳤다. 또 후쿠자와 유키치는 인간이 마음에 새겨 두어야 할 가르침으로 일곱 가지를 꼽았다. 흔히 '후쿠자와 유키치 7훈'이라고 일컫는 가르침이 바로 그것이다.

1. 세상에서 가장 즐겁고 멋진 일은 일생을 바쳐 할 일이 있다는 것이다.
2. 세상에서 가장 비참한 것은 인간으로서 교양이 없는 것이다.
3. 세상에서 가장 쓸쓸한 것은 할 일이 없는 것이다.
4. 세상에서 가장 추한 것은 다른 사람의 생활을 부러워하는 것이다.
5. 세상에서 가장 존귀한 것은 남을 위하여 봉사하고 결코 보답을 바라지 않는 것이다.
6. 세상에서 가장 아름다운 것은 모든 사물에 애정을 가지는 것이다.
7. 세상에서 가장 슬픈 것은 거짓말하는 것이다.

그러나 안타깝게도 후쿠자와 유키치가 『학문을 권함』에서 부르짖은 계몽적이고 자유주의적인 사상은 메이지 정부의 보수화로 점차 빛을 잃기 시작하였다. 그는 천황을 문명개화의 중심이라고 떠받들었는가 하면, 중국과 조선 등은 스스로 발전하기를 기대할 수 없으므로 일본이 마땅히 지도자가 되어 서양 열강의 침략에 맞서야 한다는 '아시아 맹주론'을 펼치기도 하였다. 1900년 중국에서 터진 의화단(義和團)의 난을 진압하기 위하여 일본군이 서양 열강의 군대와 함께 중국에 파견되자 후쿠자와는 "그 전쟁 보도 기사를 읽을 적마다 저절로 눈물이 나는 것을 금할 길 없다"고 밝힌다.

일본이 지난 30년 동안 침체를 겪기 전 100년 동안 군사 대국과 경제 대국으로서 눈부시게 성장해 온 그 뒤에는 바로 일본의 국부이자 정신적 지도자인 후쿠자와 유키치가 버티고 서 있다. 일본 근대화는 그의 사상에서 자양분을 받아 찬란한 꽃을 피웠다고 하여도 크게 틀리지 않는다. 그는 때로 암살 위협에 시달리면서도 끝까지 자신의 신념을 굽히지 않고 계몽주의 사상을 밀고 나갔다.

후쿠자와는 일본의 근대화뿐 아니라 한국의 개화 운동과도 깊이 관련 있다는 점에서 흥미롭다. 그의 초기 사상은 앞에서 언급한 유길준을 비롯하여 김옥균(金玉均), 박영효(朴永孝), 서광범(徐光範), 서재필(徐載弼), 이동인(李東仁), 최남선(崔南善), 이광수(李光洙) 등 국내 개화파 지식인들에게 그야말로 엄청난 영향을 끼쳤다.

나는 고양이로소이다

나쓰메 소세키

정치가를 화폐의 초상으로 사용하는 나라는 많아도 소설가를 그 초상으로 사용하는 나라는 거의 없다. 일본에서는 이와 사정이 조금 다르다. 1만 엔 권에는 실학을 장려하고 부국강병을 주장하여 일본의 자본주의 발전에 기틀을 마련한 후쿠자와 유키치의 초상이 들어가 있다. 오천 엔 권에는 도쿄제국대학교 총장을 지낸 니토베 이나조(新渡戶稻造)의 초상이, 그리고 일천 엔 권에는 소설가 나쓰메 소세키(夏目漱石, 1867~1916)의 초상이 그려져 있다. 2004년에 새로 발행된 오천 엔 권의 앞면 초상에는 니토베 이나조 대신에 일본 근대소설의 여명기에 활동하다 요절한 여성 작가 히구치 이치요(樋口一葉)를 사용하고 있다. 일본 지폐에 여성이 등장하기는 2차 세계대전 후 처음이다.

이렇듯 일본의 화폐 주인공들은 하나같이 정치가가 아니라 교육자이거나 작가다. 만약 화폐의 사진이나 초상을 한 나라의 문화 척도로 삼는다면 아마 일본이 단연 첫손가락에 꼽힐 것이다. 다른 작가들을 제치고 나쓰메 소세키를 화폐에 넣은 데는 그럴 만한 까닭이 있다. 그는

'국민 작가'로서 일본 근대 문학의 토대를 굳게 다진 대표적인 소설가이기 때문이다. 웬만한 일본 가정의 서가에는 거의 예외 없이 나쓰메 소세키의 전집이 꽂혀 있고, 중학교와 고등학교의 일본어 문학 시간에도 언제나 그를 비중 있는 작가로 다룬다. 그는 메이지 시대가 낳은 가장 뛰어난 소설가 가운데 한 사람인가 하면 일찍이 영국 유학을 다녀온 영문학자요, 훌륭한 하이쿠를 지은 시인이기도 하다.

나쓰메 소세키는 오늘날의 도쿄에 해당하는 에도 신주쿠(新宿)에서 8형제 중 막내로 태어났다. 본명은 긴노스케(金之助)이고, 소세키는 필명이다. 토지를 소유하고 관리하는 묘슈(名主)였던 그의 아버지는 소세키가 태어난 지 일 년 만에 그를 시오바라 쇼노스케(鹽原昌之)의 양자로 보냈다. 소세키는 양부모 밑에서 경제적으로는 비교적 유복하게 자랐지만, 심리적으로는 아주 고독한 어린 시절을 보냈다. 열 살 때 양부모가 이혼하자 소세키는 다시 시오바라 집안의 호적을 지닌 채 생가로 돌아왔다. 그는 한문학을 통하여 처음 문학에 대한 취미를 가지게 되었고, 서구 문명이 물밀듯이 들어오는 시대에 영어의 필요성을 깊이 깨닫고 1883년 세이리쓰가쿠샤(成立學舍)에서 영어를 공부하였다. 그는 제1고등학교를 거쳐 도쿄제국대학교 영문학과를 졸업하였다.

대학을 졸업한 뒤 소세키는 도쿄고등사범학교와 제5고등학교 등에서 교사를 하다가 1900년 문부성 국비 장학생으로 2년 동안 영국 런던에서 영문학을 공부하였다. 귀국한 뒤 도쿄제국대학교 전임강사로 재직하던 1905년과 1906년에 걸쳐 『나는 고양이로소이다』를 발표하여 서른여덟 살의 나이로 비교적 뒤늦게 문단에 데뷔하였다. 1907년 그는 아예 작품 활동에 전념하려고 아사히(朝日)신문사에 입사하여 기자 겸 전속 작가로 활약하였다. 당시 소세키는 남들이 그토록 부러워하는 제국대학교 전임강사 자리를 헌신짝처럼 집어던져 버려 뭇사람의 관심을 끌었다. 그는 아사히신문에 『우미인초(虞美人草)』를 연재하는 것을 시작으로 『도련님』, 『풀베개』 등을 잇달아 발표하여 문단의 주목을 받았다. 이 밖에도 『그 후』, 『산시로』, 『문』, 『피안 지나기까지』, 『행인』, 『마음』 등을 발표하였다. 한때 폐결핵으로 고생한 그는 1916년 극심한 신경 쇠약증과 위궤양으로 사망하였다.

나쓰메 소세키는 1905년 1월부터 이듬해 8월까지 《호토토기스》라는 잡지에 『나는 고양이로소이다』를 연재하였다. 그의 처녀작이라고 할 이 작품은 처음 발표될 때부터 아주 큰 관심을 모았다. 처음에는 단편소설로 시작했지만 뜻밖에 호평을 받자 11장에 이르는 장편소설로 발전시켰다. 제목은 말할 것도 없고 "나로 말하면 고양이이다"라는 첫 문장에서도 잘 드러나듯이 소세키는 이 작품에서 고양이의 눈을 빌려 좁게는 메이지 시대의 지식인, 넓게는 인간 세태를 날카롭게 꼬집는다. 고양이를 1인칭 서술 화자로 삼아 인간의 심리를 파고드는 수법은 이 무렵으로서는 가히 혁명적이었다.

그렇다면 나쓰메 소세키는 하필이면 왜 고양이를 화자로 삼았을까? 한국과 중국 같은 다른 동아시아 사람들과는 달라서 일본 사람들에게 고양이는 아주 각별한 의미가 있다. 일본 식당에 가면 '마네키네코'라는 흰 고양이 인형을 진열해 놓은 것을 쉽게 볼 수 있다. 흰 고양이는 왼쪽 발을 드는 습성이 있는데 그러한 행동이 사람들에게 많은 행복과 행운과 건강을 가져다 준다고 믿기 때문이다. 고양이는 일본 사람들에게 가장 친근한 애완동물이다. 또 고양이는 이웃의 어느 집이든지 자유롭게 마음대로 드나들 수 있는 동물이다. 그래서 고양이를 주인공으로 내세우는 것은 인간의 온갖 세태를 관찰하고 풍자하는 데 더할 나위 없이 좋은 장치다. 소설 기법으로 말하자면 고양이는 전지적 시점을 가지고 있는 것이다.

중학교 영어 교사인 구샤미는 집에 고양이 한 마리를 키운다. 그런데 이 고양이는 보통 고양이와 다르다. 마치 사람처럼 고양이는 구샤미와 그 집안 식구들, 친구들의 말과 행동을 예리하게 관찰하고 그들의 약점이나 어리석음 따위를 가차 없이 비판한다.

인간이란 동물은 시간을 보내기 위하여 억지로 입을 놀려 우습지도 않은 일에 웃고, 재미도 없는 일에 기뻐하는 것 말고는 별다른 능력이 없는 것 같다. [⋯] 내 주인도 그저 한가로운 사람으로 제법 초연한 척하지만 실은 속물근성을 가진 욕심쟁이이다. 남에게 지기 싫어하는 마음은 그가 보통 때 하는 언행에서도 그대로 드러난다. 어떤 때는 고양이인 내 처지에서 생각해 보면 그렇게 늘 남을 깔보는 속물들과 같은 굴에서 살아야 한다는 것이 지극히 불쌍하다는 생각이 들 때도 있다.

이것은 고양이가 주인집 서재에 모여드는 메이테이, 간게쓰, 도후 등 고등교육을 받은 사람들의 말과 행동을 관찰하며 하는 말이다. 무엇보다도 '인간이란 동물'이라는 첫 구절이 관심을 끈다. 만물의 영장으로 군림하는 인간은 고양이 같은 피조물을 동물이니 짐승이니 하고 부른다. 그러나 이 장면에서 고양이는 인간도 자신처럼 동물의 하나에 지나지 않는다고 말한다. 다시 말해서 인간과 고양이는 수직적 관계가 아니라 수평적 관계를 맺고 있다는 것이다.

이 작품에서 구샤미는 소세키 자신이며, 소세키는 고양이를 탐정의 역할로 설정하여 고양이의 눈을 통하여 자기 자신은 물론이고 인간 사회를 한껏 조롱한다. 그가 비판의 대상으로 삼은 것은 서구 근대성의 허구, 인간의 현학성, 금권주의, 여성에 대한 혐오감, 인간중심주의 등 하나하나 헤아리기 어려울 정도로 아주 많다.

이 가운데서도 나쓰메 소세키가 가장 먼저 꼬집는 것은 메이지 시대 지식인의 속물근성이다. 구샤미는 직업은 영어 교사이지만 취미가 매우 다양하다. 특히 하이쿠와 신체시를 비롯하여 가면극 노가쿠(能樂)에 맞추어 부르는 가사인 우타이, 바이올린, 수채화 등 다양한 분야에 흥미가 있다. 그는 퇴근하자마자 서재에 틀어박혀 있어 식구들은 그가 대단한 면학가인 줄 알지만 실제로는 책 위에 엎어져 침을 흘리며 잠을 자는 때가 더 많다. 메이테이는 자신을 미학자라고 일컫지만 사실은 허풍선이에다 거짓말쟁이일 뿐이다. 물리학자 미즈시마 간게쓰도 언제나 말만 앞서지 행동이 뒤따르지 못하는 인물이다. 작가는 이들을 두고 '타이헤이(泰平)의 이쓰민(逸民)'이라고 부른다. 세상이 태평한데도 세상을 등지고 살아가는 사람들이라는 뜻이다.

소세키는 이렇게 속물근성을 지니고 이중적 태도를 보이는 지식인을 탓하지만은 않는다. 어떤 면에서는 세상의 이해관계에서 벗어나 정신의 자유를 구가하며 자유롭고 편안하게 살아가는 그들에게 애정을 보인다. 오히려 그가 더 비판의 소리를 높이는 것은 사사로운 이익에 눈이 먼 채 물질주의에 얽매어 있는 속세인들이다. 이를테면 가네다 하나코 부인과 그녀의 남편을 비롯한 그 집안 식구들이 좋은 예다. 그들은 돈만 벌 수 있다면 무슨 일이든지 서슴지 않으며 거짓말도 식은 죽 먹듯 한다.

또 소세키는 고양이의 입을 빌려 일본의 근대화가 한낱 빛 좋은 개살구에 지나지 않는다고 말한다. 그는 영국에서 유학하는 동안 연기와 안개에 휩싸인 런던 거리를 배회하며 서구 근대의 일그러진 얼굴을 직접 목격하였다. 그의 작품『그 후』를 보면 주인공이 도쿄 하늘에 검은 연기를 쉴 새 없이 내뿜어대는 공장 굴뚝을 바라보며 암울한 시대 인식에 사로잡히는 장면이 나온다. 그런데 이 장면은 40여 년 전 메이지 유신 직후 일본 정부 파견으로 영국 글래스고의 공장 지대를 시찰한 이토 히로부미(伊藤博文) 일행이 공장 굴뚝마다 피어오르는 검은 연기를 보고 "참으로 아름답다"고 하며 산업혁명의 눈부신 성과를 찬양한 것과는 뚜렷한 대조를 이룬다. 나쓰메 소세키는 아무런 비판 없이 서구 근대화를 받아들이는 것이야말로 일본의 비극이라고 생각하였다.

서구 근대화에 대한 비판은 인간중심주의에 대한 비판으로 이어진다. 서구 근대화나 문명의 발전이란 따지고 보면 인간 중심주의가 낳은 결과에 지나지 않는다. 근대에 이르러 서양에서는 인간과 자연을 이른바 '동일자'와 '타자'의 이항대립의 작두날 위에 세워놓고 타자인 자연을 지배와 정복의 대상으로 삼았다. 자연을 조직적으로 지배하고 정복하면 할수록 근대화와 문명은 더욱 발전하였다.

『나는 고양이로소이다』를 좀 더 꼼꼼히 살펴보면 작가가 서구 전통과 일본의 고유 전통을 교묘하게 절충하고 있음이 드러난다. 동물의 눈과 입을 빌려 인간 사회와 그 문명을 통렬하게 비판하는 것은 서양에서 받은 영향이다. 서양에서 우화 전통은 멀게는 아이소피카(이솝)에서 가깝게는 장 드 라퐁텐의 우화에 이르기까지 아주 역사가 깊다. 이 작품에는 영국 지식인 클럽의 분위기가 드러나기도 한다. 일본의 소설가이며 비평가인 이토 세이(伊藤整)는 "이러한 유의 소설은 영국에도 있는 것으로 18세기 영국 작가 로런스 스턴의『신사 트리스트럼 섄디의 생애와 견해』라는 소설이 그런 소설이다"라고 지적한다.

한편 나쓰메가 만담체의 문체에다 일상생활을 도입하여 독특한 풍자 정신과 해학적 분위기를 드러내는 것은 일본의 하이쿠 전통에서 힘입은 바가 무척 크다. 하이카이 렌가(俳諧連歌)가 발전한 하이쿠는 무엇보다도 서민의 해학적 정서에 무게를 싣는다. 실제로 나쓰메 소세키는 제1고등학교에 다니던 시절 하이쿠를 일본 문학의 대표 장르로 굳건하게 올려놓는 데 크게 이바지한 마사오카 시키(正岡子規)와 가깝게 지내면서 그로부터 하이쿠에 대하여 많은 것을 배웠다.

일찍이 서구 정신을 호흡한 나쓰메 소세키는 어느 한 문학 전통이나 유파에 얽매이지 않는다. 서구 리얼리즘에서 예술적 자양분을 섭취하는가 하면, 세기말적인 탐미주의를 받아들이기도 한다. 근대의 삶이 다양한 만큼 다채로운 문체로 표현하려고 한다. 동양과 서양의 교양을 두루 갖춘 소세키의 문체나 문학 세계는 어느 누구도 쉽게 흉내 낼 수 없는 영역이다.

일본의 저명한 문학 평론가 가라타니 고진(柄谷行人)은 『일본 근대 문학의 기원』에서 나쓰메 소세키의 언문일치와 비평 의식 그리고 문체에서 일본 근대의 풍경을 그려낸다. 그는 "나쓰메 소세키만큼 온갖 장르와 문체를 구사한 작가는 일본뿐 아니라 외국에도 존재하지 않을 것이다. 이 다양성은 하나의 수수께끼다"라고 평가한다. 소설가 고바야시 교지(小林恭二)도 "나쓰메 소세키의 소설은 일본 근대 문학의 선구이면서도 처음부터 높은 완성도를 보여 주었고 현재도 전혀 낡은 느낌을 주지 않는다. 이것은 가히 기적이다"라고 칭찬을 아끼지 않는다.

라쇼몬

아쿠타가와 류노스케

아쿠타가와 류노스케(芥川龍之介, 1892~1927)라는 작가는 막상 알지 못하여도 '아쿠타가와 상'은 아는 사람이 많을 것이다. 일본에서 가장 권위 있는 신인 문학상이라고 할 수 있는 '아쿠타가와 상'은 바로 이 소설가를 기념하기 위하여 1934년 문예춘추사가 제정하였다. '나오키(直木) 상'이 일본 대중문학을 대표하는 상이라면, '아쿠타가와 상'은 일본의 순수문학을 대표하는 상이다. 1956년에 이시하라 신타로(石原愼太郎)를 시작으로 일본 문단에서 주목받는 작가치고 이 등용문을 거치지 않은 사람은 거의 없을 만큼 이 상은 가장 권위 있는 문학상으로 자리 잡았다.

아쿠타가와 류노스케는 일본 현대 문학사에 굵직한 획을 그은 작가로 평가받는다. 나쓰메 소세키가 일본 문학사에 장편소설의 이정표를 세웠다면, 그의 문하생 아쿠타가와 류노스케는 단편소설의 신기원을 이룩하였다. 나쓰메가 서구 쪽을 향하여 고개를 돌리고 있었던 반면, 아쿠타가와는 일본의 전통문화 쪽에서 좀처럼 시선을 떼지 않았다. 그러나 이 두 사람이 바라본 방향은 서로 달라도 이들이 일본 근대 문학의 초석을 다진 것은 분명하다.

아쿠타가와는 1892년 3월 도쿄의 신바라(新原) 집안에서 태어났다. 그의 아버지가 우유 판매업을 한 것으로 보아 집안 살림이 넉넉한 편은 아닌 것 같다. 아쿠타가와는 용의 해, 용의 달, 용의 날에 태어났다 하여 '류노스케'라는 이름을 얻었다. 그러나 태어난 지 여덟 달 뒤 어머니가 정신질환을 일으켜 그는 외가에 맡겨져 자랐고, 열한 살 때 어머니가 사망하자 외가인 아쿠타가와 집안의 양자가 되었다. 양자로 들어간 아쿠타가와 가문은 대를 이어 에도 막부의 벼슬을 지낸 집안으로 비록 가세는 기울었지만 예절과 형식을 중시하는 가풍이 있었다. 이러한 분위기에서 아쿠타가와의 행동에는 제약이 따를 수밖에 없었다. 그는 집안 사람들에게 관심과 사랑을 받았지만 양자라는 콤플렉스와 행동에 대한 구속감 때문에 행복하지는 못하였다.

아쿠타가와는 열 살 때 하이쿠를 짓고 중학교 시절부터 친구들과 잡지를 만들고 글을 쓸 만큼 문학에 뛰어난 재능을 보였다. 그러다가 도쿄제국대학교 영문과에 입학하면서 본격적으로 문학 활동을 시작한다. 특히 그가 영문학 교수였던 나쓰메 소세키 밑에서 문학 수업을 받은 것은 무척 소중한 경험이었다. 이 무렵 아쿠타가와는 기쿠치 간(菊池寬)과 구메 마사오(久米正雄) 등과 함께 동인지 《신시쵸(新思潮)》를 창간하는 한편, 이 잡지에 「코」라는 작품을 발표하여 나쓰메로부터 격찬을 받았다.

아쿠타가와는 대학을 졸업한 뒤 문제작을 잇달아 발표하면서 일본 문단에서 '귀재(鬼才)'로 주목받았다. 한때 오사카 《매일신문》과 계약을 맺고 이 신문에 작품을 연재하였고, 중국을 여행한 뒤 한국을 거쳐 돌아오기도 하였다. 아쿠타가와는 평소 신경쇠약 증세를 보였는데, 결국 1927년 7월 새벽 수면제를 다량으로 먹고 스스로 목숨을 끊었다. 유서에서 자신의 죽음의 이유를 "장래에 대한 막연한 불안 때문"이라고 밝혔지만, 그의 자살은 한 개인의 죽음에 그치지 않았다. 당시의 청년들과 지식인들은 다이쇼(大正) 시대에서 쇼와(昭和) 시대로 넘어가는 분수령에서 일어난 그의 죽음에서 시대의 위기와 불안을 읽었다.

아쿠타가와는 겨우 10년 남짓밖에는 활동하지 않았지만 믿기 어려울 만큼 많은 작품을 썼다. 무려 150편에 이르는 단편소설을 비롯하여 그 정도 분량의 희곡, 수필, 기행문 그리고 평론 등을 발표하였다. 그의 대표적인 단편집으로는 『라쇼몬』, 『코』, 『장군』, 『지옥변』 등이 있다. 그는 특이한 주제, 새로운 형식, 그리고 예리한 감각과 재기로 글을 써 일본 문단에 싱그러운 새바람을 불어넣었다.

아쿠타가와 문학을 좀 더 쉽게 이해하려면 그의 어머니가 보인 광기를 좀 더 찬찬히 살펴보아야 한다. 그는 자살할 때까지 언제나 어머니의 광기가 자신에게도 유전될지 모른다는 공포에 시달렸기 때문이다. 그는 「덴키보(點鬼薄)」라는 작품에서 "나의 어머니는 광인이었다. 나는 한 번도 내 어머니에게서 어머니다운 친근감을 느낀 적이 없다"고 털어놓는다. 일본 문학 연구가 요시다 세이지(吉田精一)는 "아쿠타가와가 광기를 보인 옛 작가에게 자주 친밀감을 느끼고, 또 상식을 넘어선 괴이함이나 광기가 담긴 작품을 좋아한 것도 본래의 천성적인 면도 있겠지만, 이러한 유전 등의 두려움에 대한 자각일지도 모른다"고 지적한다. 아쿠타가와는 35년이라는 짧은 생애를 살면서 끝내 광기에 대한 공포감을 떨쳐 버리지 못하였다. 그의 작품에 좌절, 절망, 패배, 이기주의, 정서 불안, 광기, 자살, 살인 등 삶의 어두운 요소가 유난히 짙게 드리운 것은 바로 그 때문이다.

아쿠타가와가 데뷔할 당시 일본 문단에는 메이지 시대 자연주의 작가를 비롯하여 '시라카바(白樺) 파' 등 쟁쟁한 작가들이 활약하고 있었다. 이러한 상황에서 아쿠타가와가 문단에 발을 붙일 수 있었던 것은 그 나름대로의 독특한 창작 방법을 구사했기 때문이다. 이 무렵에 활약한 대부분의 작가들과는 달리 아쿠타가와는 단순히 자신이 겪은 삶의 경험에 기대지 않고 아주 폭넓게 작품의 소재를 취하였다. 일본의 고전은 말할 것도 없고 『불전(佛典)』과 기독교 성경, 『사기(史記)』나 『요재지이(聊齋志異)』 같은 중국 고전 문헌에서 작품의 소재를 자유롭게 빌려 온다. 심지어 한국의 전래 동화나 아나톨 프랑스나 프로스페르 메리메 또는 니콜라이 고골 같은 외국 작가의 작품도 그에게는 좋은 소재가 되었다.

아쿠타가와 류노스케의 작품 가운데서 가장 대표적인 소설 한 편을 뽑는다면 아마 「라쇼몬(羅生門)」이 첫손가락에 꼽힐 것이다. 그는 스물네 살이던 1915년, 그러니까 도쿄제국대학 2학년 때 이 작품을 발표하였다. 이 작품을 《제국 문학》에 처음 발표했을 때에는 문단에서 이렇다 할 만한 반응을 얻지 못했지만 점차 일본 문학사에 굵직한 획을 그은 작품으로 평가받기 시작한다. 아쿠타가와는 다른 작품에서와 마찬가지로 이 작품도 일본의 전통 설화에서 그 소재를 빌려 왔다. 헤이안 시대 최대의 설화집인 『곤자쿠모노가타리(今昔物語)』에 실린 일화 한 토막에 살을 붙이고 피를 통하게 하여 새로운 작품으로 만들었다.

어느 날 해질녘의 일이다. 하인 한 사람이 라쇼몬 아래에서 비가 멎기를 기다리고 있었다.

넓은 문 아래에서는 이 사나이 말고는 아무도 없다. 오직 군데 군데 단청이 벗겨진, 굵은 기둥에 귀뚜라미 한 마리가 앉아 있다. 라쇼몬이 스자쿠(朱雀)의 대로변에 있는 이상, 이 사나이 외에도 비를 피하기 위한 장돌뱅이 여자나 삿갓 쓴 사람들이 두셋은 있음 직하다. 그러나 이 사나이 외에는 아무도 없다.

이 작품에서 서술 화자는 지난 한두 해 동안 교토에는 온갖 재난이 잇달아 일어나 도성 안은 폐허가 되고 많은 사람이 죽었다고 적는다. 한때 찬란한 사찰이던 라쇼몬은 이제는 시체를 내다 버리는 장소가 되어 버렸다. 지금 비를 피하고 서 있는 하인은 며칠 전 주인집에서 해고 당한 사람이다. 앞으로 어떻게 살아갈 것인지 그저 막막할 뿐이다. 그는 비도 피할 겸 하룻밤 라쇼몬에서 보내기로 하고 이층으로 올라간다. 그런데 그곳에는 한 노파가 시체에서 머리카락을 뽑고 있다. 겁에 질린 노파는 죽은 사람의 머리털로 가발을 만들어 팔려고 한다고 대답한다. 이 말을 듣자 하인은 노파의 옷을 빼앗고는 나도 이렇게 하지 않으면 굶어 죽으니까 이해하라고 말한 뒤 어둠 속으로 사라진다.

이 이야기는 언뜻 보면 단조롭고 별로 대수롭지 않은 사건처럼 보일지 모르지만 좀 더 꼼꼼히 따져보면 깊은 의미가 담겨 있다. 아쿠타가와 특유의 허무주의와 절망이 이 작품 곳곳에 짙게 배어 있다. 작가가 첫사랑에 실패하고 나서 쓴 작품이기도 하지만 그의 비극적 인생관과 세계관을 엿볼 수 있다. 여기저기 단청이 벗겨진 기둥에 오직 귀뚜라미 한 마리가 앉아 있는 모습이라든지, 불상을 땔감으로 사고파는 행위는 비단 옛 사찰의 퇴락 이상의 깊은 의미를 지닌다. 이는 곧 인간 정신의 몰락이요 붕괴를 뜻한다. 게다가 생계를 유지하려고 시체에서 머리카락을 뽑아 가발을 만드는 노파의 행위, 그 노파에게서 옷을 빼앗는 주인공의 행위에서는 숭고한 인간성은 눈을 씻고 찾아도 찾을 수 없다.

아쿠타가와는 「라쇼몬」에서 인간성, 좀 더 구체적으로 말해 인간의 원초적인 본능에 관심을 기울인다. 만약 내가 상대방의 물건을 빼앗거나 그를 죽이지 않고서는 살아갈 수 없는 상황이라면 나는 인간으로서 과연 어떻게 행동해야 할까. 상대방의 물건을 빼앗거나 죽여야 하는가? 아니면 나는 이기심을 버리고 죽음을 택할 것인가? 아쿠타가와는 후자보다는 전자가 인간성에 훨씬 걸맞다고 생각한다. 인간이란 어쩔 수 없이 이기적인 존재이기 때문이다. 적자생존이나 정글 법칙은 짐승뿐 아니라 인간에게도 마찬가지로 적용된다. 「라쇼몬」에서 하인은 살아가기 위하여 시체에서 머리카락을 뽑는다는 노파의 말을 듣고 "그럼, 내가 도둑질을 하더라도 원망하지 않으렷다. 나도 그렇게 하지 않으면 굶어 죽을 몸이니 말이다"라고 내뱉는다.

그러면 이기심이 판을 치는 세계에서 선과 악은 과연 어떤 의미가 있을까. 아쿠타가와는 종래의 선악관에 의문을 품는다. 전통적인 선악관에 따르면 선과 악은 마치 불과 물처럼 상극의 관계를 맺고 있다. 특히 기독교 전통이 굳게 자리 잡은 서양에서 선과 악은 천사와 악마처럼 늘 이분법적인 대립 관계를 맺고 있다. 그러나 아쿠타가와에게 선과 악은 동전의 양면과 같아서 절대적이 아니라 상대적이요 객관적이 아니라 주관적이다. 처음에 주인공은 도둑질을 하지 않으면 굶어 죽을 수밖에 없는 절박한 처지였으면서도 도둑질을 하지 않기로 마음먹는다. 그러나 다락에서 시체의 머리카락을 뽑는 노파를 보는 순간 그러한 선한 결심은 온데간데없이 사라지고 악한 마음이 서서히 고개를 쳐든다. 주인공의 내면에는 언제나 선의 요소와 악의 요소가 함께 잠들어 있다.

이 점과 관련하여 아쿠타가와는 1914년 한 친구에게 보낸 편지에서 "나에게는 선과 악이 상반되지 않고 상관적으로 존재하고 있다는 느낌이 든다"고 고백한 적이 있다.

이 작품의 비극적 의미를 깨닫기 위해서는 "어느 날 해질녘의 일이다"라는 첫 문장을 눈여겨보아야 한다. 이 표현은 약방의 감초처럼 아쿠타가와의 작품에 자주 나온다. 하필이면 왜 해질녘을 소설의 시간 배경으로 삼고 있는가. 일본의 국기에도 드러나듯이 일본 사람들은 유난히 동이 트는 아침녘을 좋아한다. 일반적으로 동해바다에 떠오르는 아침 해가 삶과 희망을 상징한다면, 서쪽 하늘에 뉘엿뉘엿 기우는 저녁 해는 죽음과 절망을 상징한다. 아쿠타가와는 이 작품을 어떤 식으로든지 19세기 말엽의 '세기말' 의식과 관련시키려고 한 것 같다.

아쿠타가와의 세기말적 의식은 작품의 시작뿐 아니라 결말에서도 엿볼 수 있다. 그는 「라쇼몬」 초판본에서는 결말을 "하인은 비를 무릅쓰고 교토의 마을로 서둘러 강도질을 하러 떠난다"는 문장으로 끝낸다. 그런데 개정판에서는 "하인의 행방은 아무도 모른다"고 살짝 바꾸어 놓았다. 즉 초판에는 비록 강도질일망정 하인의 미래를 구체적으로 제시하지만, 개정판에서는 그의 행방에 대해서는 아무도 모른다고 함으로써 주인공의 미래에 굳게 빗장을 건다. 주인공이 강도질을 하기 위하여 길을 떠나는 것으로 끝나는 초판보다는 주인공의 행방을 아무도 알 수 없다는 것으로 끝을 맺는 개정판에 이르러 인간에 대한 작가의 깊은 절망감을 읽을 수 있다.

설국

가와바타 야스나리

1968년 스웨덴 한림원이 노벨 문학상 수상자로 일본 작가 가와바타 야스나리(川端康成, 1899~1972)를 선정했다고 발표했을 때 고개를 갸우뚱하는 사람이 많았다. 당시 세계 문단에는 소설가로는 반스탈린주의의 깃발을 높이 치켜든 소련 작가 알렉산드르 솔제니친, 극작가로는 부조리 연극의 간판스타 프랑스의 사뮈엘 베케트, 시인으로는 칠레의 파블로 네루다 등이 버티고 있었다. 이러한 상황에서 가와바타가 노벨 문학상을 받은 것은 의외라는 분위기가 널리 퍼져 있었다. 어찌 되었건 인도 시인 라빈드라나트 타고르에 이어 그는 동양 사람으로서는 두 번째로 노벨 문학상을 받는 영광을 안았다.

가와바타 야스나리는 1899년 6월 일본 오사카에서 의사 집안의 장남으로 태어났다. 하지만 두 살 때 아버지를, 그 이듬해에는 어머니마저 여의고 고아가 되었다. 외가에서 이모의 보살핌을 받았으나 일곱 살 때 할머니가 사망한 뒤로는 10년 동안 할아버지와 단둘이서 살았다. 이러한 환경에서 가와바타가 고아로서 얼마나 외롭고 쓸쓸한 어린 시절을 보냈는지 짐작하고도 남는다. 그가 유년과 소년 시절에 겪은 고독과 비애는 작품 곳곳에서 우수의 그림자를 짙게 드리운다.

1920년 가와바타는 아쿠타가와와 마찬가지로 도쿄제국대학 영문과에 입학했다가 그 이듬해 국문과로 옮겼다. 그는 기쿠치 간과 아쿠타가와 등이 창간한 《신사조》에 처음 작품을 발표하면서 문단에 데뷔하였다. 대학을 졸업한 1924년 가와바타는 요코미쓰 등과 《문예 시대》를 창간하여 신감각파 문학의 첫 장을 열었다. 그는 아쿠타가와가 처음 뿌린 심미주의 문학을 한발 더 밀고 나가 「이즈(伊豆)의 무희」 등으로 작가로서의 지위를 확립한다. 그 뒤 「수정 환상(水晶幻想)」, 「서정가(抒情歌)」, 「금수(禽獸)」 등의 문제작을 잇달아 발표하였으며, 『설국(雪國)』, 『센바즈루(千羽鶴)』, 『산소리』 등에 이르러 최고조에 이르렀다.

가와바타 문학을 말할 때마다 한 편의 시를 무색하게 하는 순수한 서정성, 일본의 전통에 깊이 뿌리박은 정서, 감각적이고 관능적인 분위기를 풍기는 애상이나 애수 등의 평이 자주 입에 오르내린다. 실제로 이 세 가지 특징은 그의 문학을 규정짓는 꼬리표라고 하여도 크게 틀리지 않는다. 그의 작품은 산문으로 쓴 한 편의 시와도 같다. 이처럼 소설에 나타나는 서정성은 서양 작가 가운데서 버지니아 울프의 작품에서 겨우 그 예를 찾을 수 있을 정도다.

가와바타의 서정성은 일본 생활의 정서와 깊이 맞닿아 있다. 1945년 일본이 태평양전쟁에서 패하고 난 뒤 그는 미시마 유키오에게 "이제부터는 일본의 슬픔, 일본의 아름다움 말고는 노래하지 않으리라"라고 말한 것으로 전한다. 그러나 가와바타는 전쟁이 시작되기 훨씬 전부터 '일본의 슬픔, 일본의 아름다움'을 즐겨 다루었다. 그러므로 그의 작품에서 역사의 거친 맥박이나 시대의 함성을 찾으려는 것은 부질없는 일이다. 그리하여 한 비평가는 그의 문학을 '실내 공업적인 정교한 수예품'에 빗댄다. 실제로 그의 작품을 읽다 보면 손 솜씨를 한껏 부려 만든 아름다운 수예품을 떠올리게 된다.

한편 가와바타의 작품에는 애상이나 애수가 마치 음악의 저음처럼 면면히 흐른다. 이왕 음악 이야기가 나왔으니 말이지만 그의 작품을 읽고 나면 감미로우면서 슬픈 실내악을 듣고 난 듯한 느낌이 든다. 그의 작품은 장엄한 교향곡이 아닌 실내악이요, 음조도 장조가 아닌 단조의 음악이다. 그 분위기는 퇴폐적이라는 말이 지나치다면 관능적이거나 감각적이라고 할 만하다. 그가 사망한 뒤 출간된 『아름다움과 슬픔』이라는 작품의 제목은 이러한 특성을 잘 보여 준다.

가와바타는 처음부터 한꺼번에 『설국』을 집필하지는 않았다. 현재 우리가 읽는 『설국』은 처음부터 지금의 형태로 발표된 것은 아니다. 가와바타는 1935년 잡지 《문예춘추》에 「석경(夕景)의 거울」이라는 작품을 처음 발표한 뒤 같은 해 잇달아 「흰 아침의 거울」, 「설화 이야기」, 「도로(徒勞)」 등을 발표하였다. 1936년에는 「억새꽃」과 「불 베개」를 발표하였고, 1937년에는 「모구(毛毬) 노래」를 발표한 뒤 5월에 새로 쓴 원고를 덧붙여 『설국』이라는 단행본으로 출간하였다. 이 작품은 말하자면 연작 단편소설의 형태를 갖춘 셈이다. 그러나 가와바타는 이것으로 만족하지 않고 그 뒤에도 이 작품을 계속 수정하고 보완하여 1947년 10월 『속 설국』을 발표하고, 이듬해 12월에 다시 『설국』 완결판을 출간하였다. 장편소설로 보기에는 길이가 조금 짧고 중편소설로 보기에는 좀 긴 이 작품을 그는 마치 보석을 다듬듯 무려 13년에 걸쳐 쉬지 않고 갈고 닦았다.

『설국』은 일본에서도 가장 눈이 많이 내린다는 에치고(越後) 지방이 공간적 배경이다. 물론 작가는 작품에서 에치고를 직접 언급하지는 않는다. 그러나 "국경의 긴 터널을 빠져나오면 눈 고장이었다" 라는 그 유명한 첫 단락 첫 문장에서 일본의 혼슈(本州) 북서부 유자와(湯澤)가 그 배경임을 쉽게 짐작할 수 있다. 우리말로 '국경'이라고 옮겼지만 실제로는 나라와 나라의 경계가 아니라 한 지방과 지방 사이의 경계를 가리킨다. 좀 더 구체적으로 말해서 국경이란 군마현(群馬縣)과 니가타현(新潟縣)의 접경을 뜻한다. 일본에서는 유난히 눈이 많이 내리는 니가타현 일대를 일반적으로 '유키구니(雪國)'이라고 부른다. 이 작품은 니가타현 가운데서도 특히 유자와 온천을 지리적 배경으로 삼는다.

이 작품에서 공간적 배경은 단순히 작중인물들이 움직이는 무대 이상의 의미를 지닌다. 공간적 배경은 그 자체가 또 하나의 살아 있는 작중인물로서 이 소설의 의미에 직간접적으로 영향을 끼친다. 이 작품에서 작중인물들은 흰 눈이 덮인 마을처럼 좀처럼 마음의 문을 열지 않는다. 바꾸어 말해서 눈 덮인 마을은 작중인물들의 심리 세계라고 할 수도 있다.

흔히 가와바타의 작품은 이렇다 할 만한 사건이나 줄거리를 찾기가 쉽지 않은데 이 점에서는 『설국』도 마찬가지다. 그렇다고 인물의 성격이 눈에 띄는 것도 아니다. 작가는 사건을 어디까지나 암시적으로만 보여 줄 뿐 구체적으로 명시하지 않는다. 예를 들어 누에고치 창고 겸 가설극장에 불이 나는 마지막 장면에서 불길이 치솟는 가운데 이층에서 떨어진 요코는 죽었는지 살아남았는지 좀처럼 알 수 없다. 애매모호하기는 요코와 유키오의 관계도 마찬가지다. 정신적으로 불안한 증세를 보이는 요코는 고마코가 좋아하는 남자라면 누구나 좋아한다고 하지만 그가 죽은 뒤 거의 날마다 그의 무덤을 찾아가는 것을 보면 유키오에 대하여 질투심 이상의 애정을 느끼는 듯하다.

　이러한 사정은 이 소설에서 가장 핵심적 플롯인 딜레탕트인 시마무라와 젊은 게이샤 고마코의 관계에서도 달라지지 않는다. 본디 춤과 노래를 부르고 악기를 연주하는 게이샤는 글자 그대로 넓은 의미에서 예능인에 해당할 뿐 기생과는 조금 다르다. 그러나 시골 온천장에서 일하는 게이샤는 대도시의 게이샤와 달라서 돈을 받고 몸을 파는 창녀와 구분 짓기 어렵다. 이 무렵 게이샤의 화대를 '본(本)'으로 계산했는데 불을 댕긴 향 하나가 타는 시간을 '일본(一本)'이라고 하였다. 자칫 낭만적인 사랑에 가려 놓쳐 버리기 쉽지만, 시마무라와 고마코의 관계도 향을 태우는 시간에 따라 결정된다. 두 사람이 아무리 순수하게 정신적으로 이끌릴지라도 궁극적으로는 화대를 매개로 몸을 사고 파는 손님과 접대부일 뿐이다. 어찌 되었건 가냘픈 실과 같은 두 사람의 관계는 요코가 나타나면서 그만 끊어지고 만다.

　시마무라는 안마사로부터 고마코와 요코 그리고 요시코의 삼각관계를 전해듣는다. 시마무라는 "고마코가 (스승의) 아들의 약혼자, 요코가 아들의 새로운 애인, 그렇다고 하고 아들이 머지않아 죽는다면 어떻게 되나. 시마무라의 머리에는 또다시 헛수고라는 말이 떠올랐다. 고마코가 약혼자와의 약속을 지킨 것도, 몸을 희생해 가며 요양을 시킨 것도 모두가 헛수고가 아니고 무엇인가"라고 생각한다. 그들의 관계뿐 아니라 시마무라의 사랑도 결국에는 헛수고임이 밝혀진다.

　『설국』의 주제를 캐는 열쇠는 바로 이 '헛수고'라는 낱말에 들어 있다. 가와바타는 이 작품에서 참다운 인간 관계를 맺기가 얼마나 어려운지 보여 준다. 인간 관계 중에서도 남녀의 사랑은 더더욱 어렵다. 아일랜드의 소설가 제임스 조이스는 한 희곡 작품에서 "남자와 남자의 관계, 여자와 여자의 관계는 사랑이 없기 때문에 불가능하다. 그러나 남자와 여자의 관계는 사랑이 있기 때문에 불가능하다"고 밝힌 적이 있다. 어쩔 수 없이 인간은 고독을 멍에처럼 짊어지고 살아야 한다는 것이다.

가와바타의 작품이 흔히 그러하듯이 이 작품에서도 남녀의 사랑은 비극으로 끝난다. 평소에 극장으로 쓰던 누에고치 창고에 불이 나고 고마코가 요코를 가슴에 안고 뛰쳐나오는 맨 마지막 장면은 이 점을 잘 보여 준다. 시마무라는 고마코에게 가까이 다가가려고 하지만, 요코를 고마코에게서 빼앗아 안으려는 사나이들에게 밀려 비틀거린다. 그는 "발을 버티고 바로 서면서 눈을 치켜뜬 순간, 쏴아 하고 소리를 내면서 은하수가 시마무라 속으로 흘러 떨어지는 것 같았다"고 말한다. 이는 시마무라가 손에 잡을 수 없는 천상의 별 은하수처럼 끝내 고마코를 붙잡을 수 없음을 상징적으로 보여 준다. 이렇듯 『설국』은 심층적 의미를 대부분 언어 뒤에 숨긴 채 오직 일부만을 언어의 표층에 드러낸다. 행간에 숨은 의미를 읽지 않으면 이 작품을 제대로 이해할 수 없다.

이 작품을 읽다 보면 한 편의 하이쿠 시가 떠오른다. 17음 안에 깊은 정서를 함축하여 표현하는 하이쿠처럼 작가는 아름다운 정서를 이 작품에 압축하여 표현하려고 하였다. 작품의 후반부에서 창고에 불이 난 날 밤 은하수를 묘사하는 대목에서 "은하수의 밝은 빛이 시마무라를 건져 올릴 만큼 가까웠다. 나그네길의 바쇼(芭蕉)가 거친 바다 위에서 본 것이 이처럼 선명한 은하수의 크기였을까"라고 말한다. 여기에서 가와바타가 말하는 바쇼의 작품이란 "거친 사도(佐渡) 섬 위에 걸려 있는 은하수" 하는 시다.

금각사

미시마 유키오

일본 작가 가운데는 이런저런 이유로 스스로 목숨을 끊은 사람이 유난히 많다. 아쿠타가와 류노스케가 그러하였고, 가와바타 야스나리가 그러하였으며, 다자이 오사무(太宰治)가 그러하였다. 그 방법도 가지가지여서 아쿠타가와는 수면제를 다량으로 복용하였고, 가와바타는 가스관을 입에 물고 자살하였으며, 다자이는 사랑하는 여성과 함께 강물에 몸을 던져 자살하였다. 그러나 미시마 유키오(三島由紀夫, 1925~1971)의 자살만큼 극적으로 세상 사람의 관심을 끈 예는 드물다.

1970년 11월 미시마는 그가 이끈 극우 단체 '방패회' 회원 네 명과 함께 도쿄 시내 근처에 있는 육상 자위대 본부에 들어가 총감실을 점거하였다. 그는 발코니에 올라가 밖에 모인 1천여 명의 자위대원과 경찰에게 일본의 재무장과 전쟁을 금지하는 평화 헌법을 폐기하고 천황을 정점으로 하는 사무라이(武士) 정신을 복원해야 한다고 역설하였다. 그리고 바로 사무라이처럼 칼을 뽑아 할복 자살을 하였고, 곧 이어 그의 부하 한 사람이 그의 목을 잘라 전통적인 하라키리(腹切り) 의식을 행

하였다. 미시마의 뜻하지 않은 죽음으로 일본 문단과 일본 사회 전체가 왈칵 뒤집혔다. 문단에서는 젊은 천재 작가 한 사람을 잃어 버렸다고 슬퍼했고, 극우 세력은 일본의 마지막 사무라이가 사라졌다고 애석해 하였다.

미시마는 짧다면 짧은 45년 동안 한 편의 박진감 있는 드라마처럼 아주 극적인 삶을 살았다. 그는 많은 스포츠에 관심을 기울였고 심지어 유도와 검도는 직업 선수 못지않은 실력을 발휘하였다. 또 미시마는 남성미를 과시하는 나체 사진첩을 발행하여 관심을 끌었다. 그는 노벨 문학상 후보에 오를 만큼 세계적인 작가이면서도 가장 서민적인 제례 행렬에 끼어 오미코시(神輿)를 어깨에 들러메고 길거리를 누비기도 하였다. 이런 그를 두고 한 비평가는 "드넓은 바다를 헤엄치는 겁 없는 물고기"에 빗대기도 하였다.

미시마 유키오는 1925년 1월 도쿄에서 농림성 관리의 아들로 태어났다. '미시마 유키오'는 필명으로 본명은 히라오카 기미타케(平岡公威)다. 그가 이 무렵 황족이나 귀족 자녀들만이 다닐 수 있던 학습원 초등과에 입학하여 중등 과정을 거쳐 고등 과정까지 마친 것으로 보아 그의 집안은 특권층과 가까웠던 것 같다. 1944년 도쿄제국대학 법학부에 입학하여 졸업과 더불어 고등문관 시험에 합격하였다. 그 이듬해 미시마는 재무성 관리로 들어갔지만 몇 달 뒤 창작에 전념하기 위하여 관리직을 그만두었다. 그가 고등문관 시험을 본 것도 자신의 실력을 과시하기 위한 것이었을 뿐 처음부터 정부 관리가 될 생각은 없었던 것 같다.

흔히 문학가는 음악가나 화가와는 달라서 천재가 없다고 한다. 문학은 타고난 재능 못지않게 구체적인 삶의 경험이 무엇보다도 필요하기 때문이다. 그럼에도 미시마에게서는 어렴풋하게나마 문학적 천재성을 엿볼 수 있다. 그는 이미 열세 살 때부터 소설을 쓰기 시작하였고 열다섯 살 때는 문예지에 「꽃피는 숲」이라는 작품을 발표했으며 열아홉 살 때 같은 이름의 처녀 단편집을 발행하였다. 그는 대학 시절에 쓴 「담배」라는 작품이 가와바타 야스나리의 추천을 받아 정식으로 문단에 데뷔한다. 그리고 1949년 장편소설 『가면의 고백』으로 일본 문단에서의 지위를 확고하게 굳혔다. 그의 대표작으로는 『사랑의 갈증』, 『금색(禁色)』, 『파도 소리』, 『금각사(金閣寺)』 등이 있다. 이 밖에도 『나의 벗 히틀러』나 『검은 도마뱀』 같은 희곡 작품을 쓰기도 하였다. 특히 그는 전후 세대의 니힐리즘이나 이상 심리를 다룬 탐미적인 작품을 많이 쓴 작가로 주목을 받았다.

『금각사』는 미시마 유키오의 문학뿐 아니라 일본 전후 문학을 통틀어서도 최고의 걸작으로 손꼽히는 작품이다. 그는 이 작품을 1956년 1월부터 잡지 《군조(群像)》에 연재한 뒤 같은 해 10월에 단행본으로 간행하였다. 이 소설은 출간되자마자 큰 반향을 불러일으켜 작가에게 '요미우리(讀賣) 문학상'을 안겨주었다. 이 작품은 외국에서도 영어를 비롯하여 프랑스어와 독일어는 물론이고 심지어 노르웨이어와 덴마크어 등으로도 번역되었다. 이 소설은 모두 10장으로 구성되어 있는데 치밀한 구성, 작중인물의 미묘한 성격 형성과 그것을 담아낸 절제된 문체가 돋보인다.

미시마는 이 작품의 집을 짓는 데 실제로 일어난 방화 사건에서 작은 주춧돌 하나를 빌려 왔다. 1950년 7월 2일 새벽 교토의 유명한 절 로쿠온지(鹿苑寺)의 한 도제승이 주지가 되려던 꿈이 좌절되자 이 절에 불을 지른 사건이 일어나 일본을 깜짝 놀라게 하였다. 이때 불에 탄 절은 임제종 쇼코쿠지(相國寺) 파의 선종 사찰로 본디 가마쿠라 시대 사이온지(西園寺) 가문의 별장이었다. 그 뒤 1397년 무로마치(室町) 막부의 장군 아시카가 요시미쓰(足利義滿)가 사이온지 가문으로부터 이 별장을 물려받아 대규모 건물을 지었다. 이 건물은 불교 건축물과 주택 관련 건축물로 이루어져 있었다. 그런데 아시카가가 사망한 뒤 그의 유언에 따라 이 건물을 선종의 사찰로 만들었고 그의 법명을 따서 '로쿠온지'라고 이름을 붙였다. 다른 건물은 딴 곳으로 옮겨지기도 하고 없어지기도 하였지만, 사리를 보관하는 금각만은 1950년 방화로 소실되기 전까지 이전 모습 그대로 보존되어 있었다.

로쿠온지는 사리를 보존하는 전각이 화려한 금박으로 덮여 있어 흔히 금각사라고 부른다. 금각을 중심으로 한 정원과 건축은 극락정토의 세계를 표현한 것으로 뒷날 고코마쓰(後小松) 천황이 다녀가기도 하였다. 일본 사람들이 전통 문화의 상징으로 떠받드는 이 절은 메이지 30년대에 국보로 지정되었고, 1994년에 마침내 세계 문화유산으로 등록되기에 이르렀다.

미시마는 몇 조각 되지 않는 앙상한 역사적 사실의 뼈에 허구의 살을 붙이고 상상력의 피를 통하게 하여 한 편의 가슴 뭉클한 장편소설로 만들어 내었다. 진부하다면 진부한 실제 사건을 뼈대로 삼아 이러한 작품을 만들어 낸 것을 보면 그의 문학적 상상력이 얼마나 뛰어난지 짐작이 가고도 남는다.

이 소설의 주인공 미조구치는 말더듬이라는 장애를 가지고 태어난다. 어렸을 적부터 아버지한테서 아름다움의 상징인 금각사에 대한 이야기를 귀가 닳도록 들어 온 그는 이 절에 자못 깊은 관심을 가지며 마침내 금각사의 도제가 된다. 물론 자신이 머릿속으로 그려 온 상상의 금각사와 현실 세계로 다가온 금각사 사이에 거리가 있음을 깨닫고 큰 실망을 느끼기도 한다. 그러나 이러한 실망을 느끼는 것은 잠깐뿐 그는 태평양 전쟁 말기에 이르러 한층 더 금각사의 아름다움에 매력을 느낀다. 일본이 전쟁에서 패망한 뒤 금각사에 대한 미조구치의 태도는 조금 달라진다. 금각의 견고함, 절대적인 아름다움, 변하지 않는 영원성의 벽에 부딪혀 절망하는 그는 금각사가 자신이 살아가는 데 오히려 걸림돌이 된다고 생각한다. 그리하여 그는 마침내 금각사에 불을 지르기에 이른다.

주인공 미조구치가 이렇게 소중한 국보급 사찰에 불을 지르기로 결심하는 데는 『임제록』의 한 구절이 톡톡히 한몫을 한다. 이 책에는 "부처를 만나면 부처를 죽이고, 조상을 만나면 조상을 죽이고, 나한을 만나면 나한을 죽이고, 친족을 만나면 친족을 죽이고서야 비로소 해탈을 얻을지니라"라는 구절이 나온다. 그는 바로 이 구절에서 힘을 얻고 금각사에 불을 지른다. 역설적으로 들릴는지 모르지만 『금각사』의 주인공 미조구치는 금각사를 너무나 사랑한 나머지 그것을 불태워 버릴 수밖에 없다. 바로 여기에서 작가 미시마 유키오의 미의식을 엿볼 수 있다.

내가 인생에서 최초로 부딪친 어려운 문제는 미(美)라고 하는 것이었다고 하여도 과언이 아니다. 부친은 시골의 소박한 승려로서 어휘도 부족하여 다만 "금각만큼 아름다운 것은 이 세상에 없다." 하고 내게 일러주었다. 내게는 나 자신의 미지의 곳에 이미 미라고 하는 것이 존재해 있다는 생각에 불만과 초조를 느끼지 않을 수가 없었다. 미가 반드시 그곳에 있다면, 나라는 존재는 미에서 소외된 것이니 말이다.

이렇게 미조구치에게 금각의 아름다움은 축복인 동시에 저주였다. 그는 어렸을 적부터 우이코와 미군의 창녀처럼 자신에게 경멸이나 싸늘한 시선을 보내는 사람에게 오히려 매력을 느낀다. 절대적 아름다움의 상징으로 그가 닿을 수 없는 금각도 마찬가지다. 한편 미조구치는 우이코와 미군 창녀가 마음에 걸렸던 것처럼 금각도 늘 마음 한구석에 무거운 짐처럼 자리 잡고 있었다. 주인공이 대학에서 만나는 친구인 가시하기는 아름다움을 충치에 빗댄다. 충치가 혀에 닿을 때마다 신경을 건드리고 아프게 하여 자신의 존재를 주장하는 것처럼 아름다움도 즐거움의 원천 못지않게 고통의 근원이 된다는 것이다. 그리하여 미조구치는 우이코를 저주하여 죽기를 바라고 미군 창녀를 발로 짓밟은 것처럼 금각도 이 세상에서 영원히 사라지기를 바란다. 자신의 존재는 황금빛으로 찬란한 빛을 내뿜는 금각의 아름다움과 비교해 보면 넝마처럼 초라하고 추악하며 역겨울 뿐이기 때문이다. 그는 영원히 사라지는 데 바로 아름다움의 극치가 있다고 생각한다.

다시 말해서 주인공 미조구치에게 아름다움이란 영원히 보존해야 할 어떤 대상이 아니라 소멸해야 할 대상이다. 참다운 아름다움이란 찬란한 불꽃처럼 명멸하다 사라질 뿐이다. 그는 "인간처럼 멸할 수 있는 것은 근절시킬 수가 없다. 그리고 금각처럼 불멸한 것은 소멸시킬 수가 있는 것이다"라고 말한다. "내가 금각을 불 지른다면 그것은 순수한 파괴, 돌이킬 수 없는 파멸이며 인간이 만든 미의 총량의 무게를 분명히 줄이는 일이 되는 것이다"라고 생각하기도 한다. 주인공이 해군 기관학교에 다니는 한 중학교 선배의 단검 칼집에 흠집을 내는 것도 이와 같은 맥락에서 이해할 수 있다. 미조구치의 이러한 행동에서는 죽은 여성에게서 아름다움의 극치를 발견한 19세기 미국 시인 에드거 앨런 포나,

아일랜드의 작가 오스카 와일드의 악마적 유미주의자의 그림자가 어른거린다. 이 점에서 미시마가 간접적이나마 일본 낭만파의 세례를 받았고, 「유미주의와 일본」이라는 에세이를 썼다는 점도 여간 예사롭지 않다.

『금각사』에서는 미시마 유키오 특유의 세기말적 종말 의식을 읽을 수도 있다. 그는 이 세계가 마침내 종말을 향하여 치닫고 있다는 생각에 사로잡혀 있었다. 서양에서 이러한 종말 의식은 주로 기독교 전통에 뿌리를 두지만, 그의 종말 의식은 이와는 조금 다르다. 그의 종말 의식은 '생자필멸(生者必滅)'이니 '회자정리(會者定離)'니 하는 동양적 사유와 맞닿아 있다. 미조구치가 금각사에 불을 지를 것을 마음먹고 아직 행동으로 옮기기 직전 작가는 9장 마지막 단락에서 플롯과는 아무 상관없이 갑자기 한국전쟁을 언급한다. 서술 화자이며 주인공인 미조구치의 입을 통하여 "6월 25일, 한국에 동란이 일어났다. 세계가 확실히 몰락하고 파멸한다는 나의 예감은 맞아 들어가고 있다. 급히 서두르지 않으면 안 된다"고 말한다. 그에게는 태평양 전쟁도 인류가 종말을 재촉하는 한 과정에 지나지 않는다.

계원필경

최치원

한국에서 외국 유학의 역사를 거슬러 올라가다 보면 까마득히 먼 신라 시대에 활약한 학자요 문장가인 고운(孤雲) 최치원(崔致遠, 857~?)을 만나게 된다. 그는 어릴 때부터 남달리 학구열이 깊어 겨우 열두 살 때 바다를 건너 당나라로 유학을 갔다. 지금 기준으로 보더라도 유학하기에는 너무나 어린 나이다. 이렇게 어린 나이에 유학을 떠난 것을 보면 국비가 아닌 사비 유학이었음에 틀림없다. 그가 유학을 떠나기에 앞서 그의 아버지는 어린 아들에게 "네가 스무 살 안에 급제를 하지 못한다면 내 너를 자식으로 생각하지 않으리라. 나도 아들을 두었다고 하지 않겠다"고 말했다고 전한다.

아버지의 단호한 경고도 경고지만 최치원은 사생결단의 각오로 학문에 전념하였다. 뒷날 그는 힘들여 공부하던 시절을 회고하면서 『계원필경(桂苑筆耕)』의 서문에 "한나라 손경(孫敬)이 새끼줄로 상투를 대들보에 걸어 매고 공부한 일, 전국시대의 소진(蘇秦)이 송곳으로 무릎을 찔러 가며 졸음을 쫓아 공부한 일을 본받아 열심히 노력했다"고 밝힌다. 그는 신라를 떠난 지 6년 만인 874년 진사 과거에 응시하여 첫 번 도전에 당당히 합격한다. 그때 그의 나이 겨우 열여덟 살이었다. 오늘날로 말하자면 그는 어린 나이로 외국 대학에서 박사 학위를 받은 셈이다. 원효(元曉)가 최초의 국내파 지식인이라면 최치원은 한국 최초의 해외 유학파 지식인이라고 할 수 있다. 뒷날 자신의 학문적 성취에 대하여 최치원은 "저는 (아버지의) 훈계를 명심하여 6년 만에 급제하였습니다"라고 말하였다.

최치원은 857년 신라 헌안왕 1년 경주 사량부에서 태어났다. 그의 아버지 견일(肩逸)은 원성왕의 원찰인 숭복사를 창건한 일에 관계하였다. 그의 집안은 신라 골품제에서 육두품으로 그렇게 높은 신분이라고는 할 수 없었다. 흔히 경주 최 씨 가문의 시조로 일컫는 최치원의 자는 고운 또는 해운(海雲)이다.

최치원은 열 살 때 이미 사서삼경을 모두 익혀 천재라는 말을 들었다. 당나라에서 과거에 급제한 뒤 그는 선주 표수현위가 된 뒤 승무랑 전중시어사내공봉으로 도통순관에 올라 비은어대를 하사받고, 이어 자금어대도 받았다. 또한 4년 동안 회남절도사 고변(高騈)의 참모 격인 종사관으로 근무하기도 하였다. 그러나 이러한 직위는 그의 뛰어난 능력에 비하면 턱없이 낮은 것으로 최치원은 곧 벼슬을 그만두고 885년 헌강왕 11년 중국 회남에서 신라로 돌아온다. 그는 중국에서 쌓은 경륜과 새로운 지식을 신라에서 마음껏 펼쳐보고 싶었다.

그러나 당나라와 마찬가지로 신라에서도 능력에 걸맞게 제대로 등용되지 못한 그는 진골 귀족 중심의 독점적인 신분 체계의 한계와 국정의 문란함을 깊이 깨달았다. 최치원에 대하여 김부식(金富軾)은 『삼국사기』에서 "어지러운 세상을 만나 운수가 막히고 움직이면 문득 허물을 얻게 되었다. 때를 만나지 못함을 슬퍼하며 다시는 벼슬할 뜻을 가지지 않았다"고 적는다. 이 무렵 신라는 최치원 같은 선구적인 지식인을 담기에는 너무 낡은 그릇이었다. 그리하여 그는 고려 태조 왕건(王建)에게 "계림은 누른 잎이요, 곡령은 푸른 솔이로다"라는 시를 지어 보내 고려의 창업을 은밀하게 지지했다는 이야기도 전한다. 두말할 나위 없이 계림은 신라를 가리키고, 곡령은 고려를 가리킨다.

894년 최치원은 진성여왕에게 국정을 소홀히 한 채 잔치와 놀이에만 관심을 가지는 것에 대하여 상소를 올려 충신으로서의 임무를 게을리하지 않았다. 그가 기울어가는 신라 말기 혼란한 국정을 수습하기 위하여 「시무십여조(時務十餘條)」를 써서 진성여왕에게 올린 것은 아마 그러한 정열 때문일 것이다. 그 뒤 최치원은 문란한 국정을 통탄하고 외직을 자청하여 대산 등지의 태수를 지낸 뒤 아찬이 되었다. 그러나 결국에 최치원은 이러한 말단 관직마저 내놓고 난세를 비관하며 '고운'이라는 그의 자처럼 한 조각 외로운 구름처럼 이곳저곳을 유랑하다가 마침내 가야산의 해인사에서 삶을 마감하였다.

최치원은 서른 살이 되던 해 당나라에 있을 때 지은 작품을 간추린 문집을 정강왕에게 바쳤다. 이때 왕에게 바친 문집 가운데 하나가 바로 그 유명한 『계원필경』이다. 최치원이 당나라에 머물 때 창작한 작품이 무려 1만여 수에 이르지만 거의 대부분 없어지고 그 가운데서 10분의 1 정도의 분량만이 남아 이 책에 수록되었다. 모두 20권으로 된 이 책의 서문에서 최치원은 "모래를 헤쳐서 금을 찾는 마음으로 '계원집'을 이루었고, 난리를 만나 융막에 기식하며 생계를 유지하였기 때문에 '필경'으로 제목을 삼았다"고 밝힌다. 여기서 '필경'이란 붓으로써 밭을 일군다는 뜻도 있다. 그는 땅을 갈아엎는 도구로 곡괭이나 쟁기 대신 붓을 잡았던 것이다.

『계원필경』은 한국에서 지금까지 전하는 것 가운데 가장 오래된 개인 문집이다. 서거정(徐居正)은 일찍이 "우리 동방의 시문집이 지금까지 전하는 것은 부득불 이 문집을 개산비조(시조)로 삼으니 이는 동방 예원의 본시이다"라고 하였다. 더구나 중국의 역사책인 『신당서(新唐書)』 「예문지(藝文志)」에도 "최치원은 고려인으로 빈공과에 급제하고 절도사 고변의 참모라고 할 회남종사가 되었고, 문집인 『계원필경』 20권과 『사륙(四六)』 1권이 있다"고 기록하고 있다. 이 책으로 신라는 말할 것도 없고 당나라에서도 그 이름을 크게 떨쳤음을 알 수 있다.

『계원필경』에는 최치원이 고변의 종사관으로 재직할 때 쓴 작품이 많고 당시 신라와는 이렇다 할 만한 관련이 없는 글이 대부분이다. 이렇게 낯선 중국의 사실로 가득 차 있을 뿐만 아니라 남의 글을 대필해 준 글도 적지 않다. 학자에 따라서는 이러한 점 때문에 이 작품의 가치를 낮게 평가하는 사람도 더러 있다. 실제로 1권에서 5권까지는 최치원이 고변이 황제에게 올리는 표(表)와 장(狀)을 대필한 것이고, 6권에서 10권까지는 고관대작들에게 보낸 공문이며, 11권은 유명한 「황소에게 보내는 격문(檄黃巢書)」을 비롯한 격과 서로 되어 있다.

최치원이 이 책에서 주로 중국과 관련한 내용을 썼다고는 하지만 좀 더 꼼꼼히 따져보면 이 작품은 우리 고전 중의 고전으로 볼 수 있을 만큼 여러 주제를 폭넓게 다룬다. 무엇보다도 최치원은 그동안 서자 취급받던 문학을 학문의 반열에 올려놓는 데 크게 이바지하였다.

어찌하여 심학(心學)하는 사람은 높고, 구학(口學)하는 사람은 수고로워야 하는가. [···] 그러나 심학한 사람이 덕을 세웠다면 구학

한 사람은 말을 세웠을 것이니 저 덕이란 것도 말을 빌려서야만 일컬을 수 있을 것이요, 이 말이란 것도 덕에 의지해서만 썩지 않을 것이다. 가히 일컬을 수 있다면 심도 능히 멀리 오는 자에게 보여 줄 수 있고, 썩지 않는다면 말 또한 옛사람에게 부끄럽지 않을 것이다.

여기에서 최치원이 말하는 '심학'과 '구학'이란 다름 아닌 도를 추구하는 학문과 예술을 비롯한 문학을 각각 가리킨다. 그는 예술을 추구하는 분야도 도를 추구하는 학문 못지않게 중요한 가치가 있다고 밝힌다. 이렇게 예술적 가치를 추구하려고 한 점에서 그는 한국 최초의 문학 옹호론자라고 할 수 있다.

『계원필경』은 뭐니 뭐니 해도 문학 고전으로 가장 큰 가치가 있다. 이 책에 수록된 등 온갖 형태의 글은 모두 능숙한 형식미를 자랑하는 명문으로 뒷날 우리 한시 문학에 끼친 영향이 무척 크다. 이 무렵 승려 시인 월명(月明)이 신라의 정서를 향찰로 노래하여 이름을 떨쳤다면 최치원은 그 정서를 한시로 읊어 이름을 날렸다.

그 중에서도 가장 돋보이는 작품은 최치원이 당나라에서 돌아오기 직전에 쓴 「비 내리는 가을밤에(秋夜雨中)」다. "가을바람에 서글피 읊조리나니 / 세상에 참다운 벗이 없구나"로 시작하는 이 작품에서 그는 자신의 정감을 솔직하고도 담백하게 읊는다. 조국과 어버이에 대한 애틋한 그리움, 당나라에서 얻은 영광과 실망이 뒤얽힌 착잡한 심경, 금의환국의 꿈에 부풀어 있는 모습 등이 잘 드러나 있어 최치원의 내면 풍경을 엿볼 수 있다.

『계원필경』에는 시 말고도 표, 장, 계(啓), 격(檄), 서(書), 위곡(委曲),

거첩(擧牒), 제문(祭文), 소계장(疏啓狀), 잡서(雜書) 등 온갖 장르의 글이 실려 있다. 이러한 글 들은 모두 사륙변려체의 명문으로 씌어 있어, 그 능숙한 형식미와 그 안의 담긴 내용은 한국 한문학에 큰 영향을 끼쳤다. 이 책에 실린 글들은 대체로 상대방을 설득하는 힘이 강한 변려문으로 많은 고사를 인용하고 화려한 문채(文彩)를 구사한다. 물론 이러한 변려문은 뒷날 지나치게 형식적인 아름다움만 추구한다는 비판을 받기도 한다. 가령 조선 시대 실학자 이덕무(李德懋)와 홍석주(洪奭周)는 변려문을 두고, "중국에서 유행이 지나 한물간 문체를 모방한 아류에 지나지 않는다"고 혹평하였다. 그러나 이 문집은 지난 1,000여 년 동안 과거 시험의 한 전범으로 널리 사용되었다.

특히 『계원필경』 가운데 「황소에게 보내는 격문」은 명문이면서 사람들에게 많이 알려진 작품이다. 879년에 조주(曹州) 출신의 소금 장사로 부자가 된 황소가 정부에 불만이 많은 사람들을 모아 반란을 일으킨다. 이 난은 10년에 걸쳐 중국 전역을 휩쓸다시피 하여 결국은 당나라의 멸망을 재촉하였다. 이 변란에서 무려 12만 명에 이르는 사람이 희생당하였고 황제는 망명하였다. 황소는 당나라 수도 장안을 점령하고 황제로 등극하였다. 그러자 고변은 최치원에게 반란의 수괴를 꾸짖는 격문을 짓도록 하였다.

대개 옳고 바른 길을 정도(正道)라 하고, 위험한 때를 당하여 임기응변으로 모면하는 것을 권도(權道)라 한다. 슬기로운 자는 정도에 따라 이치에 순응함으로 성공하고, 어리석은 자는 권도를 함부로 행하다가 이치를 거슬러서 패망하는 것이다. 인간이 한평생 사는 동안 죽는 것은 예측할 수 없지만, 모든 일에 양심이 주관하여야 옳고 그름을 올바로 판단할 수 있다.

「황소에게 보내는 격문」은 정연한 논리와 온갖 수사를 구사하여 읽는 사람의 가슴을 뭉클하게 한다. 최치원은 이 글에서 자신의 주장을 내세우면서 고전에서 자유롭게 빌려 오기도 한다. 예를 들어 "갑자기 부는 회오리바람은 한나절을 지탱하지 못하고, 쏟아지는 폭우는 하루를 계속하지 못한다"는 구절은 노자의 『도덕경』에서 빌려 온 것이다. "하늘이 착하지 못한 자를 돕는 것은 좋은 조짐이 아니라 그 흉악함을 기르게 하여 더 큰 벌을 내리려고 하는 것이다"라는 구절은 『춘추좌전』에서 따온 것이다.

최치원은 또한 이 작품에서 요순 시대 묘(苗)와 호(扈)로부터 안녹산(安祿山)에 이르기까지 반란을 꾀한 무리를 하나하나 열거한다. 그런 뒤 "하물며 너는 그들만도 못한 천한 자로 관청을 불 지르고 양민을 학살하는 것을 능사로 삼으니 그야말로 천인공노할 악질적인 죄인이 아니고 무엇이냐? 천하 사람들이 너 죽이기를 생각하고 있고, 땅 아래 귀신까지 네가 죽기를 기다리고 있노라"라고 꾸짖는다. 황소가 바로 이 대목을 읽을 때 어찌나 놀랐는지 그만 침상에서 굴러 떨어졌다는 일화가 전한다.

삼국유사

일연

삼국 시대의 역사를 기록한 책이라면 김부식(金富軾)이 편찬한『삼국사기(三國史記)』와 승려 일연(一然, 1206~1289)이 편찬하고 그의 제자 무극(無極)이 가필한『삼국유사(三國遺事)』가 단연 첫손가락에 꼽힌다. 두 책은 한국에 남아 있는 가장 오래된 역사책으로 모두 고려 중기에 편찬되었다. 그러나 두 책의 서술 방식이나 내용 등은 여러모로 큰 차이를 보인다. 김부식의『삼국사기』가 객관주의 역사 이론에 따른 책이라면, 일연의『삼국유사』는 포스트모더니즘 역사 이론에 따른 책이라고 할 수 있다.

『삼국사기』는 글자 그대로 '사기'로서 어디까지나 국왕의 명령을 받고 사관들이 적은 관찬적인 성격을 띤다. 이 책은 중국의 대표적인 역사가 사마천(司馬遷)이 쓴『사기』를 흉내 내어 기전체 방식에 따라 기술하려고 하였다. 한편『삼국유사』는 '유사'라는 말에 잘 드러나듯이 앞의 책이 빠뜨린 것을 기워 보완한다는 뜻을 지닌다.『삼국유사』는『삼국사기』와는 달리 한 개인이 쓴 사찬적인 성격이 짙다. 일연은 되도록 연대에 따라 사건을 기술하는 방식을 피하고 인물 위주로 역사서를 기술하였다. 또한 유교에 철저히 물들어 있는 사관들이 편찬한 만큼 유교적인 색채를 강하게 띠는『삼국사기』와는 달리,『삼국유사』는 편찬자가 승려인 탓에 불교적인 색채를 강하게 띤다. 말하자면『삼국유사』에서는 먹물 냄새가 물씬 풍기는 반면,『삼국유사』에서는 향 냄새가 짙게 풍긴다.

『삼국유사』는 한 개인이 편찬한 탓에 어쩔 수 없이 한계가 있을 수밖에 없었다. 그러나 일연은 이 책에서『삼국사기』가 가치 없다고 빼버렸거나 소홀히 다룬 자료에 좀 더 무게를 실어 기술하였다. 궁궐이나 관청 안에서 벌어지는 역사적 사건보다는 절이나 민가에 떠도는 이상하고도 신비스러운 민담이나 이야기를 기록하는 데 관심을 쏟는다. 최남선(崔南善)은 일찍이 "『삼국사기』와『삼국유사』 중에서 하나를 택해야 될 경우를 가정한다면 나는 서슴지 않고 후자를 택할 것이다"라고 하였다. 그가 이렇게『삼국사기』를 제쳐두고『삼국유사』를 고른 데는 그럴 만한 까닭이 있다.『삼국유사』에는 우리 문학사의 맨 첫 장을 장식하는 신라 향가 14편을 비롯한 고대 시가 같은 귀중한 문학 유산이 전한다. 더 나아가 이 책은 신화, 전설, 설화까지도 풍부하게 싣고 있어 해당 분야뿐 아니라, 문학을 하는 사람들에게 아주 귀중한 자료로 평가받는다.

일연은 1206년 최충헌(崔忠獻)이 집권하던 고려 희종 2년 경주의 속현인 장산군, 즉 오늘날의 경산에서 지방 향리의 아들로 태어났다. 그의 속성은 김(金)이요, 이름은 경명(景明)이며, 자는 회연(晦然)이다. 일연은 그의 법명이다. 그는 아홉 살 때 출가하여 남해의 무량사에 들어가 수도 생활을 시작하였으나 본격적인 승려 수업을 받은 것은 열네 살 때

설악산 진전사의 대웅장로(大雄長老)의 문하에 들어가면서부터다. 스물두 살 때 선과(禪科)에 급제한 뒤 현풍의 비슬산 보동암에 머물면서 도를 닦고 쉰네 살에 대선사가 되었다.

『삼국유사』는 모두 9편으로 구성되어 있다. '왕력'편은 일종의 연표로서 난을 다섯으로 갈라 위에 중국의 연대를 표시하고, 아래에 신라·고구려·백제 및 가락의 순으로 배열하였으며, 뒤에는 신라·후고구려·후백제의 후삼국 연대도 표기하였다. 그런데 『삼국사기』의 연표와는 달라서 역대 왕의 출생·즉위·치세를 비롯하여 기타 주요한 역사적 사실 등을 간단히 기록하고 저자의 의견도 사이사이에 덧붙여 놓았다.

'기이'편에서는 고조선 이후 삼한·부여·고구려와 통일 이전의 신라 등 여러 고대 국가의 흥망과 신화·전설·신앙 등에 관한 유사 36편을 기록하였다. 또한 통일신라 시대 문무왕 이후 신라 마지막 임금인 경순왕까지의 신라 왕조 기사와 백제·후백제 및 가락국에 관한 약간의 유사 등 25편을 다루고 있다. 「흥법」편에는 신라를 중심으로 한 불교 전래의 유래와 고승들에 관한 행적을 서술한 7편의 글을, 다음의 「탑상」편에는 사기(寺記)와 탑과 불상 등에 얽힌 승전(僧傳) 및 사탑의 유래에 관한 기록을 30편에 나누어 각각 싣고 있다.

이 밖에 '의해'편에서는 역시 신라 때 고승들의 행적으로 14편의 설화를 실었고, '신주'편에는 밀교의 이적과 이승(異僧)들의 전기 3편을, '감통'편에서는 부처와의 영적 감응을 이룬 일반 신도들의 영검이나 영이(靈異) 등을 다룬 10편의 설화를 각각 실었다. '피은'편에서는 높은 경지에 도달하여 은둔 생활을 한 일승(逸僧)들의 이적을 10편에 나누어 실었다. 그리고 마지막 '효선'편은 뛰어난 효행과 선행에 대한 5편의 미담을 수록하고 있다.

『삼국유사』는 역사서보다는 오히려 문학서로서의 가치가 크다. 이병도(李丙燾)가 이 책을 두고 "역사 서적이라기보다 일종의 문학 작품"이라고 말하는 까닭이 바로 여기에 있다. 그의 말대로 이 책을 읽고 있노라면 딱딱하기 이를 데 없는 역사적 사실은 뒷전으로 물러나고 가슴뭉클한 감동을 주는 온갖 이야기가 다가온다.

『삼국유사』에서 돋보이는 부분은 한두 가지가 아니다. 그 가운데서도 특히 고조선에 관한 서술과 단군 신화에 관한 기록이 눈길을 끈다. 이 두 기록으로 인해 한국은 반만년의 역사를 증거할 수 있게 되었고, 단군을 국조로 받들게 되었다. 일연이 『삼국유사』에서 단군 신화를 처음 다룬 것은 중국의 영향권에서 점차 벗어나 민족의 주체 의식을 드러냈다는 사실을 보여 준다. 『삼국사기』는 비록 고구려, 백제, 신라의 고대 삼국에 관한 역사서라고는 하나 그 뿌리가 된 고조선에 대한 언급을 전혀 하지 않고 있다. 그래서 후대의 신채호(申采浩)는 김부식의 역사의식의 결여를 두고 조금 지나치다 싶을 만큼 김부식을 보수주의자에다 사대주의자로 몰아세우고 『삼국사기』를 '노예성의 산출물'이라고 날카롭게 비판하였다. 이와는 달리 일연은 책의 첫머리에 개국 신화를 실어 몽고의 침략으로 그 어느 때보다 시련을 겪고 있던 우리 민족에게 자부심과 자긍심을 일깨워 주었다.

이 단군 신화에 따르면 까마득한 옛날에 환인(桓因)의 서자 환웅(桓雄)이 늘 천하에 뜻을 두고 인간 세상을 탐내고 있었다. 아버지가 아들의 뜻을 알고 삼위태백을 내려다보니 인간을 널리 이롭게 할 만하여 천부인 3개를 주어 인간 세상에 내려가 세상 사람을 다스리게 하였다. 그리하여 환웅이 3천 무리를 이끌고 태백산 꼭대기 신단수 밑에 내려와 그곳을 신시라고 일컫는다. 그가 곧 환웅천왕이다.

환웅이 오늘날의 묘향산 꼭대기에 도읍을 세울 때 하늘에서 바람과 비와 구름을 다스리는 풍백, 우사, 운사의 3신을 거느리고 내려온다. 한 민족처럼 오로지 하늘만 바라보고 농사를 지어야 하는 농경 민족에게 바람과 비와 구름은 그야말로 목숨처럼 소중하다. 환웅은 이들에게 농사, 생명, 질병, 형벌 등 인간 생활과 관련한 360가지의 일을 맡긴다. 적어도 이 점에서 단군은 농사를 관장하는 농신으로 보아 크게 틀리지 않을 듯하다.

단군 신화에서 무엇보다도 눈길을 끄는 것은 환인이 직접 인간 세계에 나서지 않고 그 아들 환웅을 지상으로 내려보낸다는 점이다. 환웅도 직접 인간을 다스리는 것이 아니라 그 부하 신들로 하여금 다스리게 한다. 최남선도 지적하듯이 샤머니즘을 믿는 곳에서는 세계를 창조한 이를 주신으로 삼고 주신은 인간의 일에 직접 간섭하지 않는다. 절대적인 힘을 행사하는 초월적인 최고신이 모든 것을 관장하는 서구 기독교와는 사뭇 다르다. 물론 서양에서도 하느님 밑에 천사 계급이 있지만 천사는 그 직능과 임무에서 하느님과는 비교도 되지 않는다. 그러나 단군 신화에서는 최고신이 직접 인간을 다스리지 않고 풍백·우사·운사 같은 하위 신들이 다스리도록 한다. 그러던 가운데 환웅은 마침내 곰과 관계를 맺어 단군을 낳기에 이른다.

신화의 주인공이 으레 그러하듯이 단군 신화에서도 곰과 호랑이는 새롭게 태어나기 위해서는 반드시 고통과 시련이라는 통과 의례를 겪어야 한다. 약속을 지킨 곰은 여자의 몸으로 변신할 수 있었지만, 약속을 저버린 호랑이는 인간이 될 수 없었다. 단군은 바로 환인과 웅녀 사이에서 태어난 아들인 것이다.

그런데 문제는 호랑이와 곰 가운데서 호랑이를 택하지 않고 하필이면 왜 곰을 택하였느냐에 있다. 이 점에 대하여 손진태(孫晉泰)는 일찍이 "호전과 살벌과 포용을 (그리스 민족의 신화처럼) 배척하고, 평화와 인자와 심용과 지를 사랑하는 민족 심정의 표현이니, 호랑이는 포악한 맹수이지마는 곰은 인자롭게 지혜 있고 심용한 맹수이다"라고 밝힌 적이 있다. 평화를 사랑하는 한민족의 특성이 단군 신화에서 이미 드러나 있고, 이는 호랑이를 좋아하는 중국 대륙의 민족성과는 큰 대조를 보인다는 것이다. 물론 이에 대한 반론도 만만하지 않아서 어떤 학자는 민담이나 문헌을 들어 한국에서 호랑이는 남성 신보다는 오히려 여성 신의 표상이라고 주장하기도 한다.

어찌 되었건 한 가지 분명한 것은 곰이 우리 민족의 시조인 단군의 어머니라는 사실이다. 우리 민족의 뿌리를 거슬러 올라가다 보면 이렇게 모계 쪽으로 다름 아닌 곰과 만난다. 그렇다면 곰은 한민족의 조상으로서 우리 몸속에는 곰의 피가 흐르고 있는 셈이다. 언뜻 자존심 상하는 일이라고 생각할지 모르지만 한민족이 곰의 자손이라는 사실은 여러모로 시사하는 바 자못 크다. 곰을 민족의 시조로 삼은 것에 대하여 고아시아 민족에 널리 퍼져 있는 곰 숭배 사상을 나타낸 것이라고 주장하는 학자들이 적지 않다. 길리약족과 아이누족은 곰을 자신들의 조상이라고 굳게 믿고 있으며 자신들을 '곰 씨족'이라고 부른다. 스코틀랜드의 문화 인류학자 제임스 조지 프레이저가 『황금가지』에서 밝히듯이 특히 아이누족은 산신인 곰이 자신들의 조상이라는 사실을 자랑스럽게 여기며 해마다 곰 제사를 지낸다.

『삼국유사』는 우리 문학사의 맨 첫 장을 장식하는 신라 향가 열네 편을 비롯하여 고대 시가 같은 귀중한 문학 유산을 전한다는 점에서 문학적 가치가 자못 크다. 그 가운데서도 경덕왕 때의 승려로 사천왕사에 살았다는 월명이 지은 「제망매가(祭亡妹歌)」는 언제 읽어도 가슴 뭉클하다.

> 삶과 죽음의 길은
> 예 있으매 마음이 떨려
> 나는 간다는 말도
> 어찌 이르고 가나닛고
> 어느 가을 이른 바람에
> 이에 저에 떨어질 잎처럼
> 한 가지에 나고
> 가는 곳 모르온저
> 아아, 미타찰(彌陀刹)에서 만날 나는
> 도 닦아 기다리련다

월명은 이 세상을 일찍 떠나보낸 누이동생의 죽음을 빼어난 비유와 서정으로 이렇게 노래한다. 인간의 덧없는 삶을 가을바람에 나부끼는 낙엽에 빗대는 것도 놀랍지만, 한 핏줄에 태어난 형제를 나뭇가지에서 피어나는 잎사귀에 빗대는 그의 문학적 상상력이 그야말로 보석처럼 찬란한 빛을 내뿜는다.

월명이 지은 향가도 향기이지만 일연이 전하는 월명에 대한 이야기도 무척 흥미롭다. 향가 못지않게 월명은 그가 살던 무렵에는 피리를 잘 불기로 더 이름을 떨쳤다. 달 밝은 밤에 그가 피리를 불면서 문 앞 큰 길을 지나가면 하늘에 떠 있는 달도 걸음을 멈추었다고 한다. 그 때문에 그가 즐겨 피리를 불던 길거리를 '월명리'라고 부르기도 하였다. 월명을 두고 일연은 "바람은 지전(紙錢)을 불어 저세상에 가는 누이의 노자를 삼고, 부는 저는 명월을 움직여 항아(姮娥)를 머무르게 하도다. 도솔(兜率)이 하늘에 연하여 멀다고 하지 말라. 만덕화(萬德花) 한 곡조로 맞이했다"고 밝힌다.

동국이상국집

이규보

돈을 받고 몸을 파는 행위를 '매춘(賣春)'이라고 하듯이 문인이 글을 파는 행위를 '매문(賣文)'이라고 한다. 몸을 팔든 글을 팔든 자신의 성실성을 배반한다는 점에서 이 두 행위는 적잖이 비난을 받는다. 고려 왕조를 얼룩지게 한 최 씨 무신 정권에 협력하고 벼슬을 얻으려고 권력자들에게 아부하는 시를 지어 바쳤다고 하여 늘 매문가라는 낙인이 찍힌 문인이 있다. 고려 말기의 문필가요 정치가인 백운(白雲) 이규보(李奎報, 1168~1241)가 바로 그 사람이다. 대쪽 같다는 선비의 기개를 꺾고 무신 정권에 힘을 실어 주었다는 사실이 어두운 그림자처럼 늘 그의 뒤를 따라다니며 괴롭힌다.

그러나 이규보를 지나치게 매문가나 권력 지향적 지식인 또는 어용 문인으로 몰아세우는 것은 옳지 않다. 그는 과거 시험에 합격하고도 좀처럼 벼슬자리를 얻지 못하였고, 뒤늦게야 겨우 말단 자리를 얻어 출세의 길을 걸었다. 벼슬을 하는 동안에는 언제나 고통받는 백성을 먼저 생각하였다. 다른 권세가들처럼 재산을 모으는 데 눈이 먼 것도 아니어서 벼슬을 그만둔 뒤에는 끼니가 없어 옷을 저당 잡힐 정도였다.

이규보는 무신의 난으로 고려 왕조가 점차 기울기 시작하던 1168년에 태어났다. 아버지는 호부시랑을 지낸 사람이고, 어머니는 금양인 김씨로 외할아버지는 울진 현위를 지낸 명유 김중권이다. 이규보의 자는 춘경(春卿)이고, 호는 백운거사(白雲居士) 또는 지헌(止軒)이다. 시와 술 그리고 거문고를 좋아한다고 하여 '삼혹호(三酷好) 선생'이라고 일컫기도 한다. 그의 용모는 눈동자가 구슬처럼 반짝이는데다가 살결이 희고 키도 커서 뭇사람 사이에서도 쉽게 눈에 띄는 모습이었다고 전한다. 이규보는 이러한 겉모습 못지않게 어렸을 적부터 신동으로 소문이 났다. 아홉 살 때 벌써 사서삼경을 비롯하여 중국의 고전을 두루 섭렵하였다. 1189년에는 유공권(柳公權)이 좌수가 되면서 실시한 사마시에 응시하여 수석으로 합격하였고, 그 이듬해에 실시한 예부시에서도 동진사로 급제하였다. 그러나 그는 평생 벼슬다운 벼슬을 얻지 못하고 2년 뒤에 아버지를 여의자 개경의 천마산에 들어가 몇 년 동안 은둔 생활을 하며 작품 활동에만 힘을 쏟았다.

다시 개경으로 돌아온 이규보는 1197년 최충헌(崔忠獻) 정권의 요직에 있었던 조영인(趙永仁), 임유(任濡), 최선(崔詵) 등에게 서른이 되도록 관직이 없음을 통탄하며 지방관이라도 달라는 편지를 쓴다. 그리하여 마침내 그는 서른두 살 때 최충헌의 초청 시회에 참석하게 된다. 그 자리에서 최충헌을 국가적으로 공로가 매우 큰 사람이라고 칭송하는 시를 읊는다. 이 일을 계기로 비로소 전주목의 사록겸장서기가 되지만 그마저 동료의 비방으로 곧 쫓겨나고 만다. 그 뒤 정직, 좌천, 유배 등 여러 우여곡절을 겪은 끝에 비서성판사로 승진하고, 이듬해에 집현전 대학사, 정당문학, 참지정사, 태자소부 등을 지냈다. 1237년에는 문하시

랑평장사, 감수국사, 태자태보를 마지막으로 벼슬자리에서 물러난 뒤 1241년 7월 병을 얻어 일흔네 살의 나이로 세상을 떠났다.

이규보가 사망하기에 바로 앞서 그의 문학적 재능을 아끼던 최이(崔怡)가 그의 작품을 한데 모아『동국이상국집』(전53권)을 발간하도록 도와주었다. 좀 더 구체적으로 말해서 아들 함(涵)이 1241년에 전집(前集) 41권을, 그 이듬해에 후집(後集) 12권을 편집하여 간행했으며, 1251년 의종의 명령으로 손자 익배(益培)가 증보판을 간행하였다. 전집은 시(詩)·부(賦)·전(傳)을 비롯한 문학적인 글이 25권을 이루고, 나머지는 서(書)·장(狀)·표(表) 등 개인적인 편지와 관리로서 나라에 바친 글, 교서·비답·조서 등 임금을 대신하여 작성한 글, 비명·뇌문(誄文)·제축(祭祝) 등 장례나 제사, 불교 행사에 쓰인 글들이 담겨 있다. 후집은 시가 압도적으로 많아 10권을 차지하며 서·표·잡저 등도 실려 있다.

이규보가 그의 작품에서 다루는 삶의 문제는 고려 팔만대장경만큼이나 폭이 넓다. 이를테면 이 무렵 거란, 여진, 몽고 등 북방 민족의 잦은 침략을 비롯하여 무신의 난과 민란으로 피폐할 대로 피폐해진 사회, 탐관오리의 부패와 집권층의 횡포, 흉년과 기근으로 고통받는 민초 등 당면한 사회 문제를 다루는가 하면, 청춘 남녀의 애틋한 사랑을 노래한 연애시도 적지 않다.

특히 이규보는 고려가 몽고를 비롯한 외적의 침략과 그 위협에 시달릴 무렵 장편 서사시『동명왕편(東明王篇)』을 써서 민족의 자긍심과 주체성을 드높였다.『동국이상국집』3권에 전하는 이 서사시에는 일연이『삼국유사』에서 기록한 주몽(朱夢) 신화와는 또한 다른 내용이 적혀 있어 한국 신화 연구에 귀중한 자료가 된다.『동국이상국집』에 실린 「백운소설(白雲小說)」은 오늘날의 수필 장르에 속하는 작품이다. 그런가 하면 이규보는 몽고군의 침입을 진정표(陳情表)로써 격퇴한 명문장으로 도 이름을 날렸다.

이규보는 무려 7, 8천 수에 이르는 많은 시 작품을 남겼다. 또한 『동국이상국집』에서 창작 못지않게 그 나름대로 독특한 시론이나 시학을 펼치고 있어 문학 이론가로서도 손색이 없다. 가령 그는 시를 쓰는 데 좋지 못한 아홉 가지 체(體)를 경계해야 한다고 지적한다. 그는 좋지 못한 체를 버린 뒤에라야 비로소 함께 시를 논할 만하다고 밝힌다. 여기서 그가 말하는 '체'란 문체만 가리키는 것이 아니라 문장 작법을 두루 가리킨다. 이규보는 이 글에서 자신의 문학관을 피력하고 당대의 문학에 대한 논의도 다룬다.

이규보에 따르면 한 편의 작품 속에 옛사람들의 이름을 많이 인용하는 것은 "귀신을 수레에 가득 실은" 체다. 옛사람의 뜻을 훔쳐 쓰는 것은 "어설픈 도둑이 쉽사리 잡히는" 체이고, 근거 없이 어려운 일을 글로 쓰는 것은 "센 활을 당기지 못하는" 체다. 자기 재주를 헤아려보지도 않고 지나치게 글을 쓰는 것은 "술을 지나치게 많이 마신" 체다. 좀처럼 뜻을 알기 어려운 힘든 글자를 써서 사람을 곧잘 미혹시키기 좋아하는 것은 "함정을 만들어 장님을 이끄는" 체다. 자연스럽지 않은 말을 억지로 인용하는 것은 "자기를 따르도록 남을 무리하게 이끄는" 체다. 상스러운 말을 쓰는 것은 "품격 없는 사람이 모여드는" 체다. 공자와 맹자를 함부로 쓰기 좋아하는 것은 "존귀한 분을 범하는" 체다. 마지막으로, 거친 상말을 많이 쓰는 것은 "밭에 잡초가 우거진" 체다.

이러한 여러 체에 대한 나름의 견해는 '이규보의 문장 십계명'이라고 하여도 좋을 것이다. 이 지침은 생각해 보면 볼수록 구구절절이 옳은 말로 절로 감탄을 자아낸다. 좀처럼 좋은 글을 읽기 어려운 오늘날

글을 쓰는 사람이라면 누구나 마땅히 가슴에 깊이 새겨야 할 덕목이다. 이규보의 계명은 고려 시대는 말할 것도 없고 800여 년이 지난 지금까지도 세월의 풍화 작용을 견딘 채 아직도 그 유용성을 잃지 않고 있다. 그는 시에 국한시켜 말하고 있지만, 그의 논의는 시 장르뿐 아니라 소설, 수필, 논문 등 모든 글에도 그대로 들어맞는다.

이규보는 또한 다른 점에서 우리의 관심을 끈다. 인간 중심주의의 서슬이 시퍼런 시대에 그는 인간 외의 다른 피조물에 깊은 관심을 기울였다. 그는 여러 작품에서 온갖 곤충과 짐승을 소재로 삼은 영물시(詠物詩)를 많이 썼다. 이, 벼룩, 파리, 누에, 거미, 매미, 개똥벌레, 달팽이, 개구리, 쥐, 개, 고양이 따위 등 그가 소재로 삼지 않은 벌레나 짐승이 거의 없을 정도다. 한 연구 결과에 따르면 그의 시에는 20여 종에 이르는 벌레와 짐승이 무려 73번에 걸쳐 나온다. 여기에 수필에 해당하는 잡설까지 넣는다면 아마 그 수는 훨씬 더 늘어날 것이다.

이규보가 짐승에 보여 주는 애정은 무척 남다르다. 소 같은 짐승에서 크기가 작고 보잘것없는 미물에 이르기까지 그는 모든 생물을 귀하게 여기는 생물 평등주의자다. 가령 그는 이[虱]를 소재로 한 시를 무려 4편이나 썼고 수필도 2편이나 썼다. 이 가운데 「이를 잡다[捫虱]」는 이에 대한 이규보의 관심이 어떠한지를 가늠해 볼 수 있는 작품이다. 이 글에서 이규보는 "재상이 노상 이를 잡는 건 / 나 아니고서야 또한 누가 있겠는가"라고 시작한다. 한 나라의 재상이 옷을 벗고 이를 잡는다는 행동이 자칫 재상으로서의 품위와 체면을 저버리는 것으로 보일지도 모른다. 그러나 의복을 자주 갈아입을 수도 없고 여러모로 위생 시설이 부족한 무렵이고 보면 이가 무척 기승을 부렸을 것이다. "이가 칼을 쓰겠다"라든지 "이 잡듯 하다"라든지 하는 표현이 자주 쓰이는 것을 보아도 옛날 서민은 말할 것도 없고 지배 계층의 삶에서도 이는 늘 가까이 있는 생물이었다. 그러므로 이규보가 이를 잡는 것에서는 궁상맞다기보다는 오히려 소박하고 청빈한 삶의 방식을 읽을 수 있다.

이 작품에서 무엇보다도 눈여겨보아야 할 것은 "너 역시 붙어살 데 없어서 / 나를 집으로 삼은 것이네." 하는 구절이다. 이는 사람의 옷과 몸에 붙어서 사람의 피를 빨아먹고 사는 흡혈 곤충이다. 이것을 바꾸어 말하면 사람의 몸과 그 위에 입고 있는 옷은 이가 삶을 영위하는 터전이라는 말이 된다. 단독주택이나 아파트가 사람이 사는 주거지라면 사람의 몸이나 옷은 바로 이가 사는 주거지다. 그러므로 집이나 아파트가 없다면 사람이 살 수 없듯이 이도 사람의 몸이나 옷이 없다면 살 수 없을 것이다.

인간 중심적인 합리주의에 철저히 물들어 있는 서양 사람들에게 이규보의 태도는 좀처럼 이해가 가지 않을는지 모른다. 논리와 합리성만의 세계에서라면 이나 벼룩은 마땅히 죽여 없애버려야 할 해충이다. 이는 인간을 물어뜯어 괴롭히고 발진티푸스나 재귀열 또는 참호열 같은 온갖 전염병을 옮기기 때문이다. 그리하여 서양 사람들은 디디티 같은 살충제를 만들어 이나 벼룩 같은 해충을 절멸시켜 버린 지 이미 오래다. 그러나 인간이 보기에는 아무리 귀찮고 해로운 벌레라고 하더라도 이 우주 안에서는 그 나름의 존재 이유가 있다. 만약 인간에게 전혀 쓸모가 없다고 하여 어느 한 개체나 종을 절멸시킨다면 생태계는 그 조화와 균형이 깨뜨려지고 만다.

이에 대한 이규보의 관심은 「이와 개에 관한 이야기[蝨犬說]」라는 수필에서도 엿볼 수 있다. 어느 날 친구 하나가 이규보에게 찾아와 오는 도중에 불량자 한 사람이 큰 몽둥이로 개를 때려죽이는 것을 보았는

데, 그 모습이 어찌나 끔찍한지 이제부터는 개고기를 먹지 않기로 결심했노라고 털어놓는다. 그렇게 무자비하게 개를 때리는 것은 아마 고기 맛을 내기 위해서일 것이다. 예로부터 개는 몽둥이로 매질을 많이 하면 할수록 고기가 부드러워지고 그 맛도 훨씬 좋아진다고 한다.

그 친구의 말을 듣고 난 이규보는 그에게 "어제 어떤 사람이 불이 이글거리는 화로를 끼고 앉아 이를 잡아 태워 죽이는 것을 보고 측은한 마음을 금할 수 없었네. 그래서 이후로는 다시는 이를 잡지 않을 것이네"라고 대꾸한다. 그러자 이번에는 그 손님이 이규보에게 "이는 미물이 아닌가? 나는 큰 짐승이 죽는 것을 보고 비참한 생각이 들기에 말한 것인데, 그대가 이런 하찮은 것으로 반박하니 이는 나를 놀리는 것이 아닌가?"라고 따진다. 그러자 이규보는 그에게 이는 개와 조금도 다르지 않다고 대답한다.

> "무릇 사람에서 소·말·돼지·양·곤충·개미에 이르기까지 혈기가 있는 생물들은 살기를 원하고 죽음을 싫어하는 마음은 동일한데, 어찌 큰 것만 죽음을 싫어하고 작은 것은 그렇지 않던가? 개와 이의 죽음은 한가지라네."

이규보는 친구에게 계속하여 개나 이나 독립된 생명체인 만큼 저것은 죽음을 싫어하고, 이것은 죽음을 좋아할 이유가 조금도 없다고 잘라 말한다. 이규보는 "그대는 돌아가서 눈을 감고 조용히 생각해 보게나. 그리하여 달팽이 뿔을 쇠뿔과 같이 보고 메추리를 큰 붕새처럼 구별 없이 볼 수 있는 마음을 기르게나"라고 우정 어린 충고를 아끼지 않는다.

퇴계집

이황

위대한 사람의 뒤에는 언제나 위대한 어머니가 있다는 말이 있다. 동양에는 맹모단기나 맹모삼천으로 유명한 맹자의 어머니가 있고, 서양에는 서방 교회의 최고 지도자요 초기 기독교의 가장 위대한 사상가로 일컫는 성(聖) 아우구스티누스를 길러 낸 모니카가 있다. 인류 역사에서 이렇게 위대한 사람을 키운 위대한 어머니는 하나하나 손가락으로 꼽을 수 없을 만큼 무척 많다.

조선 중기에 활약한 학자이며 정치가요 문인인 퇴계(退溪) 이황(李滉, 1501~1570)의 경우도 마찬가지다. 그가 조선 시대를 통틀어 가장 위대한 학자가 될 수 있었던 것은 그의 어머니 박 씨의 노력이 적지 않았다. 이황이 태어난 지 일곱 달 만에 아버지가 세상을 떠나자 어머니 박 씨는 농사일과 길쌈, 누에치기로 가난한 살림을 꾸려 나가며 여덟 명이나 되는 자녀를 키웠다. 그녀는 기회 있을 때마다 자식들을 앞에 불러 놓고 "너희들은 아버지가 계시지 아니하므로 남의 집 아이들과는 달라서 공부만 잘해서는 안 된다. 공부를 남보다 잘해야 할 것은 말할 것도 없지만 행실을 각별히 삼가야 한다. 만약 행실이 방정하지 못하면 과부의 자식인 까닭에 옳게 가르치지 못하여 그렇다고 남들이 손가락질을 할 터인즉, 너희들은 이 점을 각별히 명심하여 훌륭하신 조상에게 욕을 돌리지 않도록 하여라"라고 자주 타일렀다.

퇴계 이황은 1501년 11월 경상도 예안현 온계리, 오늘날의 안동시 도산면 온혜동에서 8남매의 막내아들로 태어났다. 아버지는 진사 이식(李埴)이고, 어머니는 춘천 박 씨이다. 아버지는 첫 번째 아내 김 씨가 2남 1녀를 낳고 세상을 뜨자 두 번째 아내로 박 씨를 맞아들였다. 박 씨는 5형제를 낳았는데 퇴계는 그 막내아들이다. 그의 어머니는 퇴계를 낳을 때 공자가 방문 안에 들어오는 꿈을 꾸었다고 한다.

퇴계는 여섯 살 때 이웃에 사는 노인한테서 천자문을 배웠다. 그 뒤 숙부 이우가 관직에 있다가 병을 얻어 고향에서 쉬게 되자 그에게서 『논어』를 배웠다. 그러다가 숙부가 안동 부사로 재직하다 사망하자 퇴계는 스승 없이 혼자서 공부하다시피 하였다. 그 때문에 오히려 퇴계는 글자 한 자 놓치지 않고 자기 힘으로 연구하는 습관을 길렀고, 비록 옛 성현의 글이라도 의심을 가지고 파고들어 가는 학문 방법을 터득하게 되었다. 그리하여 열아홉 살 때 『성리대전(性理大典)』을 모두 읽고 나서는 "모르는 사이에 기쁨이 솟아나고 눈이 열렸는데, 오래 두고 익숙하게 읽으니 점차 그 의미를 알게 되어 마치 들어가는 길을 얻은 것과 같았다"고 밝혔다.

퇴계는 스물여덟 살 때 진사시에 합격한 뒤 서른네 살 때는 문과에 급제하여 승무원 부정자의 벼슬에 올랐다. 이때 고향 선배인 농암(聾巖) 이현보(李賢輔)는 그의 급제 소식을 듣고 "지금 세상 사람이 우러르고 따르는 사람 중에 이 사람을 뛰어넘을 사람이 없으니 나라의 복이고 우리 고을의 경사이다"라고 말하며 그에게 큰 기대를 걸었다. 성균관에서 함께 수학(修學)한 하서(河西) 김인후(金麟厚)는 그를 두고 '영남의 수재'라고 일컫기도 하였다.

퇴계는 홍문관 수찬을 비롯하여 충청도 단양군수, 홍문관 부제학, 성균관 대사성, 공조판서, 예조판서 등을 지냈지만 벼슬은 그에게 언제나 맞지 않는 옷처럼 거추장스러웠다. 그는 기회만 있으면 온갖 구실로 고향에 돌아와 자연과 더불어 학문을 닦고 제자들을 가르치며 여생을 보냈다. 한 번은 상관에게 사표를 냈지만 회답이 없자 해임을 기다리지 않고 그냥 고향으로 돌아가 관직에서 해직되거나 고신(告身: 조정에서 내리는 벼슬아치의 임명장) 2등급이 강등된 적도 있다. 퇴계는 서른네 살에 벼슬을 시작하여 일흔 살에 사망할 때까지 무려 140여 직종에 이르는 벼슬자리에 임명되었으나 79번이나 사퇴하였다. 이 가운데서 30번은 사표가 수리되었지만 49번은 수리가 되지 않아 마음에 없는 근무를 하기도 하였다.

퇴계가 이렇게 벼슬을 마다한 것은 질병 때문이기도 하지만 본디 벼슬보다는 학문과 교육에 뜻이 있었기 때문이다. 또한 당파 간의 다툼으로 일어난 잦은 사화 때문이기도 하였다. 실제로 그는 사화로 친형 해(瀣)를 잃었고, 조광조(趙光祖)를 비롯한 유교 정치가들의 비극적인 죽음을 목격하였다. 그가 벼슬을 마다한 또한 하나의 이유는 어머니의 뜻을 지키기 위한 것이기도 하다. 그의 어머니는 그가 높은 관직에 있지 말고 고을을 다스릴 만한 작은 벼슬에 머무르기를 바랐다. 그러나 퇴계는 일단 직책을 맡으면 있는 힘을 다하여 소신껏 일하였다.

어렸을 적에 가난하게 자란 탓도 있지만 퇴계는 평생 가난과 청빈을 벗 삼아 살았다. 스무 살 때 결혼한 아내 허 씨의 집안은 그의 집안과는 견줄 수 없을 만큼 부자였다. 그리하여 허 씨는 호화로운 생활을 좋아했지만, 퇴계는 검소한 생활이 몸에 익어 근검절약하며 살았다. 퇴계는 임금에게 가뭄이 심할 때는 식사 때 반찬 수를 줄이라고 청할 정도였다. 퇴계 부부는 생활 방식이 달라 불화도 없지 않았다. 퇴계는 선비에게 가난은 부끄러운 것이 아니라 오히려 자랑스러운 것이라고 생각하였다. 그는 "부귀는 뜬 연기와 같고, 명예는 나는 파리와 같다"고 말하기도 하였다.

고향에 돌아온 퇴계는 주세붕(周世鵬)이 세운 백운동 서원에 편액과 서적을 내려줄 것을 청하여 한국 최초의 사액 서원인 소수서원을 만들었다. 이를 계기로 서원이 비온 뒤 죽순처럼 곳곳에서 서게 되어 한국 학문 발달에 크게 이바지하였다. 퇴계는 관학인 향교와 국학은 나라의 제도와 규정에 얽매이고 과거 공부에 주력하여 옳은 학문을 이룰 수 없는 반면, 서원에서는 자유로운 분위기에서 출세주의와 공리주의를 떠나 순수한 학문 연구에 몰두할 수 있다고 보았다. 이 무렵에는 사림들의 출세 방법은 과거를 통한 벼슬밖에 없었다. 이 시절에 개인의 수양을 위한 학문을 위주로 하는 성리학의 학풍을 토착화하는 일은 그렇게 쉽지 않았을 것이다.

퇴계가 이룩한 업적이 한두 가지가 아니지만 가장 큰 업적이라면 역시 학자로서 모범을 보여 주었다는 점이다. 그는 어렸을 적부터 말년에 이르도록 학구열에 불타는 진지한 학자의 참모습을 보여 주었다. 열네 살 때부터 비록 아무리 많은 사람이 모인 자리일지라도 반드시 홀로 벽을 향하고 조용히 앉아 생각할 정도로 학문을 좋아하였다. 스무 살쯤 되어서는 밥을 먹고 잠을 자는 것도 거의 잊어 가며 독서와 사색에 잠겨 일생 동안 소화 불량증으로 고생을 하였고, 눈병으로 오랫동안 고생하면서도 좀처럼 책 읽기를 게을리 하지 않았다.

퇴계의 학문 태도 중에서 가장 눈에 띄는 것은 고봉(高峰) 기대승(奇大升)과 나눈 이른바 '사단칠정(四端七情)에 관한 논변'이다. 이 무렵은 장유유서의 유교 질서를 목숨처럼 존중하던 시대였기 때문에 사대부들은 학문을 하는 데도 권위주의적으로 일방적인 전수만을 고집하였다. 그러므로 후배가 선배의 이론에 의문을 제기하거나 비판을 가하기가 무척 어려운 풍토였다. 뒷날 이러한 퇴계의 태도를 두고 그의 제자는 "선생님은 겸허로써 덕을 삼아 털끝만큼도 교만하여 잘난 체하는 마음이 없었다"고 평하였다. 이들의 논의는 당시 정체된 학문에 새바람을 불러 일으켰고, 결과적으로 한국 성리학의 발전에 크게 이바지하였다.

퇴계는 학문을 연구하고 후진을 양성하는 한편 저술 활동도 게을리 하지 않았다. 50대 이후 노년기에 접어들어서는 주로 저술 활동을 한 그는 『주자서절요(朱子書節要)』, 『자성록(自省錄)』, 『성학십도(聖學十圖)』 등 한국 유학 사상사에서 굵직한 획을 그은 책들을 썼다. 더 나아가 이 책들은 한국은 물론이고 일본을 비롯한 중국에도 큰 영향을 끼쳤다. 그의 학문과 사상을 따로 연구하는 분야를 '퇴계학'이라고 부를 만큼 학문적 성과가 뛰어나다.

퇴계는 사상과 이론의 집을 정자(程子)와 주자(朱子)의 주춧돌 위에 세운다. 다시 말해서 그는 정자와 주자 계통의 성리학을 기본 입장으로 받아들이되 그것을 좀 더 정교하게 가다듬는다. 주자는 우주의 현상을 '이(理)'와 '기(氣)'로써 이원적으로 설명하면서도 어디까지나 '기'보다는 '이'에 무게를 싣는다. 주자의 이론을 흔히 '주리론'이라고 일컫는 까닭이다. 오늘날 용어를 빌리자면 '이'는 이성에 해당하고 '기'는 감성에 해당한다고 보아 크게 틀리지 않는다. 그러니까 주자는 감성 쪽보다는 이성 쪽에 손을 들어 주었다.

그러나 퇴계는 주자의 이론에서 출발하지만, 주자의 '주리론적(主理論的) 이원론'에 의문을 품는다. 그는 '이'와 '기'가 서로 다르면서도 상호의존 관계를 맺고 있다고 지적한다. 이는 형이상학적인 원리로 기를 움직이게 하는 근본 법칙인 반면, 기는 형질을 갖춘 형이하학적인 현상적 존재로서 이의 법칙에 따라 구체화된다는 것이다. 퇴계에 따르면 이 없이 기가 없고, 기 없이 이도 없다. 기가 발하면 마찬가지로 이도 함께 발한다. 이것이 바로 퇴계의 이기호발설(理氣互發說)이다. 퇴계의 이론은 흔히 '일원론적 이기이원론' 또는 '이기동격적(理氣同格的) 이원론'이라고 일컫는다.

퇴계는 '사칠론(四七論)'이라고도 일컫는 사단칠정론(四端七情論)에 대해서도 새로운 견해를 내세워 관심을 끌었다. 사단이란 맹자가 인간의 착한 본성의 발로로 생각한 측은(惻隱), 수오(羞惡), 사양(辭讓), 시비(是非)의 네 마음을 말한다. 칠정은 『예기』에서 희(喜), 노(怒), 애(哀), 구(懼), 애(愛), 오(惡), 욕(欲)의 7가지 인간 감정을 가리킨다. 사단과 칠정은 처음 출발할 때는 서로 엄격히 구분되는 것으로 보았다. 그동안 칠정에 관한 연구보다는 사단 연구에 치중하였다. 그러나 중국 송나라 때 성리학이 성립하고 사서 중심의 학풍으로 바뀌면서 맹자의 사단설과 함께 칠정도 중요하게 취급하기 시작하였다.

한국에서 사단과 칠정에 대한 이기론적 해석을 둘러싼 논의가 본격적으로 이루어지기 시작한 것은 추만(秋巒) 정지운(鄭之雲)의 『천명도설(天命圖說)』을 퇴계가 수정하고 개작하면서부터다. 정지운은 "사단은 이에서 발현하고, 칠정은 기에서 발현한다"고 주장한다. 이에 대하여 퇴계는 2년 동안 숙고한 끝에 "사단은 이가 발현한 것이고, 칠정은 기가 발현한 것이다"라고 살짝 고쳐 놓는다. 한편 기대승은 사단이 어디까지나 칠정 안에 포함되는 것으로 사단이란 칠정 가운데 선을 드러내는 것에 지나지 않는다고 반박하였다. 즉 퇴계처럼 사단과 칠정을 대립적인 것처럼 해석하는 것은 옳지 않다는 것이다.

퇴계는 이러한 반론에 대하여 마침내 자신의 견해를 일부 고쳐 "사단이란 이가 발하여 기가 이에 따르는 것이고, 칠정이란 기가 발하여 이가 기를 타[乘]는 것이다"라고 주장한다. 이것은 사단과 칠정이란 이가 발하는가 기가 발하는가에 따라 구별되는 것으로, 두 가지는 결코 같은 것이 아니라는 기대승의 주장에 쐐기를 박은 것이다.

사단칠정론에 뿌리를 둔 퇴계의 심성론은 한마디로 될 수 있는 한 감성적인 욕구를 억압하고 이성에 따라 행동하도록 만드는 데 있다. 퇴계는 감성적 인간보다는 이성적 인간에 무게를 실었다. 그런데 이러한 이성 중심주의는 자칫 사대부 또는 양반을 중심으로 한 가부장적 봉건 체제를 유지하고 공고히 하는 데 이바지할 수 있다. 그의 이론은 궁극적으로 현 질서와 체제에 대한 승복을 뜻한다. 이 무렵의 시대적 상황에서 어쩔 수 없었겠지만, 퇴계의 이론은 다분히 체제 순응적인 성격을 지닐 수밖에 없다는 한계가 있다.

퇴계는 성리학뿐 아니라 문학에도 깊은 관심을 기울였다. 그는 중국 시인을 무척 좋아하여 젊었을 때는 도연명과 두보, 장년기에는 구양수와 소동파, 나이가 들어서는 주자와 소옹(邵雍)의 시를 즐겨 읽었다. 퇴계가 쓴 시는 그 제목이 알려진 것만 해도 무려 3,500여 수에 이른다. 그는 중국의 문자인 한문으로 우리 정서와 사상을 표현하는 데는 한계가 있을 수밖에 없다고 느껴 「도산십이곡」을 비롯한 연작 시조에서는 한글을 구사하기도 하였다. 특히 퇴계는 자연의 아름다움을 자주 읊었다. 전원의 풍경과 철 따라 피는 꽃나무에 이르기까지 자연을 소재로 많은 시를 남겼다. 물론 퇴계는 어디까지나 철저한 유학자인 만큼 문학을 도를 담는 그릇이나 도를 밝히는 수단으로 삼았음은 두말할 나위가 없다.

율곡집

이이

한국의 일천 원권과 오천 원권 지폐에는 퇴계 이황과 율곡(栗谷) 이
이(李珥, 1536~1584)의 초상이 그려져 있다. 퇴계와 율곡은 여러모로 비
슷한 점이 많다. 어렸을 적부터 어머니의 가르침이 컸다는 점에서도 그
러하고, 큰 정치가와 학자일 뿐 아니라 도덕가로서 이름을 떨쳤다는 점
에서도 그러하다. 이 세상에 잘 알려지지는 않았어도 퇴계의 어머니 박
씨와 율곡의 어머니 사임당(師任堂) 신(申) 씨는 맹자의 어머니처럼 현모
양처로도 역사에 길이 이름을 날렸다. 이렇다 할 만한 스승 없이 독학
으로 학문을 닦았다는 점에서도 그러하다. 무엇보다도 퇴계와 율곡은
한국 성리학을 굳건한 발판에 올려놓았고, 나아가 동양의 대학자로 일
컬음을 받는다는 점에서도 아주 비슷하다. 두 사람은 한국 성리학을 이
끈 쌍두마차라고 할 수 있다.

그런데 율곡은 아무래도 퇴계 이황보다는 천재적 기질이 더 많았던
것 같다. 퇴계가 꾸준히 노력하는 성실한 학자라면, 율곡은 재기가 번쩍
이는 천재형의 학자라고 할 수 있다. 퇴계는 서른네 살 때 문과에 합격

하여 비교적 늦깎이로 벼슬길에 들어섰다. 한편 율곡은 잘 알려진 바와 같이 열세 살부터 무려 아홉 차례에 걸쳐 과거 시험을 보아 모두 장원으로 합격했다고 하여 '구도장원공(九度壯元公)'이라는 별명을 얻을 정도였다.

스물세 살이 되던 해 봄에 율곡은 경상도 예안 도산으로 퇴계를 찾아가 이틀 동안 머물면서 도를 논하였다. 나중에 집에 돌아온 뒤에도 율곡은 계속 서신을 통하여 퇴계와 학문적으로 교류하였다. 율곡에 대하여 퇴계는 제자인 조목(趙穆)에게 보낸 편지에서 "명석하기 이를 데 없고 박현(博賢)한 모습이 뒷날 큰 기둥감이 될 것이다"라고 말하면서 '후생가외(後生可畏)'라고 하였다. 실제로 율곡의 사상과 이론은 스승의 것과 비견하여 모자람이 없었고 어떤 점에서는 스승을 뛰어넘기도 하였다.

율곡 이이는 1536년 12월 강원도 강릉 북평촌에 있는 외가 오죽헌에서 사헌부 감찰을 지낸 이원수(李元秀)와 사임당 신 씨 사이에서 7남매 중 다섯째로 태어났다. 본관이 덕수인 그의 자는 숙헌(叔獻)이고, 호는 율곡 또는 석담(石潭)이다. 어머니가 율곡을 낳던 날 밤 꿈에 검은 용이 침실로 날아오는 것을 보았다고 하여 어렸을 때 이름은 현룡(見龍)이라고 하였다. 율곡은 어렸을 적부터 머리가 총명하고 문학적 자질이 뛰어났다. 세 살 때 한 번은 그의 외할머니 이 씨가 석류를 들고 "이것이 무엇과 같으냐?"라고 묻자 율곡은 "은행은 껍질 속에 덩어리 푸른 구슬을 머금었고 / 석류는 껍질 안에 부스러진 붉은 구슬을 싸고 있네"라는 옛 한시 한 구절을 외워 답했다고 한다. 여덟 살 때는 "높은 산은 보름달을 뱉어놓고 / 깊은 강은 만리 불어갈 바람을 머금었다. / 변방의 기러기는 어디를 가는가. / 기러기 울음은 저무는 눈 속에 끊어지누나"라는 한시를 지었다고 하니 그의 문학적 재능을 미루어 보고도 남는다.

율곡은 1548년 겨우 열세 살밖에 되지 않은 어린 나이로 진사시에 합격하였다. 열여섯 살 때 그토록 존경하던 어머니가 사망하자 3년상을 치른 뒤 금강산에 들어가 불교를 공부하다가 이듬해 다시 세상에 내려와 성리학에 전념하였다. 율곡은 스물아홉 살 때 호조좌랑을 시작으로 관직에 첫발을 디딘 뒤 사간원 정언, 사헌부 지평, 홍문관 교리와 부제학, 승정원 우부승지 등 중앙 관서의 요직을 두루 거쳤다. 아울러 청주 목사와 황해도 관찰사를 맡아 지방의 외직에 대한 경험까지 쌓았다.

율곡은 마흔 살이 될 무렵 그동안 쌓은 탁월한 정치적 식견과 왕의 두터운 신임을 바탕으로 마침내 정국을 이끄는 인물로 떠오른다. 그러나 1576년 동인과 서인의 대립과 갈등의 골이 깊어지면서 그의 중재 노력은 헛수고로 돌아가고 만다. 또한 그가 선조에게 건의한 개혁안이 받아들여지지 않자 그는 벼슬을 그만두고 파주 율곡리로 낙향한다. 고향으로 돌아가는 율곡에게 누군가가 "물러가려고 청해서 물러가게 되었으니 무척 유쾌할 것이지마는, 저마다 모두 물러날 뜻을 가지면 누가 나라를 붙들 것이오"라고 말하였다. 그러자 율곡은 웃으며 "만일 위로는 대신으로부터 아래로는 낮은 벼슬아치에 이르기까지 모두 다 물러날 뜻을 가지기만 한다면 나라의 정세는 저절로 큰길을 가게 될 것이라"라고 대꾸했다고 한다.

율곡은 태어날 때부터 건강이 좋지 않았다. 그래서인지 그는 미처 쉰을 넘기지 못한 채 마흔아홉 살의 젊은 나이로 이 세상을 떠났다. 선조는 그의 사망 소식에 곡하는 소리가 밖에서 들릴 정도로 그의 죽음을 슬퍼하였으며, 수라상에 고기를 올리지 못하게 하였다. 또한 "어진 재상이 서거하니 내 마음이 극히 아프다"라고 말하면서 사흘 동안 조회를 열지 않았다고 한다.

율곡은 한동안 벼슬을 맡지 않고 고향 파주와 처가가 있는 해주에 머무는 동안 저술과 교육에 관심을 기울였다. 해주에 은병정사를 세워 제자 교육에 힘썼는가 하면, 농민을 위하여 향약과 사창법을 시행하였다. 『격몽요결(擊蒙要訣)』을 비롯하여 『동호문답(東湖問答)』, 『만언봉사(萬言封事)』, 『성학집요(聖學輯要)』 같은 책을 써 학자로서의 역량을 과시하기도 하였다.

율곡은 퇴계와 마찬가지로 정치가로서도 이름을 날렸지만, 특히 성리학자로서 그 이름을 크게 떨쳤다. 율곡이 활약한 16세기 전반에는 한국에서 성리학 연구가 최고조에 이르렀다. 사단칠정을 두고 퇴계 이황과 고봉 기대승이 무려 8년 동안 편지를 통하여 논쟁을 벌였고, 이 논쟁을 둘러싸고 우계(牛溪) 성혼(成渾)과 율곡이 '우율 논변(牛栗論辨)'을 벌였다. 이 밖에도 이 무렵에는 이기론을 두고 퇴계와 화담(花潭) 서경덕(徐敬德) 등이 커다란 입장 차이를 보이기도 하였다. 이러한 일련의 논쟁은 뒷날 성리학 연구가 발전하는 데 더할 나위 없이 비옥한 거름이 되었다.

율곡은 그들의 주장을 아우르며 자기 나름대로 독특한 이론을 펼쳐 주목을 끌었다. 이황과 기대승 간의 논변이 끝난 지 여섯 해가 지난 1572년 성혼이 퇴계의 이기호발설에 입각하여 율곡에게 자신의 견해를 피력하면서 또한 다시 6여 년에 걸친 논쟁에 불을 댕긴다. 성혼에 따르면 사단칠정은 성(性)에서 발하고 인심 도심(人心道心)은 심에서 발한 것이어서 발원처는 서로 다르지만 이미 성현이 주리설과 주기설을 주장한 것으로 보아 "사단은 이에서 발하고 칠정은 기에서 발한 것"으로 볼수 있다고 주장하였다.

율곡은 성혼의 주장에 대하여 사단칠정과 인심 도심 사이에는 서로 분명한 의미의 차이가 있다고 지적하였다. 율곡에 따르면 칠정이란 인심의 움직임에 7가지가 있음을 합쳐서 말한 것이고, 사단은 칠정 가운데서 오직 선한 쪽만을 가려내어 말한 것뿐이라고 하여 칠정이 사단을 포함한다는 이른바 '칠정포사단(七情包四端)'의 논리를 내세워 기대승의 사단칠정론에 손을 들어 주었다.

율곡은 사단칠정이란 오히려 본연지성(本然之性)과 기질지성(氣質之性)의 구별과 같다고 지적한다. 그런데 본연지성은 기질지성을 겸하지 않고 말한 것이지만, 기질지성은 본연지성을 포함하여 말한 것이다. 율곡은 "대체로 정이 발할 때 발하는 것은 기요, 발하는 까닭은 이이다. 기가 아니면 발할 수 없고, 이가 아니면 발할 까닭이 없다"고 잘라 말한다. 그리하여 결국 사단칠정이 모두 '기발이승(氣發理乘)'의 한 길일 따름이라고 주장한다. 이것이 율곡이 주장하는 '기발이승 일도설'이다. 그러면서 율곡은 "'발(發)' 자 이하 23자는 성인이 다시 나오시더라도 바꿀 수 없다"고 자신감을 드러내기도 한다.

더구나 율곡은 이기론에서도 새로운 이론을 펼쳐 관심을 끌었다. 퇴계는 기보다는 이에 무게를 싣는 정자(程子)나 주자(朱子)의 '주리론적 이기이원론'을 극복하여 이기호발설을 주장하였다. 퇴계에 따르면 기가 발하면 이도 함께 발한다. 다시 말해서 그는 '일원론적 이기이원론' 또는 '이기동격적(理氣同格的) 이원론'을 주장했던 것이다. 율곡은 정주(程朱)나 퇴계와는 달리 '주기론적(主氣論的) 이기일원론'을 내세웠다. 이와 기 가운데서 기에 무게를 싣되 그 둘을 따로 떼어서 보려고 하였다. 이와 기는 둘이되 하나이며, 하나이되 둘이라는 것이다. 이 두 가지는 비록 논리적으로는 구별할 수 있을지 모르지만 현실적으로 분리할 수 없으며, 모든 사물에서 이는 기의 주재자 역할을 하고 기는 이의 재료가 된다는 점에서 이 둘을 서로 따로 떼어놓을 수 없다고 밝힌다. 이렇게 하나이면서 둘이고 둘이면서 하나인 그들의 관계를 두고 율곡은 '이기지묘(理氣之妙)'라고 불렀다.

퇴계와 율곡의 차이는 두 사람의 세계관의 차이고 더 나아가 두 사람이 살았던 시대의 차이라고 할 수 있다. 율곡보다 35년 앞서 산 퇴계는 훈척 정치로 인한 극심한 정치적 혼란기를 겪으면서 타락한 정치 윤리와 도덕을 바로잡기 위해서는 기보다는 이, 칠정보다는 사단, 인심보다는 도심에 무게를 실어 선을 지향하는 사고방식을 취하였다. 한편 율곡이 산 시대는 정권 권력이 훈척에서 사림으로 바뀌었다. 이러한 정치 현실에서 율곡은 시급한 민생 문제 해결을 위하여 현실에 적극 참여하고 개혁을 모색하는 과정에서 자연스럽게 명(名)과 리(利), 의리와 실사(實事)를 함께 아우르는 일원론적 사고방식을 취하였다. 율곡이 산 시대는 아무래도 퇴계가 살던 시대보다 더욱 급변하는 시대였다. 그래서 그는 형이상학보다는 형이하학에서 해답을 찾으려고 하였다.

퇴계가 사림이 탄압받은 시대의 정치가라면 율곡은 어디까지나 사림이 정국의 주도권을 장악한 시대의 정치가였다. 퇴계가 재야의 입장에서 현실 정치를 바라보았다면, 율곡은 집권자의 입장에서 세계를 바라보았다. 퇴계의 '일원론적 이기이원론'이 현실 비판을 중요시한 반면, 율곡의 주기일원론은 현실에 대한 구체적 개혁 방안을 중요시하였다. 율곡은 사림파가 권력을 잡은 상황에서 이상에만 매달릴 수만은 없었고, 현실도 함께 생각해야 하였다. 율곡의 이러한 철학적 입장은 동인들에게 불만을 낳기도 하였다.

율곡은 학문을 함에 있어서 이론에 머물지 않고 그 이론을 몸소 실천하였다. 이를테면 「자경문(自警文)」이라는 글을 써서 그러지 않아도 성실한 자신을 채찍질하였다. 이 글은 율곡뿐 아니라 누구나 귀담아들 어야 할 교훈으로 몇백 년이 지난 지금에도 그 빛을 잃지 않고 있다.

첫째, 말을 적게 하여 마음을 정한다.

둘째, 성인의 경지에 이르기까지 꾸준하게 덕을 닦는다.

셋째, 흐트러지는 마음을 바로잡는다.

넷째, 혼자 있을 때 더욱 삼가고 두려워한다.

다섯째, 행동에 앞서 생각하여야 하고 실생활에 쓰임새 있는 학문을 한다.

여섯째, 재물과 영예를 탐하지 않는다.

일곱째, 정성을 다하여 일한다.

여덟째, 죄 없는 사람들을 희생시키지 않는다.

아홉째, 악한 사람이라도 감화시킨다.

율곡은 "재물과 영예를 탐하지 않는다"라는 여섯 번째 다짐 그대로, 그렇게 길다고 할 수 없는 짧은 삶을 살면서 가난과 청빈을 몸소 실천 하였다. 대제학을 지낸 이정구(李廷龜)는 「율곡시장(栗谷諡狀)」에서 "율 곡이 운명한 뒤 집에 곡식 한 섬 없고, 남의 옷을 빌려다가 염을 했다" 하고 적는다. 살아 있을 때는 식구들이 먹을 곡식 한 섬 남기지 않고 죽 어서는 남의 옷을 빌려다가 염을 할 정도였으니 그가 얼마나 가난을 벗 하며 청빈하게 살았는지 쉽게 미루어 볼 수 있다.

징비록

유성룡

임진왜란을 승리로 이끈 가장 큰 이유를 꼽으라면 무엇보다도 전쟁에 대한 중앙 정부의 판단과 체계적인 지휘를 빼놓을 수 없다. 전쟁은 장수와 병사들이 하지만 그 승패는 중앙 정부의 사령탑에서 결정 나는 법이다. 이순신, 김시민, 권율(權慄), 원균(元均) 등이 야전에서 아무리 훌륭하게 싸웠다고 하여도 중앙 정부의 올바른 판단과 체계적인 지휘가 없었다면 아마 전쟁은 승리를 거두기 힘들었을 것이다.

임진왜란에서 중앙 정부의 사령탑 구실을 한 사람은 바로 서애(西厓) 유성룡(柳成龍, 1542~1607)이다. 그는 광해군의 도움을 받아 뛰어난 두뇌와 판단력으로 피란중에 있는 임금을 보호하면서 관병과 의병을 지휘하였다. 더구나 형조정랑 권율을 의주 목사에, 정읍현감 이순신을 전라도 좌수사에 천거한 사람도 유성룡이다.

임진왜란과 전쟁 전후의 상황을 연구하는 데 가장 귀중한 자료는 두말할 나위 없이 이순신의 『난중일기(亂中日記)』와 유성룡의 『징비록(懲毖錄)』이다. 두 책은 무관과 문관이 서로 다른 관점에서 전쟁을 기록했다는 점에서 무척 흥미롭다. 임진왜란이 한창이던 무렵 이순신이 수군을 이끄는 장수로서 바다에서 왜적과 싸웠다면, 유성룡은 영의정과 4도 도체찰사를 겸하여 군사와 전쟁을 총지휘하였다. 『난중일기』가 제목 그대로 이순신이 왜란 중 일어난 일을 일기 형식으로 기록한 책이라면, 『징비록』은 난리가 끝난 뒤 유성룡이 고향에 돌아와 차분한 마음으로 전쟁을 뒤돌아보며 쓴 책이다. 그러므로 이 책은 한 치 앞도 내다볼 수 없는 절박한 전쟁 상황을 담은 이순신의 책과는 달리, 유성룡의 기록은 전쟁 회고록의 성격을 띠어 좀 더 역사적 퍼스펙티브가 길다.

서애 유성룡은 1542년 황해도 관찰사를 지낸 아버지 유중영(柳仲郢)과 어머니 안동 김 씨의 둘째 아들로 경상도 의성현 사촌리에서 태어났다. 본관이 풍산인 유성룡은 자가 이현(而見)이고 호는 서애이다. 어렸을 적부터 머리가 뛰어나 일찍부터 학문에 힘을 써 스무 살 때 퇴계 이황을 찾아가 그의 밑에서 학봉 김성일과 함께 학업을 닦았다. 1564년에 사마시에 합격하고, 2년 뒤에 별시문과에 급제하여 승문원 권지부정자로 벼슬을 시작한다. 그 뒤 그에게는 유달리 관운이 따라 공조좌랑, 이조좌랑 등의 벼슬을 거쳐 예조판서, 병조판서, 이조판서와 삼정승을 모두 지냈다. 반대파의 탄핵을 받아 면직된 적도 있고 스스로 관직을 그만둔 적도 있지만 유성룡만큼 오랫동안 요직을 두루 거친 사람도 찾아보기 드물다.

유성룡은 학문적으로는 스승 퇴계의 이론을 따랐다. 퇴계의 이선기후설(理先氣後說)을 좇아 기는 이가 아니면 일어나지 못한다고 보고 기보다 앞서 있는 실체로서의 이를 규정하였다. 그는 퇴계처럼 이기에 따라 인심과 도심을 나누지는 않았지만 도심을 한결같이 지켜야 한다고 지적하였다. 한편 유성룡은 양명학이 불교의 선학에서 비롯된 것으로

여겨 날카롭게 비판하였다.

유성룡은 율곡 이이가 십만 양병설을 주장할 때는 반대했지만 뒤늦게 율곡의 주장이 옳았다는 것을 깨달았다. 그리하여 왜적이 쳐들어올 것을 미리 알고 장군인 권율과 이순신을 중용하도록 추천하는 등 군비 확충에 노력하였다. 1592년 4월 마침내 일본이 조선을 침입하자 유성룡은 병조판서를 겸하고 도체찰사로 군무를 총괄하였다. 평안도 도체찰사가 되어 1593년 이여송과 함께 평양을 되찾고, 이어 충청·경상·전라 3도의 도체찰사가 되어 파주까지 진격하였다. 이해 다시 영의정에 올라 4도 도체찰사를 겸하여 군사를 총지휘한 그는 군대를 양성하고 화포 등 각종 무기를 만들고 성곽을 수축할 것을 건의하였다. 또한 선조를 호위하여 서울에 돌아와서는 훈련도감을 설치할 것을 요청하였다. 1598년 북인의 탄핵을 받고 관직을 삭탈당한 뒤 2년 뒤에 복관되었지만, 더 이상 관직에 나가지 않고 고향인 안동군 풍산면 하회와 군위에 은거하며 후학을 기르는 데 힘을 쏟았다.

유성룡은 『서애집』을 비롯하여 『신종록』, 『징비록』, 『운암잡기』, 『상례고증』, 『무오당보』, 『침경요의』 등의 저서를 남겼다. 이 가운데서도 『징비록』은 임진왜란과 전쟁 전후의 조선 상황을 자세히 기록하고 있어 그 역사적 의미가 무척 크다. 이 책을 저술한 시기는 정확히 알 수 없지만 유성룡이 모든 관직에서 물러나 향리에서 비교적 한가하게 지낼 때 썼다.

『징비록』의 초간본은 유성룡의 셋째 아들 유진(柳袗)이 1633년(인조 11년) 『서애집』을 펴낼 때 이 책을 함께 수록하고, 10년 뒤에 다시 독립된 책으로 『징비록』 16권을 간행하였다. 필사본은 조수익(趙壽益)이 경상도 관찰사로 재임하고 있을 때 유성룡 손자의 요청으로 1647년(인조

25년)에 간행하였다. 1695년(숙종 21년)에는 일본 교토 야마토야(大和屋)에서 간행하기도 하였다. 1712년 숙종이 일본에 유출되는 것을 막을 정도로 이 책은 귀중한 사료로 평가받았다. 이 책은 지금 4종이 전하는데 저자 자신의 필사 원본인 초본『징비록』은 서적으로는 보기 드물게 국보 제132호로 지정되어 있다. 그만큼 한국 역사에서 소중한 기록 문학으로서 중요한 위치를 차지한다.

유성룡은『징비록』을 쓸 때 분명한 목적이 있었다. 그가 이 작품을 쓴 것은 조선과 한민족에게 임진왜란과 같은 비참한 전쟁이 또다시 되풀이되어서는 안 된다고 생각했기 때문이다. 그는 참회하고 염원하는 마음으로 그 수난상을 자세히 기록하여 후대의 경계로 삼으려고 하였다. 서문에서 그는 이 책을 '징비록'이라 한 것에 대해 "『시경』에 이러한 말이 있다. 내 지나간 일을 채찍질하여 뒷근심이 있을까 삼가 경계하노라. 이것이 바로 내가『징비록』을 쓰는 까닭이다"라고 밝힌다. 즉 '징비'란『시경』의「소비편(小毖篇)」에 있는 "미리 징계하여 후환을 경계한다[豫其懲而毖後患]"는 구절에서 따온 말이다. "지금 와서 후회한들 무슨 소용 있으랴. 다만 뒷날을 위하여 경계해야 할 것이기 때문에 (이 책을) 써 둘 따름이다"라는 말에서는 숙연한 기분마저 든다.

『징비록』의 중요한 특징 가운데 하나는 저자의 솔직한 기술 태도이다. 유성룡은 임진왜란과 관련한 사실을 비교적 솔직하게 털어놓는다. 일본의 침략을 제대로 방비하지 못한 무능한 정부, 조정에서 있었던 관리들의 분란과 갈등, 임금에 대한 백성의 원망 등을 자세히 밝힌다. 그뿐만 아니라 유성룡은 전쟁과 관련한 일을 처리하는 데 자신의 잘못도 적지 않았음을 솔직히 고백한다. 저자의 이러한 솔직함이 이 책을 값진 고전의 반열에 올려놓는 데 톡톡히 한몫하였다.

『징비록』을 읽고 있노라면 처참하기 이를 데 없는 임진왜란의 비극이 눈앞에 선하게 떠오른다. 우리 민족이 겪은 전쟁 가운데서 아마 이 전쟁만큼 비참한 전쟁도 없을 것이다. 10여 일 만에 겨우 15만밖에 되지 않은 일본군에 세 도성이 함락되고 온 나라가 힘없이 무너져 버렸다. 마침내 임금이 서둘러 북쪽으로 피난을 떠나야 하는 지경에 이르렀다. 이러한 와중에도 제대로 된 지휘 체계가 없어 임진왜란 전 통신사로 갔다가 돌아온 황윤길(黃允吉)과 김성일(金誠一)이 선조에게 일본의 실정과 형세를 서로 다르게 보고하는 등 혼란스럽기 그지없었다.

『징비록』에서 가장 끔찍한 대목은 이여송 부대가 한양을 수복한 뒤의 기록이다. 피난을 가지 못하고 성안에 남아 있던 백성들은 성한 사람이 하나도 없다시피 하고 모두가 굶주리고 병들어 차마 눈 뜨고 볼 수 없었다고 한다. 거리마다 사람과 짐승 썩는 냄새 때문에 코를 막고 지나가야 할 정도였다. 10월 선조가 궁으로 돌아온 뒤 한양의 모습은 더더욱 참혹하였다. 심지어 아버지는 자식을, 남편은 아내를 서로 잡아먹기에 이르렀다. 적어도 "지부자부부상식(至父子夫婦相食)"이라는 구절에서 '상식'을 글자 그대로 풀이하면 그러하다. 물론 이 '상식'이라는 말을 은유적으로 해석하여 서로를 잡아먹을 만큼 먹을 것이 없었다고 풀이할 수도 있을 것이다. 그러나 명나라 장수가 우리 쪽에 보낸 공문에도 "백성들이 서로를 잡아먹는다[人民相食]"는 구절이 나와 있는 것을 보면 말 그대로 잡아먹는다고 풀이해도 그렇게 터무니없는 것은 아닌 듯하다. 최근 한 일간신문에서 이 책을 소개하면서 '지옥의 전쟁, 그리고 반성의 기록'이라는 제목을 단 까닭을 이해할 만하다. 왜군이 휩쓸고 간 한양의 모습은 그야말로 지옥과 같았다.

유성룡은 『징비록』에서 임진왜란 같은 참혹한 비극을 또한 다시 겪지 않으려면 세 가지 교훈을 기억하라고 말한다. 첫째, 한 사람이 정세를 잘못 판단하면 천하의 큰일을 그르칠 수 있다. 둘째, 한 나라의 최고 지도자가 국방을 다룰 줄 모르면 나라를 적에게 넘겨주는 것과 같다. 셋째, 전쟁 같은 큰일이 닥쳤을 때는 반드시 나라를 도와줄 만한 후원국이 있어야 한다. 이와 같은 유성룡의 교훈은 임진왜란이 끝난 지 벌써 400여 년이 지난 지금에도 아직껏 빛을 잃지 않고 있다. 인류 역사에서 그 어느 때보다 자국의 이익을 지키려는 오늘날의 세계 정세 속에서 다시 한 번 곰곰이 되새겨보아야 할 구절이다.

임진왜란이 끝난 뒤 유성룡이 제시하는 전쟁 수습 방안도 찬찬히 눈여겨볼 필요가 있다. 그는 전쟁을 치르는 과정에서 이반된 민심을 수습하기 위하여 정부가 하여야 할 여러 방안을 제시한다. 예를 들어 전쟁에 공을 세운 사람들에게 신분에 따라 상을 주고, 천민의 신분에서 벗어나게 해 주며, 부역과 세금을 면제해 주는 등 파격적인 포상제 실시를 주장한다. 또한 군사비 외의 지출을 최대한으로 억제하여 백성에게 공물이나 진상 등을 덜어 주어야 한다고 밝힌다. 그런가 하면 문벌에 관계없이 각 방면의 인재를 골고루 등용할 것을 주장하기도 한다.

물론 『징비록』의 기록을 액면 그대로 믿어서는 안 된다고 지적하는 학자도 없지 않다. 유성룡은 선조의 측근 중의 측근으로 권력의 핵심부에 있었던 만큼 그가 반드시 사건의 진상을 두루 그리고 똑바로 파악하고 있었다고 볼 수 없다는 것이다. 비록 진상을 똑바로 알고 있었더라도 역사적 사실을 감추거나 일부러 틀리게 기록했을 가능성도 있다는 것이다.

열하일기

박지원

율곡 이이처럼 훌륭한 자식의 뒤에는 사임당 신 씨 같은 훌륭한 어머니가 있듯이, 뛰어난 남편 뒤에는 지아비를 위하여 애쓰는 훌륭한 아내가 있다. 조선 시대 후기의 실학자이며 사상가로 크게 이름을 떨친 연암(燕巖) 박지원(朴趾源, 1737~1805)은 결혼할 때까지만 하여도 제대로 글을 읽지 못하는 눈뜬장님이었다. 그도 그럴 것이 그가 비록 이름 있는 양반 집안에서 태어났다고는 하지만 그는 아버지가 몸이 약하여 일찍 세상을 뜨자 할아버지 밑에서 자라며 노는 것밖에 몰랐기 때문이다. 그리하여 박지원은 열여섯 살이나 되도록 글을 읽을 줄 모르는 무식한 양반이었다. 그러다가 장가를 간 박지원은 아내가 이것저것 자꾸 물어보자 자신이 무식하다는 것을 깨닫고 공부를 하려고 마음먹었다. 3년이 지나자 그는 마을에서 가장 글을 잘하는 사람이 되었다. 뒷날 그의 문장 솜씨는 중국 사람들도 놀랄 정도가 되었다.

그 뒤 연암은 우연히 청나라에서 들어온 책을 읽고 그곳에 가서 서양 학문을 배우고 싶은 마음이 간절하였다. 그러던 어느 날 친척 형인 박명원(朴明源)이 진하사 겸 사은사가 되어 청나라로 가게 되었다는 소식을 듣자 "형님, 저를 데려가 주십시오. 저는 아무런 벼슬이 없으니 무슨 일이든 시켜 주시면 고맙겠습니다. 마부로라도 청나라에 따라가고 싶습니다"라고 졸랐다. 박명원은 연암의 간곡한 부탁에 그를 청나라에 데려가기로 한다. 이때 박지원의 나이가 마흔네 살로, 청나라에 가는 사람 중에서 가장 낮은 지위였다. 낮은 지위도 아랑곳하지 않은 그는 청나라에 가서 보고 느낀 것을 자세히 기록하였다. 그리고 나중에 이때 쓴 26편의 기행문을 한데 묶어 책으로 펴낸다. 이 책이 바로 그 유명한 『열하일기(熱河日記)』다.

연암 박지원은 1737년(영조 13년) 아버지 박사유(朴師愈)와 어머니 함평 이 씨 사이에서 2남 2녀 중 막내로 한양에서 태어났다. 그는 본관이 반남이고 자는 중미(仲美)이다. 호는 연암을 비롯하여 연상(烟湘) 또는 열상외사(洌上外史)다. 연암은 아버지가 벼슬을 지내지 않은데다가 일찍 사망하는 바람에 집안이 몹시 가난하여 어려서는 제대로 공부를 할 수 없었다. 돈령부지사를 지낸 할아버지 슬하에서 자라다가 열여섯 살 때 할아버지마저 사망하자 생활은 더욱 어려워졌다. 연암은 1752년에 이보천(李輔天)의 딸과 결혼하면서 장인에게 『맹자』를, 홍문관 교리인 아내의 삼촌 이양천(李亮天)에게 『사기』를 배우면서 비로소 처음 학문에 눈을 떴다.

조선 시대에 가난하게 산 선비가 한두 사람이 아니었지만, 특히 연암은 일주일 동안 밥을 굶고 지낸 적이 있을 만큼 무척 가난하였다. 그러나 그에게 가난은 부끄러움이 아니라 한낱 불편함에 지나지 않았다. 한번은 일주일을 굶고 있던 중 찾아온 후배 이서구를 반갑게 맞이하여 밤이 새도록 그와 담론을 벌이기도 한다. 그에게는 배고픔보다는 지적

유희와 사회 개혁에 대한 열망이 더 소중하였다. 그러나 가난한 현실이 생각처럼 녹록한 것만은 아니다. 연암의 아내는 지아비와 식구를 정성으로 돌보면서 자신은 가난한 살림살이에 굶기를 밥 먹듯 하다가 일찍 세상을 떠난다. 아내를 잃은 연암의 마음은 이루 말할 수가 없었다. 궁핍함을 언제나 웃음으로 달래던 연암은 아내의 죽음 앞에서 눈물을 흘리고 만다. 언젠가 연암은 크게 술에 취하여 자신을 두고 이렇게 말한 적이 있다.

> 저 혼자만을 위함은 양주(楊朱)와 비슷하고, 남을 같이 사랑하기는 묵적(墨翟)과 같구나. 뒤주가 자주 비기는 안연(顏淵)과 같고, 꼼짝않고 지내기는 노자(老子)와 한가지일세. 광달함은 장자(莊子)인가 싶고, 참선하기는 석가인 듯하다. 공손치 않기는 유하혜(柳下惠)와 진배없고, 술 마심은 유령(劉伶)과 흡사해라. 밥을 빌어먹기는 한신(韓信)과 비슷하고, 잠을 잘 자기는 진단(陳搏)과 같은 것을. [⋯] 다만 키는 조교(曹交)만 못하고, 청렴함은 오릉중자(於陵仲子)에게 양보해야 하니 부끄럽구나! 부끄럽구나!

이 글에서 연암은 자조 섞인 말투로 자신의 무능을 탓하고 있는 것 같지만 달리 보면 자신의 삶에 무척 만족하는 듯하다. 가난을 부끄럽게 생각하고 있는 것이 아니라, 맨 마지막 문장에서 드러나듯이 오히려 오릉중자보다 청렴하지 못한 사실에 부끄러움을 느끼고 있을 뿐이다.

청나라에서 돌아온 뒤 연암은 쉰 살이 다 되어서야 뒤늦게 겨우 선공감감역이라는 종9품 벼슬자리를 얻는다. 그것도 가난한 살림살이로 고생하는 식구들을 위하여 마지못하여 받아들였다고 한다. 1789년에는 사복시주부, 그 이듬해에는 의금부도사·제릉령, 1791년에는 한성부 판관을 거쳐 안의현감을 역임한 뒤 잠시 벼슬에서 물러났다가 1797년 면천군수가 되었다. 양양부사를 마지막으로 벼슬자리에서 물러난 뒤 1805년 그는 예순아홉 살의 나이로 삶을 마감하였다.

격변하는 조선 시대 후기를 산 연암에게 청나라 방문은 그야말로 정신적 개안 구실을 한 획기적인 사건이었다. 북학파의 우두머리인 그는 이 여행을 분수령으로 형식적인 성리학에서 벗어나 좀 더 실질적인 학문에 관심을 두었다. 다시 말해서 충·효·열 같은 유가의 덕목이 지배하던 조선 사회의 전통적 가치에 의문을 품는 한편, 좀 더 실제적이고 물질적인 가치를 받아들인 것이다. 연암은 "정덕(正德)이 있은 뒤에 이용후생이 있다"는 유학의 명제를 뒤집어 "이용이 있는 뒤에 후생이 가능하고 후생이 있는 뒤에 정덕이 가능하다"고 잘라 말한다. 이러한 연암에게 주자학이나 성리학에 파묻혀 현실에서 눈을 돌린 채 무익한 공리공담과 사변적 논리에 빠져 있는 것은 그야말로 '용서받지 못할 죄'에 해당할 것이다.

연암이 쓴 저서로는 『열하일기』와 『연암집』을 비롯하여 『과농소초(課農小抄)』 등이 있고, 한문 소설로 「허생전(許生傳)」, 「호질(虎叱)」, 「양반전(兩班傳)」 등이 있다. 이 가운데서도 『열하일기』는 청나라를 방문하면서 보고 들은 바를 기록한 것으로 그의 저서 중에서 가장 유명한 작품이다. 이 책은 조선 후기 최고의 사상가로 꼽히는 연암의 사상을 엿볼 수 있고, 조선에서 근대의 문을 활짝 열어젖혔다는 점에서도 아주 큰 의미를 지닌다.

조선 후기에 이르러 지식인들이 비교적 자주 외국 여행을 하면서 외국 체험을 기록한 기행문이 많이 쏟아져 나온다. 흔히 청나라와 관련된 기행문에는 '연(燕)' 자가 들어간다. 이를테면 김창업(金昌業)의 『연행일기(燕行日記)』, 홍대용의 『연기(燕記)』, 김경선(金景善)의 『연원직지(燕轅直指)』 등이 그러하다. 그런데 연암은 이러한 관례를 깨뜨리고 이 책의 제목으로 아예 '열하'라는 이름을 붙였다. 열하(러허)란 중국 황제의 여름 궁전이 있던 허베이성(河北省) 청더(承德) 지역의 옛 이름이다.

연암이 박명원을 따라 청나라를 방문한 것은 1780년, 그러니까 정조 4년 때다. 6월 말에 출발하여 10월 말에 귀국했으니 네 달 남짓 여행한 셈이다. 연암은 랴오둥(遼東)·러허(熱河)·베이징(北京) 등지를 지나는 동안 특히 이용후생에 도움이 되는 청나라의 실제적인 생활과 기술을 직접 눈으로 보고 큰 감명을 받는다. 조선도 청나라처럼 발전하려면 외국의 기술 문명을 받아들이고 고리타분한 사고의 껍데기를 벗어버리고 합리적으로 사고해야 한다는 사실을 뼈저리게 느낀다.

연암은 이 책에서 그 특유의 경쾌하고 해학적인 문체로 코끼리부터 티베트 불교까지 그가 중국 땅에서 보고 들은 온갖 것을 해박한 지식으로 분석하고 묘사한다. 그뿐만 아니라 음악에서 골동품에 이르는 갖가지 분야와 주제를 종횡무진 넘나들며 연암만의 독특한 관점으로 이야기를 펼쳐 나간다. 다른 중국 기행문과는 달라서 일기 형식의 기행문 말고도 짧은 한문 소설을 비롯하여 온갖 형식으로 자신의 철학과 세계관을 유감없이 드러내기도 한다.

『열하일기』는 연암이 이 책을 쓰던 도중에도 사람들이 글을 베껴돌려가며 읽을 정도로 큰 화제를 모았다. 『열하일기』의 소문은 조정에까지 미쳐 정조가 읽을 정도였다. 그러나 정조는 연암의 문체가 옛글의 권위를 허물고 유학자들에게 좋지 않은 영향을 끼친다고 하여 금서로 낙인을 찍어 다른 사람들이 읽지 못하게 한다. 이것이 이른바 '문체반

정'이다. 반란은 칼로써만 일으키는 것이 아니고 얼마든지 붓으로써도 일으킬 수 있다는 사실을 보여 준 사건이다. 종교적 열정이 막으면 막을수록 더욱 찬연히 불타오르듯 글도 막으면 막을수록 더욱더 널리 읽히게 마련이다. 금서라는 낙인이 찍히는 순간 사람들의 궁금증은 더하기 때문이다. 그래서 『열하일기』는 소문에 소문을 타고 많은 사람한테 널리 읽혔다.

중국을 구경하고 다른 사람들은 무엇이 장관, 무엇이 장관이라고 떠들지마는 나로서는 똥거름 무더기가 장관이고, 깨어진 기와 조각과 길에 버리는 조약돌을 이용하는 법이 장관이더라.

그야말로 정신이 번쩍 드는 구절이다. 연암은 독자에게 요즈음 지식인 사회에서 입버릇처럼 쓰는 용어를 빌려 말하자면 '코페르니쿠스적 발상의 전환'을 요구한다. 지금까지 중국을 구경하고 온 사람들은 하나같이 으리으리한 궁궐이니 높은 누각이니 화려한 절이니 지평선밖에 보이지 않는 드넓은 들판 따위를 장관이라고 꼽았다. 그러나 연암은 한낱 관광 명소에 지나지 않을 이러한 것에는 눈곱만큼도 관심이 없다. 그는 엉뚱하게도 '똥거름 무더기'와 '깨어진 기와 조각' 그리고 '길에 버리는 조약돌'을 중국의 장관이라고 말한다. 그러면서 그는 "똥오줌은 지극히 더러운 물건이다. 그러나 이것으로 논밭을 거두기 위하여 금덩어리처럼 소중히 여기고 길에는 내버린 재가 없다. 말똥을 줍는 사람들은 삼태기를 들고서 말 꽁무니를 따라다니며 줍는 대로 쌓아가되 모양을 반듯하게 하거나 팔각형, 육각형 또는 누대의 형상으로도 쌓아 둔다. 거름을 보면 천하의 제도가 여기에 확립되어 있다"고 밝힌다.

한편 연암은 성호(星湖) 이익(李瀷)처럼 일반 백성이 못사는 까닭을 선비의 무위도식 탓으로 돌린다. 이 무렵 농·공·상이 제대로 돌아가지 않는 것은 선비가 실학을 갖추지 못한 데 그 책임이 있다고 지적한다. 특히 그는 한문 소설의 형식을 빌려 양반 계층을 날카롭게 비판한다. 『열하일기』에 실린 「양반전」과 「호질」, 「허생전」 같은 작품에서 연암은 양반 계층의 타락과 위선을 호되게 꾸짖는다. 그에 따르면 놀고먹는 양반과 유생의 생활 방식은 기껏해야 좀벌레의 원리요 도둑의 윤리이며 불한당의 도덕에 지나지 않는다는 것이다.

『열하일기』에 실린 연암의 소설 가운데 조선 시대 양반 계층의 형식주의와 위선, 무능력과 허약성, 도덕적 타락과 부패를 날카롭게 꼬집는 작품으로는 역시 「호질」이 첫손가락에 꼽힌다. 호랑이가 배가 고프다고 말하자 호랑이에 붙어 다니는 귀신이 호랑이에게 의사와 무당을 잡아먹으라고 권하지만, 호랑이는 그 몸속에 독소가 있어 먹을 수 없다고 대꾸한다. 이번에는 또한 다른 귀신이 호랑이에게 양반을 잡아먹으라고 권한다. 귀신은 양반을 두고 "저기 숲속에 고기가 있지요. 인간(仁肝)·의담(義膽)에다 충성심을 품고 품행이 깨끗하고 예악을 받들어 지키며, 입으로 백가(百家)의 말씀을 외고 마음에 만물의 이치를 통달했으니 이름은 석덕지유(碩德之儒)라 배앙체반(背囊體胖: 등살이 오붓하고 몸집이 기름짐)하여 오미(五味)가 고루 갖추어 있습지요"라고 말한다. 놀랍게도 이 말을 들은 호랑이는 아주 못마땅하다는 듯이 눈살을 찌푸리며 그 고기가 '잡될' 것이고 그 맛도 '순순치 못할' 것이라고 말하면서 들은 체도 하지 않는다.

이러한 양반에 대한 비판은 작품의 주인공 북곽 선생한테서 좀 더 뚜렷이 드러난다. 그의 겉모습과 실제 행동 사이에는 엄청난 차이가 난다. 북곽 선생은 겨우 마흔 살밖에 되지 않은 젊은 나이에 손수 교주한 책이 1만 권에다 경서를 풀이한 책만도 무려 1만 5,000권이나 되는 대학자로 칭송받는다. 그런데 그는 동리자라는 과부와 몰래 정을 통하고 있다. 동리자는 동리자대로 그 절개가 곧다고 하여 온 나라에 칭찬이 자자하지만 실제로는 아비가 다른 아들을 모두 다섯 명이나 두고 있는 바람둥이 여성이다. 이 두 사람은 모두 겉으로는 최고의 덕을 지닌 인물이지만 그 속을 들여다보면 허위와 위선으로 가득 차 있다.

목민심서

정약용

신라 시대의 고승 원효나 조선 시대 유학자 퇴계 이황의 사상과 이론은 한반도를 뛰어넘어 저 멀리 인도나 중국 또는 일본 같은 다른 나라에서도 널리 읽힌다. 적어도 이 점에서는 다산(茶山) 정약용(丁若鏞, 1762~1836)도 그들과 크게 다르지 않다. 정약용의 책도 한국뿐 아니라 외국에서도 각광을 받았다. '베트남의 국부'로 존중받는 호치민(胡志明)은 정약용의 『목민심서(牧民心書)』를 언제나 가슴에 품고 다니며 평생 동안 즐겨 읽었다고 한다. 베트남 관리도 다산의 백성을 사랑하는 마음과 청렴한 모습을 본받아야 한다고 생각하여 틈틈이 부하들에게 이 책을 가르쳤다. 그뿐 아니라 호치민은 자신이 죽으면 머리맡에 이 책을 놓아 달라고 유언을 남길 정도였다고 하니 그가 이 책에 얼마나 깊은 관심을 가지고 있었는지 쉽게 알 수 있다.

다산 정약용은 1762년 6월 경기도 광주군 초부면 마현리, 오늘날의 남양주시 조안면 능내리에서 정재원(丁載遠)과 어머니 해남 윤 씨의 넷째 아들로 태어났다. 아버지는 진주 목사를 지냈고, 어머니는 고산(孤

山) 윤선도(尹善道)의 증손인 윤선도(尹善道)의 후손으로 조선 시대 유명한 서화가인 공제(恭齋) 윤두서(尹斗緒)의 손녀다. 다산의 세례명은 요한이다. 정약종(丁若鍾)과 정약전(丁若銓)이 바로 그의 형이고, 「농가월령가」를 지은 사람으로 알려진 정학유(丁學游)는 다산의 둘째 아들이다.

다산은 정조가 즉위하던 1776년 그동안 권부에서 밀려나 있던 남인이 등용될 때 호조좌랑에 임명된 아버지를 따라 처음 상경한다. 네 살 때부터 천자문을 배우기 시작하여 주위 사람들로부터 신동이라는 소리를 들었으며, 일찍이 일곱 살 때 한시를 짓기 시작하였다. 다산은 열여섯 살 때부터 이 무렵 이름난 학자인 이가환(李家煥)과 이승훈(李昇薰)한테서 새로운 학문을 배운다. 특히 그들을 통하여 성호 이익의 글을 얻어 보고 실학에 처음 눈을 뜨고, 중국을 거쳐 들어온 천주교의 교리에도 깊은 관심을 기울인다. 이가환은 이익의 종손(從孫)이고 이승훈의 외숙이다. 또한 다산은 이승훈의 처남이다.

다산은 강진에서 18년에 이르는 고통스러운 유배 생활을 학문 연구와 저술 활동 그리고 제자 교육으로 승화시킨다. 이곳에서 『경세유표(經世遺表)』를 비롯한 무려 500여 권에 이르는 책을 집필한다. 그의 저서는 『여유당전서』에 모두 실려 있다. 그에게 유배지는 학문을 갈고닦는 전당이었고, 다산 기슭에 있는 '다산초당'은 조선 실학의 산실이었다. 다산이 유배지에 묻혀 산 18년의 세월은 개인에게는 불행이었지만 한국학으로서는 더할 나위 없는 축복의 세월이었다.

다산은 쉰일곱 살 때 가까스로 유배에서 풀려난 뒤 고향으로 돌아와 유배로 쇠약해진 몸과 마음을 추스르며 자신의 삶과 학문을 정리한다. 이때 미완성으로 남아 있던 『목민심서』를 완성하고 『흠흠신서(欽欽新書)』와 『아언각비(雅言覺非)』 등의 저작을 내놓는다. 또한 회갑을 맞이해서는 스스로 묘지명을 지어 자신의 삶을 정리하기도 했으며, 북한 강을 유람하며 여유 있는 생활을 보내기도 한다. 다산은 고향에 돌아온 지 18년 만인 1836년 일흔다섯 살의 나이로 세상을 떠났다.

다산 정약용의 학문 세계는 기본적으로 유학에 기반을 두고 사상적으로 반계(磻溪) 유형원(柳馨遠)과 성호 이익을 통하여 내려온 경세치용적 실학사상을 이어받는다. 그는 이러한 바탕에다 북학파의 이용후생 사상을 받아들여 실학을 집대성한다. 그는 전통적인 정주학에서 탈피하여 독자적으로 학문의 위상을 정립한다. 다산은 성리학을 비롯한 학문은 현실에서 벗어난 것일 뿐 아니라 유학의 본래 정신을 왜곡한 것이라고 하여 철저히 배격하였다. 이러한 의미에서 다산의 학풍은 근세 수사학 또는 개신 유학에 가깝다고 할 수 있다.

다산의 사상은 그가 사서육경에 단 주석에서 보이는 경학과 이른바 '일표이서(一表二書)', 즉 『경세유표』·『목민심서』·『흠흠신서』에 나타나는 경세학의 두 가지로 크게 나뉜다. 그는 경전을 주석하는 데 훈고학적 실증을 중시하는 한학과 청나라 고증학의 경전 해석 방법을 비판적으로 도입하고, 서학의 과학적 사고와 천주교 신앙 체계를 수용하여 객관적 사실에 대한 분석적 입장과 실증적 방법을 사용한다. 물론 다산의 이러한 방법론에 대한 비판도 만만치 않다.

한편 다산이 목민관의 이념과 정치 제도의 구체적인 검토를 담은 경세학을 정립하는 데는 그가 몸소 겪은 중앙 관리로서의 경력, 지방 행정의 경험, 귀양살이에서의 체험 등이 소중한 밑거름이 되었다. 그는 『경세유표』에서는 국가 경영과 관련한 모든 제도와 법규에 대하여 적절하고도 준칙이 될 만한 것을 다루고, 『목민심서』에서는 지방의 목민관으로서 백성을 다스리는 요령과 본보기가 될 만한 내용을 체계적으로 정리한다. 『흠흠신서』에서는 감옥을 관리하는 규범을 제시한다. 이러한 학문 체계는 유형원과 이익을 잇는 실학의 중농주의적 학풍을 이어받은 것이며, 연암 박지원을 대표로 하는 북학파의 기술 도입론을 받아들여 실학을 집대성한 것이다.

다산은 역사와 지리, 의학 등의 분야에도 깊은 관심을 기울인다. 이를테면 한강의 배다리 가설을 비롯하여 수원성의 설계, 성제설(城製說)과 거중기(擧重機)의 창제, 종두법의 연구와 실험 등은 그의 관심이 과연 어디에까지 미치는지를 가늠하게 해 준다. 뒷날 위당(爲堂) 정인보(鄭寅普)가 "다산 선생님 한 사람에 대한 고구는 곧 조선사의 연구요, 조선 심혼의 명예(明銳) 내지 전 조선 성쇠존망에 대한 연구이다"라고 평가한 것은 바로 그 때문이다.

다산 정약용이 지은 그 많은 저서 가운데서도 특히 『경세유표』와 『목민심서』는 가장 잘 알려진 책이다. 앞의 책이 토지 제도를 비롯한 조세 제도와 관제 등에 대한 개혁을 담고 있다면, 뒤의 책은 백성이 편하게 살 수 있는 방법을 제시한다. 이 두 책은 자매편이라고 볼 수 있을 정도로 다산의 개혁 의지를 가장 뚜렷이 엿볼 수 있다. 그 중에서도 『목민심서』는 다산의 가장 대표적인 저서로 꼽힌다. 다산은 이 책을 강진에서 귀양살이를 할 때 쓰기 시작하여 유배를 마칠 무렵인 1818년에 거의 완성하고, 귀양에서 풀려난 뒤 고향에서 마무리를 짓는다. 다산이 이 책을 쓰는 데는 아버지 정재원의 목민관 치적을 통한 견문, 자신의 관리로서의 경험, 18년 동안의 유배 생활에서 얻은 체험, 그리고 중국과 조선의 방대한 역사적 자료가 큰 힘이 되었다.

물론 지방 수령이 백성을 다스리는 방법을 다룬 책은 다산이 처음 쓴 것은 아니다. 다산이 이 책을 쓰기 전에도 민정 지침서라고 할 수 있는 '목민서'류의 책이 여러 권 나왔다. 이 책들 가운데 몇 편은 지금도 전하는데, 주로 수령의 부임 절차와 마음가짐, 삼정을 비롯한 부세 수취 방법과 재정 운영, 관속들에 대한 선발과 업무 분장 내용, 금령의 단속 및 치안에 관한 업무, 민간 소송의 처리 및 재판, 형벌 관련 내용 등을 담고 있다. 예를 들어 안정복(安鼎福)의 『임관정요(臨官政要)』, 홍대용의 『목민대방(牧民大方)』 같은 책은 이러한 경우를 보여 주는 대표적인 책이다.

다산의 『목민심서』에 나타난 백성에 대한 다산의 태도는 애민, 위민, 균민, 양민, 교민, 휼민 등으로 요약할 수 있다. 여기서 말하는 '민'은 유교 정치 이념에서 말하는 것과는 조금 다르다. 유교 정치 이념에서 백성을 단순히 통치 대상으로 본다면 다산은 그러한 관점에서 벗어나 백성을 통치 대상이 아닌 사회의 한 계층으로 본다. 더구나 그는 언제나 '관'이나 '공'보다는 백성을 앞에 두었다. 다산은 "국가가 존립하고 정치가 행해지는 목적은 어디까지나 백성을 잘살게 하는 데 바탕을 두고 있는 것이니, 만일 백성이 못 살게 된다면 국가나 정치는 곧 그 가치를 상실하게 되는 것이다"라고 잘라 말한다. 그러므로 지방 관리의 윤리는 충효와 같은 상향성 윤리가 아니라 자식에 대한 사랑과 같은 하향성 윤리다. 다산은 목민관에게 백성이 관리를 위하여 사는 것이 아니라 오히려 관리가 백성을 위하여 존재하고 있다는 사실을 강조한다.

『목민심서』의 의미를 좀 더 쉽게 이해하려면 먼저 그 제목을 찬찬히 눈여겨보아야 한다. '목민'이란 목자가 백성을 양떼처럼 돌보는 것을 말하고, '심서'란 곧 양떼인 백성을 돌보는 목자라고 할 수령이 마음속에 깊이 새겨 실천해야 하는 글이란 뜻이다. 한편 다산은 서문의 마지막에서 이 심서의 의미를 자신이 목민할 마음은 있지만 유배 중인 몸이라 몸소 실행할 수가 없기 때문에 '심서'라고 불렀다고 밝히기도 한다.

어찌 되었건 '목민'이니 '목민관'이니 하는 말은 기독교에서 예수 그리스도를 목자로 보고 그를 따르는 신도를 양떼에 빗대는 것과 같다. 다산의 목민의 비유는 기독교에서 빌린 것은 물론 아니고 어디까지나 중국의 역사에서 빌려 온 것이다. 이 점은 "옛날에 순(舜)임금은 요(堯)임금의 뒤를 이어 12목에게 물어, 그들로 하여금 목민하게 하였고, 주(周) 문왕이 정치를 하면서 사목을 세워 목부로 삼았으며, 맹자는 평륙에 가서 가축 기르는 것으로 목민함을 비유했으니, 이로 미루어 보면 양민함을 목이라 하는 것은 성현이 남긴 뜻이다"라고 밝히는 데서도 잘 드러난다. 다산은 이 책의 서문에서 이 무렵 수령들의 실태가 어떠한지 기록한다.

요즈음 수령이란 자들은 이익을 추구하는 데만 급급하고 어떻게 목민하여야 할 것인가는 모르고 있다. 그렇기 때문에 백성은 곤궁하고 병들어 줄지어 쓰러져 구렁을 메우는데 목민관들은 고운 옷과 맛있는 음식으로 자기만 살찌우고 있으니 이 어찌 슬픈 일이 아니겠는가?

여기서 다산이 『목민심서』를 쓰게 된 동기를 엿볼 수 있다. 백성을 이끌고 보살펴야 할 수령이 가렴주구를 일삼는 모습을 목격한 그는 비록 유배 중이지만 책을 통해서나마 개혁 의지를 펼치지 않을 수 없었다. 다산은 백성의 고통을 아랑곳하지 않고 오직 자신의 "이익을 추구하는 데만 급급한" 목민관의 마음을 일깨우려는 생각에서 이 책을 쓴 것이다. 그는 선비들과 지방 관리들이 자신을 찾아오면 『목민심서』를 내어주면서 백성을 잘 다스려 달라고 부탁했다고 한다.

『목민심서』는 모두 48권 12편 72조로 엮여 있다. 이 책은 19세기 말까지 간행된 일이 없이 필사본으로 유행하다가 1902년에 광문사에서, 1936년에 신조선사에서 각각 간행하였다. 『목민심서』는 부임, 율기, 봉공, 애민, 이전, 호전, 예전, 병전, 형전, 공전, 진황, 해관 등 12편을 각 편마다 다시 6조씩 나누어 설명한다. 조목마다 강목의 체제를 따라 서술한다. '강'에서 다산 자신의 의견을 대강 제시하고, '목'에서 조선과 중국의 경전, 사서, 법전, 문집 등에서 구체적인 예를 들어 논지를 보충하거나 비판하고 결론을 짓는다. 어떤 때는 처리 방법까지 제시한다.

『목민심서』는 한마디로 관리가 지방에 처음 '부임'하여 '해관', 즉 그 자리를 그만둘 때까지 반드시 지켜야 할 사항을 담은 지침서이다. 다산은 여러 벼슬 가운데서도 목민관이 가장 힘들고 책임이 무거운 직책이라고 하였다. 목민관은 위로는 임금의 뜻에 따라야 하고, 아래로는 백성들을 보살펴야 하기 때문이다. 다산은 목민관에게 오직 백성을 사랑하고 나랏일을 염려하여 관속들의 횡포와 부정을 막고 맡은 바 임무를 충실히 수행하라고 가르친다. 한편 국가 법전을 고증하고 조선에서 대대로 이름 높았던 수령들의 치적을 비롯하여 중국의 이름난 목민관의 치적까지도 실례를 들어 설명하기도 한다.

『목민심서』에서 한 가지 흥미로운 것은 목민관이 특히 보살펴야 할 대상으로 노인과 불쌍한 백성을 꼽아 힘주어 말한 점이다. 다산은 훌륭한 목민관이라면 이른바 '4궁'을 구제하는 데 힘써야 한다고 밝힌다. 4궁이란 홀아비, 과부, 고아, 늙어서 의지할 곳이 없는 사람을 가리킨다. 이런 목민관의 구제 활동에는 '합독(合獨)', 즉 홀아비와 과부를 재혼시키는 일도 포함한다. 요즈음 말로 하면 목민관이 재혼 중개인 노릇을 해야 한다는 것이다.

금오신화

김시습

조선 시대에 살았던 문인을 통틀어 매월당(梅月堂) 김시습(金時習, 1435~1493)만큼 어렸을 적부터 천재성을 발휘하고 숱한 일화를 남긴 사람도 드물다. 그는 세 살 때 벌써 어려운 한문책을 줄줄 읽고 한시를 짓기 시작하였다. 이 소문이 널리 퍼져 이 무렵의 재상 허조(許稠)가 소문을 확인하려고 직접 김시습의 집을 찾아간다. 그는 어린 김시습에게 "너는 시를 잘 짓는다고 하던데 나를 위하여 어디 '늙을 노' 자를 넣어 시 한 수 지어 보아라"라고 말한다. 이 말이 끝나자마자 김시습은 그 자리에서 "늙은 나무에 꽃이 피었으니 마음은 늙지 않았네(老木開花心不老)"라는 시를 지어 보인다. 이 일로 허조는 김시습과 관련한 소문이 그르지 않음을 깨닫고 그를 크게 칭찬했다고 한다. 역시 세 살 때 김시습은 맷돌에 보리를 가는 모습을 보고 "비는 아니 오는데 천둥소리 어디서 나는가 / 누른 구름 조각조각 사방으로 흩어지네(無雨雷聲何處動 黃雲片片四方分)"라는 시를 지어 세상을 또 한 번 놀라게 한다.

김시습이 다섯 살이 되던 해 이러한 이야기를 전해 들은 세종대왕은 그를 궁중으로 데려와 재능을 시험해 본다. 세종은 옆에 있는 산수화가 그려진 병풍을 가리키면서 시를 한번 지어 보라고 한다. 김시습은 "작은 정자와 배 안에는 누가 있는고(小亭舟宅何人在)"라고 칠언의 시구로 답하니 세종은 감탄을 금치 못하였다. 세종은 앞으로 이 나라를 이끌어갈 인재라고 칭찬하면서 그에게 비단 50필을 선물로 준다. 그러고 나서 세종은 이렇게 많을 비단을 혼자서 가져갈 수 있겠느냐고 묻자 어린 김시습은 고개를 끄덕이더니 비단을 풀어 끝자락들을 길게 이어 비단을 질질 끌고 집으로 간다. 이 일을 계기로 그는 세종으로부터 총애를 받았으며, 천재라는 소문이 널리 퍼지면서 '오세문장(五歲文章)'이라는 칭호를 얻게 된다.

김시습은 1435년 한양 성균관 부근에 있던 집에서 충순위라는 벼슬을 하던 가난한 문인의 아들로 태어났다. 본관이 강릉인 그의 자는 열경(悅卿)이고, 호는 매월당을 비롯하여 동봉(東峰)·청한자(淸寒子)·벽산(碧山)·췌세옹(贅世翁) 등이며, 법호는 설잠(雪岑)이다. 열다섯 살 때 어머니를 여의고 외가에 몸을 의탁하지만 3년이 채 못 되어 외숙모도 세상을 떠났다. 그가 다시 한양으로 올라왔을 때는 아버지마저 중병을 앓고 있었다. 이렇게 불행한 역경 속에서 그는 훈련원 도정 남효례(南孝禮)의 딸을 아내로 맞이하나 결혼 생활은 그렇게 순탄하지 못하였다. 결국 그는 출가하여 절에서 머물다가 스물한 살 때부터 10년 동안 전국을 방랑하였다. 북으로는 안시향령, 동으로는 금강산과 오대산, 남으로는 다도해에 이르기까지 그가 방랑하지 않은 곳이 없다시피 하다.

김시습은 삼각산 중흥사에서 공부하고 있을 때 호시탐탐 왕위를 넘보던 수양대군이 마침내 나이 어린 단종을 몰아내고 왕위에 올랐다는 소식을 전해 듣는다. 이 계유정난 소식은 이 무렵 스물한 살이었던 김시습에게는 너무나 큰 충격이었다. 그는 사흘 밤낮을 꼬박 방 안에 틀어박혀 통곡한 뒤 책과 지필묵을 모두 불태워 버리고 가위로 손수 머리털을 자른 뒤 홀연히 절을 떠나 방랑의 길을 나선다. 그가 방랑길에 삿갓을 쓰고 바람처럼 구름처럼 전국을 떠돌아다녔다고 하여 그에게 방랑 시인 김병연(金炳淵)처럼 '김삿갓'이라는 별명이 붙었다.

1457년 10월 김시습은 단종이 살해되었다는 말을 전해 듣고 동지 8명을 모아 산속에 사당을 짓고 세조 정권을 비난하는 데 앞장선다. 이소식은 세조의 귀에 들어가고, 김시습은 신변의 위협을 느끼게 된다. 그리하여 그는 금강산을 비롯한 관동 일대의 명승지를 찾아다니며 방랑을 계속하게 된다. 뒷날 역사가들은 그의 충성을 기려 남효온(南孝溫)과 성담수(成聃壽) 등과 함께 생육신의 한 사람의 반열에 올려놓았다. 성삼문(成三問)이나 박팽년(朴彭年) 같은 사육신처럼 비록 목숨을 버리지는 않았지만 살아서 단종에게 충성을 바친 신하였기 때문이다.

어느덧 세월은 흘러 1468년 마침내 세조가 사망하고 그의 아들 예종이 왕위에 올랐지만 1년 만에 죽자 세조 장남의 아들인 성종이 왕위에 오른다. 이 무렵 언젠가 한 번 김시습은 마포 서강을 지나가다가 우연히 계유정난에서 참모 노릇을 한 한명회(韓明澮)가 쓴 "젊어서는 사직을 붙잡고 / 늙어서는 강호에 묻힌다(靑春扶社稷 白首臥江湖)"라는 시를 보게 된다. 김시습은 이 시가 아니꼬와서 이 시에서 '扶' 자 대신 '亡' 자를, '臥' 자 대신 '汚' 자를 집어넣어 "젊어서는 나라를 망치고 / 늙어서는 세상을 더럽힌다"는 뜻으로 완전히 바꾸어 버렸다. 이곳을 지나가는 사람마다 이 시를 읽고 배꼽을 잡고 웃었다는 일화가 전한다.

1463년 김시습은 효령대군의 권유로 잠깐 세조가 불경을 한글로 옮기는 작업을 도와 내불당에서 교정 일을 보았지만 2년 뒤 금오산이라고도 일컫는 경주의 남산에 금오산실을 짓고 정착한다. 바로 이 무렵에 조선에서 최초의 한문 소설로 평가받는『금오신화(金鰲新話)』를 지었다. 김시습이 서른일곱 살 때 많은 사람이 그에게 방랑 생활을 마치고 상경할 것을 권하였다. 그러나 그는 이러한 만류를 뿌리치고 1472년에는 경기도 양주의 수락산 기슭에 '폭천정사'라는 조그마한 정자를 세우고 화전을 일구면서 살았다. 그러나 방랑 생활로 건강이 나빠진 김시습은 충청도 홍산에 있는 무량사에 거처를 마련하고, 이곳에서 1493년 2월 마침내 쉰여덟의 나이로 삶을 마감한다.

김시습은 유불(儒佛) 정신을 아우른 사상과 뛰어난 문장으로 한 시대를 풍미하며 여러 작품을 남겼다. 그러나 그를 문학가로서 명성이 나게 한 작품은 역시 한국 소설사의 첫 장을 장식한『금오신화』다. 천재적인 작가로서 그의 가치는 살아 있을 때보다는 사망한 뒤에서야 비로소 그 진가를 인정받았다. 뒷날 선조는 특별히 율곡 이이에게 김시습의 전기를 쓰도록 하고, 그의 작품을 한데 모아『매월당집』을 발간하도록 명한다. 정조는 그를 이조판서에 추증하고 청간공(淸簡公)이란 시호를 내려 그 학풍을 기리기도 하였다.

매월당 김시습은『금오신화』로 널리 알려져 있지만, 소설가 못지않게 시인이요, 시인 못지않게 철학자다. 그는『십현담요해(十玄談要解)』와『묘법연화경별찬(妙法蓮華經別讚)』같은 불교에 관한 저서를 남겼다. 그런가 하면 조선에서 처음으로 우주 만물의 본질과 현상을 체계적으로 설명했다는 점에서 사상사나 철학사에서 독특한 위치를 차지한다. 그는 우주 만물의 존재를 해명하는 논리로 기를 제기함으로써 화담 서경덕에서 혜강(惠岡) 최한기(崔漢基)로 이어지는 조선 기 철학의 문을 활짝 열어 놓았다.

김시습은 여러모로 허균(許筠)과 비슷한 점이 많다. 김시습이 한국 문학사에서 처음으로 한문 소설을 쓴 작가라면, 허균은 조선에서 최초로 언문 소설을 쓴 작가다. 이 두 사람은 어렸을 적부터 유교 집안에서 유가 교육을 받으며 자랐으면서도 여러 사상을 두루 호흡하였다. 이를 테면 성리학의 이기 철학은 말할 것도 없고 불교의 화엄 사상이나 도교나 선도의 내단(內端) 사상을 받아들였다. 특히 두 사람은 불가에 발을 들여놓은 행적이 문제가 되어 유학자들로부터 따돌림을 받았다. 무엇보다도 두 사람은 모두 굳센 지조 때문에 시대와 불화를 겪으면서 일생을 보내야 했던 불우한 지식인이요 체제 밖에서 활약한 시대의 이단아였다.

김시습은 『금오신화』에서 신라 말엽에서 고려 초엽에 걸쳐 처음 모습을 드러내기 시작한 전기소설(傳奇小說)의 전통을 이어받아 발전시킨다. 오늘날의 장르 개념으로 보면 장편소설이라기보다는 차라리 단편소설집에 가까운 이 책에는 모두 5편의 단편 작품이 실려 있다. 이 단편 작품은 작가의 심오한 인간 정신과 고도의 상상력이 함께 어우러져 개성적이고 예술성 높은 작품으로 평가받는다.

잘 알려진 바와 같이 『금오신화』는 중국 명나라 때 구우(瞿佑)가 쓴 『전등신화(剪燈神話)』의 영향을 받아 쓴 작품이다. 이 작품은 현실적인 것과 거리가 먼 신비롭고 환상적인 성격이 아주 강하다. 김시습의 『금오신화』도 이러한 특성을 지니고 있지만, 현실성에 좀 더 무게를 싣는다는 점에서 구우의 작품과는 다르다. 구체적인 시간 배경과 공간 배경, 주인공의 심리와 성격 묘사, 제도·인습·운명 등과 맞서는 데서 비롯되는 플롯의 갈등과 긴장, 작중인물들이 주고받는 대화 등에서 좀 더 근대 소설에 다가간 면모를 엿볼 수 있다.

김시습은 『금오신화』에 실린 작품 말고도 더 많은 단편소설을 썼을 것으로 짐작된다. 그러나 지금까지 전하는 작품은 오직 이 책에 실린 5편뿐으로, 「만복사저포기(萬福寺樗蒲記)」, 「이생규장전(李生窺墻傳)」, 「취유부벽정기(醉遊浮碧亭記)」, 「남염부주지(南炎浮州志)」, 「용궁부연록(龍宮赴宴錄)」이 바로 그것이다. 그런데 이들 작품은 흥미롭게도 제목만 보아도 어떠한 이야기인지 쉽게 짐작할 수 있다. 「만복사저포기」는 양생이라는 노총각이 만복사라는 절에서 오늘날의 주사위놀이에 해당하는 저포놀이를 한다는 이야기다. 「이생규장전」은 주인공 이생이 이웃집 아가씨를 만나려고 담장을 엿보며 넘는 이야기며 「취유부벽정기」는 홍생이라는 젊은이가 평양에 갔다가 그곳 부벽정에서 술에 취하여 한 선녀를 만나 함께 시를 논한다는 이야기다. 「남염부주지」와 「용궁부연록」은 이른바 '몽유소설(夢遊小說)'의 가장 대표적인 작품으로, 주인공 박생과 한생이 각각 지옥과 용궁을 돌아다니며 겪는 내용이다.

이 가운데 「만복사저포기」는 흔히 '명혼소설(冥婚小說)' 또는 '시애소설(屍愛小說)'의 대표적인 작품으로 일컫는다. 여기서 주인공 양생은 저포놀이에서 이겨 평소에 소원하던 아름다운 여인을 부처님에게서 점지받아 그녀의 집에 가서 사흘 동안 행복하게 지낸다. 그런데 주인공이 만난 사람이 이승에 살아 있는 사람이 아니라 바로 죽은 여인이 저승에서 이승으로 잠깐 환생한 사람임이 밝혀진다.

이 작품에 등장하는 저포놀이는 김시습이 쓴 「명주일록(溟州日錄)」에도 등장한다. 김시습은 선행승(善行僧)과 저포놀이를 하는 시를 남겼다. 이런 것으로 보아 김시습의 「만복사저포기」는 자신의 경험을 형상화한 것으로도 볼 수 있다. 김시습은 두 번 결혼하였으나 두 아내를 자신보다 먼저 떠나보냈다. 그는 작품 속에서처럼 환생을 통해서라도 죽은 아내를 만나고 싶었는지도 모른다. 여인이 저승으로 다시 돌아간 뒤 주인공이 결혼하지 않고 지리산에 들어가 약초를 캐며 삶을 마치는 것도 작가의 전기적 사실에 비추어 보면 무척 흥미롭다.

「이생규장전」에서는 젊은 남녀의 이별과 재회 그리고 또한 다른 이별을 다룬다. 이생은 서당에 가는 길에 담장 너머로 젊은 최 낭자라는 여성을 처음 본 뒤 담장을 넘어가 사랑을 나눈다. 아들의 행동을 눈치챈 이생의 부모가 아들을 멀리 다른 곳으로 보내면서 젊은 남녀는 어쩔 수 없이 헤어진다. 그러나 우여곡절 끝에 두 사람은 결국 결혼하여 행복한 삶을 누리지만 홍건적의 난으로 여인은 피난길에서 죽임을 당한다. 이생은 그 뒤 「만복사저포기」의 양생처럼 죽어서 환생한 최 낭자를 다시 만난다. 작품 끝부분에서 이생은 아내와 부모 등 세상과 모두 단절한 채 옛집에서 홀로 비탄에 잠긴다.

홍길동전

허균

조선 시대의 실학자인 성호 이익은 『성호사설』에서 조선에서 이름난 '3대 도적'으로 홍길동, 임꺽정, 장길산을 꼽는다. 그의 말대로 연산군 때 경기도 가평과 강원도 홍천을 중심으로 활약한 홍길동, 백정 출신으로 명종 때 경기도 양주에서 활약한 임꺽정, 그리고 숙종 때 황해도 구월산을 일대로 활약한 장길산은 우리 역사에서 가장 대표적인 도적이다. 그러나 이들이 도적이라고는 하나 이 세 사람은 단순히 남의 물건을 훔치거나 빼앗는 도적이나 강도와는 사뭇 다르다. 물론 조정에서는 그들을 '극악무도한 강도'로 불렀지만, 그들이 약탈한 것은 탐관오리의 재산이다. 또한 그들은 그렇게 얻은 재물을 가난한 백성에게 나누어 주었다. 이 점 때문에 그들에게는 언제나 '의적'이니 '대도'니 하는 꼬리표가 붙어 다닌다.

홍길동을 불멸의 인물로 탄생시킨 작가는 허균(許筠, 1569~1618)이다. 그는 선조 2년 강원도 강릉에서 승지와 영의정을 지낸 허엽(許曄)의 3남 3녀 중 셋째아들이자 막내아들로 태어났다. 시와 글씨로 유명한 난

설헌(蘭雪軒)은 그의 누이이고, 조선에 처음으로 서학과 유럽을 소개한 지봉(芝峰) 이수광(李睟光)과는 동서 사이다. 본관이 양천인 그의 자는 단보(端甫)이고, 호는 교산(蛟山)·학산(鶴山)·성소(惺所)·백월거사(白月居士) 등이다.

허균은 한양에서 자랐고, 1597년 문과에 급제한 뒤 여러 벼슬을 거쳐 좌참찬에 오르지만, 관직 생활 중 여러 번 파직당하는 등 파란만장한 삶을 살았다. 1618년 그는 광해군의 폭정에 맞서 하인준(河仁俊), 김개(金闓), 김우성(金宇成) 등과 반란을 꾀하다가 발각되어 참형당한다. 허균은 조선 왕조가 무너질 때까지 복권되지 못한 몇 안 된 사람 가운데 하나다. 그만큼 그의 도전은 조선 왕조에서 좀처럼 용서받을 수 없는 무거운 죄였던 것이다.

허균은 한문학에서 당대 제일의 문장가로 시와 비평에도 안목이 높아『국조시산(國朝詩刪)』같은 시 선집을 편찬하고,『성수시화(惺叟詩話)』등의 비평 작품을 썼다. 그 밖의 작품으로 사회의 모순을 비판한『성소부부고(惺所覆瓿藁)』,『교산시화(蛟山詩話)』,『학산초담(鶴山樵談)』등이 있다. 그런가 하면 최초의 국문 소설로 일컫는『홍길동전(洪吉童傳)』을 써서 봉건 제도의 모순과 부당성을 폭로하기도 한다.

조선 시대를 통틀어 이단아 중의 이단아라고 할 허균은 일찍부터 어느 한 사상이나 유파에 얽매이지 않고 여러 사상을 호흡하면서 휴머니즘적이고 자유주의적인 사상을 키운다. 그는 어렸을 적부터 기본적으로 유가 교육을 받았지만, 그 외에도 불교의 중생제도 사상을 비롯하여 도가나 양명 좌파 사상을 받아들였는가 하면, 천주교와 심지어 민속 종교를 자유롭게 받아들인다. 한마디로 허균은 가장 좋은 의미의 자유주의자라고 할 수 있다. 그의 정신은 특정한 어느 한 이데올로기에 얽매이지 않고 언제나 유연하게 열려 있었다. 사대부 신분으로 흔히 '매창(梅窓)'으로 일컫는 부안의 이름난 기생 계생(桂生)을 만나 사귀는가 하면, 불교를 멀리하던 시대에 승려인 사명당(四溟堂)과도 가깝게 지내기도 한다. 인간의 자유로운 정신과 영혼을 억압하는 권위는 그에게 한낱 족쇄처럼 거추장스러울 뿐이다. 그는 타고난 개혁가요 저항의 지성인이었다.

문학가로서 허균의 위대성은 자신이 놓인 신분적 한계와 이데올로기를 과감하게 박찼다는 데 있다. 자신은 이름 있는 가문의 적자로 태어나 출세 가도를 달렸지만, 서얼 차별의 벽에 부딪혀 불우한 일생을 보내던 스승 손곡(蓀谷) 이달(李達)을 통하여 사회적 모순을 처음 발견한다. 이달은 서포(西浦) 김만중(金萬重)이 그의 작품 「별이예장(別李禮長)」을 두고 "조선을 통틀어서 오언절구의 최고 걸작"이라고 평할 만큼 이달은 시적 재능에 뛰어났다. 그러나 그는 서자 신분이라는 이유로 벼슬길에 나아가지 못한 채 시골 산골의 훈장으로 불우한 일생을 보내야 하였다. 허균은 이를 안타깝게 생각하고 조선의 양반 사회에 대한 비판의식을 갖게 된다.

허균은 사대부의 신분제를 비판하고 성리학적 윤리를 문제 삼았다. 집권층의 입장에서 볼 때 이러한 의식을 가진 허균이 눈엣가시였음에 틀림없다. 평민이나 천민 계층도 아니고 같은 사대부가 가하는 비판인만큼 더더욱 그러했을 것이다. 『조선왕조실록』에 기록된 허균에 관한 항목은 이 점을 뒷받침한다. 그에 관하여 사관은 "행실도 수치도 없는 사람이다. 오직 문장의 재주가 있어 세상에 용납되었는데 식자들은 그와 더불어 한 조정에 서는 것을 부끄러워한다"고 적는다. 또한 "그는 천지간의 괴물이다. 그 몸뚱이를 찢어 죽여도 시원치 않고, 그 고기를 씹어 먹어도 분이 풀리지 않을 것이다. 그의 일생을 보면 악이란 악은 모두 갖추어져 있다"는 대목에 이르러서는 사관이 악의를 갖고 기록했다는 느낌마저 떨쳐 버릴 수 없다.

허균의 개혁 사상이 문학적으로 형상화되어 있는 작품이 바로 『홍길동전』이다. 이 작품의 뿌리를 거슬러 올라가다 보면 중국 명나라 때 시내암이 쓴 『수호지』를 비롯하여 오승은의 『서유기』, 구우의 『전등신화』 등을 만나게 된다. 그러나 허균은 이 소설의 집을 지으면서 무엇보다도 조선에서 일어난 실제 사건을 주춧돌로 삼았다. 앞에서 밝혔듯이 연산군 때 가평과 홍천을 중심으로 활약한 의적 홍길동을 비롯하여 선조 때 충청도 홍산을 중심으로 난을 일으킨 이몽학(李夢鶴), 이른바 '칠서(七庶)의 난'을 일으킨 서양갑(徐羊甲), 그리고 임꺽정 같은 의적은 허균이 이 소설을 쓰는 데 직접 또는 간접으로 영향을 끼쳤다. 특히 허균은 이 소설을 쓰면서 누이 난설헌과 함께 학문을 닦은 스승 이달의 삶에서도 적지 않은 영향을 받았다. 허균이 한문으로 쓴 「손곡산인전(蓀谷山人傳)」은 스승인 이달의 생애를 애절하게 표현한 전기소설로 이 작품은 『홍길동전』의 씨앗이 되었다.

『홍길동전』은 흔히 연극에서 사용하는 5단계 플롯 전개 방식을 택한다. 주인공 홍길동이 홍 판서의 서자로 태어나 천대를 받는 내용이 발단 단계라면, 그가 적서 차별의 사회 제도에 반항하여 집을 떠나는 것은 전개 단계다. 도적의 무리인 활빈당의 괴수가 되어 탐관오리의 재산을 빼앗아 빈민을 구제하는 것은 위기 단계이며, 나라에서 홍길동을 잡으려고 하자 율도국으로 떠나는 것은 절정 단계다. 율도국에서 이상 국가를 세우고 정치를 하는 것은 결말 단계에 해당한다. 간략하게 요약하자면 홍길동은 가출을 감행함으로써 적서 차별의 부당함을 드러내고, 의적 활동을 통하여 탐관오리의 부패상을 고발하며, 이러한 부패한 현실에 대한 대안으로 이상향을 제시한다.

세월이 여류하여 길동의 나이 팔세라. 상하 다 아니 칭찬할 이 없고 대감도 사랑하시나, 길동은 가슴의 원한이 부친을 부친이라 못하고 형을 형이라고 부르지 못하매 스스로 천생(賤生)됨을 자탄하더니, 칠월 망일(望日)에 명월(明月)을 대하여 정하(庭下)에 배회하더니 추풍(秋風)은 삽삽(颯颯)하고 기러기 우는 소리는 사람의 외로운 심사를 돕는지라.

『홍길동전』의 앞부분에서 여덟 살 난 주인공이 한밤중에 정원을 배회하며 자신의 신분을 한탄하는 장면이다. 하늘에 떠 있는 휘영청 밝은 보름달이며, 쓸쓸하게 불어대는 가을바람이며, 구슬프게 울며 떼를 지어 날아가는 기러기며 하나같이 그러지 않아도 우울한 홍길동의 마음을 더욱 울적하게 한다. 그에게 "부친을 부친이라 못하고 형을 형이라고 부르지 못하는" 것이야말로 가슴에 사무친 원한이다.

허균의『홍길동전』은 이 무렵에 쏟아져 나오기 시작한 다른 소설과는 여러모로 다르다. 예를 들어 이 무렵에 나온 고전소설은 거의 대부분 소재와 작중인물, 배경 등을 주로 중국에서 빌려 온다. 그러나 이 작품은 당대 사회의 현실을 구체적으로 재현하며 근대 소설을 재는 잣대라고 할 역사적 시간과 사회적 공간을 다룬다는 점에서 좀 더 리얼리즘에 가깝다. 한편 김시습의『금오신화』같은 작품이 괴기한 사건과 남녀의 사랑을 주제로 한 다분히 여성적인 소설이라면,『홍길동전』은 사회문제로 시야를 넓힌 남성적인 소설이라고 할 수 있다.

이 소설은 비교적 사실적이고 객관적인 묘사를 통하여 전기소설(傳奇小說)이나 가전소설(假傳小說) 또는 설화소설의 껍질을 벗으려고 했다는 점에서도 근대 소설에 바짝 다가선다. 당대 사회의 구조적인 모순과 부조리를 대담하게 고발하고, 적서 차별 철폐, 탐관오리 응징 등을 제시하여 소설의 내용이나 이데올로기에 새로운 지평을 열었다. 그런가 하면 유토피아적 이상국 건설에 대한 비전을 보여 주었다는 점에서도 큰 의미를 지닌다.

그러나 이 소설을 사회의 모순과 병폐를 고발하는 저항소설로만 읽는 데는 적잖이 무리가 따른다. 김태준(金台俊)은 일찍이 『조선 소설사』에서 "갖은 포학과 천대를 다하는 양반 정치에 반기를 든 풍운아 홍길동의 성격이 전후에 모순 없이 완전히 묘사되었으며 장회소설의 시조가 되었다는 점으로서 조선 소설사상에 가장 거벽(巨擘)이라 하겠다"고 지적한다. 지금까지도 그의 주장은 학계에서 거의 정설이 되다시피 하였다. 그러나 작가가 "아버지를 아버지라고 못하고 형을 형이라고 부르지 못하는" 서얼이 겪는 서러움과 원한을 고발하여 서얼 차별 폐지를 주장하는 것은 사실이지만 작가는 이 주제를 일관성 있게 밀고 나가지 못한다.

홍길동의 성격에 "전혀 모순이 없다"는 김태준의 주장과는 달리 꼼꼼히 살펴보면 주인공 홍길동은 자기모순을 저지르는 인물임이 드러난다. 홍길동은 왕으로부터 평생 소원이던 병조판서 벼슬을 받자 왕의 성은에 감사하고 돌아가서는 다시는 도둑을 일삼지 않는다. 또한 왕이 내려 준 쌀 3천 석을 배에 싣고 고국을 떠나가며 대궐을 향하여 네 번 절하고 왕에게 하직 인사를 한다. 이렇게 주인공은 개인의 원한이 해소되고 소원을 이루자 처음에 가진 개혁 의지를 헌신짝처럼 던져 버린다.

평등 사회를 이루겠다는 의지는 아무리 눈을 씻고 보아도 찾아볼 수 없다. 율도국의 왕이 된 뒤에도 세 여자를 각각 왕비와 정비와 숙비로 맞이함으로써 조선 왕조의 폐습을 그대로 되풀이한다. 그렇다면 그도 결국 절대 왕권의 집을 지탱해 주는 한 기둥이요 유교 질서를 더욱 굳건히 해 주는 속물적 지식인에 지나지 않는 셈이다.

근대 소설의 관점에서 보면 허균의 『홍길동전』은 다소 미흡한 점이 있다. 그럼에도 허균이 우리 문학사에서 빛나는 까닭은 무엇보다도 『홍길동전』을 한문이 아닌 한글로 썼다는 점이다. 물론 이 소설을 최초의 국문 소설로 보는 것에 이의를 제기하는 학자가 없는 것은 아니다. 몇몇 학자는 그동안 이 소설의 원작이 언문이 아닌 한문으로 쓰였을 가능성을 조심스럽게 제기하여 관심을 끌었다. 그러나 아직껏 한문으로 쓴 『홍길동전』은 발견되지 않았다. 어찌 되었건 이 무렵 우리말은 언문이라고 하여 여간 천대를 받지 않았다. 사대부들은 오직 한문을 사용할 뿐 언문은 기껏 아녀자나 사회적 신분이 낮은 사람들이 사용하는 언어로 널리 알려져 있었다. 이러한 시대에 사대부로서 언문을 사용하여 작품을 쓴다는 것은 웬만한 용기로써는 할 수 있는 일이 아닐 것이다.

구운몽

김만중

유배 생활을 하면서 고독과 울분을 창조적 에너지로 승화시킨 사람으로 서포(西浦) 김만중(金萬重, 1637~1692)을 빼놓을 수 없다. 김만중은 귀양살이를 하면서 많은 생각을 가다듬고 책을 썼다. 숙종이 정비인 인현왕후 민 씨를 폐비시키고 장희빈을 세우려고 하자 김만중은 이를 반대하다가 남해 노도에 유배당한다. 특히 김만중은 유배지 안에서도 일정한 장소를 지정하여 그 주위에 탱자나무를 심어 그 밖을 벗어날 수 없도록 한 '위리안치'라는 가혹한 형을 받았다. 요즈음 형벌로 말하자면 다른 죄수와 격리되어 독방에 홀로 수감된 셈이다. 이때 남해의 외딴섬에서 그는 숙종의 마음을 돌리기 위하여 『사씨남정기(謝氏南征記)』라는 소설을 쓴다. 또한 이 유배지에서 남편을 일찍 여의고 두 아들을 바라보며 외롭게 살아온 어머니를 위하여 『구운몽(九雲夢)』을 쓰기도 한다. 그의 문학 비평집이라고 할 『서포만필(西浦漫筆)』도 유배 중에 쓴 책이다.

서포 김만중은 1637년 병자호란 때 피난을 가던 중 배에서 충렬공

김익겸(金益謙)의 유복자로 태어났다. 그의 아버지는 정축호란 때 강화도에서 순절하였다. 본관이 광산인 그의 아명은 배에서 태어났다고 하여 선생(船生)이고, 자는 중숙(重叔)이며 호는 서포다. 조선 시대 예학의 대가인 김장생(金長生)의 증손이고, 숙종의 장인인 광성부원군 김만기(金萬基)의 아우로 숙종의 초비인 인경왕후의 숙부가 된다. 그의 어머니 해평 윤 씨는 인조의 장인인 해남 부원군 윤두수(尹斗壽)의 4대손이고 영의정을 지낸 문익공 윤방(尹昉)의 증손녀이며 이조참판 윤지(尹遲)의 딸이다.

김만중의 어머니는 맹모단기나 맹모삼천으로 유명한 맹자의 어머니와 비슷하다. 윤 씨는 남편을 일찍 떠나보내고 평생 홀로 살면서 자식 교육에 남달리 깊은 관심을 가지고 헌신적인 노력을 아끼지 않았다. 그녀는 생활이 어려워지자 베를 짜고 수를 놓는 일로 어렵게 생계를 이어갔지만, 어린 자식들의 학업에 방해가 될까 봐 하는 일을 숨기고 보이지 않았다고 한다. 윤 씨 부인은 궁색한 살림에도 자식들에게 필요한 책은 가격을 묻지 않고 사 주었으며, 이웃에 사는 홍문관 서리를 통하여 책을 빌려 손수 베껴 아들들에게 주기도 하였다. 『소학』, 『사략』, 『당률』 같은 책은 아예 윤 씨 부인이 직접 가르치기도 하였다.

김만중은 어머니의 지극한 정성에 보답이라도 하듯이 1665년 정시 문과에 장원급제하여 지평, 수찬, 교리 등을 역임하고 암행어사가 되어 경기와 삼남 지방의 민정을 살폈다. 그는 임금 앞에서 직언도 서슴지 않아 여러 번 관직을 박탈당하고 유배를 당하는 수모를 겪는다. 그 뒤 예조참의로 복귀하여 예조참판, 대사헌, 도승지를 거쳐 예조판서, 좌·우참찬, 판의금부사에 오르는 등 출세 가도를 달린다. 그러나 장희빈 문제로 김만중이 남해에서 유배 생활을 하는 중 어머니 윤 씨는 아들 걱

정으로 병에 걸려 사망한다. 효성이 지극한 그였지만 어머니 장례식에도 참석하지 못한 채 그도 남해의 유배지에서 쉰여섯의 나이로 숨을 거두었다.

『구운몽』은 한문으로 쓴 작품과 한글로 쓴 작품 두 가지가 전한다. 김만중이 먼저 한글로 쓴 뒤 한문으로 옮긴 것인지, 한문으로 먼저 쓴 뒤에 한글로 다시 옮겼는지 지금으로서는 알 길이 없다. 김태준(金台俊)은 『조선 소설사』에서 이 작품도 『사씨남정기』와 마찬가지로 김만중이 국문으로 창작한 것을 그의 종손인 김춘택(金春澤)이 한문으로 옮겼을 것이라고 추정하였다. 최근에는 또 다른 한문본이 발견되면서 한글로 지었다는 쪽보다는 한문으로 먼저 지었다는 이론이 더욱 설득력을 얻고 있다. 이 문제는 학계에서 아직도 풀리지 않은 수수께끼로 남아 있다.

'구운몽'이라는 이 소설의 제목은 생각해 보면 볼수록 매우 흥미롭다. 지금까지 조선과 중국에서 소설은 『삼국지』나 『수호전』 또는 『서유기』처럼 '지' 자나 '전' 자 아니면 '기' 자로 끝나기 일쑤였다. 김만중은 이러한 관례를 깨고 새롭게 '몽' 자를 붙여 이른바 '몽' 자류 소설의 첫 장을 열었다. 중국에서는 조설근이 쓴 『홍루몽』이 있고 조선에서는 『옥루몽(玉樓夢)』과 『옥련몽(玉蓮夢)』이 있지만 하나같이 『구운몽』을 흉내 낸 작품으로 뒤늦게 나왔다.

'몽'이라는 돌림자뿐 아니라 아홉 구름을 뜻하는 '구운'이라는 말도 찬찬히 눈여겨보아야 한다. 『구운몽』에는 아홉 명의 중심인물이 등장하여 사건을 펼친다. 구체적으로 말해서 성진(양소유)을 비롯하여 정경패(영양공주), 이소화(난양공주), 진채봉, 가춘운, 계섬월, 적경홍, 심요연, 백능파의 팔선녀가 중심 인물이다. 물론 이 작품에는 육관대사(호승)를 비롯하여 무려 55여 명에 이르는 작중인물이 등장하지만 이 작품에서 가장 중요한 역할을 하는 인물은 역시 이들 아홉 명이다.

한편 '구운'에서 구름은 뜬구름같이 부질없고 덧없는 인간의 삶을 뜻한다. "산다는 것은 한 조각 뜬구름이 일어나는 것이요 / 죽는다는 것은 한 조각 뜬구름이 없어지는 것이다(生也一片浮雲起 死也一片浮雲滅)"라는 불가의 게송에도 잘 드러나듯이 어찌 보면 삶이란 한 조각 구름이 일어났다가 없어지는 것과 같은 것일지도 모른다. 그러므로 구름은 인간의 온갖 부귀와 영화, 공명이란 한바탕 어지러운 꿈에 지나지 않는다는 이 작품의 주제와 맞닿아 있다.

한국 소설사에서 『구운몽』이 차지하는 몫은 무척 크다. 이 무렵에는 소설 장르를 달갑게 여기지 않았다. 이런 시절에 김만중은 시 못지않게 소설을 중요하게 생각하였고, 역사보다도 문학에 더 큰 가치를 두었다. 그는 중국의 역사가 진수의 『삼국지』나 사마광의 『통감』에 기록된 역사적 사실보다는 오히려 나관중이 쓴 소설 『삼국지연의』가 훨씬 더 역사를 충실하게 표현하고 있다고 밝혔다. 말하자면 파토스에 뿌리를 둔 문학을 로고스에 기반을 둔 역사보다 더 높이 평가한 것이다.

더구나 김만중은 우리말로 이 작품을 써서 허균의 『홍길동전』과 함께 한국 소설사의 첫 장을 화려하게 장식한다. 김만중은 놀랍게도 한글로 쓴 작품이라야만 참다운 우리 작품이 될 수 있다는 문학관을 피력하여 관심을 끌었다. 그는 『서포만필』에서 송강(松江) 정철(鄭澈)을 예로 들면서 조선 사람은 모름지기 조선말로 글을 써야 한다고 주장한다. "지금 우리나라의 시문은 우리의 언어를 버리고 남의 나라의 언어를 흉내 내어 쓴 것이다. 설령 그것이 십분 흡사하다고 하여도 그것은 앵무새가 하는 말일 뿐이다"라고 지적한다. 김만중은 한문으로 글을 쓰는 전통적인 문학관에서 벗어나 모국어를 구사하는 자국의 문학을 내세움으로써 일찍이 '민족 문학론' 또는 '국민 문학론'을 부르짖었다.

『구운몽』은 주인공 성진이 천상계와 지상계를 오가며 겪는 환상적인 삶을 다룬다. 성진은 본래 육관대사의 제자였으나 용왕을 만나고 돌아오는 길에 팔선녀를 희롱한 죄로 양소유라는 이름으로 인간 세상에 유배되어 다시 태어난다. 양소유는 소년 시절 등과하여 하북의 삼진과 토번의 난을 평정하고, 그 공로로 승상이 되어 위국공에 책봉되고 부마가 된다. 그동안 성진은 팔선녀의 후신인 여덟 명의 여자들과 차례로 만나 아내와 첩으로 거느리면서 한껏 부귀영화를 누리며 산다. 만년에 이르러 자신의 생일날 가무를 즐기던 양소유는 문득 인생의 허무를 느낀다. 그러던 중 한 호승(외국의 승려)의 설법을 듣고 크게 깨달음을 얻어 팔선녀와 함께 불문에 귀의한다.

『구운몽』은 한글로 썼음에도 공간 배경과 시간 배경이 모두 중국이라는 한계를 지닌다. 공간적 배경은 중국의 남악 형산 연화봉과 중국 회남의 수주 일대이며, 시간적 배경도 17세기 말엽의 조선 시대가 아닌 당나라 때다. 그러나 이 작품이 다루는 주제는 당나라와는 별로 관계없이 좀 더 보편적이다. 이 소설은 유교와 도교 그리고 불교 세 종교의 세계관을 두루 담고 있다.

주인공이 입신양명하여 부귀공명을 누리는 것은 조선 시대 유교 질서에서 양반이라면 누구나 목표로 삼았던 가장 이상적인 인생관이다. 주인공이 자기를 길러 준 어머니의 은혜를 생각하며 스스로 효도를 다하지 못했다고 후회하는 장면에서는 유교적인 효 사상을 엿볼 수 있다. 또한 이 작품에 등장하는 여성들은 일부다처제의 모순을 좀처럼 의식하지 않는다. 그만큼 남성 중심의 유교 질서에 철저히 길들여 있다는 증거다.

한편 이 작품에서 엿볼 수 있는 허무주의와 현실 도피적인 은둔사상과 향락주의는 도교에 바탕을 둔 신선 사상에서 비롯된다. 주인공이 부귀영화를 한껏 누리면서도 끝내 만족하지 못하고 허무감을 느낀다. 또한 주인공은 두 아내와 여섯 첩을 거느리고 살면서 향락에 빠져 있다. 특히 위부인과 팔선녀 그리고 양소유의 아버지 양 처사는 도교적 인물이라고 볼 수 있다.

뭐니 뭐니 해도 이 작품에서 가장 핵심적인 사상이라면 역시 불교적 세계관이다. 주인공이 유복자로 태어나 한 번도 부친의 얼굴을 보지 못한 것을 전생의 죄라고 생각하는 태도에는 불교의 인과응보 사상이 깃들어 있다. 끝부분에서 "보살 대도를 얻어 모두 극락세계로 갔더라"라는 마지막 구절도 불교 냄새를 물씬 풍긴다. 특히 이 소설에서 육관 대사는 언제나 『금강경』을 가르침으로 삼는다. 이는 불교 사상 가운데서도 대승불교의 공 사상을 드러낸 것이다.

특히 성진이 깨달음을 얻어가는 과정은 『금강경』에서 '공즉시색(空卽是色) 색즉시공(色卽是空)'의 진공묘유(眞空妙有)의 경지에 도달하는 과정과 비슷하다. 언뜻 현실과 꿈, 양소유와 성진, 몸과 혼은 서로 다른 것처럼 보일지 모르지만 실제로는 마치 장주의 나비 꿈처럼 서로 엄격히 구분 지을 수 없다. 그리하여 이 작품을 『금강경』을 소설로 만든 것으로 보려는 학자도 없지 않다. 그러나 『구운몽』을 『금강경』의 주제를 소설로 만든 작품으로 보려는 것은 지나친 생각이다. 차라리 이 작품은 일반적인 의미에서 불교 세계관을 주제로 삼고 있다고 말하는 쪽이 더 옳다. 인간의 부귀공명이란 한낱 부질없는 꿈에 지나지 않는다는 생각은 불교에서 흔히 말하는 제행무상(諸行無常)과 깊이 맞닿아 있다.

춘향전

일상어에서 자주 사용하는 말 가운데 '억지 춘향'이라는 표현이 있다. 어떤 일을 순리로 풀어가는 것이 아니라 억지로 우겨서 겨우 이루어 내는 것을 두고 이르는 말이다. 두말할 나위 없이 이 말은 『춘향전(春香傳)』에서 변사또가 춘향에게 우격다짐으로 수청을 들게 하려고 한 데서 생겨난 표현이다. 그런가 하면 집을 찾아가기 어려울 때 쓰는 표현으로 '춘향이 집 가리키기'라는 말도 있다. 이도령이 춘향에게 "너의 집이 어디냐?"라고 묻자 그녀가 어렵고 복잡한 사설로 장황하게 대답하기 때문에 생긴 표현이다.

『춘향전』은 조선 시대 숙종 말엽이나 영조 초엽에 쓰인 고전소설로 이 작품을 쓴 작자가 누구인지는 아직껏 밝혀지지 않았다. 이 소설은 한 작가가 지은 『금오신화』나 『구운몽』과는 사뭇 다르다. 한 천재적인 작가가 혼자서 창작한 작품이 아니라 여러 작가가 독자의 폭넓은 공감을 바탕으로 집단적으로 지은 작품이라고 할 수 있다. 실제로 『춘향전』은 그동안 민간에 전해 내려온 여러 설화에 그 뿌리를 두고 있다.

이를테면 전라도 남원에 전해 오는 설화에 따르면 한 귀신의 원혼을 달래는 과정에서 이 소설을 창작했다고 한다. 남원의 어떤 늙은 기생에게 딸이 하나 있는데 남원부사의 아들과 가깝게 지낸다. 그런데 부사의 아들이 뒷날 출세한 뒤 그녀를 찾아 주지 않자 그녀는 원한을 품고 죽는다. 그 뒤 남원 지방에는 3년 동안 흉년이 들고 재앙이 닥친다. 그리하여 한 이방이 『춘향전』을 지어 춘향의 원혼을 위로하였더니 남원에 흉년과 재앙이 없어지게 되었다는 것이다. 이와 비슷한 설화가 순조 때 조재삼(趙在三)이 지은 『송남잡지(松南雜識)』에도, 차정언(車鼎言)의 『해동염사(海東艶史)』에도 전한다.

『춘향전』이 박문수(朴文秀), 김우항(金宇杭), 성이성(成以性) 같은 암행어사의 행적과 관련한 설화에서 유래했다는 주장도 만만치 않다. 이 가운데서도 성이성과 관련한 설화가 가장 유명하다. 광해군 때 남원부사 성안의(成安義)의 아들로 태어나 과거에 급제한 뒤 암행어사가 된 성이성은 남원부사 생일잔치에 참석하여 '금준미주천인혈(金樽美酒千人血)'로 시작하는 시를 짓고 암행어사 출두를 했다는 기록이 『계서행록(溪西行錄)』에 전한다. 최근 성안의가 남원부사로 재직할 때 선정을 베풀어 뒷날 그의 업적을 기리기 위하여 세운 비석이 광한루 경내에 세워져 있음이 밝혀져 관심을 모았다.

이러한 여러 배경을 가진 『춘향전』은 소설로 정착하기 이전에 먼저 설화를 소재로 삼아 『춘향가』라는 판소리로 만들어졌다. 지금 전하는 판소리 12마당 가운데서도 『춘향가』는 가장 널리 알려져 있으며 뭇사람한테서 많은 사랑을 받아 왔다. 이 작품은 4·4조를 기본 리듬으로 삼고 여기저기 가요가 삽입되어 있으며 어미가 현재진행 종지형으로 되어 있다. 광대들이 춘향과 관련한 이야기를 판소리로 부르면서 널리 알려지자 이번에는 이 무렵 인기를 끌기 시작한 소설로 다시 태어난 것이다. 이렇게 『춘향전』처럼 판소리에서 시작한 소설을 '판소리계 소설'이라고 부른다.

소설 『춘향전』은 이본만도 무려 100여 종에 이른다. 지금 전하는 이본은 '남원고사', '별춘향전', '옥중화' 등 크게 3계열로 나뉜다. 1830년경에 나온 것으로 추정하는 '남원고사' 계열에는 필사본 3종과 경판 35장본, 30장본, 16장본 등이 있다. 이보다 10년 뒤에 나온 것으로 추정하는 '별춘향전' 계열에는 대부분의 필사본과 완판 30장본 『별춘향전』, 완판 33장본, 84장본 『열녀춘향수절가』가 속한다. '별춘향전' 계열은 이본 중에서도 판소리의 영향이 가장 뚜렷이 남아 있다. '옥중화' 계열이란 1910년 이후 개화기에 이해조(李海潮)가 신소설로 개작한 『옥중화』 계통의 작품을 말한다. 이렇게 『춘향전』의 이본이 다양하기 때문에 이를 한데 묶어 '춘향전군'이라고 일컫는다.

『춘향전』은 창작 당시부터 많은 사람에게 사랑을 받았다. 그 가운데서 특히 일반 민중의 사랑을 크게 받았는데, 아마도 이 소설이 일반 사대부 계층에 대한 비판을 서슴지 않았기 때문일 것이다. 『춘향전』의 맨 첫머리는 "숙종대왕 즉위 초의 성덕이 넓으시어 성자성손(聖子聖孫)은 계계승승(繼繼承承)하사 금고옥적(金鼓玉笛)은 요순(堯舜) 시절이요 의관문물은 우탕(禹湯)의 버금이라"라는 구절로 시작한다. 그러나 이 구절에 선뜻 속아 넘어가서는 안 된다. 작품 곳곳에서 지배 계층에 대한 조롱과 야유를 쉽게 찾아볼 수 있기 때문이다. 예를 들어 월매는 겉으로는 양반을 존경하는 척하면서도 실제로는 적잖이 얕잡아보고 놀려댄다. 그리하여 한 학자는 "성가 양반이 월매를 데리고 논 것이 아니라 월매가 성가 양반을 데리고 농락한 것이다"라고 밝힌다. 이도령을 시중드는 방자도 걸핏하면 그를 놀려대기 일쑤다.

상전을 우습게 여기는 것은 사또를 보좌하는 낭청도 마찬가지다. 사또가 이도령이 글을 읽는 소리를 듣고 흐뭇해하며 앞으로 과거에 급제할 것임에 틀림없다고 말하자 낭청(郞廳: 조선 후기에 실록청, 도감 등의 임시기구에서 실무를 담당하던 당하관 벼슬)은 그에게 "정승을 못 하오면 장승이라도 되지요"라고 대꾸한다. 화가 난 사또가 "자네 누구 말로 알고 대답을 그리 하나?"라고 나무라자 낭청은 이번에는 "대답은 하였사오나 누구 말인지는 몰라요"라고 능청을 떤다. 사정이 이 정도라면 지배 계층의 권위가 말이 아니다.

이 점에서는 이도령을 시중드는 방자도 크게 다르지 않다. 이도령이 공부하는 모습을 보고 방자는 "여보 도련님, 점잖이 천자는 웬일이요?"라고 놀려댄다. 그런가 하면 전라도 임실의 한 농부는 거지 차림을 한 이도령에게 "(서울로) 올라간 이도령인지 삼도령인지 그 놈의 자식은 일거후(一去後) 무소식(無消息)하니 인사(人事)가 그렇고서는 벼슬은커니와 내 좆도 못 하제"라고 험한 욕설을 퍼붓기도 한다. 방자나 시골 농부의 말에서도 양반에 대한 경멸을 쉽게 읽을 수 있다.

『춘향전』은 이처럼 지배 계층에 대한 비꼼과 비판을 매우 해학적으로 담아낸다. 일반 민중은 이러한 등장인물의 태도를 통하여 한편으로는 일종의 대리만족을 느끼고, 다른 한편으로는 맘껏 웃음으로써 가슴에 맺힌 것을 풀어낸다. 한편 무엇보다도 춘향이 끝까지 변사또의 수청을 거부한 것은 민중의 정신적 승리를 보여 준다. 춘향은 아무리 곤장을 맞아도 발악하며 뜻을 굽히지 않는다. 변사또는 마침내 이런 춘향을 두고 "허허 그년 말 못 할 연이로고"라고 말한다. 암행어사가 된 이도령이 돌아와 춘향에게 짐짓 자신에게 수청 들 것을 명할 때도, 그녀는 반어법을 구사하여 "내려오는 관장마다 개개이 명관이로구나"라고 대구한다. 춘향은 결국 변사또를 봉고 파직하도록 만든다. 물론 그녀가 암행어사의 힘을 빌리기는 했으나 이는 민중의 승리를 보여 주는 좋은 예라고 할 만하다. 암행어사가 출두한 뒤 벼슬아치들이 쥐구멍을 찾듯이 도망치는 장면에서 민중은 아마 통쾌한 승리감을 느꼈을 것이다.

그러나 『춘향전』이 계층을 넘어 많은 사람에게 사랑받은 이유는 뭐니 뭐니 해도 이 작품이 이야기의 골격을 젊은 남녀의 사랑에 두고 있기 때문이다. 이 소설에서 지나치게 민중 의식의 성장이나 계급투쟁 쪽을 강조하다 보면 자칫 가장 중요한 주제인 사랑을 놓쳐 버리기 쉽다. 이 작품은 무엇보다도 춘향과 이몽룡의 질퍽하면서도 애틋한 사랑이 가장 중심을 차지한다. 나이 어린 남자가 나이 어린 여자를 만났다가 헤어진 뒤 우여곡절 끝에 다시 만나는 것은 세계 어느 나라에서나 러브 스토리의 기본 공식이다.

더구나 이 두 젊은 연인은 결혼에 골인하기까지 온갖 장애물을 넘어서야 한다. 아무리 눈을 씻고 찾아보아도 순탄한 사랑을 다루는 러브 스토리는 하나도 없다. 그러한 사랑은 소설의 소재나 주제로서는 자격 미달이다. 주인공이 신분이나 재산 또는 그 밖의 장애물을 극복하지 않는 러브스토리란 이 세상에 단 하나도 없다. 힘든 장애물을 극복하면 극복할수록 사랑의 순도는 그만큼 높아지는 법이다. 『춘향전』도 이 공식에서 크게 벗어나지 않는다. 신분 질서가 엄격하던 조선 시대 이몽룡 같은 사대부 집안의 아들이 기생의 딸이든 사대부 집안의 서녀이든 자신보다 신분이 낮은 여성을 사랑한다는 것부터가 독자의 호기심을 한껏 자극한다.

춘향의 고운 태도 염용(斂容: 자숙하여 몸가짐을 조심하고 용모를 단정히 함)하고 앉은 거동 자세히 살펴보니 백석창파(白石滄波) 새 비 뒤에 목욕하고 앉은 제비 사람을 보고 놀라는 듯, 별로 단장한 일 없이 천연한 국색(國色)이라. 옥안(玉顔)을 상대하니 여운간지명월(如雲間之明月)이요, 단순(丹脣)을 반개(半開)하니 약수중지연화(若水中之蓮花)로다.

이도령이 광한루에서 춘향을 처음 만나는 장면에서 그녀의 아름다운 모습을 묘사한 대목이다. 어려운 한자에 가려 한글 세대 독자들의 눈에 춘향의 모습이 제대로 보이지 않을지 모르지만 이보다 더 아름답게 묘사할 수가 없다. 춘향의 표정에 대하여 갓 비가 내린 바다 흰 물결에 목욕하고 앉아 있는 제비가 사람을 보고 놀라는 듯하다고 말한다. 그녀의 아름다운 얼굴은 구름 사이로 보이는 밝은 달과 같고, 붉은 입술을 반쯤 벌린 모습은 마치 강 가운데 피어 있는 한 떨기 연꽃과 같다는 것이다.

이처럼 『춘향전』은 내용만큼이나 그 내용을 표현하는 언어의 사용 또한 현란하다. 그야말로 이 작품은 한바탕 언어의 유희를 벌이는 놀이판이다. 춘향과 이도령은 사랑이라는 감정의 놀이를 하면서 언어의 놀이에도 깊이 빠져 있다. 예를 들어 방자는 이도령에게 양반을 두고 "엄지발가락이 두 뼘 가옷씩 되는 양반"이라고 빈정거린다. '가옷'이란 반을 가리키는 토박이말이다. 그러니까 '두 뼘 가옷'이란 두 뼘하고도 반을 가리킨다. 이 둘과 반을 한자음으로 읽으면 양반(兩班)이 되는 데서 착안한 말장난이다.

또 암행어사 행차에 놀란 변사또는 "어, 추워라. 문 들어온다 바람

닫아라. 물 마르다 목 들여라"라고 외친다. 얼마나 놀랐으면 "문 닫아라 바람 들어온다"라고 말해야 할 것을 거꾸로 "문 들어온다 바람 닫아라" 라고 말하고, "물 들여라 목마르다"라고 할 것을 "물 마르다 목 들여라" 라고 말할까. 이러한 표현을 수사학에서는 치환법이라고 일컫는다. 『춘향전』에서 이러한 말장난의 예는 하나하나 들 수 없을 만큼 아주 많다. 문학 작품이란 어디까지나 언어를 매개물로 삼는다. 이 소설은 주제에 서 사회적 신분의 벽을 뛰어넘는 카니발이라면, 일상 표준어를 조롱하 며 온갖 말장난이 판을 치는 '언어의 카니발'이기도 하다.

청구영언

김천택

세계 문학사를 가만히 들여다보면 나라마다 독특한 정형시를 한두 가지씩 가지고 있다. 민족마다 그 민족에 걸맞은 고유 의상이 있듯이 그 민족의 얼과 정서를 표현하는 데도 가장 알맞은 언어가 있고 그 언어를 매개로 하는 정형시가 있게 마련이다. 그렇기 때문에 민족 생리에서 우러나오지 않은 시 형식들은 한때 각광을 받았다고 하더라도 곧 도태하게 된다. 그것은 마치 남의 나라에서 묻어 들어온 식물이 다른 나라에서 제대로 뿌리를 내리지 못하는 것과 같다. 예를 들어 이웃 나라 중국에는 오언절구니 칠언절구니 하는 정형시가 있고, 일본에는 하이쿠나 와카 같은 정형시가 있다. 물 건너 쪽 서양에서도 예외가 아니어서 영국에는 오래전부터 소네트가, 이탈리아에서는 칸초네가 정형시로 자리 잡았다. 한국에서는 두말할 나위 없이 시조가 가장 대표적인 정형시로 꼽힌다.

시조의 발생을 두고 아직도 학자들 사이에 의견이 엇갈린다. 신라 향가가 싹을 터 시조로 자랐다고 하기도 하고, 고려 중엽 고려가요의 일부가 분가하여 시조의 집안을 세웠다고 하기도 한다. 고려 후기에 새로운 노래 양식으로 자리 잡게 한 주역은 이 무렵 새롭게 부상한 사대부 계층이다. 시조는 쉽고 길이가 짧아 서정적인 긴장을 압축하여 표현할 수 있는 단아한 틀을 갖추고 있다. 그래서 비단 사대부에 그치지 않고 중인 계층에서 화류계의 기녀에 이르기까지 뭇사람으로부터 사랑을 받았다.

양반들이 주로 즐긴 짧은 평시조는 임진왜란을 분수령으로 일대 전환점을 맞이한다. 이 무렵 고개를 들기 시작한 산문 정신에 힘입어 시조는 점차 양반의 생활권에서 벗어나 평민 계급으로 확산되면서 그 형식은 평시조에서 사설시조로 옮겨간다. 그 내용에서도 음풍농월에서 점차 눈을 돌리고 좀 더 구체적인 일상생활에서 소재를 찾으려고 하였다. 그러나 시조가 점점 길이가 늘어나고 산문이 되는 등 정형성을 잃어버리면서 점차 쇠퇴의 길을 걷기 시작하였다. 뭐니 뭐니 해도 시조는 짧은 형식에 서정성을 담아내는 데 그 특성이 있기 때문이다. 한마디로 사설시조의 탄생은 전통적인 평시조의 사망을 불러오는 결과를 낳고 말았다.

조선 후기까지 쓰인 시조 편수는 줄잡아 2,000여 수에 이른다. 물론 통계에 잡히지 않은 것까지 넣는다면 그 수는 이보다 훨씬 더 많을 것이다. 이렇게 시조가 양적으로 늘어나자 영조와 정조 시대에 이르러 입에서 입으로 전해 오던 시조를 책으로 편찬하기 시작한다. 1728년 남파(南坡) 김천택(金天澤)이 『청구영언(靑丘永言)』이라는 시조집을 편찬한 것을 시작으로 1763년에는 김수장(金壽長)이 『해동가요(海東歌謠)』를, 1876년에는 박효관(朴孝寬)과 안민영(安玟英)이 함께 『가곡원류(歌曲源流)』를 편찬한다. 조선 '3대 시조집'으로 일컫는 이 세 책에는 보석처럼 소중한 시조 작품이 거의 대부분 실려 있다.

　김천택은 17세기에 태어났는데도 그에 대해서 별로 알려진 사실이 없다. 여러 정황으로 미루어 보아 그는 1680년대 말엽, 그러니까 조선 시대 후기에 태어난 듯하다. 자는 백함(伯涵) 또는 이숙(履叔)이고, 호는 남파다. 『해동가요』에서 작가를 소개하는 글을 보면 그가 숙종 때 포교를 지냈다고 적혀 있다. 이 무렵 대부분의 가객은 중인 계층이었다. 김천택도 중인 출신으로 잠깐 동안 관직 생활을 한 뒤 여항에서 가인으로 여생을 보낸 것으로 짐작된다. 창곡에 뛰어난 김천택은 김수장 등과 더불어 '경정산가단'에서 후진을 양성하였다.

　김천택은 시조집의 편찬자로서 이름을 날렸지만 직접 시조를 쓴 시인으로도 이름을 떨쳤다. 그의 작품은 '진본 청구영언 본'에 30수, '주씨 본' 『해동가요』에 57수가 수록되어 있고, '박 씨 본' 『해동가요』에 실린 작품까지 합하면 무려 80여 수에 이른다. 이 무렵 가객 중에서 김수장 다음으로 가장 많은 작품을 남겼다. 그의 작품은 하나같이 단시조로서 부귀영화를 버리고 자연 속에 파묻혀 삶을 즐기는 모습을 읊은 것이 가장 많고, 충효의 유교적 관념과 문무에 대한 야망을 이루지 못한 아쉬움을 노래한 작품도 있다. 그의 시는 묘사가 사실적이며 해학적인 것이 특색이다.

　김천택이 『청구영언』의 초고를 완성한 것은 1727년이지만 여러 차례에 걸쳐 수정하고 보완하였다. 1728년에 1차 수정과 보완을, 1732년에 제2차 수정과 보완을 마쳤다. 1차 수정과 보완 때 오늘날 전하는 책의 모습을 거의 다 갖추었기 때문에 이 시조집의 실제 완성 시기를 1728년으로 보려는 학자도 있다. 『청구영언』은 이본이 많은 것으로도 유명하다.

　『청구영언』의 문학적 의미는 우선 그 제목에서도 엿볼 수 있다. '청구'란 '해동'과 마찬가지로 조선을 가리키는 말이다. '영언'은 중국 최초의 시가집인 『시경』을 가리킨다고 보는 학자도 있지만 말 그대로 영원히 사라지지 않고 계승되는 언어, 곧 시와 노래를 뜻한다. 영원히 사라지지 않는 조선의 시와 노래, 그것이 바로 청구영언이 뜻하는 말이다. 그러므로 이 책은 한국의 정신적 유산을 기록해 놓은 소중한 책이라고 할 수 있다.

『청구영언』은 한문만을 숭상하던 무렵에 한글로 쓴 작품을 한데 모았다는 데 큰 의의가 있다. 예외가 없는 것은 아니지만 지금까지 우리말로 쓰인 작품은 서자 취급을 받아 왔다. 그러나 김천택이 이 시조집을 편찬하면서 한글로 쓴 작품도 당당히 문학의 반열에 오르게 된다. 어떤 면에서는 시조는 한글이 아니고서는 제대로 감정과 정서를 표현할 수 없는 장르라고 할 수 있다. 한자를 빌려 시조를 짓는 것은 마치 구수한 된장찌개를 질그릇이 아닌 유기그릇에 담는 것과 같다. 이 점을 좀 더 뚜렷이 깨닫기 위하여 황진이의 작품을 한 예로 들어 보자.

사랑이 어떻더냐 둥글더냐 모지더냐
길더냐 짜르더냐 발일러냐 자일러냐
각별히 긴 줄은 모르되 끝 간 데를 몰라라

황진이는 화담 서경덕과 박연폭포와 함께 흔히 '송도 삼절'로 일컫는다. 그녀는 조선조 중종 때 개성에서 진사의 서녀로 태어났다. 열다섯 살 때 동네 총각이 자신을 사모하다가 상사병으로 죽자 기생이 되었다고 한다. 그녀는 기녀의 신분답게 남녀의 질퍽한 사랑을 즐겨 시로 읊은 것으로 유명하다.

세계 문학사를 통틀어 황진이의 이 작품만큼 사랑을 그토록 실감나게 노래한 시를 찾아볼 수 없다. 그런데 이 작품의 감칠맛은 될 수 있는 대로 한자어를 배제하고 우리 토박이말의 묘미를 최대한으로 살린 데 있다. 종장의 첫 구절 '각별히'라는 한 마디를 빼고 나면 아무리 눈을 씻고 찾아도 한자어를 찾아볼 수 없다. 그런데 이 말도 한자어라고는 그러나 '히'라는 우리말 접미사가 붙어 거의 우리말처럼 쓰이다시피 한다.

초장에서는 사랑이 둥근 모습을 하고 있느냐 네모난 모습을 하고 있느냐 묻는다. 둥근 사랑이란 상대를 감싸 주는 포근하고 원만한 사랑일 것이고, 네모난 사랑이란 모서리가 있는 상자처럼 상대를 아프게 하는 사랑일 것이다. 중장에서는 사랑의 모습이 아닌 사랑의 길이를 묻는다. 발[丈]로써 잴 만큼 오래 지속되는 사랑인가, 아니면 자[尺]로써 잴 만큼 짧은 사랑인가. 종장에 이르러 황진이는 그 길이는 모르겠으되 '끝 간 데'를 알 수 없다고 털어놓는다. 사랑의 속성을 이렇게 짧은 정형시의 그릇 안에 애틋하게 담아낸 황진이는 타고난 천재 시인임에 틀림없다.

> 유란(幽蘭)이 재곡(在谷)하니 자연(自然)이 듣기 좋아
> 백운(白雲)이 재산(在山)하니 자연(自然)이 보기 좋아
> 이 중에 피미일인(彼美一人)을 더욱 잊지 못하네

흔히 조선조 최대의 유학자로 일컫는 퇴계 이황이 지은 「도산십이곡」 가운데 한 작품이다. 방금 앞에서 예를 든 황진이의 작품과 비교해 보면 언어 구사에서 그야말로 엄청난 차이가 난다. 토씨와 몇몇 어휘만이 순순한 토박이말이고 나머지는 하나같이 어려운 한자다. '골짜기에

있다'고 하면 될 것을 굳이 '재곡'이라는 한자어로 표현하고, '산에 있다'고 하면 될 것을 '재산'이라는 한자어로 표현한다. 또한 '저 아름다운 미인'이라고 하면 될 말을 굳이 '피미일인'이라는 어려운 한자어를 빌려다 쓴다. 여기에서 피미일인이란 아름다운 여성이 아니라 성리학적 도를 실천하는 사람을 가리킨다. 만약 이황이 이 작품에서 황진이처럼 토착어를 구사했더라면 자연은 훨씬 '듣기' 좋고 '보기' 좋았을 것이며, 아름다운 그 사람도 더욱 잊지 못했을 것이다. 모르기는 몰라도 황진이라면 아마 "유란이 재곡하니" 하는 구절 대신에 "그윽한 난초 골짜기에 피어 있으니", "백운이 재산하니" 하는 구절 대신에 "흰 구름이 산속에 머무니" 하고 노래했을 것이다.

한국어뿐 아니라 다른 나라 말도 마찬가지이지만 토착어는 외국에서 들어온 말보다 훨씬 더 구체적이고 감각적이다. 요즈음 입만 열면 '신토불이'를 외치지만 이러한 현상은 무엇보다도 흔히 사상의 집이라고 일컫는 언어에서 잘 드러난다. 뜻이 같은 말이라고 하여도 토착어와 남의 나라에서 빌려 온 말 사이는 엄청난 차이가 있다. 남의 나라에서 온 말이 추상적이고 관념적이라면 민중의 삶에 뿌리를 박고 있는 토착어는 좀 더 구체적이고 감각적이어서 직접 피부에 와 닿는다. 그리고 시조처럼 토박이말이 이렇게 빛을 내뿜는 문학 장르도 없을 것이다.

한민족의 소중한 문화유산인 『청구영언』은 우리말로써도 얼마든지 훌륭한 문학 작품을 쓸 수 있다는 사실을 여실히 보여 주었다. 김천택이 이 시가집을 처음 출간할 무렵만 하여도 한문만을 숭상할 뿐 우리글로 쓴 문학을 가볍게 여기는 풍조가 널리 퍼져 있었다. 이러한 때 김천택은 국문 시가집을 간행하여 한글에 대한 관심을 드높였다.

송강가사

정철

　어느 날 친구 두 사람이 마주 앉아 말다툼을 벌이다가 평소 병약한 친구가 그만 갑자기 쓰러져 죽었다. 다급해진 그의 친구는 잘 알고 지내던 선비를 찾아가 사연을 말하며 고을 사또에게 올릴 소장을 써 달라고 부탁하였다. 선비는 그에게 "독한 술이 곁에 있어도 마시지 않으면 취하지 않고, 썩은 노끈이 손에 있어도 당기지 않으면 끊어지지 않는다"는 글을 써 주었다. 이 소장을 받아 읽어 보니 자신이 영락없는 범인이라는 뜻이었다. 그 친구는 얼굴이 새파랗게 질려 선비에게 "어째서 이렇게 저를 죽이는 글을 쓰셨습니까? 제가 정말 그를 죽였다고 생각하십니까?"라고 물었다. 그러자 선비는 "아닐세. 내가 자네를 한 번 확인해 보려고 한 걸세"라고 대꾸하고는 다시 이렇게 써 주었다. "기름 없는 등잔은 바람이 없어도 저절로 꺼지고, 밤나무의 밤은 서리가 내리지 않아도 가을이 되면 저절로 떨어진다." 그 친구는 흐뭇한 마음으로 이 소장을 사또에게 전하였고, 사또는 소장을 읽고 죽을 사람이 때가 되어 죽은 것이라고 판단을 내리고는 그에게 아무 죄를 묻지 않았다.

이 소장을 써 준 주인공이 바로 조선 중기의 정치가요 문인인 송강
(松江) 정철(鄭澈, 1536~1593)이다. 문인이자 정치가로 크게 활약한 그는
특히 글솜씨가 뛰어나 뭇사람이 찾아와 이렇게 글을 부탁하곤 하였다.
송강은 율곡 이이와 같은 해에 태어나 활약한 시기도 비슷하지만, 율곡
이 어디까지나 정치가요 근엄한 유학자로 머문 반면, 그는 재기발랄한
문학가로서도 그 이름을 크게 떨쳤다.

송강 정철은 1536년(중종 31년) 12월 한양 장의동(지금의 청운동)에서
돈령부 판관을 지낸 정유침(鄭惟沈)과 어머니 죽산 안 씨 사이에서 4남
2녀 중 막내아들로 태어났다. 정철의 자는 계함(季涵)이고 호는 송강이
며 시호는 문청(文淸)이다. 본관이 경북 연일인 그는 고려 왕조 때 현감
벼슬을 지낸 정극유(鄭克儒)의 12대손이다. 고조할아버지는 병조판서,
증조할아버지는 김제군수를 역임했지만 송강이 태어날 무렵 할아버지
와 아버지대에 와서는 별로 큰 벼슬을 하지 못하였다.

아버지를 따라 유배지를 떠돌아다닌 탓에 송강은 공부다운 공부마
저 제대로 할 수 없었고 겨우 열여섯 살이 되어서야 공부를 시작한다.
부친이 유배에서 풀려나 전라도 담양 창평으로 내려오면서 송강은 이
곳에서 10년 동안 이 무렵 기라성 같은 학자와 문인을 스승으로 모시고
그 밑에서 학업을 갈고닦는다. 석천(石川) 임억령(林億齡), 하서(河西) 김
인후(金麟厚), 면앙정(俛仰亭) 송순(宋純), 고봉(高峰) 기대승(奇大升) 같은
호남 사림이 그의 스승이었다.

송강은 1561년 스물여섯 살 때 진사시에서 1등을 하고 이듬해 문과
별과에 장원한 뒤 성균관 전적겸지제교로 첫 벼슬을 시작하여 경기도
사, 이조정랑, 홍문관 전한, 예조참판, 대사헌 등을 거쳐 마침내 우의정
과 좌의정에 오른다. 그러나 당쟁이 날로 심해지자 송강은 본디 성질

이 곧아 바른말을 서슴지 않았고, 서인파의 우두머리가 되어 동인과 맞붙는 바람에 여러 번 파직과 유배를 거듭한다. 만년에는 남인들이 그를 모함하자 벼슬을 모두 그만두고 강화도 송정촌으로 물러나 외롭게 지내다가 쉰여덟 살의 나이로 파란만장한 삶을 마감하였다.

송강은 일생 거의 언제나 권력 투쟁과 당쟁의 소용돌이 한가운데서 있었다. 그러나 그 가운데서도 송강은 우리 문학사에 길이 남을 보석처럼 소중한 작품을 남김으로써 탁월한 문학적 재능을 과시하였다. 그는 「관동별곡(關東別曲)」, 「사미인곡(思美人曲)」, 「속미인곡(續美人曲)」, 「성산별곡(星山別曲)」의 가사 네 편을 비롯하여 우리 최초의 사설시조로 일컫는 「장진주사」와 「훈민가」를 비롯한 시조 100여 수를 썼다. 유고집으로 『송강가사』, 『송강집』, 『송강별추록유사(松江別追錄遺詞)』 등이 있다.

송강의 작품 가운데서 가사 못지않게 시조가 차지하는 몫도 자못 크다. 그 중에서 가장 대표적인 작품이 「훈민가」다. 송강은 연시조 16수인 이 작품을 1580년 「관동별곡」을 지을 무렵 썼다. 그가 강원도 관찰사로 있을 때 지방 도민을 가르칠 목적으로 지은 것이다. 중국 송나라 때 진고령(陳古靈)이 백성이 마땅히 지켜야 할 도리를 조목 별로 쓴 「선거권유문(仙居勸誘文)」 13조목에 군신·장유·붕우의 세 조목을 덧붙여 각각 한 수씩 읊은 것이다. 이 작품은 유교의 윤리를 주제로 삼고 있지만, 비유법이나 언어 구사 등 문학성이 뛰어나다.

이고 진 저 늙은이 짐 풀어 나를 주오
나는 젊었거니 돌이라 무거울까
늙기도 설어워커든 짐을조차 지실까

312

경로 사상을 일깨우는 이 작품에서 감칠맛은 "이고 진 저 늙은이" 하고 돈어법을 구사하는 초장 첫 구절에 들어 있다. '이다'니 '지다'니 하는 한국어 동사는 영어 같은 서구어와는 달라서 목적어를 사용해야 한다. 이를테면 "머리에 광주리를 이다"니 "등에 짐을 지다"니 하고 말해야 우리말답지 그냥 '이다'니 '지다'라고 말하면 왠지 부자연스럽다.

송강은 이 「훈민가」에서 한국어 어법을 과감하게 깨뜨린다. 그냥 "이고 진 저 늙은이"이라고 말한다. '짐'이라는 말을 꼭꼭 감추어 두었다가 종장 "늙기도 설어워커든 짐을조차 지실까"에 이르러 살짝 내어 놓는다. 만약 처음부터 "짐을 이고 짐을 진 저 늙은이"라고 말했다면 운율이 깨뜨려지기도 하지만 아마 시적 긴장이 풀려 지금과 같은 감칠맛을 느끼지 못할 것이다.

"이고 진 저 늙은이"라는 구절에서 '저'라는 지시 대명사도 눈여겨 보아야 한다. 지시 대명사 '저'는 '이'와는 달리 화자와 대상 사이에 일정한 거리가 있음을 나타내는 말이다. 초장의 '늙음'과 중장의 '젊음' 사이의 거리는 바로 이 '저'라는 지시 대명사 때문에 더욱 뚜렷이 드러난다. 이 작품을 생각해 보면 볼수록 송강의 시적 재능이 뛰어나다는 데 새삼 놀라게 된다.

송강의 문학적 재능은 뭐니 뭐니 해도 그의 가사 작품에서 두드러지게 드러난다. 그가 쓴 가사는 문학사에서 가히 기념비적이라고 할 만하다. 그는 조선 시가 문학사에서 고산 윤선도와 더불어 가사 문학의 대가로 꼽힌다. 송강의 작품 가운데서도 「관동별곡」·「사미인곡」·「속미인곡」은 우리 가사 문학의 최고봉이다. 서포 김만중은 『서포만필』에서 이 작품을 두고 "우리나라의 참된 글은 오직 이 세 편뿐이다"라고 격찬하였다. 더 나아가 그는 이 가사를 중국 초나라의 시인 굴원(屈原)이 지은 「이소(離騷)」에 견주면서 칭찬을 아끼지 않았다. 특히 김만중은 송강이 한자어가 아닌 한글을 구사하여 작품을 쓴 것을 높이 평가하였다.

「관동별곡」은 우리 가사 문학 가운데 가장 빼어난 작품으로 일컫는다. 이 작품은 1580년 송강이 마흔다섯 살이 되던 해 강원도 관찰사로 있으면서 지었다. 제목 그대로 내금강·외금강·해금강과 관동팔경을 두루 여행한 뒤 그 여행 일정을 비롯하여 산수, 풍경, 고사, 풍속 및 자신의 소감 따위를 읊은 작품이다. 여행을 소재로 삼았다고 하여 흔히 '기행 가사'라고 일컫는다. 관동팔경이란 두말할 나위 없이 대관령 동쪽 바닷가에 있는 여덟 군데의 명승지를 말한다. 구체적으로는 통천의 총석정, 고성의 삼일포, 간성의 청간정, 양양의 낙산사, 강릉의 경포대, 삼척의 죽서루, 울진의 망양정, 평해의 월송정이 바로 이 명승지다.

모두 295구로 되어 있는 「관동별곡」은 내용에서 크게 4단(段)으로 나눌 수 있다. 첫 번째 단은 서곡에 해당하는 부분으로 강원도 관찰사로 임명된 감격과 임지로 부임하는 모습을 엮었고, 두 번째 단은 내금강의 절경을 읊은 부분이다. 세 번째 단에서는 외금강과 해금강 그리고 관동팔경의 절경을 읊으며, 결구에 해당하는 네 번째 단에서는 시인의 풍류를 꿈속에서 신선이 되어 달빛 아래 노니는 것에 빗댄다.

「관동별곡」은 내용도 내용이지만 그 아름다운 형식이 더욱 눈길을 끈다. 송강은 우리 정서에 가장 걸맞다는 3·4조 또는 4·4조 4음보의 음률을 사용하며, 될 수 있는 대로 순수한 토박이말을 구사하려고 애쓴다. 한자어는 대개가 지명 같은 고유명사이거나 고사 성어 또는 중국 고전에서 따온 것이다. 어쩌다 사용한 한문 어휘도 거의 우리말처럼 쓰이고 있는 한 것이 대부분이다. 이 작품은 기복이 심하던 그의 관직 생활에서 비교적 행복한 시절에 쓴 만큼 분위기가 명쾌하고 문체도 화려하다.

강호에 병이 깊어 죽림에 누웠더니 관동 팔백 리에 방면을 맡기시니, 어와 성은(聖恩)이야 갈수록 망극하다. 연추문에 달려들어 경회 남문 바라보며 하직코 물러나니 옥절(玉節)이 앞에 섰다. 평구역 말을 갈아 흑수로 돌아드니 섬강은 어디메뇨, 치악이 여기로다.

이 작품을 읽고 있노라면 첫머리에서부터 흥이 절로 난다. 그런데 이 작품의 묘미를 제대로 느끼려면 화자의 동작을 좀 더 찬찬히 눈여겨보아야 한다. 송강은 자연을 너무 사랑하는 나머지 시골에 파묻혀 한가롭게 지내고 있다. 좀 더 구체적으로 말해서 빈둥거리며 '죽림에 누워' 지내다시피 한다. 그런데 임금이 관동 팔백 리 강원도 관찰사의 벼슬을 맡기자 "어와 성은이야"라고 외치며 누워 있던 자리를 박차고 벌떡 일어난다. 곧바로 한양에 올라와 임금에게 하직 인사를 한 뒤 임지로 떠나는 발걸음이 이보다 더 가볍고 신바람이 날 수가 없다. 평구역(양주)에서 말을 갈아타고 쏜살같이 흑수(여주)를 거쳐 섬강(원주)에 다다른다. 화자의 동작은 수평에서 수직으로 이동하고, 저속 동작에서 다시 고속 동작으로 움직인다. 음악 용어를 빌려 표현하자면 송강의 발걸음은 라르고에서 알레그로를 거쳐 프레스토로 빨라진다.

한편 「사미인곡」은 1585년 송강이 쉰 살이 되던 해 전라도 담양 창평에서 지은 가사다. 「관동별곡」이 명승지를 여행하면서 읊은 '기행 가사'라면, 이 작품은 사랑하는 사람에 대한 화자의 애틋한 마음을 읊은 '서정 가사'다. 창평은 송강에게 제2의 고향과 같은 곳이었다. 송강이 열여섯 살 때 그의 아버지는 무려 6년에 걸친 유배에서 풀려나 한양 생활을 정리한 뒤 온 가족을 이끌고 할아버지의 산소가 있는 이곳으로 내려왔다. 뒷날 송강은 권력 싸움에서 밀릴 때마다 이곳에 즐겨 내려와 은거하였다. 「사미인곡」에서 송강은 사헌부와 사간원의 논척을 받고 고향에 은거할 때 임금을 사모하는 정을 한 여인이 그 남편과 생이별한 뒤 사무치게 그리워하는 마음에 빗대어 노래한다. 홍만종(洪萬宗)은 『순오지(旬五志)』에서 이 작품을 두고 "가히 제갈공명(諸葛孔明)의 「출사표」에 비길 만하다"고 격찬하기도 하였다.

송강이 1585년에서 1589년 사이에 지은 「속미인곡」은 제목 그대로 「사미인곡」의 속편이다. 이 두 작품은 그가 유배 중에 지은 작품으로 '유배 가사'라고 할 수 있다. 「속미인곡」은 「사미인곡」의 속편에 해당하지만, 언어 구사와 시어의 간절함이 오히려 앞 작품보다 뛰어나다는 평가를 받는다. 「사미인곡」은 임에게 정성을 바치는 것이 중심 내용으로 하면서, 독백체에다 한자 숙어와 전고 등을 사용하여 자칫 사치스럽고 과장된 듯한 느낌을 준다. 이와는 달리 「속미인곡」은 한자 성어나 전고를 피하고 한국어 토박이말을 사용하여 송강의 생활이나 감정을 솔직하게 표현할뿐더러 대화체를 사용하여 좀 더 극적인 면모를 보인다.

동경대전

최제우

통일신라 시대에 활약한 학자요 문인인 고운 최치원은 글도 잘 지었지만, 예언을 잘하기로도 이름을 떨쳤다. 일찍이 그는 임종 자리에서 "우리 동방 나라에 도(道) 기운이 어려 있어 나로부터 25세(世) 뒤에 반드시 세상을 개조할 큰 성인이 나올 것이다"라고 예언하였다. 아니나다를까 그로부터 24세 뒤 조선에 그러한 성인이 한 사람 나타났다. '광제창생'과 '후천개벽'의 깃발을 높이 쳐들고 동학을 세운 수운(水雲) 최제우(崔濟愚, 1824~1864)가 바로 그 사람이다. 최치원은 바로 경주 최 씨의 시조가 되는 사람이고, 최제우는 경주 최 씨가 근세에 활약한 인물 가운데서 가장 자랑스럽게 내세우는 사람이다.

최제우는 1824년 10월 경상북도 경주군 견곡면 가정리에서 유학자 최옥(崔鋈)의 외아들로 태어났다. 그의 아버지는 두 번이나 아내를 잃는 바람에 아들을 얻지 못하고 동생의 아들을 양자로 맞아들였다. 그 뒤에 행상을 하며 이웃 마을에 살던 과부 한 씨를 아내로 맞아 최제우를 낳았다. 그가 태어났을 때 그의 아버지는 이미 예순세 살이었다. 최제우의

7대조인 최진립(崔震立)은 임진왜란과 병자호란 때 큰 공을 세워 병조판서의 벼슬과 정무공의 시호가 내려진 무관이지만 6대조부터 그의 선조는 벼슬길에 오르지 못한 몰락한 양반이었다.

최제우의 초명은 복술(福述) 또는 제선(濟宣)이고, 자는 성묵(性默)이며, 호는 수운 또는 수운재(水雲齋)이다. 어릴 적부터 머리가 총명하여 한학에 두루 통달하였지만, 그는 얼마 뒤 서자의 신분이라서 과거를 볼 수 없다는 사실을 깨닫고 몹시 실망한다. 아버지의 3년상을 치른 뒤 집에 불이 나는 등 집안 살림이 더욱더 어려워지자 그는 이곳저곳 전국을 떠돌아다니며 무명 장사를 하기도 하고 의술·복술 등의 잡술에도 관심을 보였으며, 한때 서당에서 글을 가르치기도 한다.

최제우는 전국을 누비고 돌아다니면서 인심이 사나운 것을 몸소 깨달으며, 이렇게 인심이 사나운 것은 사람들이 천명을 따르지 않기 때문이라고 생각한다. 그는 천명을 알아낼 수 있는 방법을 찾기 시작한다. 1856년 여름 신라 시대 원효(元曉)가 도를 닦던 경상남도 양산의 천성산 내원암에 들어가 정성을 들이면서 시작한 그의 구도 노력은 그 이듬해 적멸굴에서의 49일 정성, 울산 집에서 계속된 공덕 닦기로 이어진다. 1859년 10월 그는 아내와 자식을 거느리고 경주로 돌아온 뒤 구미산 용담정에서 계속 수련을 쌓는다. 이 무렵 가세는 거의 절망적인 상태에까지 기울고, 국내 상황은 삼정(三政)의 문란, 가뭄과 흉년, 그리고 전염병으로 크게 어수선한 분위기였다. 국제적으로도 애로호(號) 사건을 계기로 중국이 영국과 프랑스 연합군에 패배하여 톈진조약을 맺는 등 민심이 불안정하던 시기였다. 이 무렵 그는 자신의 이름을 어리석은 사람을 구제한다는 뜻의 '제우'로 고치고 구도의 결심을 더욱 다진다.

최제우는 1860년 4월 5일 처음으로 결정적인 종교 체험을 한다. 한울님에게 정성을 드리던 중 갑자기 몸이 떨리고 정신이 아득해지면서 천지가 진동하는 듯한 소리가 공중에서 들려왔다. "두려워 말고 겁내지 말라. 세상 사람들이 나를 일러 상제라 부르거늘 너는 어찌 상제를 알지 못하느냐?"라는 소리였다. 이러한 신앙 체험을 통하여 그는 종교적 신념을 확립하였으며, 일 년 동안 그 가르침에 마땅한 이치를 체득하여 도를 닦는 순서와 방법을 만든다. 그 뒤 1861년부터 포교를 시작하자 놀라울 만큼 많은 사람이 동학의 가르침에 따르게 된다.

이렇게 동학 신도가 계속 늘어나게 되자 최제우는 1862년 12월 여러 지역에 '접(接)'을 두고 그 책임자인 접주가 관내의 신도를 다스리는 접주제를 만든다. 동학은 경상도와 전라도뿐 아니라 충청도와 경기도에까지 그 교세가 확장되어 1863년에는 접소가 14개소, 교인이 3,000여 명에 이른다. 이해 7월 제자 최시형(崔時亨)을 북접대도주로 삼고 '해월(海月)'이라는 도호를 내린 뒤 8월 14일 도통을 전수하여 2대 교주로 삼았다. 이는 자신이 관헌의 지목을 받고 있음을 알고 미리 후계자를 마련해 놓은 것이다.

이 무렵 조정은 동학이 빠르게 퍼지는 데 더욱 불안을 느끼고 최제우를 체포할 계획을 세운다. 그리하여 1864년 접소를 순회하던 최제우를 제자 25명과 함께 경주에서 체포하여 서울로 압송한다. 압송 도중 과천에서 철종이 사망하자 최제우는 1864년 1월 대구 감영으로 이송된다. 국상이 나면 서울에서 옥사를 벌이지 않는 것이 관례였기 때문이다. 그는 대구 감영에 갇혀 다리가 부러질 정도로 모진 고문을 당하고, 이곳에서 심문받다가 3월 10일 마침내 사도난정(邪道亂正)의 죄목으로 대구에서 마흔한 살의 젊은 나이로 처형된다.

수운 최제우가 본격적으로 종교 활동을 한 기간은 도를 깨달은 이듬해인 1861년 6월부터 1863년 12월까지 줄잡아 1년 반 정도밖에는 되지 않는다. 더구나 이 기간은 대부분 그가 피신하며 지낸 시간이다. 최제우는 안정 속에서 저술에 전념할 수는 없었지만, 틈틈이 자신의 사상을 한문체와 한글 가사체로 기록하였다. 그러다가 갑자기 처형당하게 되자 남은 신도들이 그의 글을 한데 모아서 기본이 되는 가르침으로 삼게 되었다. 최제우가 쓴 작품 가운데 한문체로 된 기록을 엮은 것이 바로 『동경대전(東經大全)』이고, 가사체로 된 것을 모아 놓은 것이 『용담유사(龍潭遺詞)』이다.

『동경대전』은 『용담유사』와 함께 뒷날 천도교 경전의 반열에 올라 융숭한 대접을 받는다. 기독교도에게 신구약 성경이 있고 이슬람교도에게 『쿠란』이 있듯이 동학교도와 천도교도에게는 이 두 책이 있다. 물론 천도교 경전에는 동학의 제2대 교주 최시형과 제3대 교주 의암(義菴) 손병희(孫秉熙)의 어록도 들어 있지만 가장 핵심은 역시 동학의 창시자 최제우의 어록이다. 한편 『동경대전』은 『용담유사』와 함께 정치사상과 사회 변혁 이념을 담은 책이거나 인간의 자유로운 정신을 노래한 문학 작품으로 읽어도 전혀 손색이 없다. 특히 한글 가사로 쓴 『용담유사』는 우리 문학사에서 종교적 예언을 담은 '도참문학'으로 높이 평가받는다.

동학은 처음부터 우리 민족의 얼을 지킨다는 민족주의적 이데올로기의 색채를 짙게 띠었다. 최제우가 동학을 처음 펼칠 무렵에는 중국을 거쳐 들어온 서학, 즉 천주교가 이미 조선에 뿌리를 내리고 있었다. 정부는 서학을 뿌리 뽑기로 결정하고 탄압하기 시작하지만, 그 세력은 점점 커졌다. 이에 날로 민심이 흉흉해지고 엎친 데 덮친 격으로 흉년과 전염병까지 크게 나돌았다. 그러자 최제우는 '서학'에 맞서 우리의 도를 천명한다는 뜻으로 '동학'을 창도하기에 이른다. 동학이란 서학(천주교)에 맞설 만한 '동양의 종교'라는 뜻이다. 서양에서 침투해 오는 문물이나 군사적 침략보다도 서양의 종교적 침략이 훨씬 더 위협적이라고 굳게 믿은 최제우는 이에 대한 대항 의식으로 동학을 만들었다. 한울님의 도를 깨우쳐서 민족 부흥의 정신적 기초를 마련한다는 확신에서 민족 종교를 만든 것이다.

동학의 가장 핵심적 사상은 시천주(侍天主)다. 이 말은 글자 그대로 풀이하면 한울님(천주)을 모신다는 뜻이다. 이 시천주라는 말은 바로 최제우가 종교 체험을 겪을 때 상제로부터 받았다고 하는 "지기금지원위대강(至氣今至願爲大降) 시천주조화정(侍天主造化定) 영세불망만사지(永世不忘萬事至)"라는 구절에 처음 나온다. 모두 스물한 글자로 된 이 구절은 동학을 믿는 사람들이라면 누구나 외워야 하는 주문이기도 하다. 최제우는 주문이란 한울님을 지극히 위하는 글로서 이 스물한 자에 열여섯 자를 더 붙여 서른일곱 자면 만권시서(萬卷詩書)를 이길 수 있다고 장담한다.

이 시천주의 '시'에 대하여 최제우는 "안에 신령이 있고 밖에 기화가 있어 온 세상 사람이 각각 알아서 옮기지 않는 것"이라고 밝힌다. 이 말을 쉽게 풀이하면 초월적이면서 동시에 내재적인 한울님(천주)을 정성껏 내 마음에 모신다는 뜻이다. 바꾸어 말해서 사람은 누구나 자신속에 한울님을 모신 존귀한 인격이라는 것을 뜻한다. 최제우는 초월적신을 '상제'니 '천주'니 또는 '한울님'이라고 표현하며, 내재적 신은 '지기(至氣)'라는 말로 표현한다. 그에게 신은 인간의 외부에 존재하면서 인간과 우주를 주재하는 초월적 모습으로, 그리고 모든 인간의 마음속에 들어 있는 내재적인 모습으로 동시에 나타난다. 그리하여 최제우의한울님에 관한 입장을 무신론과 유신론 그리고 범신론을 극복한 범재

신관으로 보려는 학자도 있다.

시천주는 최시형에 이르러 '사인여천(事人如天)'과 '양천주(養天主)' 사상으로 발전한다. 사인여천이란 글자 그대로 사람을 하늘처럼 섬기는 것을 말한다. 최시형은 「대인접물(待人接物)」에서 "도인(道人)의 집에 사람이 오거든 사람이 왔다 이르지 말고 한울님이 강림하셨다 말하라"라고 가르친다. 동학의 신과 관련하여 심심치 않게 쓰이는 '베 짜는 한울님'이라는 용어를 듣는다. 시골집에서 베를 짜는 것은 그 집 며느리가 아니라 한울님이라는 것이다. 그는 단순히 한울님을 마음속에 '모시는' 것에 그치지 않고 더 나아가 그를 '키워야' 한다고 부르짖는다. 「양천주」에서 그는 한울님을 키울 줄 아는 사람만이 한울님을 모실 줄 안다고 분명히 밝힌다.

손병희는 사인여천이나 양천주의 개념을 한 발 더 밀고 나가 아예 사람이 곧 한울님이라는 '인내천(人乃天)' 사상을 부르짖는다. 한울님이 따로 존재하는 것이 아니라 아예 인간이 곧 한울님이요 한울님이 곧 인간이라는 것이다. 마음속에 한울님을 모신다는 생각에서 마음속에 한울님을 키운다는 생각을 거쳐 이제 마지막으로 사람이 곧 한울님이라는 생각에 이른 것이다. 인내천 사상에 이르면 사람과 한울님, 인간과 신을 서로 구별 짓는다는 것이 거의 무의미해진다.

최제우는 돈 많고 귀한 사람이건 가난하고 천한 사람이건 모든 사람을 인간 가족의 구성원으로 볼 뿐 신분이나 재산에 따라 구분 짓지 않는다.

부하고 귀한 사람
이전 시절 빈천이오

빈하고 천한 사람

오는 시절 부귀로세

천운이 순환하사

무왕불복사하시나니

『용담유사』의 한 구절이다. 최제우는 인간의 부귀 빈천이란 달이 차면 기울고 기울면 다시 차는 것처럼 천운의 질서에 따라 일어날 뿐이라고 밝힌다. 내세의 구원을 믿는 기독교나 계급 없는 이상주의 사회를 꿈꾸는 사회주의 세계관이 선형적이라면, 동학의 세계관은 어디까지나 순환론적이다. 순환론적 세계관에서는 비록 진보나 발전은 없더라도 현재의 삶에 절망하지 않는다. 가난하고 천한 사람들도 앞으로 얼마든지 부자가 되고 권세를 누릴 수 있기 때문이다.

이렇듯 동학 또는 천도교는 부귀 빈천을 비롯하여 모든 인간 사이에 놓인 높다란 장벽을 허물어 버린다. 서양에서 "법 앞에 만인은 평등하다"라고 부르짖어 왔지만, 이 자유와 평등의 이상을 몸소 실천에 옮긴 경우는 그다지 많지 않다. 동학은 무엇보다도 평등과 자유를 가장 중요한 이상으로 삼고 그 이상을 실천하려고 무척 애썼다. 이 무렵에는 노비도 꽤 많았고, 농민은 양반 앞에서는 기를 못 펴고 살았으며, 여성과 어린아이는 말로만 사람이지 전혀 인간다운 대접을 받지 못하였다. 동학에서는 노비나 농민은 한울님을 마음속에 모시고 있다는 점에서 양반과 조금도 다르지 않다고 지적한다. 또한 아이를 때리는 것은 곧 한울님을 때리는 것이고, 며느리를 학대하는 것은 곧 한울님을 학대하는 것과 다름없다고 가르친다.

더욱이 동학에서는 평등과 자유의 이상을 비단 인간에게만 국한시키지 않고 인간이 아닌 다른 피조물에게까지 넓혀 나간다. 최제우가 신의 굴레에서 인간을 해방시켰다면, 최시형은 인간이 아닌 다른 우주 만물을 인간의 굴레에서 해방시켰다. 최제우는 인간에게 잃어버린 영성을 다시 찾아 주었지만, 그 영성을 다른 만물에까지 넓히는 데는 이르지 못하였다. 최시형은 인간뿐 아니라 우주 만물을 품안에 껴안는 '삼경(三敬)' 사상을 부르짖는다. 삼경이란 한울님을 부모처럼 받드는 경천, 사람을 한울처럼 받드는 경인, 그리고 물건을 사랑하는 경물의 세 사상을 말한다. 그는 사람은 말할 것도 없거니와 인간이 아닌 다른 피조물도 이웃처럼 사랑하라고 외친다.

무정

이광수

한국 문학사에서 춘원(春園) 이광수(李光洙, 1892~1950)는 근대 소설의 초석을 다진 인물이다. 물론 그는 신소설의 작가 국초(菊初) 이인직 (李人稙)처럼 노골적으로 드러내놓고 친일 행위를 하지는 않았다. 젊은 시절에는 오히려 민족주의자로 독립운동에 앞장을 섰다. 이를테면 1919년에는 도쿄 유학생의 2·8 독립선언서를 기초한 뒤 상하이로 망명하여 임시정부에 참가하여 도산(島山) 안창호(安昌浩)를 도우며 그곳에서 《독립신문사》 사장을 역임한다. 1937년에는 수양동우회 사건으로 잡혀 감옥에 갇히기도 한다.

그러나 반년 만에 병보석으로 감옥에서 풀려난 뒤부터 이광수는 점차 일본 제국주의에 협력하기 시작한다. 1939년에는 친일 어용 단체인 조선문인협회의 회장이 되었으며 자신의 이름을 가야마 미쓰로(香山光郎)라고 일본 이름으로 고쳤다. 1941년 태평양전쟁이 일어나자 그는 전국을 돌아다니며 젊은 학생들에게 학도병으로 지원할 것을 설득하였다. 그는 이러한 친일 행동으로 씻을 수 없는 오명을 남겼다.

이광수는 1892년 평안북도 정주의 소작농 집안에서 태어났다. 그는 네 살 때 아버지를 잃고 열한 살 되던 해에 콜레라로 어머니와 막내 여동생마저 잃는다. 그는 다섯 살 아래 여동생을 할아버지에게 맡기고 친척집을 전전하다 동학의 대접주 눈에 띄어 동학 간부 박 대령의 집에 머물며 서기 겸 심부름꾼으로 몸을 의탁한다. 동학에 대한 관헌의 탄압이 심해지자 이광수는 1904년에 경성에 올라온다.

이듬해 이광수는 친일 단체 일진회의 추천으로 일본에 건너가 메이지학원에 편입하여 공부하면서 '소년회'라는 단체를 조직하고 기관지 《소년》을 발행하는 한편 시와 평론을 발표하기 시작한다. 1910년 메이지학원을 졸업하고 잠시 귀국하여 오산학교에서 교편을 잡다가 한일합방으로 나라를 잃은 뒤에는 오산학교를 그만두고 상하이와 미국 등지를 돌아다닌다. 1915년 그는 김성수(金性洙)의 도움으로 다시 일본에 가서 와세다대학교 철학과에 입학한다. 1917년에는 한국 최초의 단편소설로 일컫는 「소년의 비애」와 「어린 벗에게」를 《청춘》지에 발표한다. 1923년 《동아일보》에 입사하여 편집국장을 지내고, 1933년에는 《조선일보》 부사장을 거치는 등 언론계에 몸담고 있으면서 소설가로서 활동하였다. 이광수는 해방 뒤 '반민족 행위 처벌법'으로 구속되었다가 병보석으로 출감하였고, 한국전쟁 때 납북된다. 그동안 그의 생사가 밝혀지지 않다가 최근 1950년 만포에서 병으로 사망했음이 확인되었다.

이광수의 파란만장한 삶에서 한국 근대사의 수난과 영욕을 읽을 수 있다. 그는 낭만적 이상과 폭력적 현실 사이에서 갈등한 수많은 한국 근대 지식인의 일그러진 모습을 상징적으로 보여 준다. 이광수는 젊었을 때는 레프 톨스토이의 기독교적 휴머니즘에 뿌리를 둔 비폭력주의의 세례를 받지만, 점차 영국의 사회학자 허버트 스펜서의 사회 진화론에 이끌린다. 어떻게 보면 이광수 개인의 이러한 변화는 한국 근대성의 갈등 구조를 그대로 보여 준다. 그는 보편적 인류애 박애주의를 추구하면서도 다른 한편으로는 약육강식이라는 정글 법칙을 따를 수밖에 없는 현실의 모순과 이율배반에 고민하지 않을 수 없었다.

　이광수는 흔히 '한국 근대 소설의 아버지'로 일컫는다. 그는 이 무렵으로서는 보기 드물게 많은 작품을 썼다. 우리 문학사에서 최초의 근대 장편소설로 일컫는 『무정』을 비롯하여 『마의태자』, 『단종애사』, 『흙』, 『재생』, 『유정』, 『이차돈(異次頓)의 사(死)』, 『사랑』, 『원효대사』 등 하나하나 손가락에 꼽을 수 없을 정도다. 그는 장편소설 말고도 적지 않은 단편소설을 비롯하여 시·평론·수필·기행문 등을 남겼다. 그가 일생 동안 쓴 원고 매수는 줄잡아 200자 원고지로 8만 장 정도에 이른다. 오늘날처럼 컴퓨터 워드프로세서로 글을 쓰는 것도 아니고 펜으로 원고지를 채워야 하는 힘든 작업이었다는 점을 염두에 두면 참으로 엄청난 양이다.

　이광수는 『무정』을 1917년 1월부터 같은 해 6월까지 126회에 걸쳐 《매일신보》에 연재하여 한국 근대 소설의 첫 장을 화려하게 장식한다. 이 소설을 연재한 신문은 이 무렵 조선총독부의 기관지로 조선에 유일하게 국한문으로 발행하는 일간신문이었다. 그런데 오늘날 신문 연재분과 비교하면 한 회분 분량이 2배가 넘었으므로 꽤 많은 지면을 할애한 셈이다. 요즈음에 와서는 일간신문에서 좀처럼 연재소설을 싣지 않지만, 이 무렵만 하여도 신문 연재소설은 큰 인기를 끌었다. 이 작품은 신문 연재가 끝난 뒤 1918년 광익서관에서 단행본으로 간행되었다.

　『무정』은 이 무렵 어느 신소설보다도 독자들의 큰 관심과 기대를 모았다. 달리 말하면 이광수의 작품은 이인직의 작품과는 여러모로 달랐다는 것을 뜻한다. 비유적으로 말하자면『혈의 누』나『모란봉』은 원숭이처럼 아직도 퇴화의 흔적이라고 할 꼬리를 지니고 있지만,『무정』은 이러한 흔적을 거의 찾아볼 수 없는 진화한 인간이라고 할 수 있다. 『무정』은 신소설의 바통을 이어받았지만, 근대 소설답게 작중인물의 심리 묘사에 깊은 관심을 기울이고 당대 현실을 객관적으로 반영함으로써 소설의 개연성에 좀 더 무게를 싣는다. 또한 이 작품은 작중인물의 대화를 직접 인용하는 구어체 문장을 구사하는 등 언문일치를 이룩한다. 운문체 문장에서 완전히 벗어나 산문 정신을 구현한 것도 이 작품이 이룩한 성과 가운데 하나다. 한마디로 플롯의 구성에서 작중인물의 성격 형성, 대화, 장면 묘사 등에서 현대 소설의 조건을 두루 갖춘 셈이다.

예를 들어 주인공 이형식의 삶은 여러모로 작가 이광수의 삶과 비슷하다. 어릴 때 고아가 되어 온갖 고생을 하면서 자란다는 것도 그러하고, 어린 누이 하나가 있다는 것도 그러하다. 어머니는 젊지만 아버지는 쉰 살이 넘었다는 것이라든지, 풍채 좋은 할아버지가 있었다는 것이라든지, 둘의 닮은 점은 한두 가지가 아니다. 이형식이 청년으로 접어들면서 전통적인 삶의 방식을 버리고 근대화의 길을 따르는 점에서도 이광수와 닮아 있다. 이형식은 작가와 마찬가지로 개화기 지식인으로 개인과 민족, 현실과 이상 사이에서 갈등하고 고뇌하는 인물이다.

또 이형식이 봉건적 도덕의식을 가진 박영채를 버리고 신여성인 김선형을 선택한다든지, 알게 모르게 민족주의적이고 계몽주의적인 경향을 드러낸다든지 하는 점도 이광수와 비슷하다. 신여성 김선형과 뚜렷한 대조를 이루는 전통적인 여인 박영채는 동학 간부의 딸 예옥과 적잖이 닮아 있다. 이광수가 만년에 쓴『그의 자서전』에 따르면, 예옥의 아버지는 일본 헌병대에 끌려갔다가 귀양 가서 죽고, 예옥은 헌병 보조원에게 시집갔다가 버림받고 결국 그의 어머니와 함께 중이 되어 세상을 등진다. 물론 이광수는 박영채라는 인물을 창조하면서 예옥뿐 아니라 작가의 친척 누이들을 모델로 삼기도 하였다.

『무정』의 주인공으로 경성학교 영어 교사인 이형식은 미국 유학을 앞두고 있는 김선형에게 개인 교수를 하다가 그녀의 미모에 끌린다. 그러나 그에게는 어린 시절의 동무로 결혼을 약속한 옛 은사 박 진사의 딸인 박영채가 있다. 애국지사로 투옥된 아버지를 구하려고 기생이 된 영채가 형식이 경성에 있다는 것을 알고 찾아오자 형식은 두 여자 사이에서 갈등을 느끼며 방황한다. 영채는 경성학교의 학감과 교주의 아들에게 순결을 짓밟힌 뒤 유서를 남기고 평양으로 가고, 형식은 그녀를 찾아 평양에 가지만 그녀를 찾지 못하고 경성으로 돌아오면서 자신이 '무정'한 인간이라는 사실을 깨닫는다.

한편 영채는 우연히 도쿄에서 음악을 공부하는 신여성 김병욱을 만나 의리의 결합보다는 사랑의 결합이 더 소중하다는 사실을 깨닫는다. 영채는 그녀의 도움으로 구습에서 벗어나 근대적 개인으로 다시 태어난다. 영채는 병국과 함께 일본으로 유학을 가던 중 부산행 기차 안에서 결혼하여 미국 유학을 떠나는 형식과 선형을 만난다. 홍수로 낙동강이 범람하자 병욱의 주도로 그들은 삼랑진에서 내려 이재민 구호를 위한 음악회를 연다. 이 소설은 네 사람이 모두 새로운 교육을 받아 앞으로 조국의 기둥이 될 것을 결심하는 것으로 끝을 맺는다.

어둡던 세상이 평생 어두울 것이 아니요, 무정(無情)하던 세상이 평생 무정할 것이 아니다. 우리는 우리 힘으로 밝게 하고, 유정(有

情)하게 하고, 즐겁게 하고, 가멸케 하고, 굳세게 할 것이로다. 기쁜 웃음과 만세의 부르짖음으로 지나간 세상을 조상(弔喪)하는 『무정』을 마치자.

이 작품의 끝부분에서 이광수는 미래에 대한 밝은 꿈을 숨김없이 드러낸다. 아직도 동양의 전통적 가치에 취하여 잠들어 있는 한민족을 일깨우려고 하는 그는 이 작품에서 서양식의 새로운 교육을 통한 계몽과 민족적 자각을 부르짖는다. 그의 이러한 외침은 한일합방 이후 일제의 식민주의 아래 신음하고 있던 한민족에게 한 가닥 희망의 불빛을 비추어 주었다. 적극적인 성격을 가진 신문 기자 신우선이 등장하는 작품의 맨 끝 장면은 이 점을 잘 보여 준다. 형식은 생물학, 병욱과 영채는 음악, 선형은 수학, 그리고 우선은 문필을 통하여 저마다 여러 분야에서 낡은 질서를 무너뜨리고 새 질서를 받아들일 것을 다짐한다.

『무정』은 이형식·김선형·박영채를 둘러싼 애정의 삼각관계를 다루지만, 그 관계는 자못 상징적 의미가 있다. 형식이 두 여성 사이에서 느끼는 갈등과 고뇌는 바로 개화기 지식인이라면 누구나 느끼는 것이다. 태평양 건너 서양에서 거세게 불어오는 새로운 사상과 가치의 바람은 전통적인 사상과 가치의 바람과 맞부딪칠 수밖에 없다. 개화기 지식인 형식은 서양과 동양, 혁신과 전통의 사이에서 혼란을 겪는다. 여전히 가부장적 윤리에 얽매인 영채는 조선의 전통적 가치를 상징하고, 신여성인 선형은 혁신적인 서구 사상을 상징한다. 옛 질서와 새로운 질서, 낡은 가치와 새로운 가치 사이에서 고민하는 이들 작중인물은 근대적 시민 사회가 탄생하기 위하여 제단에 바쳐야 할 희생양일지도 모른다.

진달래꽃

김소월

한국의 민족시인이나 국민 시인으로는 흔히 김소월(金素月, 1902~1934)이 첫손가락에 꼽힌다. 언젠가 소월과 동갑인 정지용(鄭芝容)이 "북에는 소월이 있었거니, 남에 박목월(朴木月)이가 날 만하다"라고 말한 적이 있다. 굳이 한반도의 남쪽과 북쪽을 가르지 않고 김소월처럼 우리 민족의 정서를 그토록 잘 표현한 시인도 찾아보기 어렵다. 한반도를 통틀어 가장 대표적인 시인이라고 할 그는 흙냄새 물씬 풍기는 토착어로 가슴 깊은 곳에서 우러나오는 리듬에 맞추어 이 땅의 민족 정서를 한껏 노래한다. 한 학자가 그를 두고 왜 "우리의 고향 동산이며 온돌방 아랫목이요 모국어 그 자체"라고 일컫는지 알 만하다.

김소월은 1902년 8월 평안북도 구성군 서산면 옥인동에서 김성수(金性壽)의 아들로 태어났다. 공주가 본관인 그는 본명은 정식(廷湜)이고, 공주 김 씨 족보에는 아명이 '갓놈'으로 나와 있다. 소월은 그의 아호요 필명이다. 그가 두 살 때 정주와 곽산 사이의 철도 부설을 반대하던 아버지가 일본인 목도꾼들에게 폭행을 당한 뒤 정신착란을 일으키면서 김소월은 불행한 유년기를 보냈다. 그는 광산업을 하던 할아버지 밑에서 한문학을 배운 뒤 남산학교를 거쳐 1917년에 오산중학교에 입학하였다. 집안 형편이 어려워 남산학교를 다닐 때는 농사를 지으면서 다녔고, 오산중학교는 마을 사람들의 도움으로 가까스로 입학할 수 있었다. 기미년 독립 만세 운동을 맞아 오산중학교가 문을 닫자 배재고등보통학교에 편입하여 졸업하였다. 1923년에 일본으로 건너가 도쿄상과대학 전문부에 입학했지만 그해 9월 간토(關東) 대지진이 일어나고 집안이 기우는 바람에 학업을 그만두고 귀국하였다.

고향에 돌아온 김소월은 할아버지가 경영하는 광산 일을 도우며 지냈지만, 광산업이 실패하면서 가세가 크게 기울자 처가가 있는 구성군으로 옮겼다. 그곳에서 소학교 교사를 거쳐《동아일보》지국을 경영하였다. 그러나 이것도 실패하자 심한 우울증에 시달린다. 1930년대에 들어서 작품 활동은 저조해진 데다가 생활고까지 겹쳐 삶에 대한 의욕마저 잃어 나날을 술로 보내다시피 한다. 술을 많이 마셔 정신을 잃을 때도 있었다. 그러던 중 1934년 12월 고향 곽산에서 갑자기 사망하였다.

어찌 되었건 김소월이 세상을 떠날 때 그의 나이 겨우 서른두 살밖에 되지 않았다. 그의 문단 생활도 오륙 년 남짓밖에는 되지 않는다. 그는 이렇게 짧은 문단 생활 동안 무려 250여 편에 이르는 많은 시를 비롯하여 시론 한 편, 단편소설 두 편, 그밖에 서간문, 산문, 번역 등을 남겼다. 1939년 그의 스승 안서(岸曙) 김억(金億)은 제자에 대한 회고와 평론과 함께 그의 작품을 엮어 『소월시초』를 간행하였다.

김소월이 민족시인이나 국민 시인으로 성장하는 데 가장 중요한 역할을 한 것은 바로 오산학교이다. 이 무렵 이 학교에는 민족주의자 조만식이 교장으로 있었다. 이 밖에도 서춘이나 이돈화(李敦化) 같은 교사도 그에게 민족혼을 불어넣어 주었다.

오산학교 시절 김소월이 조만식(曺晩植)·서춘(徐椿)·이돈화한테서 민족주의의 세례를 받았다면, 안서 김억한테서는 문학의 세례를 받았다. 그가 김억을 만난 것은 큰 행운이었다. 이 둘의 만남은 서구 문학사에서 모더니즘의 대부라고 할 T. S. 엘리엇이 에즈라 파운드를 만난 것에 빗댈 수 있다. 김억은 김소월의 시적 재능을 일찍이 꿰뚫어 보고, 그의 스승이요 후견인으로 소월이 시인으로 태어나는 데 산파 구실을 맡았다. 이 무렵 김억은 소월의 문학적 스승이었고 나도향은 김소월과 함께 문학의 꿈을 키우는 문학의 벗이었다.

김소월이 본격적으로 시를 쓰기 시작한 것은 오산학교에 다닐 무렵이다. 김억의 지도와 영향 아래 시를 쓰기 시작한 그는 1920년 김동인(金東仁)이 전영택(田榮澤), 주요한(朱耀翰)과 함께 창간한 잡지 《창조》에 「낭인(浪人)의 봄」을 비롯한 5편의 작품을 처음 발표하면서 문단에 정식으로 데뷔한다. 1922년 배재고등보통학교에 편입하면서 그의 활동은 더욱 왕성해져 천도교에서 펴내는 잡지 《개벽》을 무대로 활약한다. 우리에게 잘 알려진 시 「진달래꽃」을 비롯하여 「금잔디」, 「엄마야 누나야」, 「개여울」, 「제비」, 「강촌」, 「예전엔 미처 몰랐어요」 등은 모두 이 잡지에 실린 작품이다.

1925년 12월 소월은 시집 『진달래꽃』을 매문사에서 출간한다. 이 시집의 출간으로 이 해는 넓게는 한국 문학사, 좁게는 한국 시사에서 매우 중요한 해가 되었다. 『진달래꽃』은 그동안 쓴 작품 126편을 수록한 작품집으로 소월의 전반기 창작을 총결산한 시집이다. 이 해 5월 김소월은 『개벽』에 「시혼」이라는 시론을 발표하기도 한다.

이 시집을 분수령으로 김소월의 시는 크게 달라진다. 이 시집 이전의 작품에서 애틋하고 아름다운 정서를 서정적으로 표현한다면, 이 시집 이후의 작품에서는 민족혼이나 민족주의적인 색채와 현실 인식이 좀 더 뚜렷이 드러난다. 다시 말해서 애잔한 속삭임이 주류를 이루는 전반기 작품과는 달리, 후반기 작품에서는 현실 세계의 거친 맥박을 들을 수 있다. 예를 들어 「들도리」, 「건강한 잠」, 「상쾌한 아침」 등에서는 민족혼에 대한 믿음과 현실 인식을 읽을 수 있고, 「돈과 밥과 맘과 들」, 「팔베개 노래」, 「돈타령」, 「삼수갑산」 같은 작품에서는 물질적 결핍에 따른 고단한 삶의 고뇌를 읽을 수 있다.

한편 『진달래꽃』은 우리 문학사에서 근대시의 수준을 한 단계 올려 놓은 기념비적인 시집으로 평가받는다. 이미 잘 알려진 바와 같이 한국 근대시는 최남선이 1908년에 「해에게서 소년에게」를 발표하면서 첫발을 내디뎠다. 그로부터 20년 가까운 세월이 흐르는 동안 우리 시단은 이렇다 할 만한 성과가 없이 방향을 모색하고 있었다. 일본을 통하여 밀려 들어오는 서구 문학에 눌려 토착적인 우리 문학이 제대로 기를 펴지 못하였다. 이러한 상황에 나온 김소월의 시집은 그야말로 신선한 충격이었다. 서구 편향적인 초기 시단 형성 과정에서 그는 한국적인 정감과 가락을 회복시켰다는 점에서 큰 의미가 있다.

한국 시인 가운데서 김소월처럼 내용과 형식을 그렇게 유기적으로 결합한 시인도 찾아보기 어렵다. 그에게 내용과 형식, 주제와 스타일은 마치 영혼과 육체처럼 서로 구분 짓기 무척 어렵다. 그의 뛰어난 작품에서는 내용이 곧 형식이요, 형식이 곧 내용이라고 할 수 있다. 우리 민족의 핏속에 면면히 흐르는 정서라고 할 전통적인 정(情)과 한(恨)을 표현하되 민요의 가락과 율격과 여성적 정조로써 표현한다. 시가 흔히 그러하지만, 특히 김소월 시를 남의 나라말로 옮겨놓기가 무척 어렵다는 말을 자주 듣는다. 그도 그럴 것이 주제에 무게를 싣다 보면 자칫 형식이 기대에 미치지 못하고, 형식에 신경을 쏟다 보면 자칫 주제에 소홀하기 쉽기 때문이다.

김소월의 작품에 나타나는 특징이 한두 가지가 아니지만, 무엇보다도 먼저 짙은 향토성을 빼놓을 수 없다. 거의 모든 작품에서 그는 향토적인 풍물과 자연 그리고 설화나 민담을 소재로 삼는다. 김소월은 우리의 산과 강, 우리의 바람과 구름, 그리고 우리의 꽃과 풀과 벌레를 즐겨 노래한다.

또 김소월은 전통적인 민요조의 율격을 즐겨 구사한다. 주로 소리의 셈여림이나 높낮이에 기초를 두는 서구시의 음성률과는 달리 우리 시에서는 음절의 수를 중시하는 음절률을 따른다. 김소월은 그의 작품에서 7·5조의 율격을 가장 많이 사용한다. 이것은 어디까지나 겉으로 드러난 음절의 수를 헤아린 것이고, 실제로 내면적인 흐름은 전통적인 3·4 또는 4·4조의 율격이 주류를 이룬다. 다시 말해서 음절의 수보다는 호흡을 통한 율격을 중시한다. 두말할 나위 없이 이러한 율격은 예로부터 우리 겨레의 정서를 표현해 온 전통 민요에 바탕을 둔 것으로 김소월은 민요의 리듬을 계승하여 발전시킨다. 「엄마야 누나야」·「초혼」·「못 잊어」·「개여울」 등 그의 시를 노랫말로 삼아 쓴 동요와 가곡 그리고 대중가요가 무려 40곡이 넘는다. 이 또한 그의 작품이 노래 부르기에 알맞은 민요조의 가락으로 되어 있음을 뒷받침해 준다.

더구나 김소월은 흙냄새 물씬 풍기는 토박이말을 즐겨 구사한다. 남의 나라말에 뿌리를 두고 있거나 그 말에서 빌려 온 낱말이 관념적이고 추상적이라면, 한 민족의 정서에 깊이 뿌리를 박고 있는 토박이말은 감각적이고 구체적이어서 피부에 와 닿는다. 이를테면 '젖'과 '우유'와 '밀

크'는 비록 뜻은 같을망정 그 함축적 의미에서는 큰 차이가 난다. "동무들 보십시오 해가 집니다 / 해지고 오늘날은 가노랍니다 / 웃옷을 잽시 빨리 입으십시오/우리도 산마루로 올라갑니다"(「失題」)라는 구절을 한 예로 들어 보자. 만약 '동무' 대신에 친구, '해' 대신에 태양, '오늘날' 대신에 금일, '웃옷' 대신에 상의, 그리고 '산마루' 대신에 산정상이라는 말을 사용했더라면 지금 이 작품에서 느끼는 감흥은 아마 그 절반 이하로 떨어질 것이다. 이 작품에서 김소월은 우리 토박이말과 함께 '잽시빨리'(잽싸고 빠르게) 같은 된장찌게처럼 구수한 평안도 사투리를 구사하기도 한다.

그런가 하면 김소월은 온갖 수사법을 즐겨 사용한다. "어둡게 깊게 목메인 하늘"(「열락」) 같은 구절은 은유법을 보여 주는 좋은 경우이다. 어둡게 목이 멘다는 구절도 이상한데 하늘이 목이 멘다는 구절은 더더욱 이상하다. 하나같이 일상 어법의 테두리를 박차고 나온 비유적 표현으로 비가 내리는 음산한 하늘을 빗대는 말이다. 그의 후기 시에 자주 나오는 옷과 밥과 집은 좁게는 의식주, 넓게는 일본 식민주의에 빼앗긴 조국을 가리키는 환유다.

김소월은 반어법의 명수이기도 하다. 이러한 반어법은 「진달래꽃」에서 가장 잘 드러난다. 이 작품에서 감칠맛은 여성 화자를 통하여 이별의 감정을 담담하게 표현한 데서 찾을 수 있다. 떠나가는 임이 원망스럽기 그지없지만, 화자는 조금도 섭섭한 감정을 드러내지 않는다. 원망이나 섭섭한 마음을 드러내기는커녕 오히려 임이 가시는 길에 진달래꽃을 따다가 뿌리겠다고 짐짓 말한다. '뿌리우리다'나 '가시옵소서' 같은 각 연(聯)의 마지막 행의 종결어미에서도 잘 드러나듯이 비록 자신을 두고 떠나갈망정 임에 대한 태도가 여간 공손하지가 않다.

「진달래꽃」에서도 잘 드러나 있듯이 김소월은 우리 겨레의 보편적인 정서를 표현한다. 자연을 다루든 사람을 다루든 떠나가 버린 '님'에 대한 원망, 체념, 서러움, 기다림, 그리고 절망을 작품의 바탕으로 삼는다. 그런데 김소월의 작품의 밑바닥에 흐르는 정감은 향가나 고려 속요 또는 전통 민요에서 물려받은 유산이다. 가령 「죽으면?」은 향가와, 「진달래꽃」은 고려 속요 「가시리」와 맞닿아 있다.

김소월의 작품을 정과 한의 정서에만 묶어두려는 것은 좁은 생각이다. 그는 형이상학적 문제에도 깊은 관심을 보이기 때문이다. 그의 형이상학적 관심은 인식론적 문제보다는 존재론적 문제에 있다. "산에는 꽃이 피네 / 꽃이 피네 / 갈 봄 여름 없이 / 꽃이 피네."로 시작하는 「산유화」에서처럼 꽃이 피고 지는 생성과 소멸의 존재 원리에 주의를 기울인다. 이렇게 피고 지는 것은 비단 꽃만이 아니다. 이 우주에 존재하는 것은 하나같이 생성과 소멸, 삶과 죽음의 과정을 거치게 마련이다. 김소월의 작품을 말할 때마다 입에 올리는 '부재(不在)의 님'도 따지고 보면 이러한 존재 원리의 한 매듭에 지나지 않는다.

임꺽정

홍명희

19세기 프랑스 소설가 알퐁스 도데의 작품 「마지막 수업」에서 아멜 선생은 알자스와 로렌 지방이 프로이센으로 넘어가는 바람에 더 이상 프랑스어를 가르칠 수 없게 된다. 그러자 마지막 프랑스어 수업 시간에 그는 학생들에게 "어떤 민족이 다른 민족의 노예가 되었다고 하여도 자신들의 언어를 확실히 지키고 있으면 언제든지 그 노예 상태에서 벗어날 수 있다"고 말한다.

나라를 빼앗겼으면서도 아멜 선생처럼 모국어의 힘을 빌려 민족정신을 일깨우려고 한 사람이 한국에도 있었다. 『임꺽정』의 작가로 널리 알려진 벽초(碧初) 홍명희(洪命熹, 1888~1968)가 바로 그 사람이다. 그는 일본 제국주의가 우리 글을 사용하지 못하게 함으로써 민족정신을 말살시키려는 흉계를 깨닫고, 소설을 써서 한국어와 얼을 지키려고 애썼다. 그의 작품 『임꺽정』은 '살아 있는 최고의 우리말 사전'이라고 일컬을 만큼 토속어 구사가 아주 뛰어나다. 우리말의 보물창고로서 지금은 좀처럼 들을 수 없는 아름다운 우리말을 많이 간직하고 있다.

홍명희가 우리 토박이말을 얼마나 잘 구사하는지 알기 위해서는 몇 가지 예를 들어 보는 것으로 충분할 것 같다. "논둑에서 기승밥도 먹고 절에서 잿밥도 먹고"니, "유복이가 우티골 와서 어느 농가에서 사잇밥을 얻어먹고"니, "조금조금 나아서 중둥밥까지 달게 먹게 되었다"니 하는 구절에서 그는 온갖 종류의 밥을 언급한다. '기승밥'은 모를 내거나 김을 맬 때 논둑에서 먹는 밥을, '잿밥'은 부처 앞에 놓는 밥을 이르는 말이다. '사잇밥'이란 끼니 밖에 참참이 먹는 곁두리를 말하고, '중둥밥'이란 식은 밥에 물을 조금 넣고 다시 무르게 끓인 밥을 가리킨다.

홍명희가 『임꺽정』에서 구사하는 토박이 우리말은 비단 밥에만 그치지 않는다. 가령 "꺽정이가 그 사람의 손을 쥐고 돌아서서 한번 떠다밀었더니 그 사람은 고사하고 그 사람 뒤에 겹겹이 섰던 구경꾼이 장기튀김으로 자빠졌다"는 문장을 한 예로 들어 보자. 쌓아놓은 팻말이 잇따라 넘어지듯이 어떤 일이 인접 지역으로 퍼져 나가는 것을 두고 서양에서는 흔히 '도미노 현상'이라고 말한다. 두말할 나위 없이 도미노라는 서양 장기에서 생겨난 외래어다. 그러나 이와 똑같은 뜻을 지닌 한국어가 "구경꾼이 장기튀김으로 자빠졌다" 할 때의 바로 그 '장기튀김'이다. 장기짝을 한 줄로 쭉 늘어놓고 그 한쪽 끝을 밀면 점차 밀리면서 다 쓰러지게 되기 때문에 생겨난 표현이다.

홍명희는 1888년 7월 충청북도 괴산에서 홍범식(洪範植)의 큰아들로 태어났다. 그의 아버지는 1910년 금산군수로 있을 때 경술국치를 당하자 이완용(李完用)·송병준(宋秉畯) 같은 매국노와 한 하늘을 이지 않겠노라며 가장 먼저 자결한 애국지사다. 그는 스스로 목숨을 끊으며 "나라가 파멸하고 임금이 없어지니 죽지 않고 무엇하리"라고 말했다고 전한다. 홍명희의 증조할아버지 홍우길은 대사헌과 이조판서의 요직을 지냈고, 할아버지 홍승목도 정2품 중추원 참의를 지내는 등 혜경궁 홍 씨로 유명한 명문 사대가 풍산 홍 씨의 뼈대 있는 집안이었다. 홍명희의 필명은 벽초를 비롯하여 가인(假人) 또는 백옥석(白玉石)이다.

고향에서 한학을 배우던 홍명희는 경성에 올라와 1896년에 민영기(閔泳綺)가 세운 중교(中橋)의숙에 입학하여 처음으로 신학문에 눈을 떴다. 일본에 건너가 도쿄상업학교 예과 2학년에 편입한 뒤 이듬해 다이세이(大成)중학교 3학년에 편입했지만 중도에 그만두고 귀국하였다. 일본에서 공부할 때 그는 문학 서적을 탐독하였고, 이러한 광적인 독서열은 학교를 졸업한 뒤에도 평생 동안 계속되었다. 어려서부터 재주가 뛰어났던 홍명희는 중학에 다니던 시절 도쿄 신문에 '한인 수재'라는 제목의 기사가 실릴 정도로 성적이 빼어나 뒷날 육당 최남선과 이광수와 함께 '조선 3천재'라는 칭호를 얻었다.

홍명희는 아버지가 자결하자 한때 중국에서 방랑 생활을 하다가 귀국한 뒤 기미년 독립 만세 운동에 참여하였다. 고향 집에서 직접 독립 선언서를 작성하고 괴산에서 만세 시위를 주도하다가 붙잡혀 일 년 반 동안 감옥살이를 하였다. 휘문고등보통학교에서 교사, 오산고등보통학교 교장을 지냈으며, 중앙불교전문학교와 연희전문학교에서 강의를 하였다. 민족 개량주의적 노선을 지향하면서 《동아일보》가 불매 운동 등 위기를 맞자 사장 송진우(宋鎭禹)를 대신하여 민족주의자로서 명망이 있던 남강 이승훈이 사장에 취임할 때 홍명희는 주필 겸 편집국장으로 초빙되었다. 이때 홍명희는 1925년 1월 한국 신문으로서는 최초로 신춘문예를 공모하는 아이디어를 내기도 하였다. 1927년 그는 신간회가 결성되면서 부회장으로 참여하였으며, 1930년 신간회 주최 1차 민중대회 사건으로 일본 경찰에 검거되기도 하였다.

해방 뒤 홍명희는 중도 정당인 민주독립당을 창당하여 남북한의 단독 정부 수립을 저지하려고 애썼다. 1948년 평양에서 열린 통일연석회의에 백범 김구·우사(尤史) 김규식(金圭植) 등과 함께 남측 대표로 참석했다가 돌아오지 않고 북한에 그대로 남아 북한 인민공화국이 창설되었을 때는 내각 부수상까지 지냈다.

아버지의 영향을 크게 받은 벽초 홍명희는 일찍부터 민족 지도자로 민족 운동에 헌신하였다. "나라를 찾고 친일하지 말라"는 아버지의 유언을 평생토록 잊지 않은 그였다. 그리하여 홍명희는 1920년대 신사상연구회와 화요회의 주요 멤버로 활동하였으며, 좌우익 세력이 최초로 연대한 민족연합전선체인 신간회에서 실질적인 지도자로서 일하였다. 또한 그는 전통적인 한학에서 근대 민족주의와 사회주의 사상에 이르기까지 자신의 사상을 부단히 혁신해 나간 지성의 소유자였다. 홍명희 자신과 그의 가족의 역사는 곧 한국 근대와 현대의 지성사를 요약한 축도라고 할 수 있다.

홍명희는 『임꺽정』을 《조선일보》에 1928년부터 10여 년에 걸쳐 연재하였다. 연재 초기에 이 소설의 제목을 '임거정전(林巨正傳)'으로 했다가 1937년부터 '임꺽정'으로 바꾸었다. 그는 항일 운동을 하다가 감옥에 갇혀 있을 때도 이 소설을 계속 집필했지만, 건강 때문에 몇 차례 연재를 중단하기도 하였다. 1940년에 《조선일보》가 폐간되는 바람에 자매지 《조광》으로 지면을 옮겼지만 사망할 때까지 끝내 소설을 완성하지 못하였다. 광복 직후 미완성의 상태로 총 10권이 간행되었다.

홍명희는 조선 명종 때의 이름난 화적떼의 두목 임꺽정의 이야기를 이 소설의 소재로 삼는다. '임것정'이라고도 일컫는 그는 본디 경기도 양주의 백정 출신이다. 이익은 『성호사설(星湖僿說)』에서 임꺽정을 그의 앞 시대에 활약한 홍길동과 그의 뒷시대에 활약한 장길산과 함께 '조선의 3대 큰 도둑'으로 들었다. 이 무렵 왕의 친족이 권력을 휘두르고 여러 해에 걸쳐 잇따라 흉년이 든데다가 탐관오리가 백성을 수탈하자 임꺽정은 도둑을 모아 그 우두머리가 된다. 날쌔고 용맹스러운 그는 세력이 점차 커지자 황해도로 진출하여 구월산 등지를 소굴로 하여 주변 고을을 노략질한다. 경기도와 황해도 일대에서 관아를 습격하고 창고를 털어 백성들에게 곡식을 나누어 주는 등 의적의 행각을 벌이자 이 일대의 아전과 백성들이 결탁하여 그를 도와줄 정도였다.

임꺽정은 1562년 조정에서 대대적인 수색을 벌인 지 약 3년 만에 잡혔고, 잡힌 지 15일 만에 죽임을 당하였다. 그와 관련하여 『이조실록』의 사관은 "나라에 선정이 없으면 교화가 밝지 못하다. 재상이 멋대로 욕심을 채우고 수령이 백성을 학대하여 살을 깎고 뼈를 발리면 고혈이 다 말라 버린다. 수족을 둘 데가 없어도 하소연할 곳이 없다. 기한(飢寒)이 절박하여도 아침과 저녁거리가 없어서 잠시라도 목숨을 잇고자 하여 도둑이 되었다. 그들이 도둑이 된 것은 왕정의 잘못이지 그들의 죄가 아니다"라고 기록하였다. 사관은 임꺽정의 범행보다는 그러한 범행을 저지르게 된 원인에 더 많은 지면을 할애한다. 임꺽정이 죽고 난 뒤 일부에서는 살육을 자행하는 포악한 도둑으로 기록했지만, 일부에서는 백성을 위하여 관곡을 털어 나누어준 의적으로 떠받들었다. 또한 민가에서는 그를 둘러싼 많은 설화를 낳기도 하였다.

홍명희는 이러한 민간 설화를 주춧돌로 삼아 『임꺽정』의 집을 지었다. 이 작품은 ① 봉단편, ② 피장편, ③ 양반편, ④ 의형제편, ⑤ 화적편 등 모두 5편으로 구성되어 있다. 앞의 세 편에서는 화적패가 출몰할 수밖에 없는 이 무렵의 사회 혼란상을 폭넓게 그리면서 임꺽정의 삶을 중심으로 그와 관련한 이봉학, 박유복, 배돌석, 황천 왕동이, 곽오주, 길막동이, 서림 등 여러 인물의 이야기가 꼬리에 꼬리를 물고 이어진다. 의형제편은 여러 지역에 흩어져 살던 사람들이 특정한 계기에 마침내 의형제가 되어 청석골에서 조직을 이루기까지의 과정을 담고 있다. 화적편은 그 뒤 이 집단이 벌이는 일련의 활동상을 그린다.

비록 양반 출신이면서도 민중 편에 서 있던 홍명희는 귀족보다는 천민 계층에 속한 인물을 주인공으로 삼아 계급 의식과 집단의식을 뚜렷이 보여 주었다. 이광수가 민족주의와 계몽주의를 앞세웠다면 홍명희는 계급을 먼저 앞세웠다. 식민주의적 모순보다는 오히려 자본주의적 모순에 초점을 맞추었다. 홍명희는 일본 제국주의의 굴레에서 조국을 해방시키는 길이란 허울 좋은 민족주의보다는 먼저 계급의 모순을 극복하는 것이라고 생각했기 때문이다. 물론 그렇다고 홍명희가 일본 식민지 현실에서 완전히 눈을 돌린 것은 아니다. 조선 중기에서 시대적 배경과 사건을 빌려 왔을 뿐 그가 말하려고 했던 것은 일본 식민주의에 대한 저항이라고 볼 수도 있기 때문이다. 가령 임꺽정과 그 일당을 섬멸하려는 관군은 여러모로 일본군과 닮아 있고, 임꺽정을 비롯한 화적떼들은 조국 해방을 위하여 일본군과 싸우는 독립운동가들과 비슷하다. 그렇다면 탐관오리로 고통받는 민중은 다름 아닌 일본 제국주의 밑에서 신음하는 우리 민족이다.

홍명희의 민중에 대한 뜨거운 사랑과 역사의식은 작품의 내용뿐만 아니라 형식과 문체에서도 잘 드러난다. 앞에서 밝혔듯이 『임꺽정』은 '살아 있는 우리말 사전'과 같다. 그는 근대화의 물결 속에서 자칫 잊히기 쉬운 우리 토속어를 찾아내어 적재적소에 사용할 뿐 아니라 민중의 땀 냄새가 물씬 풍기는 문장을 구사한다. 근대 소설에서 흔히 볼 수 있는 산문체가 아니라, 오히려 예로부터 민간에 전해 내려온 야담이나 설화에서 사용하는 문체를 살리려고 애쓴다. 홍명희는 이 작품에서 조선 시대 사회상과 풍속을 재현하는 데 성공하였다. 이 소설처럼 내용과 형식, 주제와 문체가 유기적으로 관련되어 있는 작품도 아마 찾아보기 드물 것이다.

백범일지

김구

후천개벽의 깃발을 내걸고 일어난 동학의 세례를 받은 사람이 한두 사람이 아니지만, 그 가운데서도 흔히 '겨레의 큰 스승'으로 일컫는 백범(白凡) 김구(金九, 1876~1949)는 첫손가락에 꼽을 만하다. 그는 동학사상을 관념적으로만 받아들인 것이 아니라 그것을 몸소 실천에 옮긴 혁명가로도 유명하다. 김구는 안동 김 씨의 뼈대 있는 가문에서 태어났지만, 집안이 망하는 바람에 어릴 적부터 양반의 멸시를 받고 자랐다. 그러한 그에게 하늘 아래 사는 모든 사람이 누구나 평등하다고 외친 동학 사상은 그의 마음을 사로잡기에 충분하였다. 그는 열여덟 살 때부터 동학의 접주가 되어 척양척왜(斥洋斥倭)를 부르짖으며 민족의 자존심을 지키려고 외세와 맞서 싸우는 데 앞장섰다.

한국 사람에게 가장 존경하는 인물을 꼽아 보라면 약방의 감초처럼 으레 백범 김구가 들어간다. 그만큼 남의 나라에 짓밟힌 조국과 민족을 위하여 온 평생을 바친 그는 아직도 뭇사람의 뇌리에 깊이 새겨져 있다. 일찍이 그는 '우리 독립 정부의 문지기'가 되기를 바란다고 말했지만, 문지기보다는 독립 정부라는 배의 선장으로 보는 쪽이 더 옳을 듯하다. 그는 국권을 빼앗기고 망망대해에 표류하는 난파선의 선장이 되어 온갖 위험을 헤치고 배를 안전하게 항구로 이끌고 가는 역할을 했기 때문이다. 그래서 그런지는 몰라도 김구 하면 독립운동가, 독립운동 하면 김구가 자연스럽게 떠오른다. 그리하여 그가 즐긴 흰 두루마기와 검은 테를 한 둥근 올빼미 안경은 일본 식민주의 시대 대한민국 독립투사를 가리키는 기호가 되다시피 하였다.

김구는 1876년 8월 황해도 해주의 벽지인 백운방 텃골에서 가난한 농민 김순영(金淳永)의 7대 외아들로 태어났다. 인조 때 삼정승을 지낸 방조(傍祖) 김자점(金自點)이 세력 다툼의 소용돌이 속에서 청나라 군대를 끌어들였다는 역모죄로 효종의 친국을 받고 1651년 사형을 당하자 그의 집안은 화를 피하여 해주 서쪽으로 옮겨왔다. 그의 선조는 낙향한 뒤에도 될 수 있는 대로 양반의 생활 방식을 멀리하고 짐짓 상놈의 행세를 하려고 역군토와 군역전까지 경작하였다. 이 같은 사정 때문에 이웃 마을의 진주 강 씨와 덕수 이 씨한테서 온갖 냉대와 멸시를 받아도 제대로 항변조차 하지 못했다고 한다.

1896년 김구는 안악으로 가던 도중 대동강 하류인 치하포 주막에서 만난 일본 사람이 명성황후를 살해한 미우라 고로(三浦梧樓) 공사이거나 그 일당일 것이라고 짐작하고 일본 육군 중위를 칼로 찔러 살해함으로써 첫 거사를 감행한다. 이 일로 일본 경찰에 잡혀 사형 선고를 받지만, 고종 황제의 특별 사면으로 가까스로 목숨을 건진 그는 탈옥하는 데 성공한다. 삼남 일대를 떠돌다가 공주 마곡사에 입산하여 승려가 된다. 그 뒤에도 그는 안중근 의사 사건과 연관되어 다시 감옥에 갇히고, 안명근 의사의 일본 총독 암살 사건으로 또다시 체포되어 17년형을 언도받는다. 그는 비밀결사 단체인 신민회 사건으로도 5년 동안 감옥살이를 하는 등 감옥을 마치 제집 드나들 듯하였다.

1919년 기미독립운동이 일어나자 김구는 중국으로 망명한 뒤 1931년에 한인 애국단을 조직하여 그 단장이 되면서 본격적으로 독립운동에 뛰어든다. 이봉창(李奉昌)이 히로히토(裕仁) 일본 천왕을 향하여 수류탄을 던지고 윤봉길(尹奉吉)이 중국 상하이 홍구 공원에서 폭탄 거사를 하도록 이끌었다. 1947년 2월 비상 국무회의가 조직되어 그 총리에 취임하면서 민족 지도자로서의 위치를 굳혔다. 2차 미소공동위원회가 열리자 이승만과 함께 반탁투쟁위원회에서 활동하였다. 그해 11월 유엔 감시 아래 남북의 선거를 통한 정부 수립 결의안을 지지하였다. 민족이 둘로 나뉘는 것을 막으려고 1949년 그는 김규식과 홍명희 등과 함께 평양에서 열린 통일연석회의에 참석하기도 한다. 그러나 1949년 아쉽게도 일흔네 살의 나이로 경교장에서 저격을 당하여 사망하고 만다.

나라와 민족에 대한 사랑은 김구라는 이름에서도 잘 드러난다. '九'라는 이름에서는 아홉 번 목숨을 바쳐서라도 조국과 민족을 구하겠다는 단호한 의지를 읽을 수도 있다. 또한 그가 초기의 '연하'라는 호를 '백범'으로 바꾼 것은, 한국에서 가장 미천하고 보잘것없는 사람들도 모두 자신과 같이 애국심을 가진 사람이 되게 하자는 뜻에서였다. 그는 백정의 '백' 자와 범부의 '범' 자를 따왔다. 이와 관련하여 그는 "우리나라의 하등 사회, 곧 백정과 범부들이라도 애국심이 지금의 나의 정도는 되고야 완전한 독립 국민이 되겠다는 소원을 가지자"라는 뜻에서 호를 바꾸었다고 밝힌 적이 있다.

이렇게 여러 번 이름을 바꾼 데서도 상징적으로 드러나듯이 김구는 나쁘게 말하면 사상적으로 방황을 거듭하였고, 좋게 말하면 여러 사상을 두루 편력하였다. 젊은 시절 과거 시험을 치르기 위하여 유학을 공부하고, 그 뒤 동학과 불교를 거쳐 마침내 1902년에는 기독교를 믿기에 이른다. 그가 기독교와 관련을 맺은 것은 기독교가 이 무렵 한국에서 애국 계몽 운동에 가장 활발하게 참여했기 때문이다. 그러나 그는 어느 한 사상이나 종교에 얽매이지 않고 자유로운 정신의 소유자로 남아 있었다.

『백범일지』의 하권은 김구가 예순일곱 살이 되던 해인 1943년 중국 충칭(重慶)으로 옮긴 대한민국 임시정부 청사에서 집필하였다. 그러니까 『백범일지』의 상권과 하권 사이에는 무려 14여 년이라는 시간 차이가 난다. 한편 이 책 서두의 「저자의 말」에서 '1947년 개천절'이라고 적고 있어 이 책이 20년에 걸쳐 완성된 것임을 알 수 있다. 상권은 철필을 사용하여 국한문 혼용체 문장으로 쓴 반면, 하권은 역시 국한문을 섞어 붓으로 적었다. 지금 서울 용산 백범기념관에 소장되어 있는 『백범일지』의 친필 원고는 최근 문헌으로서는 보기 드물게 1997년에 보물 제1245호로 지정되었다.

『백범일지』에는 한 혁명가의 생애와 고뇌가 잘 드러나 있다. 이 혁명가는 일본 제국주의의 침략 아래 신음하는 우리 민족의 살길을 열려고 애썼으며, 해방을 맞이한 조국을 통일하려고 혼신의 노력을 하다가 끝내 비명에 세상을 떴다. 자신의 치적을 화려하게 포장하거나 허물과 과오를 덮으려는 다른 숱한 책과는 견줄 수 없을 만큼 이 책은 저자 자신이 걸어온 고단한 삶을 진솔하고 감동적으로 그려낸다. 그래서 이 책은 처음 출간된 지 반세기가 훨씬 지난 지금까지도 국민 도서로서 세월의 풍화 작용을 꿋꿋이 견뎌내고 많은 사람에게 가슴 뭉클한 감동을 준다.

『백범일지』의 의미를 좀 더 잘 이해하기 위해서는 '백범일지'라는 제목의 마지막 두 단어를 꼼꼼히 살펴보아야 한다. 자칫 그날그날의 직무상의 일을 기록해 놓은 책을 뜻하는 '일지(日誌)'로 받아들이기 쉽지만 실제로는 세속을 벗어난 고결한 뜻이라는 '일지(逸志)'다. 다시 말해서 임시정부 책임자로서 기록한 근무일지가 아니라 혁명가와 애국지사로서 자신의 고결한 뜻을 적어 놓은 책이라는 뜻이다.

『백범일지』는 민족 이념의 역사적 문헌이며 독립운동의 살아 있는 증언서이지만 저자의 원래 의도는 일반 독자들에게 널리 읽히기 위하여 썼다기보다는 어디까지나 개인적인 경험과 생각을 기록한 것이다. 김구가 이 책을 쓴 것은 두 아들에게 자신이 살아온 삶의 궤적을 보여 주기 위해서였다. 책의 첫머리에서 그는 두 아들에게 "너희들이 아직 어리고 반만 리 먼 곳에 있어 수시로 나의 이야기를 말해 줄 수 없구나. 그래서 그간 내가 겪어 온 바를 간략히 적어 몇몇 동지에게 맡겨 너희들이 아비의 경력을 알고 싶어 할 정도로 성장하거든 보여 주라고 부탁하였다"고 적는다. 이때 그의 나이는 쉰세 살이었으며 큰아들 김인(金仁)은 열두 살, 둘째아들 김신(金信)은 겨우 일곱 살밖에 되지 않았다.

『백범일지』는 1947년에 둘째아들이 국사원에서 처음 출간한 뒤 지금까지 여러 출판사에서 중간한 판본만도 수십여 종에 이른다. 그러나 저자도 밝히고 있듯이 남의 나라에서 자료도 없이 기억을 더듬어 집필했기 때문에 서술 내용의 시기가 모순되거나 인명이나 지명 또는 연대에서 틀린 곳이 적지 않다. 그리하여 최근 한 출판사가 초판본 저서와 함께 저자의 친필 원본을 비롯하여 등사본과 필사본 등 여러 저본을 하나하나 대조하고 검토하여 새로운 텍스트를 출간하여 관심을 끌었다. 특히 새 텍스트는 최근 새로 발굴한 원고를 추가하여 그동안 미흡했던 해방 이후 격동기 김구의 행적을 소상하게 파악하는 데 큰 도움이 된다.

『백범일지』의 상권은 「우리 집과 내 어릴 적」과 「민족에 내놓은 몸」 등의 글을 싣고 있다. 상권은 그 소제목에서도 잘 드러나듯이 주로 김구의 성장 과정과 격변의 시대를 맞이하여 그가 겪은 온갖 경험을 소개한다. 하권은 「3·1운동의 상하이」와 「기적장강만리풍(寄跡長江萬里風)」 등의 글을 싣는다. 하권은 주로 대한민국 임시정부와 그 주변의 일이 핵심을 이룬다. 지은이 개인의 삶과 파란만장한 조국 광복 투쟁사를 엮은 상권과 하권 뒤에는 완전 독립의 통일 국가 건설을 지향하는 민족 이념을 담은 「나의 소원」이 실려 있다. 상권과 하권 모두 임시정부 요직을 두루 지낸 사람으로서의 공식 활동뿐 아니라 다른 비화를 많이 소개하고 있어 이 무렵의 독립운동사를 연구하는 데도 귀중한 자료로 평가받는다.

김구가 『백범일지』에서 일관되게 말하는 것은 한국의 자주독립이다. 이러한 주제가 가장 잘 드러난 것은 우리에게 잘 알려진 「나의 소원」이라는 글이다.

네 소원이 무엇이냐 하고 하나님이 물으시면 나는 서슴지 않고 "내 소원은 대한 독립이요." 하고 대답할 것이다. 그 다음 소원이 무엇이냐 하면 나는 또한 "우리나라의 독립이요." 할 것이다. 또한 그 다음 소원이 무엇이냐 하는 세 번째 물음에도 나는 더욱 소리 높여서 "나의 소원은 우리나라 대한의 완전한 자주독립이요." 하고 대답할 것이다.

이처럼 김구에게 조국의 자주독립보다 더 중요한 것은 없었다. 조국의 독립을 위해서라면 그는 모든 것을 기꺼이 바칠 각오가 되어 있었다. 그에게는 소원이 있다면 조국이 일본 제국주의의 굴레에서 풀려나는 것밖에는 없다. "독립이 없는 백성으로 70평생에 설움과 부끄러움과 애탐을 받은 나에게는 세상에 가장 좋은 것이 완전하게 자주독립한 나라의 백성으로 살아보다가 죽는 일이다"라고 밝힌다. 그는 계속하여 "나는 일찍 우리 독립 정부의 문지기가 되기를 원하였거나와 그것은 일찍 우리나라가 독립국만 되면 나는 그 나라의 가장 미천한 자가 되어도 좋다는 뜻이다. 왜 그런고 하면 독립한 제 나라의 빈천이 남의 밑에 사는 부귀보다 더 기쁘고 영광스럽고 희망이 많기 때문이다"라고 잘라 말한다.

토지

박경리

작가에는 크게 두 가지 유형이 있다. 자아실현을 위하여 글을 쓰는 작가가 있는가 하면, 쓰라린 고통을 잊기 위하여 글을 쓰는 작가가 있다. 후자의 작가는 마치 목구멍을 막은 가래침을 뱉어내듯이 가슴에 맺힌 응어리를 원고지에 쏟아놓지 않고서는 견딜 수가 없어 글을 쓴다. 그에게 글을 쓴다는 것은 곧 질병을 치유하는 행위와 크게 다름없다. 서양 문학에서는 어니스트 헤밍웨이가 그러한 작가에 속한다. 그러고 보니 그가 왜 작가에게 가장 좋은 교육은 불행한 유년 시절이라고 말하는지 알 만하다.

박경리(朴景利, 1926~2008)도 헤밍웨이처럼 이 후자의 범주에 들어간다. 그녀는 자신의 출생을 '불합리하다'고 말한다. 그녀는 일찍이 아버지에 대해서는 증오심을, 어머니에 대해서는 연민과 경멸을 느끼면서 자랐다. 부모로부터 버려진 듯한 고독 속에서 그녀에게는 책과 공상이 유일한 즐거움이었다. 박경리는 기회 있을 때마다 "나는 슬프고 괴로웠기 때문에 문학을 했다"고 말하곤 하였다. 남달리 괴롭고 쓰라린 지난 삶을 되돌아보면서 "어찌하여 빙벽에 걸린 자일처럼 내 삶은 이토록 팽팽해야만 하는가"라고 푸념을 늘어놓는다. 그런가 하면 그녀는 "배수(背水)의 진을 치듯이 절망을 짊어짐으로써만이 나는 차근히 발을 내밀수가 있었다"고 밝히기도 한다.

한국 작가 가운데서 박경리처럼 상업주의와 타협하지 않고 문학의 아성을 지켜 온 작가도 드물다. "훌륭한 작가가 되느니보다 차라리 인간으로서 행복하고 싶다"는 그녀의 말에 속아 넘어가서는 안 된다. 그녀는 '훌륭한 작가'를 포기하고 '행복한 인간'으로 만족할 수 없는 사람이다. 박경리는 『토지』 1부를 단행본으로 내면서 "글을 쓰지 않는 내 삶의 터전은 아무 곳에도 없었다"고 밝힌다. 암 수술을 받고 병원에서 퇴원한 그날부터 가슴에 붕대를 감은 채 다시 원고에 매달리던 그녀다. 어쩌면 그녀에게 삶과 문학은 서로 떼어서 생각할 수 없는 것일는지도 모른다. "내게서 삶과 문학은 밀착되어 떨어질 줄 모르는, 징그러운 쌍두아(雙頭兒)였던 말인가"라는 말을 떠올릴 필요가 있다.

박경리는 1926년 10월 경상남도 충무시(지금의 통영시) 명정리에서 박수영(朴壽永)의 장녀로 태어났다. 아버지가 방랑벽이 심한데다가 여성 편력이 많은 탓에 주로 어머니와 홀로 지내야 하였다. 박경리는 해방 이듬해인 1946년 진주고등여학교를 졸업한 뒤 곧바로 결혼한다. 그러나 그녀 또한 한국전쟁의 회오리바람을 비껴갈 수는 없었다. 전쟁과 더불어 행방불명이던 남편은 1950년 말 서대문 형무소에서 죽음을 맞고, 얼마 뒤에는 또다시 세 살짜리 아들마저 잃는다. 언젠가 그녀는 "언어란 강을 건너 피안에 도달할 수 있는 배이다"라고 말한 적이 있다. 그녀는 고통과 절망의 강을 건너기 위하여 끊임없이 언어의 배를 저은 것이다.

박경리는 1955년 문단에 데뷔한 이후 비교적 작품을 많이 써 온 다산적인 작가다. 많은 작품 가운데서도 『토지』는 박경리의 가장 대표적인 작품일 뿐 아니라 한국 현대 문학사에 우뚝 서 있는 작품이다. 1969년부터 연재를 시작하여 제5부를 모두 완성할 때까지 무려 26년이라는 세월이 흘렀다. 26년이라면 작가로서의 삶 거의 전부를 바치다시피 한 셈이다. 이 작품을 위하여 그녀가 쓴 원고지 분량만도 200자 원고지로 무려 4만여 장에 이른다. 타계하기 전 이 소설을 집필한 과정을 회고하면서 박경리는 "생각해 보면 『토지』의 운명도 기구하였다. 25년 동안 여러 지면을 전전했고 4부까지 출간되었으나 3년 동안 출판 정지, 절필한 일이 있었다"고 밝힌다.

박경리가 『토지』 1부를 처음 연재하기 시작한 것은 1969년 《현대문학》에서다. 그 뒤 여러 매체를 옮기며 연재하다가 1992년 《문화일보》에 연재하여 1994년 8월 마지막 5부를 완결 짓는다. 발표 지면을 일곱 번씩이나 바꾸어 가면서 완성한 것을 보면 작가가 이 작품의 운명이 기구하다고 말하는 것도 그렇게 무리는 아니다.

작품을 양적인 길이에 따라 장르의 특성을 규정짓는다면 『토지』는 대하소설이다. 모두 5부 15권으로 구성된 이 작품은 장편소설로 일컫기에는 그 스케일이 너무 크다. 언젠가 박경리는 "자투리 시간이 아니라 두루마리 같은 시간을 쓰고 싶었다"고 말한 적이 있다. 『토지』 같은 대하소설은 자투리 같은 시간으로는 도저히 쓸 수 없고 오직 두루마리 같은 시간으로밖에 쓸 수 없기 때문이다.

대하소설 장르에 속하는 작품이 흔히 그러하듯이 특히 『토지』는 시간적 배경과 공간적 배경이 무척 넓다. 시간적으로는 1897년 한가위부터 1945년 8월 해방에 이르기까지 반세기에 이르는 한국 근대사와 현대사의 격동기를 다룬다. 구체적으로 말하자면 동학혁명에서 외세의 침략, 신분 질서의 와해, 개화와 수구의 대립, 일본 제국주의의 국권 침탈, 민족 운동과 독립운동, 그리고 광복에 이르기까지 민족 수난의 세월이 그야말로 파노라마처럼 펼쳐진다.

한편 지리적인 배경은 한반도 남쪽 끝 하동군 악양을 중심으로 진주·통영·부산·경성(서울), 그리고 국경을 넘어 만주의 용정·신경·하얼빈, 러시아와 일본 등 무척 넓은 공간을 무대로 삼는다. 그러나 이 작품에서 가장 중요한 배경은 역시 지리산 자락에 자리 잡은 악양 평사리 최 참판댁이다. 박경리는 "지리산이 한(恨)과 핏빛 수난의 역사적 현장이라면 악양은 풍요를 약속한 이상향이다. 두 곳이 맞물린 형상은 우리에게 무엇을 얘기하고 있는가. 고난의 역정을 밟고 가는 무리. 이것이 우리 삶의 모습이라면 이상향을 꿈꾸고 지향하며 가는 것 또한 우리네 삶의 갈망이다. 그리고 진실이다"라고 밝힌다.

이렇게 시간적·공간적 배경이 넓은 만큼 이 작품은 등장인물의 수도 엄청나다. 중심인물로는 윤 씨 부인과 최치수와 그의 아내, 최서희, 그리고 길상과 서희 사이에서 낳은 자녀들을 들 수 있다. 이 작품에는 지주뿐 아니라 지주 밑에서 농사짓는 소작인을 비롯하여 독립운동가, 친일파, 밀정, 의병, 승려, 자본가, 지식인, 목수, 포수, 노비, 백정 등 무려 7백여 명에 이르는 다양한 계층의 인물이 나온다. 어떤 의미에서 대서사시라고 할 이 작품은 근대와 현대 한국 사회를 축소해 놓은 소우주라고 할 수 있다. 다양한 사회 계층이 등장하는 인물의 규모로 볼 때 이 작품은 가히 프랑스 리얼리즘 소설의 최고봉으로 일컫는 오노레 드 발자크의 '인간 희극' 연작소설에 견줄 만하다.

『토지』는 만석꾼 대지주 최 참판댁의 마지막 당주인 최치수와 그의 고명딸 서희를 주인공으로 내세워 토지의 상실과 회복을 둘러싼 대하 드라마다. 치수의 어머니 윤 씨 부인이 동학 접주 김개주에게 겁탈당해 낳은 자식 김환(구천)이 의붓형수인 별당아씨와 몰래 도망치는 사건, 그리고 사냥을 핑계로 그들의 뒤를 쫓는 치수의 이야기는 이 소설의 초반부터 독자들을 사로잡는다. 또한 몰락한 양반 김평산의 꼬임에 빠져 그의 만석지기 농토를 차지하려고 하는 칠성과 하녀 귀녀의 음모, 치수가 비명에 죽은 뒤 최 참판댁 재산과 토지를 노리는 그의 재종형 조준구의 행보, 용이와 무당의 딸 월선의 애처로운 사랑 등 인간의 오욕칠정이 섬진강의 빠른 물살처럼 흘러가고 지리산에 피는 철쭉처럼 끊임없이 화려하게 피었다 진다. 이 작품이 지니고 있는 장점이 한두 가지가 아니지만, 그 가운데서도 작가가 흥미진진하게 플롯을 엮어 나가는 솜씨가 무엇보다도 돋보인다.

그런데 이 작품의 주제를 캐는 열쇠는 바로 '토지'라는 제목에 들어 있다. '흙'이나 '대지' 또는 '땅'이라는 말과 비교해 볼 때 '토지'는 비록 외연은 같을는지 몰라도 함축적 의미는 조금 다르다. '토지'라는 말을 듣게 되면 곧바로 땅을 측량하고 소유권을 다투는 것이 떠오를 만큼 이 말에서는 어딘지 모르게 소유와 계약과 관련하여 돈 냄새가 풍긴다. 특히 한국처럼 모든 의식주를 토지에서 얻어야 하는 농경 사회에서 토지는 목숨처럼 소중하였다. '흙'이나 '땅' 또는 '대지'가 원시 공동체와 관련이 있다면 '토지'는 자본주의 사회와 관련이 있다.

박경리가 굳이 이 '토지'라는 말을 제목으로 삼은 것도 바로 이러한 함축적 의미를 살리기 위해서다. 최 참판 집안의 몰락과 발흥은 토지와 깊은 관련이 있다. 최 씨 집안의 계승자인 서희가 먼 친척뻘 되는 조준구에게 집과 토지를 강탈당하면서 최 씨 집안이 몰락하기 시작한다.

서희는 이렇게 빼앗긴 토지를 되찾으려고 온갖 희생을 무릅쓴다. 그녀에게 토지는 오직 되찾아야 할 가문의 명예요 자존심이다. 서희는 온갖 고통과 역경을 겪으면서 차츰 토지의 참다운 의미를 깨닫기 시작한다. 토지란 교환 가치 이상의 본질적인 가치를 지니고 있다는 사실을 깨닫는 것이다. 작품의 마지막 부분에서 서희가 소작인에게 자신의 토지를 모두 나누어 주는 것은 바로 그 때문이다. 그렇다면 '토지'라는 말이 이제 '땅'이나 '대지'의 의미로 바뀐 셈이다.

서희는 "니가 가진 건 땅이 아니다. 땅속에서 숨 쉬고 있는 생명, 그걸 잊으면 안 된다"고 말한다. 그녀의 이 말 가운데서 '생명'이라는 말을 찬찬히 눈여겨보아야 한다. 굳이 토지 생태학을 들먹이지 않는다고 하더라도 땅은 온갖 미생물이 함께 사는 공간이다. 땅은 무생물이지만 그 속에는 온갖 생물이 살아서 꿈틀거리는 생명의 세계이다. 생명체의 기원을 물에서 찾는 학자들도 있지만, 흙에서 찾으려는 학자도 적지 않다. 이렇듯 땅과 생명체는 서로 구분 지을 수 없다.

유기적 세계관을 받아들이는 박경리는 땅에 뿌리를 박고 살아가는 모든 생명체의 소중함을 일깨운다. 양반이나 지주 같은 지배 계층보다는 소작인이나 민초들에 무게를 싣는다. 여기에서 생명체를 인간으로만 좁혀 보려는 것은 옳지 않다. 인간은 말할 것도 없고, 심지어는 흐르는 시냇물이며 길가에 나뒹구는 돌멩이까지도 생태계라는 집안에서 소중한 식구들이다. 가장 최근에 출간한 『토지』의 서문에서 박경리는 "어디 지리산일까마는 산짐승들이 숨어서 쉬어볼 만한 곳도 마땅치 않고 목숨을 부지하기 어려운 식물, 떠나버린 생명들, 바위를 타고 흐르던 생명수는 썩어가고 있다 한다. 도시 인간들이 이룩한 것이 무엇일까? 소멸의 시기는 눈앞으로 다가오는데 삶의 의미는 멀고도 멀어 너무나 아득하다"라고 말하면서 절망감을 털어놓는다.

박경리는 한 인터뷰에서 자신의 입장을 민족주의자라 못 박는 것을 안타깝게 생각하면서 차라리 '생명주의'라고 할 수 있을 것이라고 밝힌다. 그녀의 이런 생명주의는 '생태주의'라는 말로 읽을 수도 있다. 다만 일반적인 의미의 생태주의와 조금 다른 것은, 그동안 남성의 그늘 밑에 가려 있던 여성을 앞쪽에 내세운다는 점이다. 아직도 남성 중심의 유교 질서가 서슬 퍼렇게 살아 있던 무렵이지만 『토지』를 지배하는 인물은 남성보다는 여성이다. 이 작품에서는 요즈음 서구에서 부쩍 각광을 받고 있는 에코 페미니즘(생태 페미니즘)을 그다지 어렵지 않게 찾아볼 수 있다.